Elle Casey

Falscher Ort, richtiges Date

Montlake Romance

Das Buch

Ein entspannendes Schaumbad, eine gute Flasche Wein – auf dieses Höchstmaß an Romantik freut sich die alleinerziehende Jenny an ihrem kinderfreien Wochenende. Und Abenteuer? Braucht sie nicht! Sie findet viel zu gefährlich, dass ihre Schwester May bei der privaten Sicherheitsfirma Bourbon Street Boys angeheuert hat und mit deren Boss liiert ist. Jenny würde dort nie arbeiten …

Oder doch? Das Team benötigt dringend eine versierte Computerfrau. Mays Hilferuf und ein lukratives Angebot lassen die Expertin widerstrebend zusagen. Kaum ist sie in der Firma angekommen, wird das Gebäude attackiert und der unglaublich gutaussehende Dev bringt sie im Panikraum in Sicherheit. Vorerst, denn nun stellen er und sein unwiderstehliches Grübchen eine große Gefahr für ihre Gefühle dar.

Die Autorin

Elle Casey, eine frühere Anwältin und Lehrerin, ist eine amerikanische Autorin, die mit ihrem Mann, drei Kindern und einer Reihe vierbeiniger Freunde in Südfrankreich lebt. Ihre Bücher erscheinen regelmäßig in den Bestsellerlisten der New York Times und von USA Today. Sie hat Titel aus mehreren Genres veröffentlicht und bringt im Schnitt einen Roman im Monat auf den Markt.

ELLE CASEY

Die Bourbon Street Boys

FALSCHER ORT
Richtiges Date

Roman

Aus dem Amerikanischen
von Julia Becker

Montlake
Romance

Die amerikanische Ausgabe erschien 2016 unter dem Titel »Wrong Place, Right Time« bei Montlake Romance.

Deutsche Erstveröffentlichung bei
Montlake Romance, Amazon Media EU S.à r.l.
38, avenue John F. Kennedy, L-1855 Luxembourg
März 2019

Die Übersetzung dieses Buches wurde durch AmazonCrossing ermöglicht.

Umschlaggestaltung: bürosüd°, München, www.buerosued.de
Originaldesign: Lisa Horton
Umschlagmotiv: © Ed Metz / Getty; © CURAphotography / Shutterstock;
© Suzanne C. Grim / Shutterstock
Lektorat und Korrektorat: Verlag Lutz Garnies, Haar bei München,
www.vlg.de
Gedruckt durch:
Amazon Distribution GmbH, Amazonstraße 1, 04347 Leipzig /
Canon Deutschland Business Services GmbH, Ferdinand-Jühlke-Straße 7,
99095 Erfurt /
CPI books GmbH, Birkstraße 10, 25917 Leck

ISBN 978-2-91980-604-1

www.montlake-romance.de

Kapitel 1

Halleluja … Miles, mein Ex, macht endlich sein Versprechen wahr und holt unsere Kinder übers Wochenende zu sich, und ich habe fest vor, diesen Kurzurlaub in vollen Zügen zu genießen. Nur noch einmal tief durchatmen, dann kann ich mich endlich mal richtig entspannen. Ich werde für eine Weile vergessen können, was er mir zum Abschied mitgeteilt hat – natürlich im Flüsterton, damit die Kinder es nicht hören: dass er sie schon am Sonntagvormittag zurückbringt, weil er zu einem Baseballspiel will.

Wäre ja auch undenkbar, dass er seine Kinder mal zu einer Veranstaltung mitnimmt, die er sich selbst so gerne gönnt. Mistkerl! Bei ihm stehen Baseballspiele und Nachtklubs, Abendessen mit Erwachsenen und Sex auf dem Programm. Ich darf stundenlang Animal Planet schauen – den einzigen Sender, den alle meine Kinder toll finden – und ab und zu mal ein Superheldencomic vorlesen. Ich versuche, nicht darüber verbittert zu sein, dass Miles im Gegensatz zu mir ein Leben hat, es gelingt mir allerdings nicht besonders gut.

Das Handy in meiner Hosentasche vibriert. Ich ignoriere es und atme noch mal tief durch. Nichts und niemand wird die Einsamkeit und Stille stören, mich aus dem hart erkämpften Moment absoluter Ruhe reißen. Ich werde endlich herausfinden, was es mit diesem Konzept, Zeit für sich selbst zu haben, auf sich hat, über das ich ständig in allen möglichen Muttiblogs lese.

Wieder vibriert mein Handy.

Zeit für mich! Zeit für mich! Zeit für mich! Ich will das auch endlich mal ausprobieren, verdammt! Ich kann ziemlich gut nachempfinden, wie sich der unglaubliche Hulk fühlt, kurz bevor er aus seiner Hose platzt. Irgendwann ist das Maß einfach voll. Meine Jeans kneift auch schon ein bisschen.

Ich habe Angst davor, eines Tages wirklich den Hulk in mir rauszulassen. Wenn es so weit ist, schwelle ich vor lauter Zorn an, werde am ganzen Körper grün, reiße mir die Kleider vom Leib … und dann marodiere ich wie ein tollwütiges Tier durchs Haus, zerschmettere Fenster und Teller, reiße alle Vorhänge runter und schlage Löcher in die Wände. Das Bild der Zerstörung, das sich vor meinem inneren Auge manifestiert, bringt mich zum Lächeln. Meine Güte, das wäre so was von befriedigend! Ich lebe die Fantasie nur deshalb nicht aus, weil ich das Chaos nach meinem Tobsuchtsanfall ganz allein beseitigen müsste und weiß Gott schon genug um die Ohren habe.

Jemand schickt mir eine SMS, und ich ahne auch ohne einen Blick auf das Display meines Handys, wer das sein könnte. Eigentlich kommen nur zwei Personen infrage: mein Boss und meine Schwester. Ersterer sollte lieber mal die Füße still halten und nicht allzu bald mit einer Antwort rechnen. Ich habe allein diese Woche so viele Überstunden gemacht, dass es für den Rest des Monats reicht. Meine Schwester kann auch warten. Ich brauche Wein, ehe ich mit ihr rede. Von den Geschichten, die sie in letzter Zeit so erzählt, kriege ich graue Haare, dabei bin ich erst zweiunddreißig. Ich will wirklich nur ungern vorzeitig ergrauen.

Meine Schwester hat seit ein paar Monaten diesen neuen Job, der sie irre glücklich und mich ziemlich verrückt macht.

Ich hatte eigentlich angenommen, sie habe schon ein ziemlich gutes Leben, und sah keinen Grund für große Veränderungen. Den sehe ich, ehrlich gesagt, auch jetzt noch nicht. Sie ist nach ihrem Collegeabschluss wieder zurück in den Süden gekommen, um näher bei mir und den Kindern zu sein, und hat sich danach gleich als Hochzeitsfotografin selbstständig gemacht. Sie war Single, hatte keine Kinder und führte ein perfektes Leben, jedenfalls kam es mir so vor.

Sie ist unheimlich talentiert, und trotz Wirtschaftskrise, die ihr nach eigenem Bekunden ziemlich zusetzte, ging es ihr ganz gut. Sie genoss ihr Singledasein in ihren eigenen vier Wänden, konnte ihren Tagesablauf frei gestalten und Bäder nehmen, ohne sich Gedanken darüber machen zu müssen, was währenddessen im Untergeschoss vor sich geht.

Wenn ich mich in die Badewanne lege, während die Kinder zu Hause sind, bekomme ich dabei eher Panik, als dass ich mich entspanne. Ich kann dann an nichts anderes mehr denken als an das, was vielleicht gerade jenseits der Badezimmertür passiert. Meine Kinder könnten aus Versehen Gift trinken, mein Sohn könnte sämtliche Puppen enthaupten, meine Töchter könnten ihre Wüstenrennmaus quälen, indem sie sie in Barbiekleidung stecken. Auweia!

Man könnte wohl sagen, meine Schwester May hatte das große Los gezogen, bevor sie aus mir völlig unerfindlichen Gründen – sie schuldet mir noch eine Erklärung, die mich gänzlich zufriedenstellt – zu dem Entschluss kam, das sei ihr alles nicht genug. Sie verlor die Bodenhaftung. Sie lernte diesen Typen kennen, Ozzie, so einen ehemaligen Militärfuzzi, schloss ihre Agentur, stieg bei seiner Sicherheitsfirma ein und integrierte sich in die Befehlskette. Jetzt hat sie ordentlich Muckis und benutzt Begriffe wie »Augen geradeaus« und »Charlie Foxtrott« und Gott weiß was noch. Wenn sie mit diesem Quatsch anfängt, schalte ich einfach ab.

Ich habe jedenfalls keinen Schimmer, warum sie ihr Leben völlig umkrempeln musste, doch offenbar war es nötig, zumindest sagt sie das. Innerlich ist sie noch dieselbe May, mit der ich aufgewachsen bin, ansonsten hat sie allerdings nichts mehr mit dem kleinen Mädchen von früher gemein. Sie wirkt selbstbewusster. Sie scheint … erwachsener geworden zu sein. Gleichzeitig kommt sie mir jünger vor. Sie geht beschwingt durchs Leben. Sie lächelt dauernd. Sie blödelt viel mehr herum und behauptet, in einen Typen verliebt zu sein, den sie kaum kennt.

Uff! Manchmal möchte ich sie ohrfeigen, damit sie aufwacht und merkt, was wirklich mit ihr passiert. Hormone. Lust. Mir ist schon klar, dass einen das ziemlich mitreißen kann, aber mal ernsthaft … ich lebe in der echten Welt, in der die Liebe zu einem Mann jahrelang wächst, man sich ein gemeinsames Leben aufbaut und er einen dann trotzdem verlässt. Liebe auf den ersten Blick? Nee. Das passiert nicht. Die gibt es einfach nicht. Sie ist nur eine Illusion, die wir zu vielen schnulzigen Frauenfilmen und zu wenigen schmerzlichen Erfahrungen in unserem echten Leben zu verdanken haben.

Es geht hier nicht um Eifersucht oder darum, dass ich meiner Schwester ihr Glück nicht gönne. Ich habe einfach Angst vor dem Tag, an dem sie aus ihrer selbst erschaffenen Traumwelt gerissen wird und mit voller Wucht auf dem Boden der Tatsachen landet, weil ich nicht sicher bin, ob auch nur eine von uns für ein derart verheerendes Erlebnis gewappnet ist.

Immerhin ist sie glücklich, zumindest für den Moment. Deshalb spare ich mir negative Kommentare bezüglich ihrer Liaison. Ich will auf keinen Fall wie eine fiese Spaßverderberin daherkommen, die alles kaputt machen will. Natürlich mache ich mir trotzdem Sorgen. Sie riskiert bei der ganzen Sache nicht nur ein gebrochenes Herz, sondern aufgrund ihres neuen Jobs auch ihren Lebensunterhalt – und wer darf wohl die Scherben aufsammeln, wenn das alles zu Bruch geht? Ja, genau. Ich natürlich.

Sie arbeitet als Überwachungsexpertin in der Sicherheitsfirma ihres Freundes – nicht, dass sie irgendwelche Erfahrungen auf diesem Gebiet gehabt hätte – und fotografiert jetzt beruflich Verbrecher. Mein süßes Schwesterchen, eine ehemalige Einserschülerin, die noch immer Haarreifen und Espadrilles trägt, hängt jetzt in den gefährlichsten Gegenden von New Orleans herum und weicht Kugeln aus. Als wäre mein Leben nicht schon stressig genug gewesen.

Ich hole noch mal tief Luft, um meinen Blutdruck zu senken. Entspann dich, Jenny. Auch diesen Tag musst du einfach überstehen, ohne deinen inneren Hulk auf jemanden loszulassen. Du schaffst das.

Ich drehe mich um, schlurfe in meinen abgelatschten Hausschuhen den Flur entlang und biege in die Küche ab. Aus dem Kühlschrank hole ich eine halb volle Flasche Chardonnay und gieße mir großzügig ein. Es ist erst sechzehn Uhr, aber eine Zeitzone weiter ist es schon siebzehn Uhr, also kann ich ruhig anfangen zu trinken. Wen kümmert es, dass ich die zusätzlichen Kalorien ganz bestimmt nicht brauchen kann? Ich werde ohnehin nicht so bald zu einem Date gehen. Wer Dates will, braucht Freizeit, und davon habe ich herzlich wenig.

Mein Handy vibriert schon wieder. Ich schütte den Wein wie eiskaltes Bier hinunter und verziehe das Gesicht, während ich das Ding aus der Hosentasche ziehe. Meine Güte, der Wein hat es echt in sich. Vielleicht hätte ich den Mund nicht ganz so voll nehmen sollen. Leise rülpsend werfe ich einen Blick aufs Display. Vier neue SMS.

May: Muss mit dir reden. Ruf mich an.

May: Bist du da? Sind die Kinder schon weg? Bist du schon beim Wein?

May: Übertreib es bloß nicht! Muss mit dir reden.

May: Ignorierst du mich absichtlich? Ich weiß, dass du meine SMS ankommen hörst. Dein Handy piept oder vibriert, Zicke. Spiel keine Spielchen mit mir.

Kopfschüttelnd trinke ich einen etwas kleineren Schluck als zuvor. Ich ruhe plötzlich ganz in meiner inneren Mitte.

Das ist so ein seltsamer Mechanismus bei meiner Schwester und mir: Wenn sie in Panik verfällt, werde ich ganz ruhig. Als große Schwester verwandle ich mich, wenn sie in der Krise steckt, instinktiv in eine starke Frau, damit ich sie beschützen, mich um alles kümmern und dafür sorgen kann, dass ihre Welt nicht völlig zusammenbricht, wenn sie am schwächsten ist. Mich zerlegt es erst, wenn die Gefahr vorbei ist, wenn niemand es sieht.

Diese Rolle habe ich mein ganzes Leben lang für sie gespielt. Als wir jünger waren und die Situation mit unseren Eltern zu Hause eskalierte, war ich immer für sie da, strich ihr übers Haar und versicherte ihr, dass alles gut werden würde, während sie bitterlich weinte und sich darüber beklagte, wie schrecklich unser Leben war. Ich brach erst zusammen, wenn niemand mehr in der Nähe war, weil ich nicht wollte, dass meine Schwester meinetwegen noch mehr litt. Es scheint so eine Art Kodex unter großen Schwestern zu sein, die kleinen vor allem Unheil abschirmen zu wollen.

Ich gerate nur aus der Fassung, wenn sie mir völlig entspannt schreckliche Neuigkeiten mitteilt. Paradebeispiel: Als sie Ozzie kennenlernte, rief sie mich an, um mir alles zu erzählen. Sie versuchte, beiläufig einfließen zu lassen, dass jemand in einer Rockerkneipe auf sie geschossen hatte und Holzsplitter sie getroffen und verletzt hatten. Ich kann unmöglich cool bleiben, wenn ich solche Geschichten höre, insbesondere, wenn ich das drängende Gefühl habe, dass meine kleine Schwester ganz und gar nicht angemessen reagiert. In letzter Zeit hat sie mir keine verrückten Geschichten mehr erzählt, das heißt allerdings nicht, dass sie nicht in Schwierigkeiten wäre. Sie hat nur jetzt einen Freund, dem sie sich anvertrauen kann, deshalb verschweigt sie mir alle Dinge, von denen sie weiß, dass ich sie missbillige. Das ist jedenfalls meine Theorie.

Ich mag Ozzie ganz gern, doch seit er in ihr Leben getreten ist, ist nichts mehr, wie es war, deshalb traue ich ihm nicht. Ihr Leben mag vorher ein bisschen langweilig gewesen sein. Na schön. Kann ich verstehen. Zwischen Langeweile und Todessehnsucht muss es allerdings noch ein gesundes Mittelmaß geben. Ihre Tage im neuen Job sind für meinen Geschmack ein bisschen zu aufregend. Ich habe ständig das Gefühl, mir Sorgen um sie machen zu müssen, weil sie sich nicht genügend macht. Sie ist so hin und weg von Ozzie und seinem ganzen Team – von der privaten Sicherheitsfirma Bourbon Street Boys –, dass sie nicht mehr klar denken kann. Mir ist klar, dass ihr Typ ziemlich heiß und einer der Guten ist, aber mal ernsthaft … Kugeln?

Ich seufze, als mir klar wird, dass ich mindestens die nächsten dreißig Minuten meines friedlichen Wochenendes nicht auf die Art und Weise werde genießen können, wie es geplant war. Kein wichtiges Telefonat zwischen meiner Schwester und mir dauert je kürzer als eine halbe Stunde. Ich stelle mein Weinglas ab, halte mir das Handy vors Gesicht und tippe mit den Daumen eine SMS.

Ich: Sag mir bitte, dass es nichts mit Schusswaffen zu tun hat.

May: Keine Schusswaffen, aber ich brauche deine Hilfe.

Ich: Ratschläge in Liebesdingen?

Die gemeine Schwester in mir hofft, dass ihre Beziehung auf der Kippe steht. Wenn sie nicht unter Ozzies Bann stünde, könnte ich sie vielleicht zur Räson bringen, sie davon überzeugen, dass Hochzeitsfotografin der wesentlich sicherere, verlässlichere Job ist als Überwachungsspezialistin.

May: Nein. Computerexpertise.

Uff! Was für eine Enttäuschung. Das ist so ziemlich das Letzte, worüber ich gerade sprechen möchte. Eine Fünfzig-Stunden-Woche trockenen Programmierens liegt hinter mir. Nein, danke.

Ich: Vergiss es. Ich habe frei.

Mein Handy klingelt, und der Name meiner Schwester erscheint auf dem Display.

Ich ringe mit mir. Möchte ich sie wieder einmal retten oder einfach in die Wanne steigen und den ganzen Unsinn für ein Weilchen vergessen?

Mein Handy piept, und eine kurze Nachricht erscheint auf dem Display.

May: Geh schon ran.

Rebellion regt sich in mir. Ich lege das Handy auf den Küchentresen, schnappe mir die Weinflasche und mein Glas und gehe den Flur entlang. Ich werde mein Bad bekommen, mich dieses Wochenende entspannen und für niemanden auf der Welt am Computer sitzen, denn wenn ich in den kommenden achtundvierzig Stunden auch nur eine Zeile Code sehe, haue ich ab, schließe mich einer Sekte an, ändere meinen Namen in Feder und heirate einen Mann mit Bart bis zum Bauchnabel, der dreimal so alt ist wie ich und nur ein Hanfhöschen trägt. Er wird Frei heißen. Was natürlich die Kurzform von Freiheit ist.

Als ich an der Treppe ankomme und den Fuß hebe, um den Aufstieg in mein Reich der Glückseligkeit zu beginnen – auch als überschäumende Badewanne inklusive Wein bekannt –, piept in der Küche wieder mein Handy. Ich stehe wie ein verdammter Flamingo auf einem Bein und ringe einmal mehr mit meinem Gewissen. Badewanne oder Schwester? Badewanne oder Schwester?

Die rebellische Zicke in mir will sie einfach ignorieren, doch die alleinerziehende Mutter, die unzählige Male von May gerettet wurde, hält inne. Immerhin ist May vor einem Jahr bei mir eingezogen, damit ich in unsere Familienhütte fliehen und mich sammeln konnte, nachdem Miles mich verlassen hatte. Sie würde es jederzeit wieder tun, wenn es nötig wäre, weil sie nun mal die Sorte Schwester ist. Vielleicht kann ich ihre Fragen ja schnell am Telefon beantworten.

Ich haste in die Küche und nehme das Handy vom Tresen. Eine neue SMS mitsamt eines Fotos meiner Schwester erwartet mich. Sie schielt und schaut so mitleiderregend, wie sie nur kann.

May: Bitte, bitte?

Messer mitten ins Herz. Sie weiß genau, wie sie mich kriegt. Ich scrolle zu ihrem Kontakt und drücke die grüne Schaltfläche, bevor ich mir das Handy ans Ohr halte. Sie geht beim zweiten Klingeln ran. »Vielen, vielen Dank. Ich weiß das wirklich zu schätzen. Ich brauche deine Hilfe.«

»Ja«, antworte ich trocken, »das habe ich kapiert.«

»Du weißt doch, dass ich dich nie an deinem freien Wochenende stören würde, wenn es nicht wirklich wichtig wäre.«

Ich verdrehe die Augen. »Schon gut. Was ist los? Rück schon raus, Schwester. Oben wartet heißes, glitschiges Glück auf mich.«

»Äh … uh. Was ist es denn? Ein Dildo? Es ist irgendwie eklig, dass du mir das erzählst.«

»Nein! O Mann! Kein Dildo! Ein Schaumbad, du Armleuchter!« Meine Wangen glühen. Als würde ich ihr das erzählen. Jetzt bin ich überzeugt davon, dass sie einen Dachschaden hat. »Was brauchst du? Komm schon, ich hab's eilig. Mir bleiben nur noch zweiundvierzig Stunden.« Ich schaue auf die Uhr und verabscheue mich für den Wunsch, meine Kinder würden länger wegbleiben. Schlechteste Mutter aller Zeiten. Ich werde jedenfalls nicht allzu bald einen Preis für die beste Mutter der Welt gewinnen.

»Ähmmm … ähhh …«

Ich unterbreche May. »O nein, Madame. Vergiss es! Keine Ähmmms und keine Ähhhs. Du sagst mir jetzt, was du brauchst, dann bekommst du eine Antwort, und dann lege ich auf und springe in die Badewanne.«

»Wow! Was hat Miles wieder angestellt?«

Allein beim Gedanken daran möchte ich das Telefon erwürgen. Ich bin nicht sauer auf May, ich hasse mich nur wieder einmal selbst dafür, diesen Mann überhaupt geheiratet zu haben. Das Einzige, das mich davon abhält, die Selbstgeißelung auf die Spitze zu treiben, sind die drei wundervollen Kinder, die er mir geschenkt hat. Es hatte nicht nur Schlechtes, dass ich Miles geheiratet habe, aber fast.

»Ach, nichts Besonderes«, antworte ich, ohne den blanken Hass in meiner Stimme so weit zurückzunehmen, wie ich vielleicht sollte. »Er hat mich nur beim Abholen der Kinder darüber informiert, dass er sie am Sonntag schon früh zurückbringen muss.«

Sie schnaubt verächtlich. »War ja klar. Hast du etwas anderes erwartet?«

Sie hat recht. Ich weiß genau, dass sie recht hat. Warum mache ich das immer wieder? Ich rede mir ein, dass er zur Abwechslung ein guter Mensch und Vater sein wird, mache mir Hoffnungen. Wofür? Nur um jedes Mal zu erleben, wie er mich enttäuscht. Es ist fast, als wolle ich mich für irgendwas bestrafen.

Wenn er ein guter Mensch wäre, hätte und würde er sich nicht bei jeder Gelegenheit so verhalten. Niemand kann aus seiner Haut. Unsere Mutter hat das so oft wiederholt, dass es mir eigentlich in Fleisch und Blut übergegangen sein müsste, aber leider … habe ich den gleichen Fehler gemacht wie sie und einen untreuen Drecksack geheiratet. Das belegt wohl, wie dumm ich bin. Dumm wie Bohnenstroh, wie mein Vater immer so schön über die Frau sagte, die May und mich zur Welt gebracht hat. Wenigstens dieser Mann ist für immer aus meinem Leben verschwunden. Er hat unserer Familie mit seinen Alkoholexzessen, seinem aggressiven Verhalten gegenüber Frauen, seinen Lügen und dem Fremdgehen genug Schmerzen für zwei Leben zugefügt. Wenn Miles jetzt noch einen auf Geisterfahrer machen könnte …

Ich reiße mich aus meinen mordlüsternen Gedanken, kehre zurück in die Gegenwart. »Keine Ahnung, warum ich erwartet habe, dass er sich zur Abwechslung wie ein erwachsener Mann oder anständiger Vater verhält. Ich sollte es eigentlich besser wissen.«

»Ach, ist ja auch egal, ich habe nämlich gute Neuigkeiten für dich. Großartige Neuigkeiten. Weil ich so eine fantastische Schwester und quasi Hellseherin bin, habe ich schon eine Lösung für dich parat.«

Das tröstet mich nicht. May ist für gewöhnlich ziemlich gut in Sachen Problemlösung, aber ich kann mich nicht mehr hundertprozentig auf ihr Urteilsvermögen verlassen, da sie es offenbar für einen guten Schachzug hält, einen anständigen Job gegen eine Stelle in einer militärisch geführten Sicherheitsfirma zu tauschen, bei der sie von Mördern verfolgt wird. Wenn man für das Wohlergehen dreier Kinder verantwortlich ist, möchte man mindestens einen verantwortungsbewussten Erwachsenen in deren Nähe wissen.

»Ich wage kaum zu fragen.«

Sie spricht einfach weiter, ohne auf meine Zweifel einzugehen. »Ozzie und ich wollen nächste Woche irgendwann bei dir vorbeischauen und eine Weile bleiben. Außerdem habe ich bereits einen Geschenkgutschein für dich gekauft, mit dem du dir nach der Arbeit in dem kleinen Einkaufszentrum eine Spezialbehandlung angedeihen lassen kannst, während wir auf die Kinder aufpassen.«

Ich weiß nicht, was ich darauf erwidern soll. Ich bin nicht mal sicher, dass ich richtig verstehe, was sie gerade gesagt hat.

»Da bist du baff, was? Wusste ich's doch.« May klingt äußerst selbstzufrieden, und ich muss zugeben, dass auch ich ziemlich zufrieden mit ihr bin.

»Womit habe ich das verdient?«

»Es geht nicht darum, was du bereits geleistet hast … sondern darum, was du noch tun wirst.«

Ich schließe wie so oft die Augen und hole tief Luft. »Ich bin nicht sicher, ob ich möchte, dass du weiterredest.«

»Vertrau mir. Du wirst es lieben.«

»Was lieben?«

»Komm einfach zu mir auf die Arbeit. In einer Stunde.«

»Zu dir auf die Arbeit? Nein, ganz bestimmt nicht.« Ich war einmal dort, und das hat mir gereicht. Es hatte das Flair einer Prolo-Muckibude, was mich nicht gerade von den Socken gerissen hat. Die ganzen Spinde, all die Gewichte zum Heben, die Autos auf dem Hof? Nein. Das kommt einfach nicht an das hochklassige Fotostudio heran, bei dem sie vorher gearbeitet hat. Bei Weitem nicht.

»Warum nicht? Komm schon, es dauert höchstens eine Stunde. Ich verspreche, du wirst es nicht bereuen. Ozzie wird dich bezahlen.«

»Mich bezahlen? Verdammt noch mal, May! Ich wusste, dass mich das wütend machen würde.« Er versucht, sich meine Zustimmung zu erkaufen, das ist die einzig mögliche Erklärung. Drecksack.

Sie schlägt den Bettelton an. »Bitte, Jenny. Sag ja! Ich brauche dich wirklich.«

»Du brauchst mich nicht! Verwechselst du mich nicht gerade mit einem deiner Bourbon Street Boys? Du brauchst so einen Supersoldaten.«

Sie lacht. »Einen Supersoldaten? Wie meinst du das?«

Ich erinnere mich deutlich an die Männer, mit denen sie zusammenarbeitet. »Du weißt, wovon ich rede. Muskelprotze in hautengen T-Shirts, die davon leben, anderen in die Fresse zu schlagen.«

»Mach keine Witze. Warum sollte ich dich anrufen, wenn ich so einen brauche?«

»Gute Frage.« Es ist dämlich, dass mich ihre Antwort verletzt. Ich weiß, dass ich durch die Schwangerschaften ein paar Kilos zugelegt habe, die ich noch loswerden muss, aber ich habe mir fest vorgenommen, irgendwann ein Fitnessprogramm …

»Komm einfach vorbei. Wir reden von fünfhundert Kröten für nicht mal eine halbe Stunde Beratung. Du hast doch gesagt, du willst ein bisschen freiberuflich arbeiten, und das ist deine Chance.«

Mir bleibt beinahe die Luft weg. »Hast du gerade …?«

»Ja, fünfhundert.« Ich höre das Lächeln in ihrer Stimme. »Fünfhundert Mäuse und ein Geschenkgutschein. Sei um siebzehn Uhr dreißig hier. Vergiss deinen Laptop nicht.« Sie ist ausgebufft genug, um aufzulegen, bevor ich widersprechen kann.

Ich drehe mich um und erhasche im Flurspiegel einen nur allzu deutlichen Blick auf die dunklen Ringe unter meinen Augen. Spitze! Ich sehe aus, als hätte mir einer dieser Bourbon-Street-Supersoldaten ins Gesicht geboxt.

Ich muss wirklich unbedingt ein Bad nehmen und mich ein paar Stunden entspannen, aber fünfhundert Kröten sind fünfhundert Kröten, und wenn die Unterhaltszahlungen für die Kinder häufiger ausbleiben, als dass sie eingehen, ist es eine gute Sache, ein Polster auf dem Konto zu haben. Nein … es ist eine großartige Sache. Danke, May.

Ich widerstehe dem Drang, noch einen kräftigen Schluck Wein zu nehmen, und mache stattdessen auf dem Absatz kehrt, um ins Schlafzimmer zu gehen und die Ringe unter meinen Augen unter einer dicken Schicht Make-up zu verstecken. Das Bad gönne ich mir später, und wer weiß … vielleicht genehmige ich mir dabei sogar eine Flasche Champagner, jetzt, da mich ein unverhoffter Geldsegen erwartet.

Auf der Treppe nach oben ringe ich mir endlich ein Lächeln ab.

Kapitel 2

Ich kann nicht glauben, dass ich das wirklich mache. Ich weiß nicht mal genau, was ich da eigentlich mache. Bin ich passend gekleidet, um bei der Sicherheitsfirma Bourbon Street Boys als freiberufliche Computerspezialistin zu arbeiten? Während ich an der Einfahrt zum Hafen darauf warte, dass die Ampel auf Grün umschaltet, schaue ich an mir herunter. Ich trage eine Jeans, blumenbestickte Sneakers und eine durchgeknöpfte weiße Bluse. Mein hellbraunes Haar habe ich zu einem Pferdeschwanz zusammengebunden. Mit Ausnahme meiner Ohrstecker mit silbernen Kügelchen habe ich sämtlichen Schmuck zu Hause gelassen, weil es mir nicht richtig erschien, mich für die Arbeit im Hafen allzu sehr zu behängen. Schließlich fahren die meisten Leute hier in Gabelstaplern herum. Ich möchte mir und meiner Schwester die Peinlichkeit ersparen, an diesem Ort wie eine aufgebrezelte Henne herumzulaufen, die nicht weiß, wie man sich hier passend kleidet.

Beim Blick in den Spiegel fällt mir mein fransiger Pony auf, der schon vor einem Monat hätte geschnitten werden müssen und mir jetzt in die Augen hängt. Ich streiche ihn mir aus dem Gesicht und achte dabei darauf, meine Mascara nicht zu verschmieren. Startklar. Mir steht die Erschöpfung trotz Tonnen von Foundation ins Gesicht geschrieben. Glücklicherweise machen meine blauen Augen das mehr als wett und strahlen frisch und munter, was mich ziemlich zufrieden macht. Der Gedanke an fünfhundert zusätzliche Kröten und einen Gutschein fürs Einkaufszentrum hat offenbar diesen Effekt auf mich.

Die Ampel schaltet auf Grün, zwingt mich aus meiner Selbsteinschätzung geradewegs in den Hafen. Ich navigiere aus dem Gedächtnis, kurve um mehrere Gebäude herum, bis ich mein Ziel erreiche. Vor dem Lagerhaus halte ich an und lasse das Auto einen Augenblick im Leerlauf, während ich mir einen Eindruck von dem Gebäude verschaffe.

Es gibt keinen ausgewiesenen Eingang für Fußgänger, doch ich war schon mal hier und weiß daher, dass ich die Ruftaste am Keypad neben dem Rolltor betätigen muss, vor dem ich stehe.

Ich bin versucht, in meinem dank der Klimaanlage wohltemperierten Wagen sitzen zu bleiben und wild darüber zu spekulieren, was jenseits des Tors vor sich geht, doch das würde mein Bad nur noch länger hinauszögern. Stattdessen kann ich mir auch einfach eingestehen, wie aufgeregt ich bin, und das Ganze hinter mich bringen.

Ich hasse es, dass ich so ein Gewohnheitstier bin, dass es mir solches Unbehagen bereitet, an einem anderen Ort zu arbeiten als gewöhnlich. Wie soll ich jemals aus diesem Drecksloch entkommen und mich selbstständig machen, wenn ich nicht einmal etwas so Triviales fertigbringe, wie eine Stunde mit meiner eigenen Schwester zusammenzuarbeiten? O Mann! Ich bin ein hoffnungsloser Fall. Meine Angst fesselt mich derart an meinen alten Job, dass ich ihn nie werde aufgeben können. Ich werde dort alt und grau werden, und irgendwann werden sie mich mitsamt dem Bürostuhl rauswerfen müssen. Ich bin dem Untergang geweiht. Verloren!

Angewidert von mir selbst, stelle ich den Motor ab, nehme meinen Laptop und meine Handtasche vom Beifahrersitz, steige aus und knalle die Tür hinter mir zu. Meine Sneakers quietschen mit jedem Schritt, den ich mich dem Tor nähere. Mein Pferdeschwanz wippt rhythmisch bei jedem Schritt auf und ab, genau wie mein Allerwertester. Jo, kann ich auch noch Fritten zu dem Shake haben? Ich muss mich unbedingt im Fitnessstudio anmelden.

Am Keypad angelangt, beuge ich mich vor und drücke den Knopf. Ich schwitze, und meine Hand zittert vor Aufregung. »Hallo?«

Als ich nur das Rauschen und Knacken der Leitung höre, bekomme ich Panik. Ein Gabelstapler rauscht hinter mir vorbei, und zwar viel zu schnell, jedenfalls kommt es mir so vor. Ich fahre herum und sehe ihm hinterher. Der Fahrer dreht sich zu mir um, pfeift, lächelt und winkt mir zu. Ihm fehlen zwei Zähne.

O Gott! Ich bin Mutter dreier Kinder. Hilfe! Was mache ich hier bloß?

Ich hole tief Luft, wende mich wieder dem Keypad zu und atme langsam aus, um mich zu beruhigen. Du schaffst das, Jenny. Sei stark. Vergiss nicht: Du bist ein Raubtier. Nein, du bist ein Honigdachs. Niemand legt sich mit einem Honigdachs an.

»Na kommt schon, macht die Tür auf, ihr Bourbon-Street-Paviane.« Ich drücke erneut den Knopf und sage diesmal lauter: »Hallo!« Mir klebt vor Schweiß mittlerweile die Bluse am Körper. Eine Hitzewelle jagt die nächste. Vielleicht habe ich Glück, und der Gabelstaplerfahrer kommt noch mal vorbeigebraust und lädt mich auf einen Cocktail im örtlichen Stripklub ein.

Eine gefühlte Ewigkeit geschieht gar nichts. Ich bin versucht, mich einfach umzudrehen, abzuhauen und May zu sagen, dass niemand da war. Leider weiß ich ganz genau, dass diese Taktik bei ihr nicht fruchten wird. Sie kann sehr energisch sein, wenn sie sich einmal auf etwas versteift hat. Sie wird so lange nicht lockerlassen, bis ich ihr die Wahrheit sage, und ich will meiner kleinen Schwester gegenüber, die ich vor jeglichem Unheil der Welt beschützen muss, nicht zugeben, dass ich Angst hatte. Angst vor einem zahnlosen Staplerfahrer und ein bisschen Schweiß.

Verdammich! Ich bin der Extrakäse auf einem Problem-Doppelwhopper.

Erneut beuge ich mich vor und denke dabei an ein Video, das ich mal gesehen habe, in dem ein Honigdachs eine Kobra attackiert hat. Ein Honigdachs lässt sich nicht so einfach abwimmeln, nicht einmal von den Bourbon Street Boys. »Hallo? Ist da jemand? Wenn nicht gleich jemand aufmacht, bin ich weg.«

Das Geräusch des sich öffnenden Tors, das urplötzlich erklingt, lässt mich vor Schreck zusammenzucken. Von wegen Honigdachs. Ich erhole mich jedoch schnell und streiche mir das Haar an den Schläfen glatt, damit niemand mich für ein aufgeschrecktes Hühnchen hält, das vor jedem Mucks Angst hat. Es ist nur ein Tor. Entspann dich, Honigdachs!

Der Hafen macht mir immer ein bisschen Angst. Ich bin hier überhaupt nicht in meinem Element, so viel steht fest. Es ist mir völlig schleierhaft, wie sich meine Schwester in dieser Umgebung so wohlfühlen kann. Vielleicht geben ihr die Muskeln ihres Freundes ein trügerisches Gefühl der Sicherheit. Dummerweise muss ich ohne diese Stütze klarkommen. Ich habe nur meinen Laptop und Pfefferspray. Ich umklammere meine Handtasche ein bisschen fester und bilde mir ein, die Spraydose an meiner Hüfte spüren zu können.

»Mays Schwester Jenny, nehme ich an?«, fragt eine männliche Stimme von drinnen. Sie gehört nicht Ozzie. Ich erinnere mich nicht, sie schon mal gehört zu haben.

Meine Augen brauchen ein paar Sekunden, um sich an das schwächere Licht im Inneren zu gewöhnen, doch als es endlich so weit ist, muss ich mich verdammt zusammenreißen, damit mir nicht der Mund offen stehen bleibt. Unmittelbar vor mir im Lagerhaus steht ein unverschämt gut aussehender Typ, der mich anlächelt.

Cool bleiben, Jenny, cool bleiben. »Ja, genau«, sage ich viel zu fröhlich, um zu verschleiern, dass mein Hirn sich gerade in ein sabberndes Etwas verwandelt hat. Er ist nicht unbedingt mein Typ, aber ... gut aussehend bleibt gut aussehend, und es ist nicht von der Hand zu weisen, dass er extrem gut aussieht. Ich hole hastig Luft, um mich zu beruhigen. »So heiße ich. Ich bin Jenny. Jenny Wexler. Mays Schwester, genau, das bin ich. Computerexpertin. Mit meinem Laptop.«

Da ist er, der Sprechdurchfall. Großartig! Du hast eine Glückssträhne, Jenny. Da er mich jetzt ein bisschen verdutzt ansieht, hebe ich meinen Laptop zur Erklärung mit rot glühenden Wangen ein Stückchen höher. »Sie hat mich angerufen. Gesagt, ich solle herkommen. Mit meinem Computer?«

Mr Gutaussehend streckt mir eine Hand hin, die ich anscheinend schütteln soll. »Schön, Sie kennenzulernen. Ich bin hier der Glückspilz.«

Was will er mir denn damit sagen? Soll das Jugendsprache sein? Sollte mir das schmeicheln? Ich trete ihm mit ausgestreckter Hand entgegen, verwirrter denn je und in der Hoffnung, dass er nicht merkt, wie verschwitzt meine Handfläche ist. »Glückspilz ...?«

Er zuckt die Achseln, scheint sich fast zu schämen. »Seit ich zehn bin, nennen mich alle nur Lucky.«

Endlich begreife ich, was er meint, außerdem dämmert mir, dass ich dringend mehr schlafen sollte. »Nett, Sie kennenzulernen, Lucky.« Seine Hand fühlt sich warm und weich an, was mich ein bisschen überrascht, da ich angenommen hatte, die Jungs hier hätten alle Schwielen an den Händen vom vielen Knochenbrechen.

Als sich unsere Hände wieder lösen, linse ich an ihm vorbei, um Ausschau nach meiner Schwester zu halten. Ich hatte schon geglaubt, dass sie zum Eingang kommen und mich persönlich in Empfang nehmen würde, kann sie aber nirgends entdecken.

»May musste für eine Weile raus, deshalb hat sie mich gebeten, Sie willkommen zu heißen und einzuweisen.«

Ich versuche mit aller Macht, nicht die Augen zu verdrehen, scheitere aber kläglich. Erst macht sie einen Riesenaufstand, dass ich unbedingt herkommen muss, und dann ist sie einfach verschwunden? Was soll das denn? Das ist hoffentlich kein mieser Trick. Wenn doch, kann sie sich auf eine ordentliche Backpfeife gefasst machen.

»Keine Sorge, ich beiße nicht.« Lächelnd zwinkert er mir zu.

»Ich schon, also passen Sie besser auf.« Ich bin wieder voll und ganz unleidlich. Ich könnte in diesem Augenblick mit einer fast ausgetrunkenen Flasche Wein in einem heißen Schaumbad liegen, stattdessen stehe ich hier mit einem Typen, der mir gerade zugezwinkert hat, wahrscheinlich, um mich darüber hinwegzutrösten, dass meine Schwester mich im Stich lässt, oder weil er nicht merkt, dass ich schwitze wie ein Schwein. Sie lässt mich hoffentlich gerade nicht hängen, um mit ihrem Freund zu Abend zu essen.

Sein Lächeln wird ein wenig schwächer. »Nun denn …«

Unangenehme Stille macht sich zwischen uns breit. Ich tippe mit dem Finger auf meinen Laptop, er reibt sich die Hände. Da ich keine Ahnung habe, was ich hier eigentlich soll, warte ich darauf, dass er den nächsten Schritt macht, doch er zuckt nur die Achseln.

Ein Geräusch hinter ihm lenkt mich von den Schweißtropfen ab, die langsam von meinem Kreuz in meine Poritze gleiten … und ich hatte gedacht, der Tag könne nicht noch bescheidener werden.

»Willst du die Tür den ganzen Tag offen lassen?«, fragt ihn ein anderer Typ.

Lucky reagiert darauf, indem er den Kopf leicht dreht und ziemlich laut sagt: »Mach dich mal locker! Wir haben Besuch.«

»Wer ist es denn?«

»Schau doch selbst nach!« Lucky winkt mich zu sich heran. »Kommen Sie rein. Keine Sorge, ich halte Abstand.«

»Sie halten Abstand?«

»Ich möchte doch nicht, dass Sie mich beißen.« Er zwinkert wieder.

Ich werde puterrot. Mir liegt die Entschuldigung dafür, mich wie eine blöde Zicke benommen zu haben, bereits auf der Zunge, aber da sie mit großer Wahrscheinlichkeit wieder für unangenehmes Schweigen zwischen uns sorgen würde, halte ich lieber den Mund. Stattdessen betrete ich das Lagerhaus und versuche, nicht wieder zusammenzuzucken, als sich das Tor hinter mir zu schließen beginnt. Du meine Güte, ist das Ding laut.

Als sich das Tor mit einem letzten polternden Geräusch schließt, nehme ich aus dem linken Augenwinkel eine Bewegung wahr. Ein Riese von einem Mann schält sich aus der Dunkelheit. Er ist von Kopf bis Fuß nass, sein Shirt und seine Shorts kleben ihm an der Haut. Heiliger Strohsack! Ich wusste nicht, dass es die auch in so groß gibt.

Das muss der Typ sein, über den meine Schwester schon mehrmals gesprochen hat. Wenn ich mich richtig erinnere, hat er sie sogar schon mehrfach angegriffen, offenbar im Zuge irgendeines Tests. Ich glaube, er ist für die Trainingseinheiten hier zuständig oder so etwas. Das würde zumindest die Sturzfluten an Schweiß erklären, die von seinem ganzen Körper fließen.

Ich kneife die Augen zusammen, als mir klar wird, dass der Typ irre genug sein könnte zu glauben, ich stünde ebenfalls für derartige Faxen zur Verfügung. Wenn er auch nur dazu ansetzt, mich anzugreifen, ziehe ich ihm meinen Laptop über den Kopf und lasse mir einen neuen von ihm bezahlen. Wie heißt er noch mal?

»Dev«, sagt der Typ, als könne er meine Gedanken lesen. Er macht ein paar Riesenschritte, für die ein normaler Mann jeweils zwei gebraucht hätte, und steht im Nu vor mir. »Sie müssen Jenny sein. Sie sehen Ihrer Schwester extrem ähnlich.«

Sein Lächeln ist entwaffnend, besonders wegen des Grübchens in seiner rechten Wange und der funkelnden blauen Augen, die es noch betonen, und dieser Körper … meine Güte. Dieser Mann … ist ganz und gar mein Typ. Ich spüre, dass ich wieder knallrot werde, als mir bewusst wird, wie süß er wirklich ist. Und groß. Seine Hände sind riesig. Sie scheinen so groß zu sein wie Teller. Die einsame Singlefrau in mir übernimmt das Ruder und sinniert darüber, ob seine anderen Körperteile wohl proportional zu seiner immensen Größe ausfallen. Ich habe große Mühe, meinen Blick nicht unter seine Hüfte wandern zu lassen.

Als er vor mir stehen bleibt, muss ich den Kopf in den Nacken legen, um ihm ins Gesicht zu sehen, was allemal besser ist, als ihm auf den Schritt zu gaffen. Verdammt noch mal, ist der sexy. Ich strecke automatisch die Hand aus, um seine zu schütteln, woraufhin er sie sich am Bein abreibt.

»Ich bin sehr verschwitzt.«

Ich ziehe die Hand zurück und lege sie mir auf die Brust. So viel zum Thema sexy. »Kein Problem. Schön, Sie kennenzulernen.« Tellergroße, verschwitzte Hände? Nein, danke, nur, wenn ich auch heiß und nackt bin.

Mist, habe ich das gerade wirklich gedacht? Wie peinlich. Er stellt sich mir an seinem Arbeitsplatz vor, und ich ziehe ihn mit meinen Blicken aus. Das ist ja wohl super unprofessionell. May wird mich nie wieder bitten, einen Auftrag für die Firma ihres Freundes zu übernehmen, wenn ich mich nicht zusammenreiße. Vielleicht sollte ich mir einen Dildo kaufen.

Sein ganzer Kopf ist schweißüberströmt, Tropfen rinnen ihm über die Schläfen. Da er kein einziges Haar auf dem Kopf hat, wirkt das Ganze noch beeindruckender. Irgendwie ekelhaft und sexy zugleich. Er trägt an beiden Handgelenken Schweißbänder und wischt sich mit einem davon das Salzwasser aus den Augen. Erst da merke ich, dass er auch keine Augenbrauen hat. Es ist mir ein Rätsel, warum ich das noch sexyer finde.

Gottverdammt! Ich brauche einen Dildo.

»Sind Sie hier, um uns beim Blue-Marine-Fall zu unterstützen?«, fragt er.

Ich zucke die Achseln und bin froh, dass hier endlich mal jemand an meine Arbeit denkt und nicht an Sexspielzeuge. »Ehrlich gesagt, weiß ich das nicht.«

Lucky ergreift das Wort. »Ich hatte noch keine Gelegenheit, sie ins Bild zu setzen. Sie ist grade erst angekommen.«

Dev nickt. »Verstanden.«

Lucky dreht sich um und schaut in Richtung der Treppe am anderen Ende des Lagerhauses. »Ich muss ein paar Akten von oben holen. Macht's dir was aus, sie zum Computerraum zu bringen und ihr einen Arbeitsplatz einzurichten?«

Dev lächelt wieder, und mein Herz schlägt schneller. »Kein Problem.« Er macht sich auf den Weg durch das Lagerhaus. »Folgen Sie mir, Jenny. Stöpseln wir Sie ein.«

Ich zögere, frage mich, wohin wir gehen, was ich hier mache und was das alles soll. »Was ist Blue Marine?«, frage ich Lucky, der mir bereits den Rücken zugekehrt hat und die Metalltreppe hinaufrennt, wobei er je zwei Stufen auf einmal nimmt.

Seine Stimme hallt durch das Lagerhaus: »Ein Fall, an dem wir gerade arbeiten. Ich hole nur schnell eine Verschwiegenheitserklärung, die Sie unterscheiben müssen, und die Aufzeichnungen über die bisherigen Fortschritte. Ich hänge an einer Stelle, und May meinte, Sie könnten da vielleicht behilflich sein.«

Seine Erklärung klingt vollkommen plausibel, daher nicke ich und drehe mich in Richtung des Glatzkopfes, der in der Zwischenzeit fast das gesamte Lagerhaus durchquert hat. Endlich scheint hier zumindest etwas Licht ins Dunkel zu kommen. Meine Nerven beruhigen sich ein kleines bisschen.

Dev bleibt stehen, schaut mich über die Schulter an und schenkt mir ein grübchenbewehrtes Lächeln. »Kommen Sie?«

Kommen? Ohhh! Dieses Wort! Ich erröte schon wieder. »Ja. Ich bin … schon unterwegs.« Mein Herz schlägt viel zu schnell, und meine Füße fühlen sich an, als wären sie aus Blei. Das sollte doch eigentlich alles ganz einfach sein. Ich gehe in die Firma, in der meine Schwester arbeitet, und erledige dort einen kleinen Auftrag. Warum fühlt sich das nur so bedeutsam an?

Sie vertraut diesen Leuten, das heißt, sie müssen zu den Guten gehören, oder nicht? Es besteht kein Grund zur Sorge. Nicht mal die Tatsache, dass ich so lange keinen Sex hatte, dass ich keine normale Unterhaltung mit einem Mann führen kann, ohne mir dabei völlig unangebrachte Dinge vorzustellen oder anzügliche Untertöne in völlig banalen Aussagen zu hören, sollte mich beunruhigen.

Ein ohrenbetäubendes Donnern hinter mir lässt mich in einer Geschwindigkeit auf Dev zurasen, die ich mir gar nicht zugetraut hätte.

Ich bin so darauf konzentriert, von dem schaurigen Geräusch wegzukommen, dass ich nicht merke, dass er in meine Richtung gerannt kommt, woraufhin wir unweigerlich zusammenstoßen. Der Zusammenprall presst sämtliche Luft aus meiner Lunge, und ich spüre, dass ich falle.

Seine riesigen Arme fangen mich auf, kurz bevor ich mit dem Hintern auf den Boden klatsche. Wir sehen auf wie zwei Tanzpartner in einem Swingkurs. Der Göttin sei Dank, dass er nicht nur mich, sondern auch meinen Laptop gerettet hat, denn der Boden hier ist aus Beton und hätte keinem von uns gutgetan.

Einen Augenblick später wird mir klar, dass er einen beträchtlichen Schwall Schweiß auf meinen Körper ergossen hat.

Igitt! Ich versuche, nicht das Gesicht zu verziehen, habe aber keine Chance. Jetzt rieche ich nach durchgeschwitztem Glatzkopf.

»Entschuldigung«, sagt er, richtet mich wieder auf und tritt einen Schritt zurück. »Ich habe Sie vollgeschwitzt.«

Als ich wieder mit beiden Beinen auf dem Boden stehe, drehen Dev und ich uns gleichzeitig um und starren das riesige Tor des Lagerhauses an.

Es vibriert noch immer in den Angeln und hat jetzt eine unschöne, ziemlich große Delle. Der Schweißaustauschvorfall tritt in den Hintergrund, weil mein Geist voll und ganz mit der akut seltsamen Situation beschäftigt ist.

»Was zum Teufel war das?« Meine Stimme klingt unnatürlich hoch.

»Keine Ahnung, aber das verheißt nichts Gutes.« Er geht um mich herum und schiebt mich hinter sich.

Ich versuche, an ihm vorbeizukommen, doch er tritt mir in den Weg.

»Was machen Sie da?« Ich umklammere meinen Laptop und drücke ihn fest an mich, einerseits, um ihn zu schützen, andererseits, um ihn als Schild zu benutzen. Ich habe für mein ganzes Leben genug Dev-Schweiß an mir.

Er dreht den Kopf und schaut auf mich hinab. »Wonach sieht es denn aus? Ich beschütze Sie.«

»Sie beschützen mich?« Ich lehne mich zur Seite, um an ihm vorbei einen Blick auf den Eingang des Lagerhauses zu werfen. »Wovor?« Ich halte inne, um seine Worte zu verdauen, ehe mein Blick zu einer Delle in dem großen Tor wandert. Die war mit großer Sicherheit vorher noch nicht da. »Bitte sagen Sie mir, dass das Geräusch vom Schließen des Tors kommt.«

Ein weiterer Donnerschlag lässt das Tor in seinen Angeln wackeln, dann ertönen Rufe von draußen. Ich verstehe kein Wort, doch die Stimme klingt ziemlich aufgebracht. Kurz und unnötigerweise muss ich an den Gabelstaplertypen denken, der möglicherweise eifersüchtig ist, dass ich jetzt hier drin bin, dann überkommt mich die Angst. Ich habe das Gefühl, mir jeden Augenblick in die Hose zu machen. »Mal im Ernst, was war das?«

Dev packt mich am Unterarm und zerrt mich in Richtung der dunkleren Hälfte des Lagerhauses.

»Kommen Sie. Gehen wir.«

»Gehen? Wohin?« Meine Panik ist mittlerweile ungefähr auf Stufe zehn gewachsen. Wäre ich ein Opossum, würde ich mich stocksteif auf den Rücken legen und die Beine kerzengerade in die Höhe strecken. Es gibt hier nichts zu sehen! Nur ein totes Opossum. Gehen Sie weiter, gehen Sie einfach weiter …

»An einen sicheren Ort.« Er klingt jetzt ganz geschäftsmäßig, die Zeit des Lächelns und des süßen Grübchens ist anscheinend vorbei.

Ich spüre seine warme Hand durch den Stoff meiner Bluse, und es gefällt mir ganz und gar nicht, wie grob ich hier behandelt werde. Ich stemme die Fersen in den Boden und entreiße ihm meinen Ellbogen.

»Was machen Sie denn?«, fragt er in aggressiverem Tonfall. »Wir müssen hier weg!«

»Wohin?« Ich stampfe mit dem Fuß auf und komme mir dabei vor wie mein dreijähriger Sohn Sammy. »Ich gehe nirgendwo hin, bis Sie mir sagen, was hier eigentlich los ist.« Bei diesen Worten weiche ich ein paar Schritte zurück. »Ist das alles ein mieser Scherz? Irgend so ein seltsames Initiationsritual?« Ich zeige mit dem Zeigefinger auf ihn. »Ich habe schon viel über euch Jungs gehört. Ich weiß, dass ihr euren Mitarbeitern gerne miese Streiche spielt.« Ich werde meine Schwester dafür in die Brustwarze zwicken. So richtig. Auf beiden Seiten.

Mit ausgestreckten Händen kommt er einen Schritt auf mich zu. Seine Stimme klingt jetzt viel ruhiger. Sein Grübchen ist nicht zu sehen, er macht also keine Witze. »Ich verspreche Ihnen, dass das weder ein Scherz noch ein Initiationsritus ist. Irgendetwas geht da draußen vor, und ich muss dafür sorgen, dass Sie in Sicherheit sind, bevor ich der Sache auf den Grund gehen kann.«

»Was ist mit meiner Schwester?«

»Ihre Schwester ist bei Ozzie, also geht es ihr gut. Kommen Sie.« Er legt mir die Hände auf den Arm, diesmal deutlich sanfter. »Bitte folgen Sie mir.«

Obwohl das der verrückteste erste Tag in einem neuen Job ist, den ich je erlebt habe, bin ich überzeugt, dass Dev es ernst meint. Offenbar will er mich tatsächlich in Sicherheit wissen, ehe er weitere Schritte unternimmt, deshalb beschließe ich mitzuspielen. Wenn sich allerdings herausstellt, dass das doch ein belämmerter Initiationsritus oder ein wirklich schlechter Scherz ist, werden Köpfe rollen.

Kapitel 3

Devs Hand gleitet über meinen Arm zu meiner, während er mich durch das Lagerhaus zu unserem Ziel zerrt – einem Ziel, das ich noch nicht kenne. Zwar versuche ich, mir all die Teenagerreaktionen darauf zu verkneifen, dass ich mit diesem seltsamen Mann Händchen halte, schaffe es aber nicht. Ich erinnere mich nicht daran, wann ich das letzte Mal die Finger eines Mannes um meine Hand gespürt habe. Allerdings hat es sich ganz sicher noch nie so angefühlt wie jetzt, seine Hände sind nämlich riesig. Sammy muss das Gleiche empfinden, wenn er seinen Vater an der Hand hält. Sammy ist aber auch erst drei, und ich bin zweiunddreißig und sollte solche kindischen Gedanken eigentlich lange hinter mir gelassen haben. Irre, was einem so durch den Kopf geht, wenn man das Gefühl hat, das eigene Leben stünde auf dem Spiel.

»Bin ich in Gefahr?« Dev antwortet nicht, also hetze ich weiter im Laufschritt mit rhythmisch quietschenden Sneakers hinter ihm her. Was für ein Glück, dass ich keine Cordhose trage, die würde mir nämlich ganz schön die Oberschenkel wundscheuern, so sehr, wie die gerade aneinanderreiben. »Von Gefahr war nämlich nie die Rede, als meine Schwester mich um Hilfe gebeten hat. Ich stehe nicht so auf Gefahr wie ihr hier. Ich mag richtig warme Schaumbäder und Wein und

Ruhe. Ruhe und Frieden. Ich mag Ruhe. Ich bin nicht so der Befehlsempfängertyp.« Offenbar trage ich das Herz auf der Zunge, wenn ich in Panik gerate. Ein komisches Gefühl, neue Seiten an sich zu entdecken, wenn man über dreißig ist.

Mein Wortschwall stößt auf taube Ohren. Dev schweigt, während wir an einer Reihe abgetrennter Schreibtische in einem Großraumbüro vorbeieilen.

»Soll ich hier arbeiten?« Ich werfe einen Blick über die Schulter auf die bequem aussehenden Bürostühle, die bereits in der Ferne verschwinden. Ich mag mich zuvor noch übers Programmieren beschwert haben, werde das aber ganz bestimmt nicht wieder tun. Lasst mich einfach programmieren! Ich möchte nicht mehr vor seltsamen Geräuschen davonlaufen.

»Später«, sagt er.

Ein weiterer Donnerschlag ertönt hinter uns, diesmal leiser, weil wir weiter weg sind, und hallt durch das Lagerhaus. Die Arbeitsplätze interessieren mich plötzlich überhaupt nicht mehr, ich lege lieber noch einen Zahn zu. Scheiß aufs Programmieren … bring mich einfach hier raus. Ich möchte schwer hoffen, dass Dev auf dem Weg zur Hintertür ist.

»Versucht sich jemand Zugang zum Lagerhaus zu verschaffen?«, frage ich aus Angst vor dem Offensichtlichen.

»Könnte sein.« Wir kommen in einen Gang, in dem er zuerst rechts und nach kurzer Zeit links abbiegt.

»Wohin gehen wir?« Meine Stimme klingt jetzt weinerlich. Ich kann mir nicht helfen. Wenn ich meine Schwester das nächste Mal sehe, ist sie dran. Brustwarzenkniffe werden nicht reichen. Die sind nur für kleinere Vergehen. Ich werde sie in den Schwitzkasten nehmen und um Gnade winseln lassen.

»Das werden Sie dann schon sehen.«

Er bleibt vor einer Tür mit einem Eingabefeld stehen. Ich höre das Klicken eines Schlosses, nachdem er einen Code in die Tasten gehämmert hat.

Dev stößt die Tür mit der Schulter auf, packt mich am Ellbogen und zieht mich hinter sich in den Raum. Schwaches Deckenlicht erhellt den engen, schrankgroßen Raum, in dem wir jetzt stehen. Sein Fluchtplan beeindruckt mich von Minute zu Minute weniger. Mal ehrlich – da hängen Wischlappen an der Wand!

Ich lege den Kopf in den Nacken, um ihn anzusehen. »Wollen Sie mich allen Ernstes in der Besenkammer verstecken?«

Dev antwortet nicht. Stattdessen streckt er die Hand aus und drückt Tasten auf einem Eingabefeld, das hinter einem der Wischlappen verborgen ist. Nachdem er einen weiteren Code eingegeben hat, leuchtet das Display auf und zeigt die Zahlen und darunter ein kleines schwarzes Feld an. Dieses Schloss wirkt weit komplexer als das an der Außentür der Kammer, und das sollte mich eigentlich beruhigen, versetzt mich aber in noch größere Sorge. Wie groß ist der Ärger eigentlich genau, in dem ich gerade stecke?

Dev gibt den Code zu Ende ein und legt Daumen, Zeige- und Mittelfinger auf das Feld darunter. Als er fertig ist, klickt es lauter, weswegen ich annehme, dass wir jetzt einen noch besser gesicherten Ort betreten. Das ist toll, denn die Kammer, in der wir uns momentan befinden, kann allenfalls Putzutensilien beschützen. Ein Teil der Wand, an dem ein Regal steht, schwingt nach innen.

Wow! Supergeheimes Bat-Höhlen-Versteck. Ich bin nicht sicher, ob mich die Tatsache, dass ich da rein soll, beeindrucken oder verängstigen sollte.

Dev betritt den Raum und macht das Licht an. Ich kann nicht alles erkennen, was sich hinter ihm befindet, aber genug, um augenblicklich wieder Angst zu kriegen.

»Was zum Teufel ist das?« Ich deute auf einen Bereich, in dem sich nicht nur Stühle und Tische befinden, sondern auch eine ganze Reihe Computer und mehrere Feldbetten. Er bietet mindestens zehn Leuten Platz.

Dev greift wieder nach meiner Hand und zieht mich durch die Tür. »Das ist ein Panikraum. Sie müssen darin aber keine Panik bekommen, weil Sie dort sicher sind. Bleiben Sie ruhig.«

Als ich die Schwelle überschritten habe, schließt er die Tür hinter uns. Es ertönt ein lang gezogenes Piepsen, dann höre ich, wie ein Schloss einrastet. Plötzlich herrscht Grabesstille, und jetzt nehme ich seinen starken Eisengeruch war, der wahrscheinlich vom Training herrührt – oder von was auch immer er gerade getan hat, ehe ich diesen durchgeknallten Laden betreten habe, den ich inzwischen insgeheim Hotel California nenne. Wenn er mir jetzt sagt, ich könne jederzeit auschecken, aber niemals wieder gehen, werde ich etwas tun, das ihm ganz und gar nicht gefällt. Ich bin nicht sicher, was genau, aber mir wird ganz bestimmt etwas einfallen.

»Sie machen wohl Witze«, sage ich und schnaube ungläubig. »Keine Panik bekommen? Ruhig bleiben? Mann, sind Sie auf Droge?«

Er lässt meine Hand los und geht zu einem an der Wand hängenden Telefon. Ohne mir zu antworten, hebt er ab und drückt einen Knopf. Schweigend wartet er, und ich vertreibe mir die Zeit damit, auf meinen Herzschlag in meinen Ohren zu lauschen. Er rast. Ich sehe mich um, ob irgendwo ein Defi an der Wand hängt. Möglicherweise werde ich gleich einen brauchen.

Das darf doch alles nicht wahr sein. Hier muss es sich um einen schlechten Scherz handeln, aber ich habe keine Ahnung, warum meine Schwester mit Leuten zusammenarbeiten sollte, die Menschen an ihrem ersten Arbeitstag solche Streiche spielen. Dieser Typ, dieser Ozzie, muss echt gut im Bett sein, dass sie bei so etwas mitspielt. Ich wusste, ich hätte meinen Plan mit der Flasche Wein in der Wanne nicht aufgeben sollen. Dumm, dumm, dumm …

Dev legt wieder auf und schüttelt mit einem frustrierten Zischen den Kopf.

»Was ist?« Ich bin nicht einmal sicher, ob ich die Antwort hören will.

»Ich komme nicht nach oben durch. Vielleicht ist Lucky nicht mehr da.«

Ich ziehe mein Handy aus der Gesäßtasche. »Ich hab's. Rufen wir meine Schwester an. Ich habe dieses Spielchen satt. Sucht euch eine andere Freiberuflerin, die euch bei eurem Marinefall, oder wie auch immer der noch mal genau heißt, hilft.«

Er seufzt. »Ihr Handy wird hier drin nicht funktionieren.«

Ich mustere ihn argwöhnisch. »Warum nicht?«

»Weil das ein Panikraum ist. Die Wände sind einen Meter dick. Hier haben Sie keinen Empfang.« Er deutet ein Nicken in Richtung des Telefons an der Wand an, um mir klarzumachen, dass dieses alte Schrottding unsere einzige Kommunikationsmöglichkeit mit der Außenwelt ist.

Leider habe ich so ziemlich jeden stupiden Actionfilm der Welt gesehen und weiß ganz genau, dass man solche beschissenen Wandtelefone einfach unschädlich machen kann, indem man mit einer Schere die Leitung durchschneidet. Wir werden alle sterben. Sterben!

Frustriert reiße ich die Hände hoch. »Na super! Was soll ich denn jetzt machen? Einfach hier rumsitzen und darauf warten, dass jemand kommt und mich tötet?«

Dev antwortet nicht. Er starrt mich nur an.

Ich sehe mich um, um ihm nicht in die Augen schauen zu müssen. Mein Blutdruck spielt verrückt, wenn er mich so intensiv ansieht. »Sie glauben doch nicht ernsthaft, dass ich hier in Ihrem kleinen Hotel-California-Panikraum sitze und mich entspanne, während ihr Jungs draußen Räuber und Gendarm spielt.«

»Das ist kein Spiel, Jenny. Die Lage ist ernst. Bis ich weiß, was da draußen los ist, gehen Sie nirgends hin.« Seine Stimme ist jetzt sanfter. Fast hypnotisch.

Ich stemme die Hände in die Hüften, wende ihm wieder meine Aufmerksamkeit zu und starre ihn mit dem zornigsten Mutterblick an, den ich draufhabe.

»Ich sollte Sie vielleicht wissen lassen, dass ich mit den Gesetzen dieses Staates durchaus vertraut und mir der Tatsache bewusst bin, dass Sie mich hier nicht gegen meinen Willen festhalten dürfen. Man bezeichnet das als Freiheitsberaubung, Kumpel, und das lasse ich nicht mit mir machen.«

Er zieht die Stelle hoch, an der andere Leute Augenbrauen haben. Dass er mich herausfordernd anschaut, wird trotzdem unmissverständlich klar. »Ist das so?«

Ich recke das Kinn. »Jawohl.«

Er deutet auf die Tür. »Nur zu. Gehen Sie.«

»Gut. Mache ich.« Ja, ich habe Angst, da draußen in eine problematische Situation hineinzurennen, aber nicht so viel Angst, dass ich nachzugeben bereit bin. Ich werde ihm zeigen, dass ich meine eigene Herrin bin. Ich kann mich zur Not unter einem Schreibtisch verstecken. Kein Problem.

Da draußen wird mein Handy funktionieren, und dann wähle ich den Notruf und verständige richtige Polizisten, nicht diese Bourbon-Street-Möchtegerncops.

Ich strecke die Hand nach der Tür aus, aber sie hat weder Klinke noch Griff, nur ein Eingabefeld. Nervös kaue ich auf meiner Lippe herum und starre es an. Erinnere ich mich noch an den Code, den er eingegeben hat? Nein. Tue ich nicht. Verdammt!

Ich drehe mich um. »Sie müssen die Tür für mich öffnen.«

»Tut mir leid, aber das kann ich nicht.«

»Wie meinen Sie das?«

Er zuckt die Achseln. »Wir haben Protokolle für solche Szenarien, und das Protokoll für das Eindringen Außenstehender ins Lagerhaus in Anwesenheit von Zivilisten sieht vor, dass einer von uns die Zivilisten in Sicherheit bringt und die Tür erst wieder bei Kontaktaufnahme von außen öffnet. Ich hatte das Glück, zufällig neben der betreffenden Zivilistin zu stehen, als es zu der Bedrohungssituation kam.« Er lächelt mich an, und da ist wieder dieses verdammte Grübchen.

»Protokolle? Außenstehende?« Ich wende mich wieder der Tür zu und hämmere dagegen. Dann fange ich an, wahllos Tasten auf dem Eingabefeld zu drücken. »Protokolle! Bei meinem fetten Arsch! Ich habe zu tun, und zwar anderswo, also schieben Sie sich Ihre Protokolle sonst wo hin.«

»Ihr Arsch ist nicht fett.«

Meine Hand erstarrt unmittelbar über einer Taste. Langsam drehe ich mich um. »Wollen Sie mich auf den Arm nehmen?« Will er jetzt ernsthaft über meinen Hintern reden? Der Mann ist ja wohl lebensmüde.

Er zuckt die Achseln. »Geben Sie mir ein paar Monate, dann haben Sie einen Waschbrettbauch unter dieser Bluse.«

Mir bleibt der Mund offen stehen. Ich bin sprachlos, und das passiert nur äußerst selten, ehrlich.

»Warum setzen Sie sich nicht erst mal hin, und wir warten ab und schauen mal, ob wir Kontakt mit jemandem aufnehmen können?«

Ich starre ihn an, als habe er den Verstand verloren, was er offensichtlich auch hat. Schließlich presse ich hervor: »Zunächst mal: Kein Wort über meinen Hintern! Sie kennen mich nicht mal. Zweitens: Erwarten Sie ernsthaft, dass ich hier stundenlang herumsitze, während wir darauf warten, dass uns möglicherweise jemand anruft? Woher wollen Sie denn wissen, dass überhaupt jemand mitbekommen hat, dass wir hier drin sind?

Die anderen fragen sich da draußen wahrscheinlich, wo zur Hölle wir sind. Wahrscheinlich glauben sie, wir hätten einen Spaziergang gemacht. Vermutlich sitzen sie alle herum und warten, bis wir zurückkommen.«

Er verschränkt die Arme vor der Brust. »Glauben Sie das wirklich?«

Ich zucke wütend die Achseln und starre auf meine Füße. Ich komme mir dumm vor, aber ich kann nicht aus meiner Haut. Also öffne ich den Mund zu einer genervten Antwort, aber er fällt mir ins Wort.

»Sie haben doch diesen Lärm gehört – Sie müssen ihn gehört haben. Jemand, der den Zugangscode nicht kannte, hat versucht, ins Lagerhaus zu gelangen. Das bedeutet, wir haben ein Problem. Das Standardprotokoll sieht vor, dass die Mitarbeiter in einem solchen Fall zunächst für ihre Sicherheit und die des Gebäudes sorgen. Dann stellen wir uns, wenn nötig, der Bedrohung. Genau das tut mein Team im Augenblick, während ich hier drin für Ihre Sicherheit sorge. Wir haben überall Kommunikationseinrichtungen, es ist also nur eine Frage der Zeit, bis jemand Kontakt mit uns aufnimmt. Wir müssen einfach nur warten.«

Ich schnaube ungläubig. »Bitte sagen Sie mir, dass Sie einen besseren Plan haben.« Ich bin weder Sicherheitsexpertin noch ein Bourbon-Street-Boy, aber selbst ich erkenne die Löcher in diesem dummen sogenannten Protokoll.

Er runzelt die Stirn. »Warum? Was stimmt nicht mit unserem Plan?«

Ich lasse mit weit aufgerissenen Augen den Blick durch den Raum schweifen. »Ihnen ist schon klar, dass ein Angreifer hier nur Feuer legen müsste, und wir würden geröstet, ehe auch nur jemand Kontakt mit uns aufnehmen kann?«

Er schüttelt den Kopf, als hätte ich nicht das geringste bisschen Grips. »Zunächst mal haben wir im gesamten

Lagerhaus eine hochmoderne Sprinkleranlage. Zweitens ist dieser Panikraum ausdrücklich darauf ausgelegt, bis zu sechs Stunden lang einem Brand standzuhalten. Glauben Sie mir, wenn es jemand so massiv auf uns abgesehen hat, dass er unser Lagerhaus in Brand zu stecken versucht, braucht er dafür eine ganze Armee.«

»Dann hoffe ich wohl besser mal, dass da draußen keine Armee zugange ist, was?«

»Vielleicht.«

Wir funkeln einander an, und Sekunden verstreichen. Ich spüre, dass hier ein Blickduell von epischen Ausmaßen läuft, und lächle mit finsterer, hinterhältiger Belustigung, weil ich es ohne Frage gewinnen werde. Schließlich spiele ich dieses Spielchen täglich mit meinen Kindern, bin also im Training, und ich gewinne dabei jedes Mal haushoch. Keine Chance, Großer, das kannst du vergessen, du hast praktisch schon verloren. Spürst du schon, wie deine Augäpfel austrocknen und brennen?

Weitere Sekunden verstreichen. Meine Augen werden langsam ein bisschen klebrig. Hat man einen Vorteil, wenn man aus zwei Meter zehn Höhe nach unten starrt? Vermutlich schon, denn sein Blick ist völlig unverwandt. Seine Augäpfel schimmern noch feucht, während meine vermutlich aussehen wie hundert Jahre alte Murmeln. Matt. Wie mit Raureif überzogen. Verdammt!

Ich glaube, meine Lider kleben schon daran fest.

»Sie werden verlieren«, sagt er. »Geben Sie einfach auf.«

»O nein, ich werde gewinnen.« Ich verlagere mein Gewicht auf den anderen Fuß. »Wir können den ganzen Tag so weitermachen. Ich habe drei Kinder.«

»Ach ja? Nun, ich habe einen Sohn, aber der zählt für vier, und mit mir werden Sie kein leichtes Spiel haben.«

Ich blinzle vor Überraschung, als ich höre, dass er Vater ist, und unterbreche den Blickkontakt. Verdammt!

Er zeigt auf mich. »Sie haben verloren.«

Ich verdrehe die Augen und wende mich ab, damit er nicht sieht, wie ich hektisch blinzle, um meine verschrumpelten armen Augäpfel wieder zu befeuchten. »Wie alt sind Sie eigentlich?«, frage ich. »Zehn?«

»Nein, ich bin fünfunddreißig und habe gewonnen.« Er streckt wieder die Hand nach dem Hörer aus.

»Ich hoffe bloß, es nimmt jemand ab«, murmele ich und gehe hinüber zu einem der bequem aussehenden Sessel. Ich lege meinen Laptop auf das Beistelltischchen daneben und meine Handtasche auf den Boden, dann lasse ich mich hineinfallen und warte schweigend darauf, dass jemand unseren Anruf entgegennimmt.

Langsam habe ich es satt, mich mit diesem Mann zu streiten. Ich will nur noch hier raus, zurück in mein langweiliges altes Leben, wo ich mich benehmen kann wie eine Erwachsene und keine Blickduelle mit praktisch Fremden austragen muss, die eigentlich verschwitzt nicht so verdammt gut aussehen sollten.

Kapitel 4

Dass jemand abgenommen hat, erkenne ich daran, dass sich Devs Miene aufhellt und er den Mund öffnet, um etwas zu sagen. Dann aber schweigt er. Er steht nur da wie eine hirnlose, kahlköpfige Schaufensterpuppe.

»Was ist?« Ich erhebe mich, habe plötzlich das irrationale Bedürfnis, zu ihm hinüberzugehen, mich eng an ihn zu drücken, das Ohr an den Hörer zu pressen und zu lauschen.

Er hebt eine Hand, und ich erstarre.

Ich runzle die Stirn. Genau das tue ich auch immer, wenn mir meine Kinder auf die Nerven gehen, während ich telefoniere. Ich bin eine erwachsene Frau, aber aus irgendeinem Grund benehme ich mich seit einer halben Stunde in der Gegenwart dieses Mannes wie eine Teenagerin. Oder gar wie ein Grundschulkind.

Zu einem anderen Zeitpunkt hätte mir das vielleicht sogar Spaß gemacht, weil ich mir immer viel älter vorkomme, als ich wirklich bin, aber nicht heute. Heute will ich Teil der echten Welt sein, in der ich erwachsen bin und entscheiden kann, wann ich wie wohin gehen möchte. Von diesem ganzen Eingesperrtsein mit einem verrückten, verschwitzten Supersoldaten kriege ich einen Lagerkoller. Ich muss dauernd an *The Shining* mit Jack Nicholson denken.

Mein Häscher ist plötzlich ganz ernst und starrt mit zusammengezogenen nicht vorhandenen Augenbrauen die Wand an. »Bestätigungscode Sendbote.« Nach dieser geheimnisvollen Botschaft hält er inne und fährt dann fort: »Ja. Gut. Verstanden.«

Dev legt auf, kommt herüber und lässt sich in den Sessel mir gegenüber fallen. Er spreizt die Beine und stützt die Ellbogen auf die Armlehnen. Die Finger einer Hand legt er an die Lippen. Die andere Hand hängt lässig in Hüfthöhe in der Luft, als sei er völlig unbesorgt ... als hätte er nicht gerade geredet wie ein Sergeant in einem Actionfilm, in dem jemand einen Anschlag auf den Präsidenten plant, das Weiße Haus voller Terroristen aus Usbekistan und er der einzige Geheimagent im gesamten Gebäude ist. Er starrt mich an wie eine Sklavin bei einer Auktion oder so.

Schluck. Mir wird ganz heiß. Ich fühle mich wie ein Stück Fleisch, und es gefällt mir. Was ist nur los mit mir?

»Also?« Ich setze mich wieder und versuche, meine Hose glatt zu streichen, um mich von meinen schmutzigen Gedanken abzulenken, während ich auf seine Neuigkeiten bezüglich unserer hoffentlich unmittelbar bevorstehenden Rettung warte. Wenigstens haben die bösen Jungs nicht die Telefonverbindung gekappt, wie sie es in den Filmen immer machen. Zumindest das läuft heute nicht schief.

Dev nimmt die Hand vom Gesicht und setzt sich etwas aufrechter hin. »Jemand hat versucht, sich Zugang zum Lagerhaus zu verschaffen, aber die Situation ist unter Kontrolle. Jetzt müssen wir noch warten, bis ein Mitglied unseres Teams oder die Polizei uns hier rauslässt.«

Das ergibt für mich überhaupt keinen Sinn. Ich ignoriere den ersten Teil seiner Aussage – darüber muss ich erst mal nachdenken – und konzentriere mich auf den zweiten. »Was heißt das, jemand muss uns rauslassen?« Ich schaue zu dem Eingabefeld hinüber. »Können Sie nicht einfach da rübergehen, irgendwelche Zahlen eingeben und Ihre Fingerabdrücke scannen lassen?«

Er schaut mich verlegen an. »Normalerweise schon, aber … äh … ich war vielleicht ein wenig übereifrig bei meinem Versuch, uns in Sicherheit zu bringen, als wir hier reingekommen sind.«

Ich neige den Kopf und schaue ihn an. »Was soll das heißen?«

Er senkt den Kopf, und als er antwortet, sehe ich, dass er rot geworden ist. »Es gibt zwei Möglichkeiten, diesen Raum zu betreten. Entweder gibt man einfach die Zahlen so ein, dass man rein und raus kann, oder man sitzt hier drinnen fest, bis jemand kommt und einen rauslässt.«

Das verstehe ich nicht. Was ist das denn bitte für ein beschissenes System? Meine Worte klingen trotzdem gemessen und langsam. »Warum sollte man die Tür eines Panikraums so gestalten, dass man sie von innen nicht öffnen kann?« Man sollte meinen, Leute, die tagein, tagaus nichts anderes tun, als sich mit Verbrechern und Sicherheitsfragen auseinanderzusetzen, würden solche Fehler bei der Einrichtung ihrer Schließsysteme nicht machen. Super. Ich bin in der Höhle der Bourbon-Street-Trottel gefangen. Na toll!

Er klingt weniger peinlich berührt, als er meiner Meinung nach hätte sein sollen, als er erklärt: »Nun, gewissermaßen ist das Konzept dasselbe wie bei einer Heimalarmanlage. Es gibt zwei verschiedene Codes, die man eingeben kann, wenn man rein will. Der eine verschließt einfach nur die Tür nach dem Eintreten, den anderen hingegen benutzt man, wenn man von jemandem mit der Waffe bedroht wird. Er verriegelt auch die Tür, löst aber gleichzeitig einen stillen Alarm aus, der das Überwachungsteam darüber in Kenntnis setzt, dass hier etwas nicht stimmt, sodass die Gesetzeshüter einschreiten können. Einige Mitarbeiter der Polizei von New Orleans verfügen über den Zugangscode.«

Nach kurzem Nachdenken erkenne ich das Problem dabei. »Wenn man also den zweiten Code einsetzt, sitzt man hier drin mit einem bewaffneten Schurken fest.« Beim Gedanken daran, wie lächerlich diese Leute sind, nicke ich sarkastisch. »Verstehe. Das ergibt total Sinn.«

Er zuckt die Achseln. »Schon, wenn man unsere Art von Training durchlaufen hat.«

Ich hebe die Brauen. »Was ist das für ein Training? Die Fähigkeit, Leute zu hypnotisieren, sodass sie die Waffen strecken, sich auf die Couch legen und aufgeben?«

»Nein. Wir haben alle geübt, Gegner sehr schnell zu entwaffnen. Sagen wir einfach, jemand, der diesen Raum mit einem Mitglied meines Teams und einer Waffe in der Hand betritt, wird ihn nicht bewaffnet verlassen.«

Er klingt ziemlich überzeugt von sich, aber um ehrlich zu sein, habe ich seinen Körper und den Ozzies schon mit eigenen Augen gesehen, und auch meine Schwester hat jetzt deutlich mehr Bizeps als zuvor. Wer weiß … vielleicht ist er ein als NBA-Basketballer verkleideter Ninja. Ich komme also zum nächsten Punkt.

»Warum verwenden Sie nicht einfach einen Code, mit dem man rein- und rauskommt? Ich verstehe nicht, was es jemandem hier drin bringt, dass man die Tür nur von außen wieder öffnen kann.«

Er seufzt, als sei ich ein bisschen schwer von Begriff. »Dann ist es nur noch eine beliebige Tür. Aber wenn sie von außen verschlossen ist, kommt ein Angreifer hier nur raus, wenn mein Team ihn rauslässt, egal, was er mit der Person anstellt, die sich mit ihm hier drin befindet. Er kann nicht entkommen. Auf diese Weise ist es nicht nur eine beliebige Tür, sondern die eines Gefängnisses.«

»Aber warum glauben Sie, jemand, der ins Lagerhaus einbricht, will überhaupt in den Panikraum? Warum sollte sich jemand ausgerechnet hier Zutritt verschaffen?«

»Hierher würde sich jemand zurückziehen, der oder die eine Konfrontation scheut. Wenn jemand auf der Suche nach dieser Person ins Lagerhaus kommt, würde er ihr folgen.« Er zuckt die Achseln, als sei das vollkommen logisch.

Ich atme tief durch, um mich zu beruhigen. Heute ist kein guter Tag zum Sterben. Nein, ich muss so schnell wie möglich hier weg, zurück in ein Leben, in dem diese Bourbon-Street-Witzbolde keine Rolle spielen. »Wie lange wird es dauern, bis der Rettungstrupp eintrifft?«

»Das Team muss sich zuerst draußen noch um ein paar Dinge kümmern. Vielleicht zehn Minuten.«

Nachdem ich darüber eine Weile nachgedacht habe, beschließe ich, dass ich mit zehn Minuten leben kann. Jetzt, wo ich weiß, dass alles seinen Gang geht, kommt meine angeborene Neugier durch. »Sie haben also einen Sohn?«

Er nickt. »Ja. Er ist fünf … die Hölle auf Rädern.«

»Ist er genauso groß wie Sie?«

Dev grinst ein wenig. »Das wäre ja was – schließlich geht er erst in den Kindergarten.« Sein Tonfall wechselt so schnell von streng zu spöttisch, dass mir ganz schwindelig wird. Aber auf gute Weise, wie auf einer ziemlich gemütlichen Achterbahn.

Ich verdrehe die Augen. »Sie wissen, wie ich das gemeint habe.«

Dev strahlt mich an, und sein Lächeln blendet mich beinahe. Mir wird innerlich ganz warm. »Er ist groß für sein Alter, aber seine Mutter war ziemlich klein, beziehungsweise ist es noch, er wird also vermutlich eher mittelgroß werden.« Devs Lächeln verblasst am Ende seiner Erklärung ein wenig, und jetzt will ich natürlich wissen, warum er plötzlich so traurig wirkt, wo er doch ganz unverkennbar über seinen Augenstern spricht.

»Leben Sie mit seiner Mutter zusammen?«

Er starrt mich lange an, und ich bekomme Angst, ich könnte die Grenze der Höflichkeit überschritten haben, die für mich immer ein wenig unscharf ist. Vielleicht ist es ein bisschen übergriffig, diese Frage zu stellen, aber wir sitzen gemeinsam in einem verfluchten Panikraum fest, und da kommt es mir ganz normal vor, die Umgangsformen ein wenig zu lockern.

Vielleicht liegt es auch an der Tatsache, dass er in meiner Gegenwart schon so viel geschwitzt hat, dass ich das Gefühl habe, mit ihm über Verflossene reden zu können. Ich habe Männer bisher nur in meinem Schlafzimmer so schwitzen sehen.

Einige Sekunden später ertrage ich die Stille nicht mehr. »War das eine zu persönliche Frage? Tut mir leid, aber wenn ich Angst habe, werde ich immer ein bisschen neugierig.«

Er lächelt wieder, und meine Anspannung lässt ein wenig nach. Vielleicht war ich ja doch nicht unhöflich.

»Sie müssen keine Angst haben«, beruhigt er mich. »Ich bin ja da.«

»Ach, und das soll mich trösten?«

Er legt den Kopf schief. »Mache ich Ihnen etwa Angst?«

Ich schnaube. »Ja. Klar.« Verdammt! Ich benehme mich schon wieder wie eine Teenagerin.

Er lächelt. »Warum das denn? Ich bin einer von den Guten.«

Meine Antwort ist ein Achselzucken. »Das sagen Sie. Aber dies ist mein erster Tag als freie Mitarbeiterin hier, meine Schwester ist nirgends zu sehen, und ich sitze mit einem Typen, den ich gerade erst kennengelernt habe und der mir erzählt, er wäre irgendein Superkarateka, der böse Jungs ausschaltet, entwaffnet und in diesem Gefängnis hier einsperrt, in einem Panikraum fest. Ich weiß nicht, warum mich das beruhigen sollte. Wenn ich ehrlich sein soll, hat es eher den gegenteiligen Effekt.«

»Ich möchte, dass Sie immer ehrlich sind«, sagt er und lächelt plötzlich nicht mehr.

Der Doppelsinn trifft mich mit voller Wucht, aber ich habe keine Ahnung, wo er herkommt und worüber genau wir plötzlich reden, also steige ich nicht darauf ein. Ich habe es satt, auf diesen Typen wie ein Knallkopf zu wirken.

Mein Blick schweift wieder durch den Raum. Ich habe Angst, das Gespräch fortzusetzen, denn ich weiß, dass meine angeborene Neugier schon einmal mit mir durchgegangen ist. So, wie mein Herz klopft, laufe ich Gefahr, noch persönlichere Fragen zu stellen als die, die ich schon an ihn gerichtet habe. Es ist eine Art Verteidigungsmechanismus: Ich lähme Gesprächspartner mit Fassungslosigkeit und lenke sie mit gesellschaftlich inakzeptablen Verhören von meiner eigenen Nervosität ab. Nicht sehr elegant, klappt aber normalerweise. Allerdings nicht bei Dev …

Er überrascht mich, indem er plötzlich antwortet, als hätte er nie gezögert. »Mein Sohn heißt Jacob. Seine Mutter habe ich seit dem Tag seiner Geburt nicht mehr gesehen. Sie hat mich praktisch mit ihm sitzen lassen.« Er betrachtet seine Hände. »Ja, das war's im Grunde. Mein Leben im Schnelldurchlauf. Viel mehr gibt's nicht zu sagen.« Stirnrunzelnd beginnt er, seine Fingernägel von nicht vorhandenem Schmutz zu säubern.

In meinem Kopf überschlagen sich die Fragen. Wen kümmern schon Umgangsformen? Ich will wissen, wie dieser Typ tickt. Mit einem Lächeln versuche ich, ihm die Befangenheit zu nehmen. »Wenn Sie glauben, dieses bisschen Information würde mich davon abhalten, weitere Fragen zu stellen, kennen Sie mich – und alle anderen Frauen – schlecht.«

Er nickt mir kaum merklich zu. »Ich würde sagen, da liegen Sie richtig. Ich kenne mich mit Frauen nicht aus. Andauernd verstehe ich sie falsch.«

»Haben Sie Schwestern? Oder Cousinen?«

»Das einzige Mädchen, mit dem zusammen ich aufgewachsen bin, war Toni, und selbst die habe ich erst als Teenager kennengelernt. Da war ich etwa sechzehn.«

»Wer ist Toni? Ihre Ex-Frau? Ihre Freundin? Jacobs Mutter?«

»Nein. Toni ist eine Kollegin, und wir sind in derselben Gegend aufgewachsen. Sie ist in New Orleans geboren. Toni und ihr Bruder Thibault waren eine Art Ersatzfamilie für mich. Genau wie Ozzie und Lucky.«

Ich beuge mich ein wenig zu ihm vor. »Ich glaube, May hat sie erwähnt. Sie ist irgendwie echt krass, sieht super aus, und man möchte sich nicht mit ihr anlegen, richtig?«

Dev nickt lachend und sinkt etwas tiefer in seinen Sessel. »Ja, genau. Ich kenne keine krassere Frau.«

Der Raum verschwimmt vor meinen Augen, als ich den Blick in weite Ferne richte. Ich stelle mir mich selbst als eine Art weiblichen Rambo vor, wie ich reihenweise Leuten in den Arsch trete, um mir den Respekt zu verdienen, den ich gerade in Devs Stimme gehört habe.

»Was geht Ihnen gerade durch den Kopf?«, fragt Dev.

Ohne zu zögern, antworte ich: »Ich habe gedacht, wie toll es wäre, von einem Typen wie Ihnen so beschrieben zu werden.« Ich kriege ein bisschen rote Ohren, als mir klar wird, dass ich mir gerade ein wenig zu sehr habe in die Karten blicken lassen.

»Einem Typen wie mir? Wie meinen Sie das?«

Ich zucke die Achseln und versuche, cool zu bleiben. »Ich weiß nicht … ein Typ wie Sie eben. Ein Typ, der« – ich deute vage in seine Richtung – »gerne trainiert, bis ihm der Schweiß aus allen Poren rinnt.« Er ist inzwischen nicht mehr schweißüberströmt, aber seine Klamotten sind noch nass und kleben an ihm.

Er schaut an sich herunter. »Oh! Verstehe.«

Meine Augen folgen seinem Blick und landen in seinem Schritt. Rasch wende ich den Blick ab, aber er hat es gesehen.

Ich fächle mir Luft zu. Die bräuchten hier dringend mal einen Ventilator. Sind das schon erste Hitzewallungen?

Stille macht sich breit. Wir versuchen beide, den direkten Blickkontakt zu vermeiden, aber es ist, als wollten uns unsere Augen nicht gehorchen. Das ist total albern. Ich erröte bis unter die Haarspitzen. Wie in der Highschool.

»Wissen Sie, wenn Sie wollten, könnten Sie werden wie Toni.«

Daraufhin sehe ich ihn stirnrunzelnd an. »Was?«

»Ich sagte, wenn Sie wollten, könnten Sie aussehen wie Toni. Sie haben einen tollen Körperbau. Sie müssen nur ein bisschen Hanteltraining machen, für den Muskelaufbau.«

Ich weiß nicht, warum ich bei seinen Worten noch tiefer erröte und mein ganzer Körper kribbelt. Er begutachtet meinen Körperbau? Er findet ihn toll? Hat er meinen dicken Hintern nicht gesehen?

»Es würde auch nicht lange dauern«, fährt er fort, ohne auch nur im Geringsten mitzubekommen, dass ich kurz vor dem Ausflippen bin. »Wenn Sie in dieser Hinsicht Ihrer Schwester ähneln, würden Sie das in unter sechs Monaten schaffen.« Er zuckt die Achseln. »Nicht, dass Sie es nötig hätten. Ich rede nur über Krafttraining, nicht über eine Veränderung Ihres Körpers. Ihr Körper ist prima so, wie er ist.« Beinahe hätte er noch etwas gesagt, aber dann unterbricht er sich und wendet den Blick ab.

Ich fächle mir weiter Luft zu, als versuchte ich, seine Kommentare zusammen mit den Hitzewellen, die von meiner Haut ausgehen, zu verscheuchen. So viel zum Thema peinlich. Ich nasche viel zu viele Lollis, um je so auszusehen, wie ich mir Toni vorstelle, nicht in sechs Jahren, geschweige denn in sechs Monaten.

Dev möchte nur nett sein, deshalb hat er gesagt, mein Körper sei prima so, wie er ist. Er muss Schweiß in die Augen gekriegt haben oder so. »Für so etwas habe ich keine Zeit. Ich habe drei Kinder und einen Beruf …«

Er zuckt die Achseln. »Sie könnten sich die Zeit nehmen. Wenn Sie in größerem Maße freiberuflich für uns tätig wären, hätten Sie vermutlich im Handumdrehen mehr Zeit. Sie hätten freie Zeiteinteilung, könnten trainieren, wenn die Kinder in der Schule oder in der Kindertagesstätte sind.«

Ich schnaube, bin nicht länger peinlich berührt von dem Gespräch oder meinen seltsamen Reaktionen auf das Eingeschlossensein auf engem Raum mit ihm. »Oh, glauben Sie mir, ich werde nicht in größerem Maße freiberuflich für Sie tätig sein. Tatsächlich gedenke ich, das überhaupt nicht zu tun.«

»Warum nicht?«

Ich lasse die Hände sinken. Während ich darauf warte, dass er selbst auf die Antwort kommt, mustere ich ihn eingehend.

»Warum sehen Sie mich so an?« Der Dummkopf grinst doch tatsächlich.

»Das ist eine ernst gemeinte Frage, oder?«

»Durchaus.«

Ich öffne den Mund, um ihm Bescheid zu stoßen, ihm zu sagen, dass man potenzielle freie Mitarbeiterinnen nicht in ein Lagerhaus einlädt, sie eine Stunde lang in einem Panikraum einsperrt, ihnen erzählt, irgendein Verrückter versuche, ins Gebäude einzubrechen, und ihnen dann vorschlägt, die Arbeitsbeziehung zu intensivieren. Diese Leute Bourbon-Street-Trottel zu nennen, ist noch viel zu gut für sie. Es ist eher, als hätte ich die Höhle der Bourbon-Street-Superblödmänner betreten.

Aber ehe ich auch nur ein Wort sagen kann, höre ich ein Piepsen und ein Klicken, und die Tür des Panikraums öffnet sich.

Kapitel 5

Mays Kopf erscheint in der Tür. »Jenny? Bist du da drin?«

Ich stehe auf, schnappe mir die Handtasche zu meinen Füßen und werfe mir den Riemen über die Schulter. »Ja, ich bin hier. Aber ich werde ganz bestimmt nicht hierbleiben, darauf kannst du Gift nehmen.«

Als die Tür ganz aufschwingt, bin ich schon unterwegs. Hinter meiner Schwester sehe ich die massige Gestalt ihres Freundes Ozzie. Er füllt fast den gesamten Türrahmen aus.

Ozzie schaut über uns hinweg und fixiert einen Punkt hinter mir. »Geht's euch da drinnen gut?«

»Ja, alles in Ordnung. Die Gemüter sind vielleicht ein wenig erhitzt«, antwortet Dev.

Ich werfe ihm über die Schulter einen wütenden Blick zu. »Erhitzt?«

Er zuckt grienend die Achseln. »Wie würden Sie es denn nennen?«

Mir würden ziemlich viele treffende Umschreibungen für meinen Gemütszustand einfallen. Erhitzt wäre vielleicht sogar dabei. Aber im Augenblick bin ich zu wütend, um darüber zu diskutieren. Ich wende mich wieder meiner Schwester zu. »Tut mir leid, May, aber ich muss hier raus.«

Sie streckt die Hände nach mir aus. »Nein! Geh nicht! Bitte bleib hier.«

Ich schüttle den Kopf. »Kommt nicht infrage. Tut mir leid, aber mir reicht es.« Ich gehe an ihr und ihrem Freund vorbei durch die Tür. Ich muss unbedingt aus diesem Lagerhaus raus, bevor sie mich wieder in einen fensterlosen Raum sperren.

Meine Schwester hält mühelos mit mir Schritt, obwohl ich echt Gas gebe. »Jenny, du verstehst das nicht. Das war alles nicht geplant. Es ist einfach passiert! Jetzt ist alles wieder in Ordnung. Die Arbeit erledigst du locker in einer Stunde, und danach kannst du heimgehen und alles ist wie vorher. Außerdem bekommst du dann das Geld und den Geschenkgutschein.«

»Du kannst dir dein Geld und deinen dämlichen Geschenkgutschein in die Haare schmieren. Ich bin hier fertig.«

»Warum bist du so wütend?«

Ich bleibe so abrupt stehen, dass sie gegen meinen Rücken prallt und mir auf die Fersen tritt. Ich drehe den Kopf und funkle sie wütend an. »Machst du Witze? Du kannst unmöglich so beschränkt sein, May.«

Sie sieht mich stirnrunzelnd an. »Beschränkt? Das ist aber ganz schön hart, findest du nicht?«

Zutiefst enttäuscht schüttle ich den Kopf. »Ich habe keine Ahnung, was dieser Ort mit deinem gesunden Menschenverstand gemacht hat, May, aber es gefällt mir nicht. Dummerweise habe ich auch keine Zeit, jetzt mit dir darüber zu streiten, denn in weniger als vierzig Stunden kommen meine Kinder nach Hause, und ich will verdammt sein, wenn ich mir die verbleibende Zeit von dir ruinieren lasse.«

May fällt die Kinnlade herunter. »Denkst du wirklich, ich würde dein Wochenende ruinieren?«

Ich werfe in einer großen Geste die freie Hand in die Höhe und lasse sie auf meinen Schenkel klatschen. »Willst du mich veralbern, May? Ich war fast eine Stunde mit einem riesigen, verschwitzten Ninjatypen in einem Panikraum eingeschlossen.«

»Woher weißt du, dass er ein Ninjatyp ist? Hat er dir seine Schwerter gezeigt?«

Mir fallen fast die Augen aus dem Kopf. Ich weiß nicht einmal, was ich darauf antworten soll. Ist sie verrückt geworden?

May redet einfach weiter. »Hör zu, Jenny, ich weiß, dass du wütend bist, aber das liegt nur daran, dass du nicht weißt, was passiert ist. Es war ein Versehen, dass du im Panikraum eingeschlossen wurdest. Das ist alles nur eine Verkettung von Missverständnissen. Ich verspreche dir, dass alles wieder in Ordnung kommt. Das Jobangebot steht noch. Wir brauchen dich, und ich bin überzeugt, dass du die Aufgabe mühelos bewältigen wirst, weil du so unheimlich gut mit Computern umgehen kannst und so.«

»Versuch nicht, dich bei mir einzuschmeicheln, May. Du weißt genau, dass das bei mir nicht fruchtet.«

»Seit wann? Ich schmeichle mich immer bei dir ein, wenn ich meinen Willen durchsetzen möchte.«

Ich seufze. »Mit deinen kecken Antworten wirst du mich auch nicht weichkochen. Diesmal nicht. Ich muss hier weg. Du kannst mich später anrufen.«

Ich drehe mich wieder weg und marschiere in die Richtung, in der ich den Vorderausgang vermute. Ein paar Ecken und Flure weiter entdecke ich die Arbeitsplätze, wodurch ich weiß, dass ich auf dem richtigen Weg bin. Als ich gerade an einem Schreibtisch vorbeigehe, kommt mir jemand entgegen. Ich verlangsame meinen Schritt, mache mir aber keine Sorgen darüber, wer der Fremde sein könnte, weil ich May in meinem Rücken spüre und sie mir nicht zuruft, dass ich rennen soll.

»May, bist du das?«, fragt der Mann.

»Ja, Thibault, ich und meine Schwester Jenny. Habt ihr euch schon kennengelernt?«

Als der Mann näher kommt, kann ich sein Gesicht erkennen. Er ist nur ein bisschen größer als ich, hat sehr dunkles Haar und trägt schwarze Cowboystiefel, Jeans und ein enges schwarzes T-Shirt, dessen Ärmel er ein kleines Stück hochgekrempelt hat. Ich bin ziemlich sicher, dass er kein einziges Gramm Fett am Körper hat. Er ist kompakter als Ozzie, wirkt aber nicht weniger einschüchternd auf mich. Gut, dass er die ganze Zeit lächelt, sonst hätte ich ihn womöglich für einen Einbrecher gehalten, der es auf die mysteriösen Spinde im Panikraum abgesehen hat.

»Nein, ich hatte noch nicht das Vergnügen.« Er bleibt vor mir stehen und streckt die Hand aus. »Schön, Sie kennenzulernen, Jenny.«

Ich nehme seine Hand, weil ich nicht unhöflich erscheinen möchte, auch wenn er meinen Abgang hinauszögert. »Nett, Sie kennenzulernen.«

Thibault wirft einen Blick über meine Schulter, um meine Schwester anzusehen. »Sie ist sauer, was?«

»Ja, ein kleines bisschen. Ich habe versucht, ihr zu erklären, dass das alles gar nicht so dramatisch war, sie trotzdem für uns arbeiten und danach ihr Wochenende genießen kann, aber sie will das nicht hören.«

Thibaults Lächeln verschwindet, und er schaut plötzlich ziemlich ernst. »Ich bin nicht sicher, ob das so eine gute Idee ist.«

Ich werfe meiner Schwester einen Blick über die Schulter zu. »Siehst du? Ich habe es dir doch gesagt. Ich gehe nach Hause.« Ich möchte an Thibault vorbeigehen, doch er macht einen Schritt zur Seite und versperrt mir den Weg.

Er lächelt entschuldigend. »Es wäre toll, wenn Sie noch einen Augenblick warten könnten, ich glaube, Ozzie möchte mit Ihnen sprechen.« Er nickt über meinen Kopf hinweg.

»Wenn Ozzie mit mir reden möchte, kann er mich gerne auf dem Handy anrufen. Ich habe Termine.«

Als ich einen Schritt vorwärts mache, streckt Thibault seinen Arm aus. Ich bleibe wie angewurzelt stehen und starre empört auf das Hindernis. Für wen hält der sich eigentlich?

»Hey, Ozzie! Möchtest du vielleicht mal rüberkommen und Mays Schwester über die Lage ins Bild setzen?«

Ich drehe mich um und gerate ins Stocken, als ich sehe, wie Ozzie und Dev aus dem dunkleren Teil des Großraumbüros mit großen Schritten auf uns zukommen. Sie gehen im Gleichschritt nebeneinander her, und ihre Schultern bewegen sich rhythmisch vor und zurück, als gehörten sie zu einem intergalaktischen Sturmtrupp.

Schweig still, mein Herz. Ich weiß, dass diese Typen verrückt sind, doch in diesem Moment ahne ich zumindest, warum meine Schwester so fasziniert von ihnen ist. Es gelingt ihnen mühelos, so bescheidene Erfahrungen, wie in einem Panikraum eingesperrt zu sein, nicht halbwegs so schlimm erscheinen zu lassen, wie sie sind.

Ich möchte mich am liebsten selbst ohrfeigen, als mir klar wird, dass ich gerade Opfer meiner eigenen Hormone geworden bin. Schöner Schein. Hotel California lässt grüßen! Das ist alles nur ein Trugbild, Jenny. Reiß dich zusammen!

»Warum gehen wir nicht hoch«, schlägt Ozzie vor.

»Gute Idee«, pflichtet ihm meine Schwester bei.

»Nein! Schlechte Idee! Ich gehe mit euch nirgendwohin. Ich gehe jetzt raus zu meinem Auto und dann fahre ich heim.«

Ich wende mich um und stoße Thibaults Arm mit solcher Wucht aus dem Weg, dass er zur Seite taumelt. Diesen Unsinn höre ich mir keine Sekunde länger an, und von der gescheiterten Rettung ihrer großen Schwester habe ich auch die Schnauze voll. May werde ich später noch eine ordentliche Standpauke halten.

Das Quietschen meiner Sneakers hallt durch das offene große Lagerhaus, als ich zum Keypad am Haupttor eile. Freiheit. Ich rieche sie schon.

Hinter mir ertönen Schritte, doch ich drehe mich nicht um, um herauszufinden, wem sie gehören. Es ist nicht meine Schwester, dafür klingen sie zu schwer.

Ich habe genug von diesen Spielchen. Genug davon, so zu tun, als sei ich eine andere. Ich bin Mutter und Angestellte einer zweitklassigen Softwarefirma, und ich muss nur noch vierzig Jahre den Kopf unten und die Füße still halten, bis ich in Rente gehen und reisen kann. So lange muss der Spaß eben warten. Freiberuflerin … pah! Was zum Teufel habe ich mir dabei nur gedacht?

»Hey«, sagt eine Stimme hinter mir.

Ich reagiere nicht darauf. Das Keypad ist nicht mehr weit.

»Wohin sind Sie denn so schnell unterwegs?«

Ich lege meinen Fluchtplan vorübergehend auf Eis und wirbele herum.

Dev bleibt abrupt hinter mir stehen, nur seine Arme baumeln noch. Sein unschuldiges Lächeln weckt in mir den Wunsch, laut zu schreien.

»Wohin ich unterwegs bin? Das kann ich Ihnen gerne verraten – ich bringe so viel Abstand wie möglich zwischen mich und euch Verrückte. Jemand hat gerade mitten am Nachmittag versucht, hier einzubrechen, und ihr tut alle so, als sei das keine große Sache.«

»Genau genommen ist es schon Abend.«

»Was spielt das für eine Rolle!« Ich würde mir am liebsten die Haare ausreißen. Ist er durchgedreht? Ist das sein Kryptonit? Eine Geistesstörung würde zumindest erklären, warum er trotz seines attraktiven Äußeren nicht verheiratet ist.

Er drückt die Handflächen vor dem Bauch aneinander. »Wir haben es ständig mit allen möglichen kriminellen Aktivitäten zu tun. Es ist wirklich keine große Sache.«

»Alter … ich weiß ja nicht, was ihr alle hier geraucht habt, aber ich habe echt keine Lust auf solche Halluzinationen. Ich lebe in der echten Welt.«

Dev reibt sich den kahlen Kopf. Dann zieht er die Hand zurück, betrachtet die Handfläche und legt die Stirn in Falten. Er wischt sich die Hand an der Brust ab und grient mich unbeholfen an. »Es tut mir wirklich leid, Ihnen das sagen zu müssen, aber Sie können jetzt nicht gehen.«

Ich starre ihn wutentbrannt an und fordere ihn wortlos dazu heraus, das zu wiederholen.

Er blinzelt nicht einmal.

»Oh! Wir spielen also wieder dieses Spiel?« Den Anstarrwettbewerb werde ich ganz bestimmt kein zweites Mal verlieren.

Er schüttelt den Kopf und wirkt dabei fast schon traurig. »Es ist kein Spiel, versprochen. Wir müssen die Polizei rufen und warten, bis sie jemanden herschicken, mit dem wir über die Vorkommnisse sprechen können, und wir würden es sehr begrüßen, wenn Sie so lange warten könnten, bevor Sie uns verlassen.«

»Warum?« Wenn er mir jetzt keinen wirklich, wirklich guten Grund nennt, bin ich weg. Dann haue ich einfach ab, ohne mich auch nur noch einmal umzudrehen. Tschüss, Bourbon Street Boys, hallo Wirklichkeit. Der Gedanke betrübt mich ein wenig, was natürlich vollkommen irrational ist. Ich muss diesen Dev nie wiedersehen. Er bedeutet mir nichts. Er ist quasi ein Fremder. Wenn auch ein sexy Fremder.

»Weil wir uns erst ein Bild von der Bedrohung machen und herausfinden wollen, womit wir es genau zu tun haben, bevor wie Sie rauslassen und dadurch möglicherweise in Gefahr bringen.«

Mir bleibt kurz das Herz stehen. »Gefahr?« Ich schlucke schwer, was mir angesichts des Kloßes, der sich in meinem Hals manifestiert hat, alles andere als leichtfällt. »Warum sollte ich in Gefahr sein?«

Er zuckt die Achseln. »Weil Sie hier waren, als es passierte.«

Dank seiner knappen, vollkommen nichtssagenden Erklärung fühle ich mich schon ein bisschen besser. »Mag sein, aber ich war drinnen. Wer auch immer das gewesen sein mag, war draußen. Keine Ahnung, ob dieser jemand ins Lagerhaus gelangt ist. Ich für meinen Teil war allerdings die ganze Zeit im Panikraum, also warum sollte ausgerechnet ich in Schwierigkeiten stecken?«

»Das wissen wir erst, wenn wir mehr herausfinden.«

»Das ergibt überhaupt keinen Sinn.« Ich bin so frustriert, dass ich nicht übel Lust hätte, ihm ein Auge auszustechen.

»Möchten Sie etwas Jambalaya?«

Die Frage trifft mich so unvermittelt, dass ich darauf keine Antwort habe. Ich öffne den Mund, stehe aber nur stumm da, was mich aussehen lässt wie ein Fisch auf dem Trockenen.

May, Ozzie und Thibault kommen, in ein Gespräch vertieft, aus dem Bereich mit den Arbeitsplätzen.

May hält direkt auf mich zu, zweifellos, um mich zum Bleiben zu überreden.

Dev redet weiter. »Ozzie ist ein großartiger Koch, und er hat vorhin schon welches zubereitet. Es sind noch Reste da, und ich sterbe fast vor Hunger. Möchten Sie mit mir etwas davon essen?«

Ich weiß, dass es vollkommen bescheuert ist und ich wahrscheinlich besser die Beine in die Hand nehmen und abhauen sollte, doch bei seinen Worten knurrt mein Magen verdammt laut, und ich merke erst jetzt, dass ich den ganzen Tag nichts gegessen habe. Der Wein, den ich mir früher am Tag genehmigt habe, frisst sich langsam, aber sicher durch meine Magenwand.

»Schön. Du bist noch da«, sagt May, als sie sich neben mich stellt.

»Ich versuche sie gerade davon zu überzeugen, Jambalaya mit mir zu essen.«

»Tolle Idee!«, meint May mit der übertriebenen Euphorie und Stimme einer Cheerleaderin.

Ich kaue auf meiner Lippe, während ich über meinen nächsten Zug nachdenke.

»Ich verspreche … keine Albernheiten zu machen«, versichert mir Dev mit seiner warmen, Zuversicht ausstrahlenden Stimme. Nicht einmal Liam Neeson könnte diesem Typen das Wasser reichen, verdammter Mist.

May schenkt mir wieder ihren Hundeblick.

Ich merke, dass ich langsam weich werde, kann es aber nicht verhindern. »Wie lange wird es dauern? Bis die Polizei hier ist und ihr eure Aussagen gemacht habt?«

»Nicht länger als eine Stunde.« Dev gestikuliert in Richtung der Treppe. »Kommen Sie mit rauf. Das wird das beste Jambalaya, das Sie je gegessen haben. Wenn nicht, dürfen Sie den Taser Ihrer Schwester an mir ausprobieren.«

»Ist geladen und entsichert«, verkündet May und nickt dabei wie ein Wackeldackel.

Ich gerate schwer in Versuchung. Bevor ich antworte, hole ich noch einmal tief Luft, um nicht ob seines Versprechens zu lachen.

»Na schön.« Der Teenager in mir kichert, weil sich das alles ein ganz kleines bisschen wie ein Date anfühlt. So ähnlich wie eine Einladung, in der Mittagspause am selben Tisch in der Schulkantine zu sitzen.

Jetzt, da ich wieder klar denken kann und einen Plan habe, geht es mir besser. Ich seufze und gehe kopfschüttelnd neben ihm her zum Fuß der Treppe. May bleibt zurück, um sich wieder mit ihrem Freund und Thibault zu unterhalten.

Ich muss vollkommen verrückt geworden sein, mich von ihm überreden zu lassen, hier mit ihm zu Abend zu essen. Vielleicht sollte ich wirklich als Freiberuflerin für diese alberne Mannschaft anheuern, denn wenn man bedenkt, wie unfähig ich mich gerade dabei anstelle, Entscheidungen zu treffen, passe ich offenbar hervorragend dazu.

Gott sei Dank sind die Kinder bei Miles, das ist alles, woran ich gerade denken kann. Im nächsten Augenblick wird mir klar, wie schlimm es um mich stehen muss, wenn ich das gut finde.

In diesem Moment wird mir klar, wie tief ich schon gefallen bin. Worein? Keine Ahnung, aber es kann nichts Gutes sein.

Kapitel 6

»O mein Gott, das ist ja köstlich.« Ich spreche mit vollem Mund, während mir höchstwahrscheinlich mehrere Reiskörner auf der Lippe kleben, aber es muss einfach gesagt werden. Himmel, ich kann mich kaum bremsen. In nicht einmal fünf Minuten habe ich eine ganze Schüssel Jambalaya verputzt. Dev hatte recht, Ozzie ist wirklich ein begnadeter Koch.

Alle außer Dev und mir sind noch unten, doch sobald der große Mann raufkommt, werde ich ihn loben. Auch wenn ich immer noch wütend auf ihn und sein Team bin, sollte ein derart herausragendes Talent nicht ungepriesen bleiben. Abgesehen davon, könnte ich May vielleicht davon überzeugen, mich häufiger zum Abendessen einzuladen. Bei ihr zu Hause natürlich. Ich komme nie wieder hierher. Dies wird mein letztes Mahl im Bourbon-Street-Boys-Café sein.

»Ja, nicht wahr?« Dev nickt. »Ich habe dieses Gericht bestimmt schon fünfzig Mal gegessen, aber es schmeckt jedes Mal wieder fantastisch.«

»Fünfzig Mal? Wow! Kocht er das denn jeden Tag?« Ich tunke ein großes Stück Baguette in die Soße und beiße beherzt davon ab, dass ich wie Ferkel rüberkommen könnte. Der Göttin sei Dank, dass Dev genauso hungrig ist wie ich. Er hat den Kopf so tief in die Schale gesteckt, dass es mich überrascht, dass er noch keine Soße in die Nase bekommen hat. Außerdem hat er sich schon einmal Nachschlag genommen.

»Nein. Vielleicht ein- oder zweimal im Monat. Er kennt extrem viele Gerichte und kocht zu unser aller Glück sehr gerne.«

»Können Sie nicht kochen?«

»Nicht sehr gut. Meine Mutter hat immer versucht, es mir beizubringen, aber ich war kein besonders guter Schüler.« Er lächelt mich halbherzig an, und für einen Augenblick ist es fast so, als säße er als kleiner Junge vor mir. Die Vorstellung erinnert mich an meinen Sohn Sammy, und mir wird dabei warm ums Herz.

Ich lächle. »Ach, ich weiß nicht, ob ich das glauben soll.« Erst nachdem ich das gesagt habe, fällt mir auf, dass man denken könnte, ich flirte. Meine Wangen sind ein bisschen warm, aber das liegt ganz bestimmt nur an der Schärfe des Jambalayas und hat rein gar nichts damit zu tun, dass er mir zuzwinkert.

»Doch, doch.« Er hält eine Hand in die Höhe, mit der er – davon bin ich überzeugt – mühelos einen Basketball umschließen könnte. »Es ist schwierig, normal große Messer zu benutzen, wenn man solche Pranken hat.« Die Pranke nimmt sich ein Stück Brot und tunkt es in die Soße. Selbst ein großes Stück Baguette sieht zwischen seinen Riesenfingern aus wie ein Crouton.

»Sie haben ganz schön große Hände.« Denkt er das Gleiche wie ich? Ich rutsche ein wenig unbehaglich auf meinem Stuhl herum.

Meine Güte, ist dieses Jambalaya scharf. Verstohlen fasse ich mir an den Hals und knöpfe den Kragen der Bluse auf.

Er zuckt die Achseln. »Es gehört einfach dazu.«

Ich bin verwirrt. »Fitnesstrainer zu sein?«

Er schüttelt den Kopf. »Nein. Massive Wachstumsschübe.«

Ich lege den Löffel beiseite, weil seine Geschichte mich neugierig macht. Ich habe noch nie jemanden über eins neunzig getroffen. »Hatten Sie mehr als einen?«

Er kaut langsamer und sieht aus, als denke er über meine Frage nach und sei sich noch nicht sicher, ob er sie beantworten will. Wie so oft mache ich mir Gedanken darüber, ob ich zu indiskret war, dann antwortet er jedoch schließlich, starrt dabei allerdings in seine Schale.

»Ich glaube, den ersten hatte ich, als ich ungefähr zwölf war. Da bin ich in einem Sommer volle dreißig Zentimeter gewachsen. Beim nächsten war ich ungefähr fünfzehn. Beim dritten um die achtzehn.« Er sieht mich mit einem schiefen Lächeln an. »Sie können mir glauben, dass die deutliche Dehnungsstreifen auf meinem Rücken hinterlassen haben.«

»Wow! Wie groß sind Sie denn?«

»Ganz genau zwei Meter zehn.«

Keine Ahnung, warum, aber seine Antwort lässt mein Herz höher schlagen. »Ach du dickes Ei.« Ich nehme meinen Löffel und tue so, als wolle ich weiteressen, obwohl meine Schale völlig leer ist. Ich befürchte, meine Reaktion könnte ihn gekränkt haben, deshalb bemühe ich mich, den Gesprächsfaden wiederaufzunehmen, während ich die letzten Reste der Sauce zusammenkratze.

»Das ist echt cool. Ich wette, Sie kommen auch mühelos an die obersten Regalfächer.« Ich würde mir am liebsten den Löffel an die Stirn hauen. Super gemacht, Jenny. Man könnte meinen, ich hätte mich noch nie mit einem Mann unterhalten.

Er lacht. »Für mich hat noch kein Regal ein Problem dargestellt, wenn man mal von denen in richtig großen Supermärkten absieht. Allerdings bin ich ein ziemlich guter Kletterer, also könnte ich es wohl auch damit aufnehmen.«

Ich seufze vor Neid. »Sie haben ja keine Ahnung, womit man so zu kämpfen hat, wenn man nur eins sechzig groß ist.«

»Ach wirklich?« Er legt seinen Löffel weg. »Erzählen Sie mir davon.«

Mir ist klar, dass er mich necken will, doch ich ignoriere es einfach. »Na ja … ich laufe zu Hause quasi ständig mit einem Tritthocker herum, damit ich an die oberen Fächer meiner Speisekammer, meines Wäsche- und meines Kleiderschranks komme.« Ich lege theatralisch die Stirn in Falten, um sicherzustellen, dass er sich von meiner ungemein traurigen Geschichte auch angemessen beeindruckt zeigt.

»Sie armes Ding. Ich habe noch nie darüber nachgedacht, was für eine Herausforderung es sein kann, so zierlich zu sein.« Sein Lächeln hat sich in eine gekünstelte Mitleidsmiene verwandelt.

Ich weiß, dass es nicht als Kompliment gemeint war, doch es macht mich sehr froh, dass er mich zierlich genannt hat. »Ja. Das ist mein ganz persönlicher Kampf. Ich beklage mich jedoch nicht so gern darüber. Ich leide lieber im Stillen … versuche, für all die anderen vertikal herausgeforderten Menschen stark zu sein, die zu mir aufsehen …«

Er lacht, lehnt sich zurück und wischt sich den Mund mit einer Serviette ab, bevor er sie auf den Tisch wirft. Dann verschränkt er die Hände, legt sie in den Nacken und starrt an die Decke. »Ahhhhh …«, entweicht es ihm.

»Also Ihr Sohn ist für sein Alter eher groß, ja?«

Dev bewegt den Kopf nach links und rechts, um sich an seinen Händen zu reiben. Dann setzt er sich ohne Vorwarnung auf, erhebt sich und trägt unsere beiden leeren Schalen zum Waschbecken.

Die Reaktion kommt für mich so unvermittelt, dass ich mich frage, ob ich irgendetwas verpasst habe. Ich habe das Gefühl, mich entschuldigen zu müssen, weiß aber gar nicht so richtig, wofür. War das unverschämt? Nach der Größe seines Kindes zu fragen? Ich bin es wohl einfach nicht gewohnt, mit

Männern über ihre Kinder zu sprechen. Für gewöhnlich habe ich nur mit anderen Müttern Kontakt, wenn wir darauf warten, dass unsere Kinder aus der Schule kommen, und die scheinen allesamt ganz glücklich darüber zu sein, Größe und Gewicht der Sprösslinge zu vergleichen. Tatsächlich ist das fast schon ein Wettbewerb.

Dev wäscht das Geschirr im Waschbecken ab, doch als ich mich gerade entschuldigen will, fängt er an zu reden. »Ehrlich gesagt, bin ich nicht ganz sicher, ob mein Sohn für sein Alter normal groß ist.«

Mir liegen ungefähr zehn Fragen auf der Zunge, doch selbst ich bin in der Lage, Körpersprache zu deuten. Aus irgendeinem Grund möchte er nicht über dieses Thema sprechen. Möglicherweise denkt er, dass sich nur Mütter mit solchen Themen befassen sollten. Vielleicht fühlt er sich mies, weil Jacobs Mutter nicht hier ist, um mitzureden.

Mein Mund schaltet auf Autopilot, während Dev sich daranmacht, die Küche aufzuräumen. »Mein Sohn ist klein für sein Alter. Ich schätze, da kommt er nach uns beiden. Seinem Vater und mir. Meine beiden Töchter sind am oberen Ende der Größenskala ihrer jeweiligen Altersgruppe in der Kinderarztpraxis. Ich weiß natürlich nicht, ob das so bleibt, bis sie erwachsen sind, drücke ihnen aber fest die Daumen.«

»Sie möchten nicht, dass sie sich später ebenfalls damit herumplagen müssen, zu den vertikal Herausgeforderten zu gehören.« Ich sehe zwar sein Gesicht nicht, höre aber das Schmunzeln in seiner Stimme.

»Ganz genau.« Puh! Ich bin erleichtert darüber, dass er nicht angespannt klingt. Das bedeutet hoffentlich, dass ich ihm nicht allzu sehr auf die Füße getreten bin.

»Wie heißen sie?«, fragt er.

»Meine älteste Tochter heißt Sophie, sie ist zehn. Die mittlere heißt Melody und ist sieben. Und mein Sohn Sammy ist fast vier. Er hat nächsten Monat Geburtstag. Die beiden Älteren sind relativ friedlich, aber er ist ganz schön anstrengend.«

Nachdem alles abgespült ist, kommt Dev zurück zum Tisch, dreht einen Stuhl um und setzt sich rittlings darauf. Er verschränkt die Arme über der Rückenlehne und schenkt mir seine ungeteilte Aufmerksamkeit. »Ich glaube, so ist das einfach bei Jungs. Mein Sohn gibt immer Vollgas. So ungern ich es sage, aber manchmal freue ich mich wirklich darauf, zur Arbeit gehen zu können.«

Darüber muss ich lachen. »Ich weiß genau, was Sie meinen.« Ich schaue auf meine Armbanduhr und hebe danach das Handgelenk. »Ich schaue andauernd nach, wie viel Zeit mir noch für mein freies Wochenende bleibt.«

»Oh! Sie sind nicht zu Hause? Ich hatte angenommen, Sie hätten einen Babysitter.«

»Nein, sie sind bis Sonntagnachmittag bei meinem Ex.« Ich halte einen Moment inne. »Warum haben Sie geglaubt, dass sie bei einem Babysitter sind?«

Er zuckt die Achseln. »Keine Ahnung. Sie hatten es vorhin so eilig, hier wegzukommen, dass ich automatisch dachte, es ginge dabei um Ihre Kinder.«

»Ich kapier's einfach nicht«, sage ich vermutlich giftiger, als gut wäre.

»Was verstehen Sie nicht?«

»Habt ihr hier drinnen eigentlich völlig den Draht zur Außenwelt verloren?«

»Ich glaube nicht.«

Ich deute auf die Tür, durch die wir den Raum betreten haben. »Vor einer halben Stunde waren Sie und ich im Panikraum eingeschlossen, weil jemand mitten am Nachmittag versucht hat, in euer Lagerhaus einzudringen.« Weil mir klar ist, dass er gleich wieder die Tageszeit korrigieren wird, strecke ich vorsorglich einen Finger in die Höhe. »Nachmittag, Abend, was spielt das für eine Rolle. Es ist noch hell draußen. Niemand bricht in die Zentrale einer Firma ein, bevor es dunkel ist.«

»Da stimme ich Ihnen zu.«

Ich weiß nicht, was ich darauf erwidern soll. Er sollte doch eigentlich mit mir diskutieren.

Er nimmt den Faden auf. »Natürlich ist das nichts Alltägliches. Wir sind im Augenblick nicht einmal sicher, ob es sich um einen Einbruchsversuch handelt. Der ganze Schlamassel mit dem Panikraum tut mir leid. Es ist nur … Sie gehören nicht zum Team, und ich weiß, dass Sie auf so etwas nicht vorbereitet sind, deshalb habe ich es vielleicht ein bisschen übertrieben, als ich Sie unbedingt in Sicherheit wähnen wollte.«

Jetzt tut es mir leid, dass ich so rüde mit ihm umgesprungen bin. Und dass ich ihn für einen Vollpfosten gehalten habe. Vielleicht … wollte er mich wirklich nur beschützen. Wie ein Wolf. Die Wolfssendungen bei Animal Planet schaue ich mir am liebsten an.

Meine Stimme klingt angespannt. »Ich weiß es zu schätzen, dass Sie auf mich aufpassen wollten und das taten, was Sie in dieser Situation für das Beste hielten.«

Mir ist zum Heulen zumute. Ich habe mich immer nach einem Mann gesehnt, auf den ich zählen kann, der mich und meine Kinder beschützt, wenn irgendetwas Schlimmes passiert. Nur weil sich dieser Wunsch für mich nicht erfüllt hat, muss das ja nicht gleich bedeuten, dass es solche Männer nicht gibt. Vielleicht stimmt an Dev wirklich alles. Vielleicht ist er ein guter Vater und ein guter Mann. Wenn das stimmt, wird er eines Tages einen großartigen Ehemann abgeben.

Bei dem Gedanken wird mir klar, wie sehr ich mich für meine Schwester freue. Sie muss zwar mit all diesen Bekloppten zusammenarbeiten, dafür hat sie jetzt einen Mann an ihrer Seite, der sie mit seinem eigenen Leben beschützen würde. Außerdem geht er unheimlich gut mit seiner Hündin Sahara und Mays Hund Felix um, also wird er vielleicht auch ein toller Vater sein. Ich könnte mir sogar vorstellen, dass er Kugeln einfach abfängt. Er sieht aus wie ein Superheld. Wenn ich mir Dev jetzt so ansehe, entdecke ich die gleichen Vorzüge auch in ihm.

Er nickt und akzeptiert damit meine unausgesprochene Entschuldigung.

»Sie müssen verstehen, dass das für mich eine Ausnahmesituation war. Genau wie für meine Schwester. Ich verstehe ehrlich nicht, warum sie hier arbeitet.« Es fühlt sich richtig gut an, das endlich laut auszusprechen.

Dev starrt mich mit undurchdringlicher Miene an, und ich werde auch aus seiner Körpersprache nicht so richtig schlau. »Warum schauen Sie mich so an?«

»Ich frage mich nur gerade, ob Sie mir die Wahrheit erzählen oder das, was Sie gerne für die Wahrheit halten möchten.«

»Natürlich sage ich Ihnen die Wahrheit.« Wie unverschämt! Was soll das denn bedeuten? Jetzt bin ich wieder sauer auf ihn. Ihm gegenüberzusitzen und sich über anscheinend harmlose Dinge zu unterhalten, ist wie eine Fahrt mit der Achterbahn.

Er hüllt sich wieder einmal in Schweigen.

Meine Laune nähert sich dem Gefrierpunkt. »Möchten Sie mir das erklären?« Ich widerstehe dem Drang, mit der Zehenspitze auf den Boden zu tippen.

Er zuckt die Achseln. »Die Frage ist, ob Sie möchten, dass ich Ihnen das erkläre.«

Ich verschränke die Arme vor der Brust und rutsche ein Stück in Richtung Stuhlkante. »Ja, das möchte ich, Dev. Ich würde liebend gerne Ihre Einschätzung meiner Gedanken und Aussagen hören.« Ja, genau. Er kennt mich doch gar nicht.

»Sie sind die ältere Schwester, stimmt's?« Meine Kampfansage scheint ihn nicht im mindesten einzuschüchtern.

»Ja.« Keine Ahnung, warum ich aufgrund der Tatsache, dass ich in der Geburtenfolge an erster Stelle stehe, eine defensive

Haltung einnehme, doch es kommt mir so vor, als hätte ich in seiner Begutachtung – oder was auch immer er da treibt – gerade einen Minuspunkt geerntet.

Er legt den Kopf schief. »Liege ich richtig in der Annahme, dass Sie Ihre Schwester beschützt haben, als sie beide noch klein waren?«

Ich sehe mich ein wenig im Raum um, bevor ich antworte. Es kotzt mich wirklich an, dass er so treffende Aussagen über mein Leben machen kann. Er kennt mich doch erst seit einer Stunde, und May hat nie durchklingen lassen, dass sie sich je mit Dev an einen Tisch gesetzt und eine ernste Unterhaltung geführt hätte. Es missfällt mir außerordentlich, dass ich für ihn ein offenes Buch bin. Die sind langweilig. Geheimnisvolle Frauen sind wesentlich sexyer.

Ich lache beinahe laut los. Ich. Sexy? Ha! Vor zehn Jahren vielleicht, aber jetzt doch nicht, und auch nicht in allzu naher Zukunft.

Dev harrt meiner Antwort. Ich hasse es zwar, es zuzugeben, aber er hat nun mal recht. »Vielleicht habe ich sie manchmal beschützt. Von Zeit zu Zeit.«

»Nein, ich würde eher sagen, das haben Sie die meiste Zeit getan.«

Ich verdrehe die Augen. Erwischt! »Ist doch egal.«

»Irgendetwas ist in Ihrer Familie vorgefallen, mit dem Sie beide zu kämpfen hatten. Hatten Sie es vielleicht mit einem Elternteil schwer?«

Ich lege die Hände auf die Stuhlränder und drücke mich hoch. So muss es sich anfühlen, in Gruppentherapien auf dem sogenannten heißen Stuhl zu sitzen. Die Beleuchtung der Essecke kommt mir plötzlich auch ziemlich hell vor. Hässliche Erinnerungen an meinen Vater klopfen an die lange geschlossene Tür in meinem Gehirn, wie er trank und danach immer aggressiv wurde. Schieb einen Riegel vor! Schieb einen Riegel vor! Das wird nicht gut enden!

»Das ist eine ganz schön persönliche Frage, finden Sie nicht?«

»Sie wollten meine Einschätzung hören, jetzt bekommen Sie sie. Ich nehme an, wenn Sie an Ihre Schwester denken, sehen Sie ein flatterhaftes, verantwortungsloses und doch intelligentes Mädchen vor sich, das noch immer Ihren Schutz braucht … von Zeit zu Zeit.«

Er zwinkert mir zu, um seinem Hohn die Schärfe zu nehmen.

Ich möchte mich ganz, ganz dringend mit diesem Mann streiten, doch er macht es mir richtig schwer. Was das Verhältnis zwischen mir und meiner Schwester angeht, hat er den Nagel auf den Kopf getroffen. Bin ich wirklich so leicht zu durchschauen? Verdammt! Ich werde niemals nach Las Vegas fahren. Dort würde ich noch mein letztes Hemd verlieren.

»Und?« Ich zucke die Achseln, als wäre es keine große Sache, dass er soeben in meinen Kopf geschaut und die Geister der Vergangenheit geweckt hat, obwohl er mich erst eine Stunde kennt. »Was, wenn Sie recht haben? Das ist ihr gegenüber ja nicht herablassend. Sie weiß, dass sie sich manchmal flatterhaft und verantwortungslos verhält. Sie weiß aber auch, dass ich sie bedingungslos liebe.«

»Nichts daran ist falsch, dass Sie dieses Bild von Ihrer Schwester haben, nur würde ich sagen, dass es nicht zutrifft.«

Ich hebe eine Braue. »Ja, genau. Sie kennen meine Schwester also besser als ich. Wollen Sie mir das sagen?«

»Nicht unbedingt. Doch ich möchte Ihnen so viel sagen: Was Ihre Schwester angeht, habe ich im Gegensatz zu Ihnen keine vorgefertigte Meinung, die auf früheren Lebensabschnitten basiert. Ich wusste rein gar nichts über sie, als sie hier anfing. Als ich sie kennenlernte und länger mit ihr zu tun hatte, bildete ich mir eine Meinung über sie, einzig auf der Grundlage der erwachsenen Frau, die sie heute ist.«

Er beugt sich zu mir vor, und obwohl ich beinahe einen Herzinfarkt bekomme, weil ich ihm plötzlich so nah bin, weiche ich nicht zurück. »Das Allererste, was mir auffiel, ist ihr großes Herz. Außerdem ist sie extrem intelligent und sehr schlagfertig. Sie ist äußerst gelehrig und setzt Neues schnell um, weil sie einen wissbegierigen, aufgeweckten Verstand hat, was in unserer Branche extrem von Vorteil ist. Sie ist unheimlich kreativ und talentiert im Umgang mit der Kamera. Außerdem ist sie von großer Abenteuerlust erfüllt, was sie meines Erachtens erst so richtig begriffen hat, als sie durch unsere Tür kam.«

Ich muss zugeben, dass mich das echt von den Socken haut. Wenn ich diesen Mann so viele nette Dinge über meine Schwester sagen höre, wird mir ganz warm ums Herz. Wer würde nicht gerne so beschrieben werden? Ich bin nicht sicher, ob ich seiner Einschätzung in allen Punkten zustimme – ich halte sie zum Beispiel nicht für so abenteuerlustig wie er –, denn ich habe sie die meiste Zeit anders erlebt, aber das schmälert ja nicht das Gewicht seiner Worte.

»Nun ja. Das ist zweifellos sehr nett.«

»Und es ist die Wahrheit. Keine Schönfärberei.« Er lächelt.

Ich will ihn gerade auf den großen Irrtum hinweisen, dem er aufsitzt, nämlich dass meine Schwester genau wie ich ihr Leben lang keinerlei Risiken eingegangen ist – zumindest bis vor Kurzem –, da öffnet sich die Tür, und drei Personen betreten die Küche und unterbrechen jäh unsere Unterhaltung.

Kapitel 7

May tritt als Erste ein. Hinter ihr kommt Thibault und als letzter Ozzie.

May versucht, fröhlich zu wirken, aber sie hat diesen leicht irren Blick, der mir immer verrät, dass sie ihre wahren Gefühle nicht zeigen möchte. Die anderen beiden sehen aus, als seien sie auf dem Weg zu einem Begräbnis.

Ich erhebe mich. »Was ist los?«

»Habt ihr die Situation im Griff?«, fragt Dev, ehe jemand antworten kann.

»Nicht wirklich«, antwortet Thibault.

»Warum setzen wir uns nicht alle an den Tisch und erörtern das?«, schlägt Ozzie vor.

Es liegt mir auf der Zunge, abzulehnen und ihnen mitzuteilen, dass ich jetzt gehe und es mir eigentlich total egal ist, was hier läuft, aber der Gesichtsausdruck meiner Schwester hindert mich daran. Sie wirft mir ihren Hundeblick zu.

Verdammt! Ich komme schon wieder nicht nach Hause.

»Na schön.« Mit leidgeprüftem Seufzen nehme ich Platz. Es wird May noch leidtun, mich in diesen Schlamassel reingezogen zu haben und mich jetzt nicht gehen zu lassen. Und zwar sehr bald. Vergessen Sie diesen Quatsch von wegen, Rache genießt man am besten kalt. Ich mag meine Rache heiß und unmittelbar, Baby. Am besten sogar kochend heiß, damit sie so richtig schön fies brennt.

Als alle sitzen, beugt sich Ozzie vor, legt die Unterarme auf den Tisch und faltet die Hände. Er sieht sich um und mustert uns der Reihe nach, ehe er spricht. Eine sehr effektive Methode, für absolute Stille zu sorgen.

»Wir haben Anzeige erstattet und uns mit einem Beamten der Polizei von New Orleans unterhalten. Am Haupttor ist ein Sachschaden in Höhe von mehreren Hundert Dollar entstanden, aber das ist kein Problem. Die Tür funktioniert noch.« Er wendet sich mir zu. »Aber Ihr Auto parkt draußen.«

Ich warte, ob er noch etwas zu sagen hat, aber er scheint auf eine Antwort von mir zu warten. Also zucke ich die Achseln. »Ja.« Dann begreife ich plötzlich und werde wütend. »Hat mein Auto auch etwas abbekommen?« Ich habe eine riesige Selbstbeteiligung. Das wird unschön.

Er schüttelt den Kopf. »Nein. Ihrem Auto geht's gut.«

Ich bin erleichtert.

»Aber ich fürchte, die für die Beschädigung unseres Tors verantwortliche Person könnte die Tatsache registriert haben, dass Ihr Auto draußen steht.«

Mir bleibt der Mund offen stehen, denn ich habe das Gefühl, ich müsste etwas sagen, habe aber keine Ahnung, wie eine angemessene Antwort lauten würde. Ich verstehe einfach nicht, warum er sich solche Sorgen macht. Das da draußen ist ein verdammter Parkplatz. Wo hätte ich mein Auto denn sonst hinstellen sollen? Ich schaue die anderen Verständnis suchend an. Er redet Unsinn, oder? Oder liegt es an mir?

Als meine Schwester das Wort ergreift, ist ihre Stimme sehr sanft, und sie spricht ganz langsam. So redet sie auch mit meinen Kindern, wenn sie sie zu überreden versucht, zeitig ins Bett zu gehen, und mit Widerspruch rechnet. Meine Nackenhärchen stellen sich auf und bleiben gesträubt.

»Jenny, wir sind nicht ganz sicher, wer für diesen Schaden verantwortlich ist. Nun hoffen wir natürlich, dass es sich einfach um Vandalismus handelt, dass irgendein Betrunkener draußen auf dem Parkplatz rumgegondelt ist und dabei die Kontrolle über sein Fahrzeug verloren hat oder so, woraufhin er dann aus Versehen das Tor gerammt hat. Aber wir dürfen nicht außer Acht lassen, dass es da draußen üble Gestalten gibt, die etwas gegen uns haben.«

Ich schaue sie an, als hätte sie völlig den Verstand verloren. »Wovon zum Teufel redest du?«

Thibault lächelt mich schmallippig an. »Wir sind eine Sicherheitsfirma. Wir arbeiten auch mit der örtlichen Polizei zusammen, für die wir Nachforschungen anstellen und Beweise sammeln, um Haftbefehle gegen Kriminelle zu erwirken, die sich zurzeit noch auf freiem Fuß befinden, mit dem Ziel, sie festzusetzen. Der Großteil unserer Arbeit findet verdeckt und hinter den Kulissen statt, aber dann und wann bekommt jemand Wind von unserer Beteiligung, und gelegentlich erhalten wir Drohungen.«

»Drohungen?« Ich hasse es, wie schwach meine Stimme klingt.

May ergreift wieder das Wort, ehe jemand anders die Chance hat, etwas zu sagen. »Wahrscheinlich bedeutet das alles gar nichts. Wir sind nur übervorsichtig, genau wie Dev es war, als er dich heute im Panikraum eingeschlossen hat.« Sie funkelt ihn aus dem Augenwinkel an.

Dev verdreht die Augen. »Ich habe mich bereits entschuldigt. Sie hat es verstanden.« Er sieht mich an. »Stimmt's, Jenny? Ihnen ist klar, dass das keine Absicht war.«

Gedanklich bin ich immer noch bei der Sache mit den Drohungen. »Von mir aus.« Ich wende meine Aufmerksamkeit Ozzie zu. »Sie wollen mir also sagen, dass Ihre Probleme mich jetzt betreffen, weil ich vor dem Haus geparkt hatte, als irgendeine

– Verzeihung – Arschgeige beschlossen hat, hier aufzutauchen und … was weiß ich … den Laden im Sturm zu nehmen?« Ich schüttele den Kopf. »Nein. Das akzeptiere ich nicht.« Ich stehe auf, habe die Spielchen und diese Verschwörungstheoretiker satt, habe die Schnauze voll davon, gegen meinen Willen im Hotel California eingecheckt zu sein.

Dev schaut zu mir auf. »Wo gehen Sie hin?«

Meine Antwort ist so laut, dass meine Stimme von den Wänden widerhallt. »Nach Hause!« Ich sehe meine Schwester an und halte kurz inne, um meine Lautstärke ein bisschen zurückzuschrauben. »Tut mir leid, May, aber das ist einfach lächerlich. Mag sein, dass du dich für dieses Leben entschieden hast – und so wahr mir Gott helfe, ich habe keine Ahnung, warum –, aber ich will damit nichts zu tun haben.« Ich sehe Ozzie an. »Danke für das Angebot der freien Mitarbeit, aber ich fürchte, die Antwort ist Nein.« Mein Blick wandert zu den anderen Personen am Tisch.

»Es war nett, Sie alle kennenzulernen. Nichts für ungut, aber ich hoffe, wir sehen uns nie wieder.«

Ich hebe meine Handtasche auf, die neben meinem Stuhl auf dem Boden liegt, und eile zum Ausgang. Leider gelingt es mir nicht, die Tür mithilfe der Klinke zu öffnen. Als ich das Wort an sie richte, drehe ich mich nicht um, denn wenn ich sie ansehe, werde ich wieder zu schreien anfangen. Sie haben alle gewusst, dass die Tür abgeschlossen ist, aber sie haben zugelassen, dass ich hier rübermarschiere und jetzt wie ein Trottel dastehe. Drecksäcke!

»Wenn nicht sofort jemand herkommt und den Geheimcode in dieses Eingabefeld tippt, zeige ich euch mal, was Sachschaden bedeutet.«

Ich höre, wie Stühle zurückgeschoben werden, gefolgt von Schritten. Hinter mir erklingt eine vertraute Stimme. »Lassen

Sie mich das machen.« Eine riesige Hand fasst über meine Schulter und gibt einen vierstelligen Code ein.

Ein Klicken verrät mir, dass sich die Schließzylinder im Schloss bewegt haben und ich gehen kann.

Ich reiße die Tür auf, schreite durch einen Raum voller Schwerter und anderer lächerlich aussehender Waffen. Wer bitte braucht Nunchakus, an denen stachelgespickte Kugeln hängen? Das Licht geht automatisch an und erhellt den Bereich, den ich auf dem Weg herein weitgehend ignoriert habe. Am anderen Ende des Raumes befindet sich eine weitere Tür mit Eingabefeld. »Mein Gott. Der ganze Laden hier ist ein einziges Gefängnis.« Über all die verrückten Waffen überall verliere ich nicht einmal ein Wort.

»Keine Sorge, ich bin direkt hinter Ihnen.« Das ist wieder Dev. Ich bin echt wütend auf mich selbst, denn ich möchte sauer auf ihn sein und ihm für alles die Schuld geben, was gerade passiert, aber er ist so nett, dass mir das einfach nicht gelingt. Also erwähle ich Ozzie zum neuen Ziel meines Grolls. Er hat meine Schwester hierhergebracht und sie irgendwie zum Bleiben überredet. Er hat gesagt, ich müsse mir Sorgen machen, weil ich vor dem Tor geparkt habe.

Wir erreichen die nächste Tür, und ich warte ungeduldig, bis Dev sie geöffnet hat. Er tritt direkt neben mich und legt die Hand aufs Eingabefeld, tut aber nichts. Ich schaue ihn nicht an, denn diese Augen und dieses Grübchen zu sehen, wäre nicht gut für meine Entschlossenheit.

»Geben Sie einfach den Code ein und lassen Sie mich raus.«

Er räuspert sich. »Darf ich Sie mal anrufen?«

Mein Herz bleibt bei diesen Worten beinahe stehen. Ziemlich schmerzhaft hängt es in meiner Brust. Er macht Witze, obwohl ich gerade so verletzlich bin. Bah, er ist noch schlimmer als ein Löwe oder ein Seepferdchen. Er ist wie der Anglerfisch, der sich an sein Weibchen hängt und mit ihrer

Haut verschmilzt, bis er nur noch wie ein widerlicher Buckel auf ihrem Rücken hängt.

Ich lege die Hand auf mein Herz, wende mich um und schaue zu Dev auf. »Soll das ein Witz sein? Finden Sie das lustig?«

Er schüttelt den Kopf. »Nein. Das ist vielleicht der falsche Zeitpunkt, aber …«

Ich lache verärgert. »Ja. So ziemlich der falscheste Zeitpunkt, den ich mir vorstellen kann.« Ich nicke in Richtung Eingabefeld. »Ich muss heim. Bitte, Dev.« Ich bin den Tränen nahe. Kurz kam es mir so vor, als wollte er sich mit mir verabreden, aber das kann nicht sein. Warum sollte er? Ich bin eine Mutter, die aussieht wie eine Eiscremesüchtige, und war wirklich unhöflich zu den Menschen, die er als seine Familie bezeichnet. Aber selbst wenn er das gewollt hätte, ich hätte es nicht gekonnt. Das ist einfach nicht meine Welt. Er sieht toll aus, ist süß, ist Vater und alles, aber er ist eben auch ein Bourbon-Street-Trottel.

Ohne ein weiteres Wort gibt er den Code ein, und ich zögere keinen Augenblick, sondern packe die Klinke und stoße die Tür auf, um zur Treppe nach unten zu gelangen. Als ich am großen Haupttor ein weiteres Eingabefeld sehe, möchte ich am liebsten schreien und mir die Haare raufen, doch dann sehe ich, dass mir Lucky von unten zuwinkt.

»Könntest du Jenny die Tür öffnen?«, ruft Dev seinem Kollegen unten zu.

Lucky wirkt ein wenig verwirrt. »Sie geht?«

Ich warte nicht ab, bis Dev die Frage bejaht. »Ja! Ich gehe.« Dann stürme ich die Treppe hinunter, wobei ich mich gut am Geländer festhalte, denn wenn ich jetzt stolpere, lande ich im Krankenhaus, und für so einen Unsinn habe ich keine Zeit. Ich muss heim. Bad. Schlaf. Kinder.

Lucky zuckt die Achseln und wendet sich ab, um den Code einzugeben. Ich habe den Fuß der Treppe erreicht, als das große Tor langsam aufgleitet. Zugegeben, ein kleiner Teil von mir hat Angst, dass da draußen ein Schurke mit einem Maschinengewehr auf mich lauert, aber als mich lediglich der schwülheiße Nachtgeruch des Mississippi begrüßt, entspanne ich mich. Ich glaube, heute ist mehr Adrenalin durch meine Adern geflossen als im gesamten letzten Jahr. Ich fühle mich wie auf Droge. Kein Wunder, dass ich diese lächerlichen Gedanken über Männer, Tiere und Seepferdchen habe.

»Passen Sie auf sich auf«, sagt Dev irgendwo hinter mir.

»Ja, klar.« Er sieht nicht, wie ich die Augen verdrehe. Diese Leute sind einfach verrückt. Natürlich passe ich auf mich auf. Ich werde lediglich in mein Auto steigen, heimfahren und ein Bad nehmen. Das ist alles. Oh, und ich werde ganz allein eine Flasche Wein austrinken. Wenn ich Glück habe, kommt dann im Fernsehen irgendein netter Frauenfilm, ich kann mir Popcorn machen, ein paar Kugeln Eis essen und auf der Couch einschlafen. Dazu komme ich nie, wenn die Kinder da sind. Dabei stehe ich voll auf diesen Couchpotato-Lebensstil. Eiscremesüchtige aller Länder, vereinigt euch!

Doch jetzt habe ich die Chance, wieder mal so zu leben, als sei ich noch Single. Als sei ich für nichts und niemanden verantwortlich und müsste keine Kalorien zählen. Ich kann kaum glauben, dass ich diese Chance beinahe vergeudet hätte, indem ich den Tag mit Arbeiten verbrachte. Ha! Was ist das denn für ein Quatsch? Ich kann jetzt auf der Stelle heimgehen und so tun, als käme ich gerade frisch vom College, die Welt läge mir zu Füßen, und irgendwo da draußen warte ein Mann, der sowohl ein toller Gatte als auch ein liebevoller Vater ist, nur darauf, mich in die Arme zu nehmen, mir in die Augen zu sehen und zu sagen: »Jenny, wissen Sie, wie großartig Sie sind? Sie sind witzig, Sie sind intelligent, Sie sind abenteuerlustig …«

Scheiße! Ich höre diese Worte in Devs Stimme in meinem Kopf widerhallen und breche fast in Tränen aus, als mir klar wird, dass er da nicht mich beschreibt, sondern meine Schwester. Manche Mädchen haben eben einfach Glück.

Mit der Fernbedienung öffne ich meine Autotür und steige ein. Mein Auto springt sofort an, und die Klimaanlage rülpst mir einen Schwall feuchter Warmluft ins Gesicht, woraufhin mir ein heißes Bad plötzlich gar nicht mehr so verlockend vorkommt. Es ist einfach das Allerletzte, in der Badewanne zu schwitzen. Das Bad ist damit offiziell gestorben, und ich verspüre plötzlich den Drang, auf etwas einzuschlagen. Was soll denn heute noch alles schiefgehen?

Ich fahre los und weigere mich, im Rückspiegel einen Blick auf das Lagerhaus zu werfen – den Ort des Bösen, der mir meine Schwester und mein Bad geraubt hat. Je länger ich über die Leute da drin nachdenke und das, was sie tun und worin auch meine Schwester verwickelt ist, desto trauriger werde ich. Gut drei Kilometer später breche ich in Tränen aus.

Auf dem Heimweg weine ich fast ohne Unterlass, aber ich weiß nicht mal, um wen. Um May? Um mich? Um Fehler in der Vergangenheit oder in der Zukunft, die ich nicht haben werde? Vielleicht um all das auf einmal. Ich muss offenbar mal zu einem Psychiater, denn ich habe eine gehörige Meise. In ganz New Orleans gibt es nicht genug Eiscreme, um das wieder hinzukriegen.

Ich bin nicht sicher, wie ich heimgekommen bin. Mein Gehirn hat beim Autofahren auf Autopilot geschaltet. Ich weiß noch, dass ich das Lagerhaus verlassen habe, und dann war ich irgendwann in meinem Viertel. Ich hoffe, ich habe im Tran niemanden überfahren.

Nachdem ich mein Auto in der Einfahrt abgestellt habe, gehe ich ins Haus. Ich bin so erschöpft, dass ich mich direkt nach oben ins Schlafzimmer begebe und mich bäuchlings aufs Bett fallen lasse. Ich schlafe so schnell ein, dass ich keinen einzigen Gedanken mehr fassen kann.

Kapitel 8

»Wow! Hübsche Machete«, sage ich und betrete eine Art Wohnzimmer. Ich sehe Couches, und von irgendwo in meinem Haus ertönt ein entferntes Klingeln und durchdringt den Schlafnebel, der mein Gehirn erfüllt. In meinem halb wachen Zustand bilde ich mir ein, ich hätte etwas in der Mikrowelle, und es sei Zeit, das Essen herauszuholen. Ein weiterer Klingelton ertönt, diesmal lauter, zumindest kommt es mir so vor. Offenbar hat meine Mikrowelle einen eigenen Kopf. Sie bedrängt mich: Hol dir jetzt endlich dein Essen, Frau!

Als ich endlich ganz zu mir komme, wird mir klar, dass das Geräusch nicht von einer Mikrowelle kommt, sondern von meinem Handy.

Jemand schickt mir eine SMS. Ich stöhne, denn ich weiß, wer mich geweckt hat, und bedaure, dass ich das Gehör einer Mutter von kleinen Kindern habe. Ich bin wie die Sieben-Millionen-Dollar-Frau.

»Lass mich in Ruhe, May!«

Ich schnappe mir ein Kissen und bedecke damit mein Gesicht. So könnte ich ohne Probleme wieder einschlafen, wäre da nicht die Tatsache, dass ich furchtbar schlechten Atem habe. Verdammt … Mundgeruch? Wie ist das denn passiert?

Dann fällt mir die Jambalaya wieder ein. »Igitt!« Ich werfe mein Kissen aus dem Bett und beschließe, den Kissenbezug später zu waschen. Ich bin ziemlich sicher, dass ich meinen nach Jambalaya stinkenden Speichel daraufgesabbert habe. Igittigitt!

Ich werde diese SMS nicht beantworten, aber jetzt bin ich zu wach, um wieder einzuschlafen. Also rolle ich mich aus dem Bett und schlurfe ins Bad, geistig zu erschöpft, um die Füße mehr als ein paar Millimeter vom Teppich zu heben. Dort angekommen, starre ich im Spiegel meine Horrorfratze an.

Ich sehe aus wie ein Waschbär. Verblüffend eigentlich, dass ich mit diesem Aussehen auf dem Heimweg keine Unfälle verursacht habe. Jeder, der dieses Gesicht gesehen hat, muss gedacht haben, ich sei ein Zombie auf der Jagd nach Gehirnen. Am Hinterkopf habe ich ein wirres Haarnest, und die linke Seite meiner Frisur ist so eingedrückt, dass sie aussieht wie angeklebt.

»Schööön. Wunderhübsch!« Ich lege die Hände an die Wangen und drücke, sodass sich mein gesamtes Gesicht für ein paar Sekunden nach vorn stülpt. Aber das macht die Sache auch nicht besser.

Als mir Miles eröffnet hat, dass er mich nicht mehr liebt und mich mit drei Kindern sitzen zu lassen gedenkt, um ein neues Leben anzufangen, habe ich viel geweint und dabei jede Menge Mascara verschmiert. Doch das ist jetzt ein Jahr her, und ich habe gedacht, ich hätte die Phase der Zusammenbrüche ohne jede Vorwarnung mitten am Tag hinter mir, genau wie das Erbrechen zu ungünstigen Zeitpunkten und Fressattacken, bei denen ich größere Mengen Ben & Jerry's vertilge. Aber offenbar nicht. Augenscheinlich habe ich da noch ein paar unverarbeitete Probleme. Na so was.

Wieder piepst mein Handy. Jetzt weiß ich wieder, wo es ist. Unten in meiner großen Handtasche.

Ich sollte vermutlich Zähne putzen, mich abschminken und etwas mit meinen Haaren machen, aber wozu? Die Kinder sind weg, ihre Mutter zu sein ist mein einziger Lebenszweck, und meine Schwester wird das ganze Wochenende über mit den Bourbon-Street-Arschgesichtern abhängen, ich muss also nicht befürchten, dass sie vorbeikommen könnte. Sie hat keine Zeit mehr für mich. Ihr blöder neuer Job nimmt sie zu sehr in Anspruch.

Schon der Gedanke lässt mich finster dreinblicken. Jetzt sehe ich aus wie ein wütender Zombie. Ich zische mein Spiegelbild an.

Ich könnte einkaufen gehen, auch wenn es inzwischen ziemlich spät ist, aber ich verfüge zurzeit nicht gerade über viel Geld. Ich hasse die Versuchung, der ich heute ausgesetzt war, und die Tatsache, dass ich fast einen Geschenkgutschein vom Einkaufszentrum und fünfhundert Dollar extra in meinen gierigen kleinen Händen gehabt hätte. Das passiert mir nicht so oft. Wenn ich Glück habe, kommt das Kindergeld rechtzeitig, und mein Chef glaubt nicht an Erfolgsprämien.

Ein flüchtiger Gedanke kommt mir in den Sinn. Ich könnte freiberuflich arbeiten. Es muss ja nicht das Lagerhaus sein. Ich könnte aber etwas anderes finden. Vielleicht könnte ich mich auf einer dieser Freiberufler-Vermittlungs-Websites registrieren.

Ich müsste ja nicht wirklich einen Job annehmen. Einfach mal schauen, was es so gibt. Das sage ich mir schon seit Jahren, aber ich hatte immer zu viel mit den Kindern zu tun. Habe das Risiko zu sehr gescheut. Eine alleinerziehende Mutter braucht ein festes Einkommen, und das haben Freiberufler einfach nicht jeden Monat. Neben der Festanstellung freiberuflich zu arbeiten, bedeutet jedoch, nicht so viel Zeit für die Kinder zu haben, was auf keinen Fall infrage kommt, schon gar nicht mit einem Ex-Mann wie Miles, der nie mal für mich einspringen würde. Ein Blick auf die Uhr verrät mir, dass sie erst in über dreißig Stunden zurückkommen. Das würde reichen, um loszulegen …

Beim Gedanken daran schlägt mein Herz schneller. *Zu riskant. Vergiss es! Bleib besser in der Tretmühle, Jenny.*

Da ich aber weiß, dass ich im Augenblick nicht in der Lage bin, meine Welt auf den Kopf zu stellen, indem ich mich selbstständig mache, denke ich darüber nach, wie ich meinem Leben wenigstens ein bisschen Würze verleihen könnte. Ich kaue auf meiner Lippe herum, während ich darüber nachdenke. Ich muss ja nicht gleich kündigen. Ich könnte einfach … versuchen, mehr rauszukommen. Mich auf einer dieser Datingwebsites registrieren. Einen neuen Partner finden. Oder einfach mal mit einem Mann einen Kaffee trinken gehen. Es langsam angehen. Mich aufbrezeln und mich zur Abwechslung mal schön fühlen.

Ich sehe mich im Spiegel an und muss lachen. »Ja, klar. Nur zu, Jenny, mach ein Selfie. Stell diesen Zombielook auf deine Profilseite und schau mal, wie viele Anfragen für ein Date du bekommst.« Verdammt! So, wie ich jetzt aussehe, würde kein einziger männlicher Single in ganz Louisiana auch nur einen Kaffee mit mir trinken gehen. Nicht mal die Typen aus den Sümpfen, denen die Hälfte ihrer Zähne fehlt und die Welse fangen, indem sie ihren eigenen Arm als Köder verwenden. Man nennt das Noodling. Nicht mal mit einem dieser durchgeknallten Seewolffischer könnte ich mich im Augenblick verabreden, so scheiße sehe ich aus.

Ich strecke mir die Zunge heraus und wende mich ab, um das Badezimmer zu verlassen, wobei ich das Licht ausschalte. Auf dem Weg die Treppe hinunter ignoriere ich meine Handtasche mit dem Handy, mache einen weiten Bogen darum und betrete mein kleines Arbeitszimmer links neben der Haustür. Ich will mich nur mal auf den Freiberufler-Vermittlungs-Websites umsehen. Ist ja keine große Sache. Mal nachzuschauen, kann schließlich nicht schaden, oder? Ich habe noch keine zwei Schritte in den Raum hinein gemacht, als ich mein Problem erkenne. Meinen großen, entscheidenden Fehler.

»Gott verdammt!« Ich drehe mich um und eile zurück zu meiner Handtasche, reiße sie auf und weiß doch schon, was ich darin finden werde: nichts.

Mit geschlossenen Augen versuche ich, meine Schritte seit dem Verlassen des Panikraums nachzuvollziehen. Habe ich meinen Laptop mitgenommen? Ich erinnere mich, mir meine Handtasche geschnappt zu haben, nicht aber den Rechner.

Auch habe ich keine Erinnerung daran, ihn in mein Auto gelegt oder irgendwo hier im Haus deponiert zu haben. Verdammt, verdammt, dreimal verdammt!

Für den Fall, dass mich meine Erinnerung trügt, schnappe ich mir meine Schlüssel und renne hinaus. Die Nachbarn haben mich im zurückliegenden Jahr schon häufiger in ziemlich ramponierter Verfassung gesehen, also störe ich mich nicht an meinem aktuellen Zombiechic. Sollen sie doch reden.

Ich drücke das Gesicht gegen das Fahrerfenster und spähe in mein Auto. Leider sehe ich nur die Ansammlung von Müll, die man eben in Autos vorfindet, die als Taxi für drei kleine Kinder dienen.

Trotzdem öffne ich die hintere Tür, versuche, mich nicht von Furcht übermannen zu lassen, und setze mich auf den Rücksitz.

Ich sehe mich um und murmele wütend vor mich hin: »Komm schon, du Dreckstück. Sei hier drin. Sei hier drin!« Müll fliegt kreuz und quer durch die Gegend, als ich den Rückraum durchstöbere. Fast ist es mir gelungen, mich davon zu überzeugen, dass mein Laptop hier irgendwo untergewühlt sein muss. Er muss einfach hier sein.

Ich finde drei nicht zueinander passende einzelne Schuhe, zwei Fastfoodschachteln mit leeren Plastikverpackungen darin, etwa hundert überall verstreute mumifizierte Pommes und ein verschimmeltes Apfelgehäuse, das zwischen zwei Sitzen klemmt.

Mein Leben widert mich so an, dass ich es kaum in Worte fassen kann. Wie bin ich hier gelandet? Wie konnte ich so tief fallen? Ich bin ein verrückter Zombie, der durch die Überreste der letzten fünf schrecklichen Mahlzeiten für meine Kinder watet, die viel Besseres verdient hätten als eine Chaosmutter wie mich.

Schließlich steige ich aus, schlage wütend die Tür zu und marschiere die Stufen zur Haustür wieder hoch. Ich kann nicht glauben, dass ich meinen Laptop im Lagerhaus gelassen habe. Mein Laptop ist mein Leben! Ich bin derart beleidigt abgezogen, dass ich keine Ahnung habe, wie ich jetzt dorthin zurückfahren und einfach cool meinen Rechner abholen soll. Die werden denken, ich hätte ihn absichtlich zurückgelassen. Sie werden denken, ich käme zurück, um um diese Stelle als freie Mitarbeiterin zu betteln. Allein die Idee macht mich so wütend, dass ich kotzen könnte. Das tue ich dann auch, direkt in meine Hecke. Zweimal.

Als ich wieder im Haus bin, atme ich mehrfach tief durch, um mich zu beruhigen. Offenbar reagiere ich total über, obwohl ich gar nicht wirklich in Gefahr gewesen bin. In einem Panikraum festzusitzen, muss Spuren hinterlassen, auch wenn im Grunde genommen alles in Ordnung war, oder? Aber ich werde darüber hinwegkommen.

Es ist nichts passiert. Ich bin außer Gefahr. Teufel auch, wahrscheinlich hat dieser Idiot mit dem Gabelstapler das Tor gerammt, aber alle dort sind so paranoid, dass sie glauben, es wäre ein Gangster mit einer AK-47 gewesen, der sie niedermähen wollte.

Egal. Ich setze keinen Fuß mehr in den Laden. May muss mir meinen Laptop bringen, und zwar auf der Stelle, weil ich ihn brauche. Vielleicht melde ich mich ja wirklich auf einer Datingwebsite an. Vielleicht suche ich mir tatsächlich einen Nebenjob. Ganz egal, ohne den Laptop kann ich nichts von alldem tun. Es ist ihre Schuld, dass ich ihn dort gelassen habe, also muss sie das auch wieder in Ordnung bringen.

Ich krame das Handy aus meiner Handtasche. Drei neue SMS von May, in allen dreien erkundigt sie sich besorgt, wie es mir geht.

Mit fliegenden Fingern tippe ich eine Antwort.

Ich: Es geht mir gut. Habe meinen Laptop im Lagerhaus vergessen. Bitte bring ihn mir sofort. Er ist im Panikraum.

Zähneknirschend starre ich das Handy an und warte auf eine Antwort. Sekunden verstreichen. Ich tippe ungeduldig mit der Fußspitze auf den Boden. Noch vor fünf Minuten konnte sie mich gar nicht schnell genug erreichen, hat mich an meinem freien Wochenende aus dem Tiefschlaf gerissen, und jetzt ist sie nicht erreichbar. Na toll! Genau das, was ich im Augenblick brauche.

May: Okay. Kein Problem. Bin gleich da.

Mir fällt die Kinnlade herunter, während ich die Nachricht mehrfach lese. Ich bin argwöhnisch. Meine Schwester ist nie so kurz angebunden und zugleich so nett. Ich bin nicht sicher, ob ich nur paranoid reagiere, ob das irgendein Trick ist oder ob Dev völlig recht hatte, was meine Schwester angeht, und er sie tatsächlich besser kennt als ich.

Schon der Gedanke daran weckt in mir den Wunsch, mein Handy quer durchs Zimmer zu schmeißen, aber ich habe kein Geld für ein neues und auch nicht gerade Glück mit diesen dummen Dingern, also lasse ich es bleiben. Stattdessen werfe ich es zurück in meine Handtasche und gehe den Flur entlang in die Küche, eine Frau auf einer Mission.

Ich habe einen neuen Plan. Ich werde May zwingen zu bleiben, zwei oder drei Gläser Wein mit mir zu trinken und mir genau zu erklären, warum zum Teufel sie für diese Kerle arbeitet und sich mit diesem Ozzie eingelassen hat. Ich meine, mal im Ernst … offenbar ziehen sie kriminelle Aktivitäten an wie das Licht die Motten. Dort ist es gefährlich, und sie ist Hochzeitsfotografin, um Himmels willen. Sie muss nicht mit einem Haufen Möchtegernpolizisten herumrennen, nur weil es gut bezahlt wird und die Zusatzleistungen stimmen. Es ging ihr doch auch vorher ausgezeichnet. Ja, vielleicht hat sie keine eigenen Kinder, aber sie ist die Tante meiner drei Kleinen, und das bringt eine gewisse Verantwortung mit sich. Sie muss besser auf ihre persönliche Sicherheit achten. Wie sollte ich Sophie erklären, dass ihre Lieblingstante, mit der sie mit sechzehn durchzubrennen gedenkt, tot ist? Nein. Nein, nein, nein, nein, nein. Das darf nicht sein. Ich muss etwas dagegen tun.

Zufrieden mit meinem ausgezeichneten Plan und meinen hervorragenden Gründen, ihn auch in die Tat umzusetzen, hole ich zwei Gläser aus dem Schrank und lege eine schöne große Flasche Wein in den Kühlschrank, um sie bis zu ihrer Ankunft perfekt zu temperieren. Mir kommt der Gedanke, dass ich mich noch mal kurz vor den Spiegel stellen sollte, um mein Make-up zu richten, doch dann beschließe ich, dass es wahrscheinlich besser ist, wenn sie mich so völlig durch den Wind sieht. Ich muss ihr Herz berühren, und in einem Punkt hatte Dev recht: May hat wirklich ein großes Herz.

Sobald sie sieht, wie sehr mich das alles mitnimmt und was für Sorgen ich mir mache, wird sie vernünftigen Argumenten zugänglich sein. Ich werde ihr das volle Programm liefern. Fast komme ich mir vor, als würde ich ihr damit tatsächlich das Leben retten.

Die Rechtschaffenheit meines großartigen Plans erfüllt mein Herz mit Stolz und gibt mir das Gefühl, zum ersten Mal seit langer Zeit wieder etwas zu tun, was wirklich zählt. So bin ich. Jenny, die große Schwester.

Passt auf, ihr Schurken – niemand tut meiner kleinen Schwester weh. Nicht, solange ich ein Wörtchen mitzureden habe.

Kapitel 9

Ich höre, wie May ihr Auto in die Einfahrt lenkt, also eile ich in die Küche und nehme die Flasche Wein aus dem Kühlschrank. Ich werde nicht fragen, ob sie welchen will, sondern ihn ihr einfach in die Hand drücken und so lange an ihre Schuldgefühle appellieren, bis sie trinkt. Als ich die Flasche entkorke, klingelt es. Ich halte inne und schaue stirnrunzelnd den Gang entlang. Seit wann klingeln wir, wenn wir einander besuchen?

»Es ist offen!«, rufe ich genervt. Sie weiß, dass ich nie abschließe, wenn ich tagsüber daheim bin, und außerdem hat sie einen Schlüssel. Ich gieße zwei Weingläser fast randvoll. Meine Schwester muss einen Schwips haben, damit ich sie auf den Boden der Tatsachen zurückholen kann.

Ja … es ist wahr. Ich bin bereit, meine Schwester unter Drogen zu setzen, bis sie Vernunft annimmt. Der Kodex der großen Schwestern erlaubt das in Notfällen, und dies ist definitiv einer.

Die Tür öffnet sich einen Spalt.

»Ich bin in der Küche!«, flöte ich. Ich darf ihr meinen Ärger nicht zeigen, muss so tun, als sei alles paletti, als wolle ich nur etwas Zeit mit ihr verbringen. Sie wird meinen heimtückischen Angriff gar nicht kommen sehen, und dann werde ich sie mit

Große-Schwester-Ratschlägen bombardieren, bis die Tränen fließen.

Die Dielen knarzen, als May den Flur entlangkommt. Langsam stelle ich die Weinflasche ab, als mein Gehirn zuerst mit Verwirrung und dann mit Angst reagiert. Meine Schwester ist zu leicht, als dass die Dielenbretter unter ihrem Gewicht nachgeben würden.

»May?«

Sie antwortet nicht. O Gott! Jemand, der nicht meine Schwester ist, schickt sich an, meine Küche zu betreten. Mein Messerblock befindet sich auf der anderen Seite des Raums. Ich werde ihn niemals rechtzeitig erreichen.

Ich schnappe mir den Korkenzieher mit der rechten Hand und halte ihn mit angewinkeltem Arm auf Schulterhöhe. Wenn es sich um einen bösen Burschen mit Knarre handelt, bin ich wahrscheinlich verloren, aber ich werde wenigstens versuchen, im Fallen noch ein Loch in ihn zu bohren, um seine DNA zu sichern. Ich schaue CSI. Ich weiß, eine winzige Menge reicht.

Ein riesiger Mann kommt um die Ecke und zieht den Kopf ein, um ihn sich beim Betreten der Küche nicht am Türrahmen zu stoßen. Ich stehe einfach nur da, meine Waffe und meine DNA-Sicherungsstrategie sind vergessen.

»Hey, Jenny.« Sein Blick wandert von meinem Gesicht zu meiner Hand und dann zu meiner Waffe. »Ich vermute, mich haben Sie nicht erwartet.«

Langsam und vorsichtig lege ich den Korkenzieher auf den Küchentresen. Ich versuche, die chaotischen Emotionen zu zügeln, die dieser Typ in mir auslöst. Er hat wirklich Glück, dass ich kein Messer in der Hand hatte. Sonst hätte ich es möglicherweise nach ihm geworfen, so sauer bin ich im Augenblick. Ich kann nicht glauben, dass meine Schwester Dev an ihrer statt geschickt hat. Mir bricht das Herz.

Er hält meinen Laptop wie einen Schild vor sich. »Ich komme in friedlicher Absicht.«

Langsam schüttle ich den Kopf. Meine Schwester hat heute gegen so viele Paragrafen des Schwesternkodex verstoßen, dass ich nicht einmal weiß, wo ich mit der geistigen Aufzählung all ihrer Verfehlungen anfangen soll.

»Ist der Wein für mich?«, fragt er und wirft einen Blick auf den Küchentresen.

Ich folge seinem Blick zu den beiden Gläsern. »Nein, eigentlich war er für meine Schwester und mich gedacht. Aber ich schätze, sie war zu beschäftigt, um mir meinen Laptop zu bringen oder ein bisschen mit mir zu plaudern.« Ich weiß nicht, ob ich weinen oder die Weingläser quer durch den Raum schleudern soll. Ich ziehe beides in Betracht.

Dev kommt noch ein Stück weiter in die Küche und legt den Laptop auf den Küchentresen. »Sie wollte ihn eigentlich selbst herbringen, aber ich habe sie gebeten, ob ich das übernehmen könnte.«

Ich starre ihn an und blinzle ein paarmal.

»Sind Sie wütend?«, fragt er vorsichtig.

Ich schnaube. »Nicht auf Sie.«

»Seien Sie nicht sauer auf Ihre Schwester. Sie dachte, sie täte Ihnen einen Gefallen.«

»Einen Gefallen? Indem sie mir aus dem Weg geht?«

»Nein. Indem sie mich herschickt.«

»Warum sollte das besser sein, als wenn sie persönlich kommt?«

Er errötet ein wenig und zuckt die Achseln. »Ich weiß nicht … vielleicht hat sie …« Er verstummt und starrt zu Boden.

O Gott! Nein! Das hat sie nicht getan! Sie versucht doch nicht etwa, uns zu verkuppeln, oder? Oje!

Ich kann ihm nicht mehr in die Augen schauen. Es ist einfach zu peinlich. »Schon gut. Hier, trinken Sie einen Schluck

Wein.« Ich gebe ihm ein Glas und verschütte dabei ein wenig Wein. Dann schnappe ich mir mein eigenes und murmle halblaut: »Ich brauche jetzt jedenfalls einen kräftigen Schluck«, dann lasse ich meinen Worten Taten folgen.

Dev hebt sein Glas. »Prost.«

Ich habe bereits einen großen Schluck getrunken, aber ich proste ihm zu und nicke, als sich unsere Gläser berühren.

»Prost.« Meine Stimme klingt gepresst, weil der Wein meine Stimmbänder hat schrumpfen lassen oder so.

Er nimmt einen Schluck und verzieht das Gesicht. Dann versucht er zu lächeln, aber es wird eher eine Grimasse.

»Was ist?«, frage ich. »Mögen Sie keinen Wein?«

»Doch, doch. Nur keinen … weißen.«

Ich schnaube ob seiner offensichtlichen Lüge. »Sie meinen, keinen schlechten. Schon klar. Ich schätze, ich bin eher sparsam, was Alkohol angeht.« Achselzuckend starre ich in das Glas, aus dem ich dann einen weiteren Schluck nehme. Nippen, schlucken … was macht das schon für einen Unterschied?

Er trinkt einen weiteren sehr kleinen Schluck. »Kein Problem. Er ist lecker.« Er hebt wieder sein Glas und grinst echt breit.

Ich schüttele den Kopf, versuche, mich nicht von der Tatsache, dass ich jede seiner Emotionen an seinem Gesicht ablesen kann, positiv beeinflussen zu lassen, und sage leise: »Sie sind ein miserabler Lügner.«

Er grinst peinlich berührt. »Ja, da haben Sie wahrscheinlich recht.«

Ich bin sicher, er hat das als Beleidigung aufgefasst, aber so war es nicht gemeint. Ich habe etwas gegen Männer, die gute Lügner sind. Es ist erfrischend, mal einem zu begegnen, der nur gut darin ist, die Wahrheit zu sagen.

Ich stütze mich auf den Rand des Tresens. Ein Blick auf die Uhr verrät mir, dass es fast zweiundzwanzig Uhr ist. »Müssen

Sie nicht heim zu Ihrem Sohn?« Mit einem weiteren Schluck leere ich mein Glas beinahe, und es ist ein wirklich großes Glas.

Normalerweise hätte ich Angst, wie eine Säuferin zu wirken, aber nicht heute Abend. Heute Abend sind die Kinder nicht da, und ich bin stinksauer … eine heftige Kombination. Her mit dem Alkohol!

»Im Moment passt meine Mutter auf ihn auf. Sie hilft mir sehr viel.«

Elterngespräche. Das kriege ich hin, auch wenn ich leicht angeschickert bin. »Kommt Sie zu Ihnen nach Hause, oder bringen Sie Ihren Sohn zu ihr?«

»Sie kommt zu uns. Mein Sohn fühlt … sich dort wohler.«

Ich nicke. »Verstehe.« Ich mache eine Geste mit dem Arm, die meine Worte unterstreichen soll, und lenke damit seine Aufmerksamkeit auf die Tatsache, dass meine Küche aussieht, als hätte ein Einhorn hineingekotzt. Hier sind alle Regenbogenfarben vertreten, und zwar durch diverse Puppen, Actionfiguren, Spielzeuglastwagen und Brettspiele. »Meine Kinder haben all ihre Spielsachen hier. Es ist meist leichter, wenn May hier auf sie aufpasst, wenn ich ihre Hilfe brauche.«

»May hilft Ihnen also viel?«

Ich zucke die Achseln. »Früher schon.« Ich hasse die Tatsache, dass mir diese Worte einen Stich ins Herz versetzen. Geistesabwesend massiere ich meinen Brustkorb in der Herzgegend mit Daumen und Zeigefinger und nehme einen weiteren Schluck Wein.

»Warum jetzt nicht mehr?«

Ich fühle mich schuldig, als mir klar wird, dass ich ihn zu der Annahme verleitet habe, May habe die Kinder und mich im Stich gelassen. »Ich glaube, das hätte ich anders formulieren sollen. Sie hilft mir schon noch, sie ist nur …«

Dev nickt langsam. »Ich verstehe. Sie glauben, Sie werden sie jetzt, wo sie für Ozzie arbeitet, weniger sehen.«

Er ist viel zu aufmerksam. Ich recke das Kinn ein wenig. »Meinen Sie, ich irre mich?«

»Vielleicht werden Sie zunächst recht behalten, aber ich glaube, May wird sich fangen. Diese ganze Sache mit der Firma und Ozzie ist noch völlig neu für sie, aber sobald sie sich daran gewöhnt hat, werden sich ihre Prioritäten wieder verschieben, und ihr wird klar werden, was wirklich zählt.«

»Woher wollen Sie das wissen?« Ich hasse die Tatsache, dass ich mit angehaltenem Atem auf seine nächsten Worte warte, aber es lässt sich nicht leugnen. Das bringt auch gar nichts. Ich möchte ja glauben, dass er recht hat. Ich möchte glauben, dass er eine so gute Auffassungsgabe hat, wie es den Anschein macht, und dass ich meine Schwester nicht an seinen muskelbepackten Kollegen verloren habe.

»So ist es uns praktisch allen ergangen.«

Dev stellt sein Glas ab, und ich stelle meines daneben. Diesen Teil des Gesprächs möchte ich nüchtern erleben, und ich bin mir nicht sicher, ob ich das schaffe, solange ich das Glas in der Hand und die Flasche zum Nachfüllen in Reichweite habe. Ich verschränke die Arme vor der Brust. »Wirklich? Ihnen auch?«

»Ja.« Er trommelt mit dem Finger auf den Küchentresen und wirkt geistesabwesend, als er hinzufügt: »Ich war das vierte Teammitglied. Der Gründer der Firma war natürlich Ozzie. Nummer zwei war Thibault. Dann kam Lucky, dann ich und schließlich Toni.«

»Hat es einen bestimmten Grund, dass Sie alle nacheinander dazugestoßen sind und nicht gleichzeitig?«

»Na ja, schon, aber die Gründe sind nicht wichtig. Was ich damit sagen will, ist: Wenn man neu dabei ist, kann diese ganze Teamerfahrung ziemlich überwältigend sein.« Er sieht zu mir auf, und seine Augen leuchten, so viel Freude bereitet ihm seine Arbeit. »Es ist kein Job wie jeder andere. Wir sind eher eine

Familie als Arbeitskollegen. Ich meine, Ozzie, Thibault und Toni sind praktisch von Geburt an zusammen aufgewachsen, sie kennen einander also in- und auswendig. Lucky ist in der Grundschule dazugestoßen. Wenn eine solche Gruppe einem anbietet, sich ihr anzuschließen, und sie dann auch noch etwas tut, was wirklich anders, aufregend und manchmal ein bisschen gefährlich ist, kann man am Anfang irgendwie an nichts anderes mehr denken. Aber dann spielen sich die Pflichten des Neueinsteigers langsam ein, und allen ist klar, was jeder jeden Tag zu tun hat, und dann ist es eben doch fast wie ein normaler Job.«

»Nur dass Sie Angst haben müssen, dass Leute auf Sie schießen könnten.«

Er lächelt. »Das ist ein bisschen übertrieben. Wir sind ja keine Polizeibeamten, die sich auf der Straße mit Verbrechern anlegen. Wir arbeiten größtenteils hinter den Kulissen.«

»Warum versucht dann jemand, in Ihr Lagerhaus einzubrechen?«

Er zuckt die Achseln. »Wir sind nicht einmal sicher, dass es sich um einen Einbruchsversuch *bei uns* gehandelt hat. Es könnte auch sein, dass jemand in irgendein beliebiges Lagerhaus einzubrechen versucht hat, weil er glaubte, darin Wertsachen zu finden, dass die Sache also gar nicht wirklich gegen uns gerichtet war. Im Hafen sind Verbrechen an der Tagesordnung, und wie gesagt, ich war nur in Ihrem Fall besonders vorsichtig, weil Sie nicht zum Team gehören. Sie sind Zivilistin und Mays Schwester. Sie würde mich umbringen, wenn Ihnen etwas zustieße, während ich auf Sie aufpasse.«

Ich lache. »Sie haben Angst vor meiner Schwester?«

Er hebt eine Hand. »He, lachen Sie nicht – und tun Sie mir einen Gefallen … unterschätzen Sie Ihre Schwester nicht, den Fehler habe ich schon gemacht.«

Er meint es ernst, und das weckt meine Neugier. »Das riecht nach einer echt guten Geschichte.«

Er hebt eine Braue. »Haben Sie ein paar Stunden Zeit? Ich habe nämlich so einiges zu erzählen. Manches davon würden Sie nicht glauben.«

Ich zucke die Achseln und bin jetzt wacher und weniger daran interessiert, mich zu betrinken als zuvor, will aber auch nicht übereifrig wirken. Schließlich hat er mich heute in einem Panikraum eingesperrt. »Na ja … ich wollte baden, habe mich aber dann dagegen entschieden und stattdessen ein Nickerchen gemacht. Deshalb werde ich auf gar keinen Fall zeitig schlafen gehen. Ich schätze, Sie können genauso gut noch ein Weilchen bleiben und mir einige Ihrer Geschichten erzählen.«

Devs Blick wandert zu meinem Kühlschrank. »Haben Sie da drin etwas zu essen?«

Ich schaue zuerst den Kühlschrank und dann ihn an. »Wir haben doch erst vor ein paar Stunden jeder zwei Riesenschüsseln Jambalaya gegessen. Wie können Sie da schon wieder Hunger haben?«

»Haben Sie sich das mal genau angesehen?« Er macht eine Geste, die ihn von Kopf bis Fuß einschließt. »Diese Maschine braucht einen Haufen Kalorien, um in Topform zu bleiben.«

Ich lache und spüre, wie ich ein wenig erröte. Mir ist aufgefallen, dass sein Körper in Topform ist. Deshalb ist es so schwierig, mit ihm zusammen in der Küche zu sitzen und mich dabei wohlzufühlen. Ich muss diese Party ins Wohnzimmer verlagern, wo mehr Platz ist.

Ich nicke. »Okay, ja, verstehe. Leider habe ich letztes Wochenende meinen Kühlschrank abgetaut, und er ist immer noch praktisch leer.« Ich erwähne nicht, dass bei meinem Gehalt und Miles' sporadischen Alimentezahlungen für Leckereien nicht viel übrig bleibt. Meine Hypothek frisst mir die Haare vom Kopf.

Er zückt sein Handy. »Was dagegen, wenn ich ein paar Pizzen bestelle?«

Ich bin ein wenig überrascht, dass er davon ausgeht, lange genug hier zu sein, um etwas zu essen, aber dann denke ich: *Was soll's. Ich habe ja nichts mehr vor.* Ich deute auf sein Handy. »Nur zu. Lassen Sie sich von mir nicht aufhalten.«

Ich schnappe mir unsere Weingläser und klemme mir die Flasche unter den Arm. »Kommen Sie. Gehen wir ins Wohnzimmer, da ist es gemütlicher.«

»Gute Idee. Ich folge Ihnen auf dem Fuße.«

Also führe ich ihn aus der Küche auf den Flur. Aus dem Augenwinkel sehe ich ein Bild und zögere. Ich drehe den Kopf nach rechts, um nachzuschauen, was ich da sehe – und es handelt sich um mein Spiegelbild im Flurspiegel. Verdammter Mist! Ich sehe aus wie eine wandelnde Tote.

»Ach du lieber Gott«, flüstere ich. Ich sehe immer noch aus wie ein Zombie. Heilige Scheiße! Meine Haare! Mein Gesicht!

Wie peinlich!

Ich werfe über die Schulter einen Blick auf Dev und versuche, an seinem Gesicht abzulesen, ob es ihm aufgefallen ist.

In der Küche hat nichts darauf hingedeutet, was ganz und gar seltsam ist. Glaubt er etwa, ich sähe immer so aus? Das sei Absicht? Er hat immer noch das Handy am Ohr, wahrscheinlich lässt er sich von der Auskunft die Nummer eines Pizzabringdienstes geben.

Ich eile den Gang entlang ins Wohnzimmer. Dort knalle ich die Flasche auf den Couchtisch und lasse sie beinahe fallen, so eilig habe ich es, sie loszulassen. Dann kommen die Gläser, und dann richte ich mich auf, als er den Raum betritt, aber mit dem Rücken zu ihm. Ich tue so, als müsste ich dringend mal meine Vorhänge in Augenschein nehmen.

»Ich muss mal kurz hoch«, sage ich und gehe seitwärts in die Diele, ohne mich zu ihm umzudrehen. »Nur, um mir was Frisches anzuziehen.«

»Sie müssen sich meinetwegen nicht umziehen.«

Ich versuche zu lachen, aber es klingt schrill und unnatürlich. »Haha! Nein! Schon gut! Das macht mir überhaupt nichts aus. Ich habe ein Nickerchen gemacht, und wenn ich schlafe, müffle ich hinterher immer …« O mein Gott, habe ich das gerade eben wirklich laut gesagt?

Was ist bloß los mit mir?

Er lacht. »Haben Sie gerade gesagt, Sie müffeln?«

»Oh, halten Sie die Klappe.« Ich renne aus dem Zimmer und schweren Schrittes die Treppe hoch.

Es klingt, als trample eine Herde Elefanten durch das Haus.

»Mögen Sie Peperoniwurst?«, ruft er hinter mir her.

»Klar! Ich bin nicht wählerisch!«

Dann eile ich in mein Zimmer und kümmere mich um den schrecklichen Anblick, den mein Gesicht und meine Haare bieten, ziehe eine frische Jeans an und dazu ein ziemlich neues Oberteil. Während ich vor dem Badezimmerspiegel stehe und mit einer enormen Menge Zahnpasta versuche, meinen schrecklichen Jambalaya-Mundgeruch loszuwerden, schmiede ich einen Plan.

Keine Sorge, Jenny, du schaffst das. Du kannst ihn vergessen lassen, was er schon von dir gesehen hat. Lenk ihn einfach ab mit witzigen Antworten und erstaunlichen Tatsachen, die du aus hundert Stunden Animal Planet mit den Kindern kennst, dann wird er vergessen, dass du bei seinem Eintreffen ausgesehen hast wie Frankensteins Braut.

Ja. Es kann überhaupt nichts schiefgehen. Der Plan ist todsicher.

Kapitel 10

Nachdem ich am oberen Ende der Treppe ein paarmal tief durchgeatmet habe, gehe ich ganz ruhig nach unten. Meine Frisur sieht einigermaßen präsentabel aus, ich habe genug Make-up aufgelegt, um meine schlimmsten Mängel zu übertünchen, und ich habe eine halbe Tube Zahnpasta verbraucht. Jetzt kriege ich vielleicht Probleme mit meinem Zahnschmelz, aber ich bin entschlossen, Dev die Erinnerung daran zu nehmen, dass ich vor Kurzem noch ausgesehen und gerochen habe wie ein Zombie, der gerade jemandes Gehirn gegessen hat. Jetzt, nach meiner blitzschnellen Generalüberholung, bin ich bereit, dem Mann gegenüberzutreten, der mir Herzrasen verursacht, aber ich werde mich nicht noch zusätzlich nervös machen, indem ich mir einrede, dies sei ein Date.

Auf der untersten Stufe steigt mir der Geruch von Peperoniwurst in die Nase. »Sind die Pizzen schon da?«

Dev sitzt vor einem Stapel von drei Pizzaschachteln auf der Couch. Er grinst mir entgegen. »Ja.«

»Sie müssen mir unbedingt sagen, wo Sie bestellt haben. Bei mir dauert die Lieferung immer mindestens dreißig Minuten.«

Dev wirft einen Blick auf seine Armbanduhr. »Sie waren eine Dreiviertelstunde weg.«

Ich schaue ebenfalls auf die Uhr und runzele die Stirn. »Neeein … ich habe mich doch nur umgezogen.«

Er öffnet eine der Pizzaschachteln. »Was immer Sie sagen.«

Da stehe ich nun mitten in meinem Wohnzimmer und versuche, mich zu entscheiden, ob ich diese aussichtslose Schlacht weiter schlagen oder einfach meine Niederlage eingestehen soll. Die Tatsache, dass ich mir ein wenig Mühe gegeben habe, scheint ihn nicht zu beeindrucken. Er greift sich ein Stück Pizza, den Mund schon halb offen in Erwartung des ersten Bissens.

»Was möchten Sie trinken?«, frage ich und gebe die Scharade auf. Es ist schließlich ein Gebot der Höflichkeit, nicht auszusehen wie eine Yoda-Fledermaus, wenn man mit jemandem Pizza isst, oder?

Er hält inne, die Spitze des dreieckigen Pizzastücks unmittelbar am Mundwinkel, und deutet mit dem Kopf Richtung Küche. »Ich habe auch ein paar Liter Cola bestellt, die stehen nebenan. Bedienen Sie sich.«

»Möchten Sie auch?«

»Klar. Ich nehme auch noch einen Schluck Wein.« Er zwinkert mir zu. »Ich muss mehr trinken.«

Ich versuche, nicht zu lächeln. »Müssen Sie nicht fahren?«

Er faltet das Pizzastück achselzuckend der Länge nach und verschlingt die Hälfte davon mit einem Biss. Jetzt hat er den Mund zu voll, um zu antworten.

Ich zucke ebenfalls die Achseln und gehe in die Küche. Ihm scheint das egal zu sein, also werde ich keine Spielverderberin sein. Wenn ich finde, er habe zu viel getrunken, werde ich ihm ein Taxi rufen. Aber die Tatsache, dass er zwei Meter zehn groß ist und drei Pizzen zu essen gedenkt, verrät mir, dass ich mir vermutlich keine Sorgen um seinen Blutalkoholspiegel machen muss. Er müsste wahrscheinlich eine ganze Flasche Wein trinken, um seine Fahrfähigkeit zu beeinträchtigen.

Rasch schnappe ich mir zwei Gläser Cola mit Eis und eine zweite Flasche Wein und trage alles ins Wohnzimmer, damit ich mich setzen und ihm zusehen kann, wie er mehr Nahrung in sich hineinschiebt, als ich bisher für menschenmöglich gehalten habe. Ich stelle die Gläser neben den Pizzaschachteln auf den Tisch und setze mich zwei Sitzkissen von meinem Gast entfernt auf die Couch. Wenn ich dichter an ihm dran säße, würde ich ihm an die Wäsche gehen.

Er öffnet eine Schachtel für mich. Zwei Stücke fehlen bereits. Der Mann hat in weniger als fünf Minuten drei Stücke Pizza gegessen. Beeindruckend. Ich liebe es, für Leute zu kochen, die gerne essen. Mir kommt die Idee, ihn irgendwann mal zum Essen einzuladen, aber ich verwerfe sie sofort wieder. Bloß nichts überstürzen. Außerdem ist er ein Bourbon-Street-Tölpel.

»Bedienen Sie sich«, sagt er. »Die sind tatsächlich ziemlich gut.«

Ich wollte zuerst Nein sagen, aber das bringe ich nicht über mich, als mir der Geruch von geschmolzenem Mozzarella und köstlicher fettiger Peperoniwurst in die Nase steigt. »Okay. Aber nur eins.«

»Unsere letzte Mahlzeit ist Stunden her. Sie müssten eigentlich inzwischen auch wieder Hunger haben. Nehmen Sie zwei oder drei.« Er hält inne, wendet sich mir zu, sieht mich an und wartet auf meine Antwort.

Ich fasse in die Schachtel und entnehme ihr vorsichtig ein Stück. »Ich glaube, eins reicht. Ich stehe ziemlich auf Kohlenhydrate, aber die stehen nicht so auf mich, deshalb versuche ich, sie nach Möglichkeit zu vermeiden.«

»Ich glaube, ich würde in die tiefste der Menschheit bekannte Depression verfallen, wenn ich keine Kohlenhydrate genießen könnte«, antwortet Dev.

Er faltet den Rand seines Pizzastücks und schiebt den gesamten Rest in den Mund. Mit vollen Backen kaut er.

Als ich das sehe, mache ich mir viel weniger Gedanken über mein damenhaftes Auftreten als noch zwei Sekunden zuvor. Ich glaube, er wüsste es nicht zu schätzen, wenn jemand isst wie auf einer Teegesellschaft der Gattin des Präsidenten, und erwartet es auch keineswegs von mir. Achselzuckend stelle ich fest, dass ich mich in seiner Gesellschaft plötzlich sehr viel wohler fühle. »Ich bin sicher, bei Ihrem Trainingsprogramm können Sie beliebig viele Kohlenhydrate zu sich nehmen, weil sie einfach verbrannt werden, sobald sie in Ihren Magen gelangen.«

Er nickt. »Wahrscheinlich.«

»Waren Sie schon immer so gut in Form?« Ich beiße in mein Pizzastück, um zu vermeiden, dass ich auch nur ein weiteres Wort sage. Was ich gesagt habe, ist schon schlimm genug. Ich hätte genauso gut gleich unverblümt sagen können, dass er einen tollen Körper hat.

»Ich habe immer schon Sport getrieben. So bleibt man leichter fit. Aber mit Hantel- und anderem Training habe ich erst im Rahmen der Reha nach einer wirklich schweren Verletzung angefangen. Das hat bei mir das Interesse daran geweckt, meinen Körper zu einer effizienteren Maschine zu entwickeln, die optimale Leistung bringt.«

Ich kaue langsam und denke darüber nach, ob mir irgendwelche Hinweise auf eine alte Verletzung aufgefallen sind. Nicht, dass ich wüsste – er hinkt kein bisschen, und seine Bewegungen sind alles andere als steif. »Wie lange ist diese Verletzung her?«

»Als ich achtzehn war, hatte ich einen Motorradunfall.«

Ich beiße erneut in mein Pizzastück und nehme einen Schluck Cola in der Hoffnung, dass er von sich aus mehr erzählen und mich nicht schon wieder zwingen wird, ihn einem Verhör zu unterziehen.

»Seit dem Unfall lege ich großen Wert darauf, stark zu sein, damit ich besser klarkomme und mich schneller erhole, sollte ich je wieder in eine so unschöne Situation geraten.«

»Ich schätze, das macht sich in Ihrer Branche gut.«

»Bei mir ist das nicht so wichtig. Bei den anderen schon. Es hilft ihnen sehr.«

»Was meinen Sie damit, dass es bei Ihnen nicht so wichtig ist? Was unterscheidet Sie von allen anderen?«

Seine Antwort scheint ihm selbst nicht besonders zu gefallen. »Na ja, zunächst einmal bin ich für Außeneinsätze nicht besonders geeignet, und zweitens gibt es Dinge, die es mir erschweren, mich in derselben Form zu beteiligen wie alle anderen.«

»Liegt es an Ihrer Verletzung? Können Sie sich deshalb nur eingeschränkt einbringen?«

Er schüttelt den Kopf, fasst in eine Pizzaschachtel und reißt den Rand der darin befindlichen, nicht richtig geschnittenen, Pizza auseinander, um sich das nächste Stück nehmen zu können. Diesmal greift er sich gleich zwei Stücke und legt sie aufeinander, sodass ein Pizzasandwich entsteht. Er beißt ein großes Stück ab und kaut eine Weile darauf herum, ehe er antwortet.

»Nein, das hat tatsächlich gar nichts damit zu tun. Das Problem ist meine Größe. Wenn ich jemandem ins Auge falle, schaut diese Person nicht einfach so wieder weg. Die Leute starren mich einfach an. Danach vergessen sie mich nie wieder. Selbst wenn sie kein Wort mit mir wechseln und meinen Namen nicht kennen, erinnern sie sich für alle Zeiten an diesen Typen in dem Laden, im Einkaufszentrum, an der Tankstelle oder wo auch immer, der bestimmt irgendein berühmter Basketballer war. Ich kann mich einfach nicht unauffällig bewegen, und das ist nicht gerade praktisch, wenn man in der Sicherheitsbranche tätig ist.«

»Ich hätte vielmehr gedacht, das wäre total praktisch, wenn man in der Sicherheitsbranche tätig ist. Es ist sehr einschüchternd. Was könnte jemandem ein größeres Gefühl von

Sicherheit verleihen, als von einem Riesen wie Ihnen bewacht zu werden?«

Er stutzt. »Schüchtere ich Sie ein?« Er klingt, als würde ihn das traurig machen.

Sofort habe ich ein schlechtes Gewissen. »Nein, nein, nein. Das habe ich nicht gemeint. Ich meine, bevor ich Sie näher kennengelernt habe, habe ich Sie vielleicht als ein bisschen einschüchternd empfunden, aber jetzt, wo ich Sie kenne, schüchtern Sie mich überhaupt nicht mehr ein.«

Er lächelt. »Ich bin ziemlich sicher, das war tröstlich gemeint.«

Ich beuge mich vor und boxe ihn gegen die Schulter. »Hören Sie auf. Jetzt habe ich ein schlechtes Gewissen. Sie wissen genau, was ich meine.«

Er spielt mit und lässt sich rückwärts umfallen, sodass es aussieht, als hätte ich ihn tatsächlich niedergestreckt. Er lächelt wieder. »Ja, ja. Was immer Sie sagen.«

Ich erröte schon wieder. Ja, ich könnte jetzt hier weiter herumtändeln und ernsthaft anfangen, mit ihm zu flirten, aber ich will nicht, dass er sich unwohl fühlt. Ich weiß, er ist einfach nur nett zu mir, wie zu allen anderen auch. Meine Schwester May mag ihn wirklich, und ich verstehe jetzt, warum. Er ist ziemlich anbetungswürdig.

Ich suche nach einer Möglichkeit, wieder sicheren Boden unter den Füßen zu bekommen und das Schulmädchengehabe abzuschütteln, das sich mir aufdrängt. »Sie haben gesagt, es gebe zwei Gründe, warum Sie sich nicht richtig einbringen können. Wie lautet der zweite?«

Er kaut auf seinem Essen herum, und sein Blick schweift über den Tisch, durch den Raum und dann über die Schachteln. Sorgfältig stopft er ein paar Scheiben Peperoniwurst, die aus seinem Pizzasandwich gefallen sind, wieder hinein. »Ich habe mehr private Verpflichtungen als die anderen Teammitglieder.«

»Hat jemand von den anderen Kinder?«

Er schüttelt den Kopf. »Sie sind alle nicht verheiratet.«

»Sie auch nicht, oder?« Mein Herz verkrampft sich ein wenig in meiner Brust, während ich auf seine Antwort warte. Ich sehe keinen Ehering an seinem Finger, und er hat erzählt, dass die Mutter seines Sohnes direkt nach der Geburt abgehauen ist, aber das bedeutet ja nicht unbedingt, dass er keine neue Partnerin gefunden hat. Ich schätze, davon bin ich einfach ausgegangen. Hoffentlich habe ich recht. Nicht, dass dies ein Date wäre …

»Nein, ich bin nicht verheiratet. Aber ein kleiner Sohn macht viel Arbeit.« Er zuckt mit einem Anflug von Melancholie die Achseln.

Ich nicke emphatisch, weil ich seinen Schmerz nachempfinden kann. Ich kann ihn nachempfinden, weil es mir genauso geht, weil ich genau das Gleiche fühle. »Das können Sie laut sagen. Man ist irgendwie nie fertig. Nachdem man den ganzen Tag gearbeitet hat, kommt man heim, und da wartet dann weitere Arbeit auf einen. Selbst wenn die Kinder schlafen, habe ich das Gefühl, die Arbeit hört nie auf. Ich arbeite jede Nacht bis zum Umfallen.«

Er sieht mich an. »Ich weiß genau, was Sie meinen.« Er legt das Pizzasandwich weg, wischt seine Hände an der Schachtel ab, schnappt sich seine Cola und lehnt sich auf der Couch zurück, wobei er den freien Arm seitlich auf die Rückenlehne legt. Dann schlägt er die Beine übereinander. »Mein Sohn kann noch so tief schlafen, ich schwöre, ich höre die kleinste Veränderung in seinem Atem, selbst wenn ich in meinem Bett am anderen Ende des Flurs bin.«

Ich hüpfe ein wenig auf der Couch auf und ab, so fasziniert bin ich davon, mit jemandem, der auch Kinder hat, über etwas zu sprechen, das ich nur allzu gut kenne. »Ich auch! Das ist total verrückt. Wenn ich irgendetwas Außergewöhnliches höre, springe ich aus dem Bett, weil ich nachsehen gehen muss. Ich weiß auch nicht, was ich erwarte. Es werden ja wohl kaum irgendwelche Entführer durch das Kinderzimmerfenster im ersten Stock klettern, um sie sich zu schnappen. Wenn ich das Zimmer betrete, stelle ich natürlich fest, dass sich nur ihr Atemrhythmus verändert hat oder eine der Actionfiguren meines Sohnes aus seinem Bett auf den Boden gefallen ist.«

Er lacht. »Ich überprüfe die Schlösser am Fenster meines Sohnes zweimal, bevor ich ins Bett gehe. Jede Nacht. Solche Angst habe ich, jemand könnte versuchen einzusteigen, oder er könnte hinausfallen.«

Es fühlt sich so gut an, über diese Elternparanoia, die wir beide so gut kennen, mit jemand anderem zu sprechen. »Ha! Ich habe immer gedacht, ich wäre die Einzige mit Zwangsstörungstendenzen, was ihre Kinder angeht.«

Er schüttelt den Kopf. »Nein. Sind Sie nicht. Vertrauen Sie mir.«

Danach schweigen wir beide eine ganze Weile. Die Stille müsste eigentlich unangenehm sein, ist sie aber nicht. Ich genieße es einfach, im selben Raum wie jemand zu sein, dem ich von meinen total schrägen Verhaltensweisen berichten kann und der mich deswegen trotzdem nicht für total schräg hält.

»Unsere Kinder sollten einander irgendwann kennenlernen.« Ich lächle ihn an. »Die Jungs würden wahrscheinlich alle Wände zum Einsturz bringen und dabei einen Riesenspaß haben.«

Devs Reaktion ist ganz und gar nicht die, die ich erwartet habe. Statt zu nicken, zu lächeln und zu sagen, das wäre sicher toll, entgleisen ihm die Gesichtszüge, und er wendet sich wieder den Pizzaschachteln zu. Dann stellt er beide Füße wieder auf den Boden und beugt sich vor, stützt die Unterarme auf die Knie. Nach etwa fünf Sekunden beugt er sich noch weiter vor, öffnet eine weitere Pizzaschachtel und schnappt sich noch ein Stück. »Ja. Vielleicht. Irgendwann.«

Es ist, als habe er mir ein Messer in die Brust gerammt. Habe ich die Situation gerade völlig falsch gedeutet? Habe ich irgendwie meine Grenzen überschritten? Hasst er meine Kinder, ohne sie je getroffen zu haben? Ich lasse den Augenblick noch einmal vor meinem inneren Auge ablaufen, zusammen mit den Sekunden unmittelbar davor, und versuche, meinen Fehler zu finden, aber mir fällt nichts auf. Nein, ich glaube nicht, dass ich etwas Unhöfliches gesagt habe. Will er mich einfach nur nicht näher kennenlernen? Wenn dem so ist, warum sitzt er dann bei Pizza und Wein in meinem Wohnzimmer?

Statt weitere Fragen zu stellen und das Risiko einzugehen, etwas noch Schlimmeres zu sagen, konzentriere ich mich darauf, den restlichen Rand meines Pizzastücks zu essen. Ich hebe mein Glas vor mein Gesicht und nehme nach jedem Bissen einen Schluck, um meinen Gesichtsausdruck vor Dev zu verbergen. Meine Gefühle könnten zu offensichtlich sein.

»Zu schade, dass Sie nicht freiberuflich für das Team arbeiten können«, sagt er.

Ich blinzle ein paarmal, dann begreife ich, dass er das Thema wechselt und uns in den Referenzrahmen potenzieller zukünftiger Kollegen stellt. Eine kalte Dusche hätte mein Herz, das sich gerade für ihn erwärmen wollte, nicht gründlicher ernüchtern können.

Ich stelle mein Glas auf den Tisch, lege den Rand meines Pizzastücks daneben und erhebe mich. Dann wische ich mir die Hände an der Hose ab und schaue auf ihn hinunter. »Wissen Sie was? Mir ist gerade eingefallen, dass ich noch viel zu tun habe.«

Dev hebt den Blick und kaut langsamer. Er runzelt ein wenig die Stirn, antwortet aber nicht sofort.

Ich gehe einen Schritt in Richtung meines Arbeitszimmers. »Ich schließe schon mal meinen Laptop an, während Sie Ihren Kram zusammensuchen.« Ich deute auf die Pizzaschachteln.

Er nickt. »Ja, klar. Nur zu. Tun Sie, als ob ich gar nicht da wäre.«

Ich entferne mich in Richtung Küche, um meinen Laptop zu holen, traurig, weil gerade etwas kaputtgegangen ist und ich keine Ahnung habe, warum, aber gleichzeitig froh, mich wieder auf sicherem Terrain zu bewegen. Einen Mann im Haus zu haben und mit einem süßen Typen zusammen zu essen … fühlt sich irgendwie reichlich seltsam an. Ich bin bereit, in mein normales, langweiliges, einsames Leben zurückzukehren, in dem die Kinder dann und wann mal am Wochenende bei ihrem Vater sind und ich liegen gebliebene Hausarbeit aufholen kann. Inzwischen bin ich nicht mal mehr in der Stimmung für Popcorn und Frauenfilme. Scheiße!

Kapitel 11

Ich trage meinen Laptop ins Arbeitszimmer und zwinge mich, nicht zu Dev hinüberzusehen, der noch immer im Wohnzimmer sitzt. Hoffentlich hat er den sanften Hinweis verstanden, schnappt sich seinen Kram und verschwindet. Der Abend war voller peinlicher Momente zwischen uns, und ich fürchte, je länger er bleibt, desto mehr werde ich versuchen, ihm niedere Motive für sein Verweilen zu unterstellen.

Es kann ja nicht so schwer sein, meinen Laptop auf den Schreibtisch zu stellen und einzustöpseln.

Ich gehe ins Internet und starre die leere Startseite an. Das Fenster der Suchmaschine erkundigt sich, wonach mir der Sinn steht, wo ich hin will und was ich mir anschauen möchte.

Ich versuche, das Geraschel von nebenan zu ignorieren, von dem ich annehme, es stammt von Dev, der die Pizzareste zusammenpackt, um sie mitzunehmen. Eigentlich sollte ich froh sein, dass er sich weisungsgemäß verzieht, aber das bin ich nicht. Er ist so ein netter Kerl und scheint ein engagierter Vater zu sein. Vielleicht sogar ein guter, in meiner Welt eine echte Seltenheit. Wie der Schneeleopard. Eines Tages werde ich mich wieder mal mit einem Mann verabreden. Natürlich nicht mit ihm, aber ich werde es tun. Ich habe nicht vor, als alte Jungfer zu sterben.

Die Suchmaschine starrt mich an. Ich könnte eine dieser Datingwebsites besuchen. Mich mal umsehen …

Kaum ist mir dieser Gedanke gekommen, spüre ich, wie ich tief erröte. Nein, das wäre albern. Derzeit bin ich für Dates völlig ungeeignet. Ich bin zu frisch geschieden. Zu … mütterlich.

Stattdessen öffne ich eine dieser Freiberufler-Seiten, von denen mir meine Kollegen erzählt haben. Offenbar kann man dort ein Profil erstellen, all seine Fertigkeiten auflisten, und jeder, der einen Freiberufler sucht, kann dann dort einen finden.

Aber die Website deprimiert mich nur. Ich habe auf der Arbeit schon so viel zu tun, dass ich kaum hinterherkomme. Letzte Woche war Sammy krank, und ich musste einen ganzen Tag zu Hause bleiben, weil er nicht in die Tagesstätte durfte, sodass ich jetzt alles Liegengebliebene in der halben Zeit erledigen muss. Bei uns herrscht Personalmangel, an Unterstützung ist also nicht zu denken.

Nein, ich kann mir nicht noch mehr aufhalsen. Dann würden mich meine Kinder nie mehr zu sehen kriegen. Das wäre ihnen vermutlich egal, denn wenn die Katze aus dem Haus ist, tanzen die Mäuse auf dem Tisch Das letzte Mal, als ich sie sich selbst überlassen und versucht habe, von zu Hause aus zu arbeiten, haben die Mädchen Sammy mit fettiger Wundsalbe eingeschmiert und ihn dann mit Talkumpuder paniert. Sie meinten, sie hätten ihn als Geist schminken wollen, in Vorbereitung auf Halloween. Tatsächlich sah er zwei Stunden lang wie ein Geist aus, denn so lange brauchte ich, um ihn wieder sauber zu kriegen. Dieses Zeug klebt wie blöd, denn es wird auf Fischölbasis hergestellt, weswegen unser Bad und einige unserer Handtücher noch immer nach Sardellen riechen.

Wenn ich die Kinder bei so etwas erwische, bin ich immer hin und her gerissen. Ich weiß dann immer nicht, ob es sich um Geschwisterliebe handelt und die Mädchen Sammy nur an ihren Spielen beteiligen wollen oder um Geschwisterfolter, bei der er sich als leichtes Opfer erweist.

Derzeit ist meine Theorie, dass Sammy mir Bescheid sagen würde, wenn Letzteres der Fall wäre, und er scheint nie ein Problem mit solchen Sachen zu haben, weswegen ich mir keine allzu großen Sorgen mache. Außerdem haben sie äußerst sorgfältig wirklich jeden Zentimeter seiner Haut eingeschmiert. Wenn er zu Halloween als Geist gehen will, ist sein Kostüm schon mal in trockenen Tüchern.

Das ist auch so ein Problem. In ein paar Wochen ist Halloween, die Kinder nerven mich schon wegen der Kostüme. Ich schnappe mir meine Tastatur und suche rasch auf Amazon nach ein paar Anregungen. Es gibt mindestens fünfzig Seiten voller Möglichkeiten, also schließe ich das Fenster wieder und hole tief Luft. Vielleicht könnte ich sie als die Drei Stooges kostümieren. Das würde prima in mein Leben passen. Ich notiere mir auf dem kleinen Block neben meinem Computer, die Kinder unbedingt zu fragen, als was sie gehen möchten, damit ich die Kostüme rechtzeitig bestellen kann.

Als ich den Stift weglege, ertappe ich mich dabei, wieder das Fenster der Suchmaschine anzustarren. Wohin jetzt?

Irgendwo außerhalb meines Arbeitszimmers öffnet und schließt sich eine Tür und reißt mich aus meinen Gedanken. Ich bin traurig, dass Dev weg ist, aber ich darf mich echt nicht beschweren, schließlich habe ich ihn gebeten zu gehen. Im Umgang mit dem anderen Geschlecht bin ich ein absoluter Totalausfall.

Ich beiße mir auf die Lippe und starre meinen Computer an. Es ist total daneben, dass es mich so traurig macht, dass jemand, den ich kaum kenne, mein Haus verlässt. Verrückt. Ich muss endlich mal erwachsen werden.

Dieser Gedanke bringt mich zurück zu der Idee von vorhin. Ich könnte wirklich eine dieser Datingwebsites besuchen.

Das bedeutet ja noch lange nicht, dass ich mich wirklich mit jemandem verabreden will. Sich umzuschauen ist nicht das Gleiche, wie verzweifelt einen Mann wollen. Hier geht es lediglich um eine Marktanalyse.

Nach einer kurzen Suche klicke ich auf das oberste Ergebnis. Ich gehe davon aus, dass die Seite entweder viel Geld für Werbung ausgibt oder wirklich beliebt ist, wenn sie zu den relevantesten Suchergebnissen zählt. Das bedeutet, dass ich dort sehr viel mehr Kandidaten finden werde als anderswo, und das wiederum klingt gut. Ich klicke mich durch die Seite und versuche, zum Fleischmarkt vorzudringen.

Mama schaut sich jetzt nach Frischfleisch um. Auf geht's.

Leider kann man erst suchen, nachdem man selbst ein Profil angelegt hat. Angesichts dessen, was ich über Marketing und Nutzerbindung bei Websites weiß, überrascht mich das nicht. Man soll sich länger auf der Seite aufhalten, aber dafür muss man auch selbst einen Beitrag leisten.

Ich zucke die Achseln. Was soll's? Was ist schon dabei? Ich kann ja mal ein Profil anlegen. Schadet ja nichts. Ich muss es ja nicht öffentlich zugänglich machen. Nein, ich werde es nur benutzen, um mich ein bisschen umzuschauen.

Zunächst gebe ich meinen Namen ein. Man verspricht mir, nur den ersten Buchstaben meines Nachnamens sichtbar zu machen.

W. Dann kommt die Stelle, an der ich nach meiner Kreditkarte gefragt werde. Ich zögere normalerweise, meine Bankverbindung irgendwo online zu hinterlegen, denn als Computerfachfrau weiß ich genau, wie leicht sich die falschen Leute Zugang zu solchen Informationen verschaffen können.

Jetzt könnte ich mir die Zeit nehmen zu überprüfen, wie anfällig diese Seite für Hacker ist, aber warum sollte ich mir die Mühe machen? Ich habe eine weniger aufdringliche, deutlich legalere Methode, mit diesen Scheißtypen fertigzuwerden. Ich verwende meine spezielle Kreditkarte – die mit dem winzigen Kreditrahmen, mit der ich all meine Onlineeinkäufe tätige. Wenn jemand sich die Daten dieser Karte aneignet, kann er damit nicht viel anfangen. Wenn er Glück hat und sie gerade abgerechnet wurde, reicht es für einen Kinobesuch samt Popcorn und Cola.

Nach der Eingabe meiner Kreditkarteninformationen habe ich vollen Zugang. Als Nächstes werde ich gefragt, ob ich einen Mann oder eine Frau suche, ob ich ein Mann oder eine Frau bin, welcher Altersgruppe mein Interesse gilt und ob ich bestimmte Nutzergruppen ausschließen möchte, etwa Raucher oder Übergewichtige.

Ich schnaube. So viele Wahlmöglichkeiten. Was soll's. Ich bin geübt darin, einen Typen mit einem Blick abzuschätzen und zu entscheiden, ob ich ihn attraktiv finde oder nicht. Ich bin nicht sicher, ob ich hier ein Profil zusammenklicken könnte, das zu einer Liste von Männern führen würde, die mich alle definitiv ansprechen. Sollte nicht auch die Persönlichkeit eine Rolle spielen?

Ich weiß nur, dass ich einen Mann suche. Die weiteren Auswahlmöglichkeiten sind schon schwieriger. Sollte ich es mit einem wesentlich jüngeren Mann versuchen?

Mit anderen Worten: Soll ich mir einen jungen Kerl suchen, der kein Problem damit hat, mit den Kindern zu spielen, weil er selbst noch ein halbes Kind ist? Das klingt nicht nach einer guten Idee. Das Letzte, was ich brauche, ist ein weiteres Kind im Haus. Wie wäre es mit einem Typen in meinem Alter? Wir könnten in derselben Lebensphase sein. Vielleicht hätte er auch Kinder, wie ich.

Das könnte klappen. Es könnte aber auch ins totale Chaos führen und mich endgültig in den Wahnsinn stürzen. Vielleicht sollte ich mich nach einem älteren Mann umsehen. Einem

Typen, der finanziell abgesichert ist. Der Lebenserfahrung hat und mir noch etwas beibringen kann. Einem Typen mit hohem Blutdruck und Seniorenrabatt.

So langsam frustriert mich dieser ganze Vorgang. Ich klicke mich in den Teil der Seite, in dem ich mein Profil erstellen kann – vielleicht habe ich damit ja mehr Glück. Hier muss ich aus einer riesigen Auswahl nur alle Eigenschaften anklicken, die mich beschreiben.

So weit, so gut. Ich bin eine Frau – klick – zwischen dreißig und fünfunddreißig – klick.

Jetzt will der Computer wissen, ob ich sportlich, in Normalform oder mit ein paar Pfunden zu viel auf den Hüften gesegnet bin.

Igitt! Das ist ja schrecklich. Mit ein paar Pfunden zu viel auf den Hüften gesegnet? Ich werfe einen Blick auf meine Taille und wage es dann, in meinen Bauchspeck zu kneifen. Bei Gott! Ein paar Pfunde zu viel? Ich könnte mich genauso gut Pudding Wexler nennen! Warum habe ich das noch mal für eine gute Idee gehalten?

Ein Geräusch hinter mir lässt mich zusammenzucken. Ich drehe mich um und stelle schockiert fest, dass Dev, der Riese, in der Tür steht.

Ohne nachzudenken, sage ich: »Ich dachte, Sie seien gegangen.«

»Oh!« Verwirrt legt er den Kopf schief. »Haben Sie mich weggeschickt? Das muss ich überhört haben.«

Darüber muss ich kurz nachdenken. »Na ja … ich schätze, ich habe es nicht ausdrücklich gesagt, aber ich habe Ihnen mitgeteilt, dass ich arbeiten muss.« Es fällt mir furchtbar schwer, ihm zu erklären, dass ich versucht habe, ihn rauszuwerfen, er den Wink mit dem Zaunpfahl aber nicht verstanden hat.

»Oh! Verdammt! Hehe. Peinlich.« Er hebt die Hand und reibt sich den kahlen Schädel.

»Nein, nein, keine Sorge.« Jetzt fühle ich mich nicht nur schlecht, weil ich ihn in so eine peinliche Lage gebracht habe, ich bin nicht mal mehr sicher, ob ich möchte, dass er geht. »Bleiben Sie ruhig. Ich bin nur … gerade … beschäftigt.«

Er kommt näher. »Woran arbeiten Sie denn? Ist es etwas für Ihre Festanstellung oder etwas Freiberufliches?«

Schnell verkleinere ich das Fenster der Datingwebsite. Wie peinlich! Er hat mich gerade beim Besuch einer Seite für Singles erwischt, und das unmittelbar, nachdem wir zusammen Pizza gegessen haben. Wird er glauben, das sei der Anstoß gewesen? Ich wünschte, ich wäre eine dieser Schildkröten, die die Kinder und ich immer auf Animal Planet sehen. Dann würde ich meinen Kopf in meinen Panzer zurückziehen und erst wieder herauskommen, wenn er weg wäre.

Leider bin ich keine Schildkröte und kann nirgends hin. »Nein. Weder, noch.« Ich bin versucht, über meine eigene Dummheit die Augen zu verdrehen. Natürlich hätte ich ihn einfach anlügen und das Thema wechseln können, dann hätte er es dabei belassen. Aber jetzt sehe ich an dem Leuchten in seinen Augen, dass er Lunte gerochen hat.

»Warum ist Ihnen das so peinlich?«

Ich seufze und kapituliere. Er lächelt. Ist er sich der Macht dieses Grübchens eigentlich bewusst?

»Na schön. Wenn Sie es denn unbedingt wissen müssen, ich war auf einer Datingwebsite.« Ich wende den Blick ab und trommle mit dem Daumen auf die Großschrifttaste, um zu überspielen, wie peinlich mir das Ganze ist.

»Cool. Darf ich Ihr Profil sehen?«

Mir bleibt der Mund offen stehen. Ist das sein Ernst? Hält er das wirklich für eine Art Zuschauersport?

Glaubt er, es würde mir gefallen, wenn er beobachtet, wie ich mich in meiner Einsamkeit suhle? »Äh, nein. Dürfen Sie nicht.« Mein Gesicht ist rot angelaufen.

Unerschüttert schnappt er sich einen Stuhl und zieht ihn neben meinen. Dann dreht er ihn um, setzt sich mit der Lehne nach vorn darauf und stützt die Arme oben auf die Rückenlehne. »Welche Seite ist es denn?«

Ich antworte nicht, sondern öffne einfach das Fenster und deute darauf.

»Oh, da bin ich auch«, sagt er schlicht.

»Echt?«

»Ja. Warum? Kommt Ihnen das schräg vor?«

»Ich weiß nicht so recht. Vermutlich habe ich einfach gedacht, Sie wären nicht der Typ für so was.«

Er lächelt und genießt offenbar mein Unbehagen. »Wie ist denn dieser Typ?«

Ich versuche zu lächeln, aber es sieht mehr aus wie eine Grimasse. »Verzweifelt?«

Er sieht mich stirnrunzelnd an und erinnert mich dabei an einen meiner Lehrer, der wirklich gut darin war, Schüler zurechtzuweisen, indem er einfach nur die Augenbrauen zusammenzog. »Wenn Leute nur aus Verzweiflung Datingwebsites besuchen, dann gibt es da draußen einen ganzen Haufen verzweifelter Menschen.«

»Gibt es auch. Schauen Sie mal.« Mit ein paar Klicks zeige ich ihm einige Statistiken, die auf dieser Website jeder einsehen kann. »Sehen Sie? Über eine Million registrierte Benutzer.«

»Klar. Das überrascht mich nicht. Es gibt jede Menge Singles da draußen. Wir leben in einer großen, weiten Welt.«

Ich drehe mich zu ihm um, auch wenn er ganz dicht bei mir ist. »Sie finden also nicht, dass es ein Zeichen von Verzweiflung ist, sich auf einer Datingwebsite zu registrieren?«

»Nein. Überhaupt nicht. Ich glaube, auf diesen Seiten findet man in erster Linie Singles, die nicht gerne in Bars gehen und vielleicht Kinder oder Berufe haben, die verhindern, dass sie Partys oder andere Veranstaltungen besuchen, wo sie möglicherweise andere Singles treffen könnten. Was sollen sie denn machen? Sich beim Einkaufen in der Gemüseabteilung nach möglichen Partnern umsehen?«

Mir gefällt, wie er die Besucher solcher Seiten beschreibt. Es sind also Leute wie ich. Jetzt komme ich mir nicht mehr ganz so daneben vor. »Es ist wirklich schwer, jemanden kennenzulernen, vor allem, wenn man Kinder hat.«

»Was Sie nicht sagen …« Mir kommt es vor, als wolle er noch etwas hinzusetzen, doch dann hält er inne und wendet den Blick ab.

»Sie sind hier also registriert, ja?« Mir kommt eine fiese Idee. Ich klicke drauflos.

Er beugt sich vor. »Nein, nein, nein, nein, nein.« Er versucht, mir die Maus zu entreißen, aber ich wehre seine Hand mit dem Arm ab.

»Finger weg! Niemand fasst meine Maus an.«

»Sie wollen sich doch nicht mein Profil ansehen, oder?«

»Klar doch.« Meine Erheiterung ist mir deutlich anzuhören. »Ich will sehen, wie Sie sich beschrieben haben.«

Er lacht und stöhnt gleichzeitig. »O mein Gott, warum wollen Sie mir das antun?«

»Einfach so. Mir fällt es schwer, mein Profil zu erstellen. Vielleicht inspiriert mich Ihres ja.«

Er lacht. »Abgesehen davon, dass wir beide Kinder haben, haben wir aber nicht gerade viel gemeinsam.«

Ich weiß, er wollte nicht unhöflich sein, aber seine Worte machen mich traurig. Ich hatte uns für kompatibler gehalten.

Ich zucke die Achseln. »Vielleicht.«

»Aber wir haben den gleichen Sinn für Humor«, sagt er.

»Na ja, ich finde Sie komisch.«

»Danke.«

»Jedenfalls sehen Sie komisch aus.« Ich kichere. Diesen Witz habe ich von meinen Kindern.

Er legt die Hand aufs Herz. »Oh, das hat wehgetan.«

Ich tätschele seinen Arm. »War nur ein Witz.« Dann nehme ich die Hand wieder weg und klicke weiter auf der Seite herum. »Tut mir leid, aber mein Humor ist gerade auf Grundschulniveau.«

»Na schön, ich habe auch einen.« Er beugt sich vor und fixiert mich. »Was ist am schwersten zu verdauen, wenn man ein Gemüse isst?«

Ich überlege kurz, gebe aber auf, weil mir keine clevere Antwort einfällt. »Ich weiß nicht.«

»Der Rollstuhl.« Er zwinkert mir zu.

Ich schlage mir die Hand vor den Mund. Das kann er unmöglich gerade gesagt haben. »O mein Gott. Der war ja übel.«

Er lehnt sich ein Stück zurück und hält sich an der Rückenlehne fest. »Ja, das ist Behindertenhumor. Mein Sohn ist Experte dafür.«

Das kommt mir sowohl total falsch als auch alles andere als politisch korrekt vor. Aber ich kann mir nicht vorstellen, dass Dev die Sorte Vater ist, der mit seinem leicht zu beeindruckenden jungen Sohn Witze über Behinderte macht. »Macht er gerade eine entsprechende Phase durch?«

»Könnte man so sagen.« Er geht nicht weiter darauf ein, und ich hake nicht nach. Ich will nicht, dass er den Eindruck hat, ich würde seine Art, seinen Sohn zu erziehen, kommentieren, auch wenn ich seine Methoden ein wenig seltsam finde.

Ich wende meine Aufmerksamkeit wieder dem Computer zu und gebe Suchkriterien ein, um Devs Profil aufzuspüren.

»Ich bin nicht unter meinem echten Namen registriert«, verrät er mir. »Wie Sie richtig sagten, diese Seite hat über eine Million Benutzer. Sie werden mich niemals finden.«

»Seien Sie sich da nicht so sicher«, erwidere ich. »Ich muss Sie nur beschreiben, dann sollte die Seite Ihr Profil ausspucken.«

»Sie glauben, mich schon so gut zu kennen?« Das war eindeutig eine Herausforderung.

»Schauen wir mal.« Lächelnd beginne ich zu klicken.

Kapitel 12

Meine Finger schweben über der Tastatur.

»Mal sehen … wenn ich auf der Suche nach einem Typen wie Dev wäre, welche Eigenschaften würde ich eingeben?« Diese Formulierung kommt mir ungefährlich vor, als wäre ich ein hypothetisches Mädchen, das ihn gründlich in Augenschein nimmt, aber nicht ich selbst. Es ist getarntes Flirten. Ich bin voll der Glockenreiher, der seiner Beute vorgaukelt, es wäre Nacht, indem er die Flügel über dem Wasser spreizt, um die kleinen Fische davon zu überzeugen, dass sie ungefährdet zum Spielen an die Oberfläche kommen können. Hab ich dich, kleines Fischchen!

»Vorsicht, Mädchen.«

Ich ignoriere Devs Warnung und mache weiter. Tatsächlich spornt sie mich eher noch an. »Zunächst einmal muss ich das richtige Alter auswählen. Ich gebe mal … fünfunddreißig bis vierzig ein.« Meine Finger zögern einen Augenblick, ehe ich das Kästchen markiere. Ich bin ziemlich sicher, dass er mir dieses Alter im Panikraum verraten hat.

»Sie sind ein Mann. Das ist leicht. Ich vermute mal, Sie stehen auf Frauen?« Ich sehe Dev um Bestätigung heischend an. Er zuckt die Achseln, aber das Grübchen in seiner Wange verrät mir, dass ich erneut richtig gelegen habe.

»Schauen wir mal … Sie sind Nichtraucher.« Ich klicke eine weitere Schaltfläche an. »Ich würde sagen, Sie sind sehr sportlich.« Ein weiterer Klick. »Sie leben gesund, trinken also vermutlich nur in Maßen.«

»Nicht frech werden!«

Ich lache. »Oh, glauben Sie mir, ich habe gerade erst angefangen.« Ich halte inne, um mir meine weiteren Auswahlmöglichkeiten anzuschauen. »Weiter geht's … mal sehen. Hobbys …« Ich habe mehrere Optionen, und obgleich wir uns gerade erst kennengelernt haben, sehe ich bereits mehrere, die auf ihn zutreffen. In rascher Folge klicke ich sie an. »Sport. Gewichtheben. Training. Kampfsport.«

»Kampfsport? Warum haben Sie das angeklickt?«

Ich drehe mich zu ihm um, damit er sieht, wie ich die Augen verdrehe. »Ich konnte ja wohl kaum die fünfzig Ninjaschwerter in diesem Raum übersehen, oder?«

»Wer sagt, dass das meine sind? Der Laden gehört Ozzie.«

»Ja, aber er kommt mir nicht vor wie ein Schwertkämpfer. Außerdem hat meine Schwester mal was über so einen Ninjatypen gesagt, deshalb bin ich davon ausgegangen, dass sie Ihnen gehören.«

»Ausgezeichnete Beobachtungsgabe.«

Der Stolz steigt mir ein bisschen zu Kopf, als ich mich wieder dem Computer zuwende. »Richtig.« Ich rüttle an der Maus, um sie aufzuwecken. »So, wo war ich? Ja, ich wollte gerade die Auswahl noch weiter einengen.« Ich klicke ein paar weitere Kästchen an. »Familiensinn. Zieht Aktivitäten in Kleingruppen großen Menschenmengen vor.« Da bin ich mir nicht ganz sicher, aber das will ich ihn nicht merken lassen, also mache ich einfach weiter.

»Nicht religiös, isst gerne, kocht aber nicht, bevorzugt keine bestimmte Küche.« Klick, klick, klick. Ich drehe den Kopf und sehe ihn an. »Wie schlage ich mich bisher?«

Er zuckt die Achseln. »Wir werden sehen.«

Er klingt nicht mehr halb so frech wie zuvor, ich bin also offenbar auf der richtigen Spur. Ich muss noch ein paar weitere Entscheidungen treffen, über die ich genau nachdenke. Ich habe schon Seiten angelegt, die auf großen Datenbanken beruhten, weiß also, wie Suchergebnisse zustande kommen. Dieses System wirkt nicht besonders kompliziert. Ich muss nur dicht genug herankommen, dann wird die richtige Kombination aus zutreffenden Eingaben das gewünschte Ergebnis erbringen.

»Auf der Suche nach …« An dieser Stelle muss ich die Frau beschreiben, nach der Dev meiner Meinung nach sucht. Das ist schon etwas komplizierter, aber ich traue es mir zu. Ich werde einfach die Frau beschreiben, die meiner Meinung nach am besten zu ihm passen würde. Er wirkt ziemlich selbstbewusst. Ich vermute, er sucht jemanden, der ähnlich gestrickt ist. Er glaubt nicht daran, dass sich Gegensätze gegenseitig anziehen.

»Na schön, Sie suchen eine Frau zwischen dreißig und vierzig. Ich vermute, Sie hätten sie gern sportlich und fit, aber ich glaube, Sie würden sich auch mit einer Frau zufriedengeben, die daran noch arbeiten muss, weil Sie so gerne Sport treiben, dass Sie das gerne mit jemandem teilen würden, der das Trainieren erst noch für sich entdecken muss.«

»Sehr gut.« Aus dem Augenwinkel sehe ich ihn nicken.

Ermutigt fahre ich fort: »Sie sind interessiert an einer Frau, die Aktivitäten in Kleingruppen großen Menschenmengen vorzieht. Es macht Ihnen nichts aus, wenn sie Kinder hat, und Sie suchen jemanden, der gerne im Freien ist, Sport treibt und Humor hat.«

Ich könnte an dieser Stelle noch mehrere weitere Kriterien angeben, aber ich möchte es nicht übertreiben und ihn versehentlich ausschließen. Ich glaube, ich liege schon ganz gut. Jetzt fehlt nur noch eine geografische Eingrenzung.

»Wo wohnen Sie?«, frage ich.

»Oh, nein, nein, nein. Sie müssen mich da finden. Auf der Seite. Dafür müssen Sie mich beschreiben.«

»Ja, aber Ihr Wohnort hat ja nichts mit Ihnen als Person zu tun, als Kandidat für eine Datingseite.«

»Im Gegenteil. Der Wohnort verrät viel über eine Person.«

Ich zucke die Achseln. »Na schön.« Ich grenze die geografische Region auf einen Umkreis von achtzig Kilometern um das Lagerhaus ein.

Erledigt. »So, das war's. Sind Sie bereit?«

»Ich bin seit meiner Geburt bereit.«

Ich klicke auf »Suchen« und finde es albern, dass mein Herz dabei ein bisschen schneller schlägt. Auf dem Bildschirm dreht sich ein kleines Icon in Form eines Herzens, das uns verrät, dass die Datenbank die Suchergebnisse berechnet. Es dauert viel länger, als ich erwartet hätte, aber das ist eher ermutigend. Ich vermute, dass die Liste nicht lang sein wird.

Grinsend wende ich mich ihm zu. »Sie könnten auch einfach aufgeben. Sich geschlagen geben.«

Er lacht. »Sie auch. Noch ist es nicht zu spät. Die Ergebnisse sind noch nicht da.«

Ich schüttle den Kopf. »Mmm, das können Sie vergessen. Ich werde triumphieren.«

Das herzförmige Icon hört endlich auf, sich zu drehen, und es öffnet sich ein neues Fenster mit einer Liste von Kandidatenprofilen.

Sie bestehen aus der jeweils ersten Zeile der Selbstbeschreibungen der Männer. Ich sehe weder Bilder noch Klarnamen, nur Benutzernamen.

»Oho!«, sage ich. »Eine ganz neue Herausforderung.« Ich überfliege die Liste, um zu sehen, ob mir etwas ins Auge fällt. Zwei der Einträge sehen besonders vielversprechend aus, doch weil es ein so kleiner Ausschnitt aus der Selbstbeschreibung der jeweiligen Person ist, kann ich mir nicht sicher sein, wenn ich nicht auf den Link klicke, der es mir gestatten wird, mehr zu lesen.

Wieder schaue ich Dev an. »Wollen wir den Einsatz erhöhen?«

»Wo steht der Einsatz denn im Augenblick?«

Darüber muss ich einen Augenblick nachdenken. Hatten wir uns auf einen Einsatz geeinigt? Ich erinnere mich nicht mal mehr, wie wir vor diesem Computer gelandet sind. »Tatsächlich weiß ich es nicht.«

»Abendessen?«

Seine Antwort verwirrt mich. »Die Pizza? Die haben Sie doch schon bezahlt.«

»Nein, nicht die Pizza. Ein richtiges Abendessen. Der Verlierer zahlt, der Gewinner schlemmt umsonst.«

Ich nicke. Jetzt steht wirklich etwas auf dem Spiel. Das macht mir Spaß. Ich meine, Gewinnen ist toll, aber ein Essen mit einem heißen Typen zu gewinnen ist noch besser, selbst wenn es nur ein Dinner unter Freunden ist. »Die Wette gilt. Wie lauten die Regeln?«

Er zuckt die Achseln. »Sagen Sie es mir.«

Es gefällt mir, dass ich die Spielregeln festlegen darf. Große Macht bedeutet auch große Verantwortung. Das habe ich von Spiderman gelernt. »Na schön, wir haben hier also eine Liste von Kandidaten, und ich vermute, dass Sie darauf stehen.«

Ich warte auf seine Reaktion, aber er hat ein totales Pokerface. Verdammt!

Also fahre ich fort: »Ich werde keine Fotos aufrufen, sondern die Auswahl nur anhand dieser einfachen Einzeiler auf drei Personen eingrenzen. Auf die drei Männer, von denen ich glaube, es könnte sich um Sie handeln.«

»Ich dachte, Sie müssten eine eindeutige Entscheidung fällen.«

Ich hebe einen Finger. »Lassen Sie mich ausreden. Momentan sehe ich jeweils nur einen Satz, damit kann ich nicht viel anfangen. Deshalb werde ich mir nur bei diesen drei Kandidaten den gesamten Text anzeigen lassen, allerdings ohne mir ihre Fotos anzuschauen. Nachdem ich ihn gelesen habe, werde ich Ihnen sagen, welcher davon Sie sind.«

»Wie kann ich verhindern, dass Sie sich die Bilder ansehen?«

Ich überfliege die Seite rasch und deute auf den Bildschirm. »Schauen Sie. Hier kann man angeben, dass man sich die Fotos nicht anzeigen lassen will. So kann ich nicht schummeln.«

»Damit kann ich leben.« Er wirkt sehr selbstzufrieden.

Nun, wir werden sehen, wer zuletzt lacht. »Bereit?«

Er grinst so breit, dass ich plötzlich sehr argwöhnisch werde. »O ja, absolut«, antwortet er. »Fangen wir an. Ich bin definitiv bereit. Habe ich schon meinen außergewöhnlich großen Hunger erwähnt?«

Die Wette gilt, die Herausforderung ist ausgesprochen. Pech für ihn – ich werde ein köstliches Abendessen genießen, das er bezahlen muss, nicht umgekehrt. Ha!

Ich schaue mir die vierundzwanzig möglichen Kandidaten an, nachdem ich angeklickt habe, dass ich mir die Fotos nicht anzeigen lassen will.

Die meisten Einzeiler in den Profilen sind zu kitschig, um von Dev zu stammen. Mindestens dreißig Prozent von ihnen behaupten, lange Spaziergänge am Strand und Gedichte zu mögen. Igitt! Dev ist weitaus origineller.

Tatsächlich bleiben mir am Ende fünf Kandidaten, auf die ich gerne doppelklicken würde. Ich kaue auf meiner Lippe herum und versuche, mich für die drei wahrscheinlichsten zu entscheiden. Letztlich schließe ich zwei aus, denen meinem Gefühl nach die romantische Seite fehlt, die ich bei Dev vermute. Er hätte mich im Lagerhaus im Stich lassen können, aber seine oberste Priorität lag darin, mich zu überzeugen, ihn den edlen Retter für mich spielen zu lassen. Typischer Ritter in strahlender Rüstung.

Jetzt habe ich noch drei mögliche Kandidaten. Der Einzeiler des ersten lautet: *Immer noch auf der Suche nach meinem Lieblingsmenschen.* Beim zweiten steht: *Ich glaube an die Liebe auf den ersten Blick.* Der Text des dritten lautet: *Nimm meine Hand und lass uns gemeinsam losziehen.* Als nur noch diese drei Kandidaten auf dem Schirm zu sehen sind, drehe ich meinen Stuhl halb, sodass ich Dev ins Gesicht sehe. »Okay, ich hab's gleich. Einer davon sind Sie.«

»Meinen Sie?«

Leiser Zweifel nagt an mir, als ich seinen Gesichtsausdruck sehe. Aber ich ignoriere das Gefühl, denn ich weiß, ich habe nichts zu verlieren. Einer von uns beiden wird bezahlen müssen, aber in jedem Fall gehen wir zusammen Abendessen.

Ich drehe meinem Computer den Rücken zu. »Los, klicken Sie auf den Ersten und überzeugen Sie sich, dass kein Profilbild angezeigt wird. Ich will nicht, dass plötzlich Ihr Gesicht auf meinem Bildschirm auftaucht und Sie mich des Schummelns bezichtigen.«

Er schiebt seinen Stuhl näher an den Schreibtisch heran. »Sie meinen, Sie wollen kein Foto eines anderen Mannes sehen.«

»Ja, ja.«

Ich halte mir die Augen zu und hole tief Luft, als er sich dicht an mich heranbeugt. Er riecht nach Waschmittel oder vielleicht auch Parfüm. Der Duft ist sehr sexy und viel zu verführerisch. Ich halte die Luft an, damit er mich nicht hypnotisiert, sonst hätte ich vielleicht etwas Dummes gesagt. Ich höre einen Mausklick, dann verschwindet Devs Duft wieder. Endlich kann ich wieder atmen, auch wenn es nicht mehr halb so viel Spaß macht.

»Okay. Sie haben auf *Mehr lesen* geklickt, aber es gibt kein Foto.«

Ich öffne die Augen und nehme die Hände weg, damit ich mich umdrehen und lesen kann, was auf dem Computerbildschirm steht. Es ist ein langer Text aus der Feder eines mir unbekannten Mannes auf der Suche nach Liebe. Er beschreibt das perfekte Date. Der Text könnte von Dev sein, aber ich bin mir nicht ganz sicher. Ich werde meine Entscheidung erst treffen, wenn ich alle drei gelesen habe.

Nachdem ich jedes Wort in mich aufgesogen habe, drehe ich mich wieder weg und halte mir erneut die Augen zu. Dev trägt seinen Teil bei, indem er das nächste Profil anwählt und überprüft, dass auch ja kein Foto angezeigt wird. Wahrscheinlich wäre das nicht nötig gewesen, aber ich liebe es, wenn er sich so dicht an mich heranbeugt.

Auf sein Zeichen hin drehe ich mich um und überfliege rasch die Seite, doch schon nach wenigen Sekunden weiß ich, dass ich es hier nicht mit ihm zu tun habe. »Den können Sie löschen. Das sind nicht Sie.«

»Sind Sie sicher?«

»Ja. Versuchen Sie nicht, mich auf eine falsche Fährte zu locken. Ich bin mir sicher.«

»Gut.« Er nickt. »Wenn Sie es sagen.«

Bald befindet sich der dritte und letzte Kandidat auf meinem Bildschirm, und an der Stelle, wo sein Profilbild wäre, wenn ich mich nicht gegen die Anzeigeoption entschieden hätte, prangt ein großes Fragezeichen. Er und der erste Kandidat sind sich so ähnlich, dass ich sie kaum unterscheiden kann.

»Das ist echt hart.«

»Warum sagen Sie das?«

»Weil diese beiden Typen mir vorkommen wie ein und dieselbe Person.«

»Ich kann es nicht richtig erkennen.« Er beugt sich vor und schaut mit zusammengekniffenen Augen auf den Bildschirm, als versuche er, einen tieferen Sinn in dem Text zu erkennen, indem er sich ihm einfach nur nähert.

Ich deute auf den zweiten Abschnitt. »Schauen Sie. Beide sagen, sie suchen nach einer abenteuerlustigen Frau mit einem gewissen *Je ne sais quoi.*« Ich schnaube. »Wer schreibt denn so was?«

»Wir leben in New Orleans«, sagt er. »Da muss man gelegentlich mit einem affektierten französischen Ausdruck rechnen.«

»Nicht von einem Mann. Nicht in dieser Weise.«

Er wendet sich mir zu. »Sie versuchen, aus der Nummer mit der Wette rauszukommen, oder?«

»Nein, keineswegs. Ich muss nur entscheiden, welcher von den beiden Sie sind, das ist alles. Aber … es ist seltsam, dass die zwei so ähnlich sind.« Ich werfe ihm einen Seitenblick zu. »Haben Sie einen Zwillingsbruder, von dem Sie mir noch nichts erzählt haben?«

»Nicht, dass ich wüsste.«

Ich sehe ihn an und schüttle langsam den Kopf. »Sie spielen Spielchen mit mir. Ich weiß, dass ich richtigliege.«

Er lacht. »Sie scheinen ja ganz schön sicher zu sein, dass überhaupt einer davon ich bin. Ich glaube, Sie sollten besser über eine Kapitulation nachdenken, ehe Sie sich noch tiefer reinreiten.«

Achselzuckend wende ich mich wieder dem Computer zu und bin plötzlich traurig. »Ich kapituliere nie.« Deshalb bin ich so lange bei meinem Ex geblieben. Ich hätte ihn nach Sophies Geburt verlassen sollen, aber ich bin geblieben. Aber das hatte nicht nur Nachteile. So habe ich zwei weitere kleine Engel unter meinen Fittichen.

Sanfter sagt er: »Tja, darauf können Sie stolz sein.« Es klingt nicht spöttisch, auch wenn er das vermutlich beabsichtigt hatte. Ich habe keine Ahnung, warum ich so einen dummen Spruch gemacht habe. Kommt jetzt etwa die Mitleidsmasche? Oje! Ich brauche dringend eine kalte Dusche.

Er räuspert sich, als wolle er noch etwas sagen, was mir noch unangenehmer sein wird, doch ich falle ihm ins Wort.

»So, aufgepasst jetzt. Gleich treffe ich meine Entscheidung.«

Er trommelt mit den Zeigefingern auf den Tisch und imitiert mit der Stimme Fanfarenstöße. »Ta-daaa … und der Gewinner ist …?«

Ich klicke den letzten Kandidaten an und öffne erneut sein komplettes Profil. »Das sind Sie, Dev.« Ich bewege den Mauszeiger zu dem Link, hinter dem sich das Foto verbirgt, aber Dev legt mir seine Pranke aufs Handgelenk und hindert mich am Klicken.

»Sagen Sie mir zuerst, warum Sie sich gegen den ersten Kandidaten entschieden haben.«

Mein Handgelenk kribbelt, wo er es berührt, und mir wird plötzlich ganz heiß. Als ich mich ihm zuwende, scheint sein Gesicht nur ein paar Zentimeter von meinem entfernt zu sein. Ich hauche: »Weil der andere Typ irgendwie traurig rüberkam, und Sie kommen mir nicht vor wie ein Melancholiker. Außerdem muss ich davon ausgehen, dass Ihr Sohn Ihr Lieblingsmensch ist, deshalb …«

Er nimmt die Hand weg und weicht mit ausdruckslosem Gesicht zurück – ein Mysterium.

Ich klicke auf den Bildlink des dritten Inserats, und die Augen eines Fremden starren mich an. Mir entgleisen die Gesichtszüge. »Oh, schade. Ich dachte wirklich, ich hätte Sie gefunden.«

Er beugt sich vor und nimmt mir die Maus aus der Hand. »Fast.« Er schließt das Profil und öffnet das erste, das ich als zu melancholisch verworfen habe. Das Erste, was ich sehe, nachdem er auf den Link geklickt hat, ist Devs Gesicht.

Mir wird das Herz schwer. »Oh! Scheiße!« Ich wende mich ihm zu. »Dev, tut mir leid.« Ich habe ihn nicht nur als traurig bezeichnet, sondern praktisch auch als beschissenen Vater. Warum habe ich nicht nachgedacht, bevor ich die Klappe aufgerissen habe? Natürlich hat er seinen Sohn nicht unter »Lieblingsmensch« eingetragen. Nicht auf einer Datingwebsite!

Er erhebt sich. »Kein Problem. Machen Sie sich nichts daraus. Es sei denn, Sie haben ein Problem damit, mich zum Abendessen einzuladen.«

Ich schaue zu ihm auf, unglaublich erleichtert, dass er mir meine unbedachten Worte nicht nachträgt. »Ein Problem? Warum das denn?«

Lächelnd zuckt er die Achseln. »Nicht jeder ist ein guter Gewinner. Ich habe in meinem bisherigen Leben viel mehr schlechte Verlierer als gute Gewinner getroffen.«

Vielleicht habe ich mit meiner Einschätzung doch gar nicht so danebengelegen. Ich sehe jetzt, woher die Traurigkeit kommt, die ich bei diesem Inserat empfunden habe, und weiß auch, warum er sie so gut verbergen konnte. Er ist stark. Das gilt nicht nur für seine Muskeln, sondern auch für sein Herz. Er ist einer von den Guten.

Aber nichts davon sage ich laut. Stattdessen versuche ich, gute Laune zu verbreiten. »Ich bin keine schlechte Verliererin, Dev. Ich führe Sie zum Abendessen aus, wohin Sie wollen, wann immer Sie wollen.«

Er haut mir auf den Rücken. »Toll. Dann haben wir ein Date.« Er wendet sich ab und verlässt das Zimmer.

Ich bin zu verblüfft über seine Wortwahl, um sofort zu antworten, aber dann wird mir klar, dass es sich anhört, als wolle er gehen. »Wo gehen Sie hin?«, rufe ich in Richtung Tür.

»Ich muss heim! Meine Mutter wartet auf mich. Sie bleibt nicht gerne so lange auf.«

Ich stehe auf, streiche meine Klamotten glatt und bin traurig, weil er geht, auch wenn mir klar ist, dass es wirklich albern wäre, wenn ich ihn bitten würde zu bleiben. Was sollten wir denn machen? Xbox spielen? Er hat unsere Verabredung zum Abendessen als Date bezeichnet, aber das hat er bestimmt nicht wörtlich gemeint. Außerdem schleppt er jede Menge Dinge mit sich herum. Brauche ich in meinem Leben im Augenblick wirklich noch mehr emotionalen Ballast? Ich habe eine ganze Wagenladung voll eigenen, mit dem ich fertigwerden muss.

Ich warte an der Haustür auf ihn. Er erscheint mit leeren Händen. »Wollen Sie die Pizzareste nicht mitnehmen?«

»Welche Pizzareste?«

Ich beuge mich zur Seite und schaue an ihm vorbei ins Wohnzimmer. Da stehen noch die drei Schachteln. Ich zeige darauf.

Er zuckt die Achseln. »Nur leere Schachteln. Wenn Sie wollen, bringe ich sie noch in die Papiertonne.«

»Nein, nein, keine Sorge.« Ich mustere ihn von Kopf bis Fuß. »Ich schätze, diese Maschine am Laufen zu halten erfordert viele Kalorien.«

»Sie haben es ja gesehen.« Er lächelt. »Dann rufe ich Sie wegen dieses Abendessens an?«

Ich nicke. »Klar. Sie können sich meine Nummer von meiner Schwester geben lassen.«

Er zwinkert mir zu. »Hab ich schon.«

Mir fällt keine Antwort ein, die mich nicht wie ein errötendes, stammelndes Schulmädchen wirken lassen würde, also lächle ich nur. Dann öffne ich ihm die Haustür. »Gute Nacht.«

»Die wünsche ich Ihnen auch.« Er beugt sich vor und küsst mich so rasch auf die Wange, dass ich den Kuss nicht kommen sehe, bis er schon wieder vorbei ist.

Ich hebe die Hand zu meiner Wange, während er auf die Veranda hinaustritt und die Stufen zu seinem draußen geparkten

Wagen hinuntergeht. Es ist das mit Abstand hässlichste Auto, das ich je im Leben gesehen habe, so hässlich, dass es mich von meiner träge dahintreibenden Glückswolke holt.

Ich lache. »Was ist das denn?«

Er dreht sich um und geht rückwärts weiter. »Was denn?«

Ich deute mit der anderen Hand auf das verbeulte Ding in meiner Einfahrt.

»Mein Auto? Sie machen wohl Witze. Sie wissen nicht, was das ist?«

Die Hand noch immer an der Wange, wo er mich geküsst hat, schüttle ich lächelnd den Kopf.

Er öffnet die Wagentür, woraufhin ein lautes, quietschendes Geräusch meinen gesamten Garten und auch die der Nachbarn erfüllt.

»Das, meine junge, naive Dame, ist ein Pontiac Phoenix. Ein Klassiker. Das Auto eines echten Mannes.«

Ich hebe die Brauen, so hoch es geht, ehe ich antworte: »Wenn Sie das sagen.« Langsam schließe ich die Tür, sodass sein verletzter Gesichtsausdruck aus meinem Sichtfeld verschwindet, und breche dann kichernd in der Diele zusammen. Verdammt! Ich grinse so breit, dass mir die Mundwinkel wehtun. So gut oder so jung habe ich mich schon lange nicht mehr gefühlt.

Kapitel 13

Es ist Montagmorgen, ich brate in der Küche gerade Eier und Speck für die Kinder, als Sammy weinend die Treppe herunterkommt.

»Was ist denn los, kleiner Mann?« Ich lege den Pfannenwender neben die Herdplatte, drehe mich um und gehe in die Hocke, damit wir auf Augenhöhe sind.

»Mein Bauch tut weh.« Große Tränen kullern ihm die Wangen hinunter.

Sanft reibe ich seinen Bauch. »Bist du sicher?« Ich hake nach, weil er in letzter Zeit oft vorgegeben hat, Bauchschmerzen zu haben, der Kinderarzt doch keine Ursache dafür finden konnte. Mich beschleicht langsam der Verdacht, dass in der Tagesstätte irgendetwas nicht stimmt und Sammy es mir nicht sagen will.

»Ja, ganf tsicher. Ich muff auch nicht kackern, alfo brauchft du mir gar nicht tsagen, daff ich auff Klo gehen tsoll.«

Beinahe muss ich lachen. Er sieht unheimlich beleidigt aus.

Ich nicke. »Verstehe. Aber es kann nicht schaden, wenn du dich eine Weile aufs Töpfchen setzt, nur um sicherzugehen.«

»Ich wuffte, daff du daf tsagft.« Er legt die Hände auf den Bauch, verdreht die Augen und stöhnt.

»Aua, ef tut weh!«

Ich seufze schwer. Mein Tag ist noch nicht mal eine Stunde alt, und ich bin jetzt schon erledigt. Mein Chef wird über alle Maßen beglückt sein, wenn ich ihn anrufe.

»Möchtest du ein bisschen Ei mit Speck, bevor du dich hinlegst?« Wenn er nur so tut, wird er sich nicht zurückhalten können.

Er schüttelt prompt den Kopf. »Nein. Mein Bauch tut wirklich weh.«

Ich nehme den Pfannenwender von der Arbeitsplatte und wedele in Richtung Küchentür. »In Ordnung. Geh wieder ins Bett oder leg dich aufs Sofa im Wohnzimmer, dann bringe ich dir eine Tasse von unserem Spezialtee.«

»Okay, Mami«, sagt er im mitleiderregendsten Tonfall, den ich je gehört habe. »Danke, daff du für mich tsorgft.«

Und da schmilzt mein Herz auch schon auf dem Küchenboden dahin … Dieses Kind weiß ganz genau, wie es mich um den Finger wickelt. Mein Sohn braucht nur einen niedlichen Satz … und ich bin weich wie Butter.

Sophie kommt als Nächste in die Küche getappt. »Was hat er denn?«, fragt meine Zehnjährige und zeigt dabei auf den Kleinsten, der wie ein willenloser Zombie mit einer zu langen Schlafanzughose an ihr vorbeigeschlurft ist.

»Er fühlt sich heute Morgen nicht so gut.«

»Na klasse, jetzt geht das schon wieder los.« Sophie verdreht die Augen.

Ich deute mit dem Pfannenwender auf einen Stuhl. »Setz dich hin und sei brav. Er kann auch nichts dafür, dass sein Bauch wehtut.«

Sie senkt die Stimme. »Dir ist schon klar, dass er nur so tut, Mama.«

Ich schüttle den Kopf. »Das glaube ich nicht. Diesmal zumindest nicht.« Ich schiebe die Eier in der Pfanne herum und frage mich, ob irgendjemand sie essen wollen wird. Sie sehen nicht besonders lecker aus.

Sie gibt einen verächtlichen Zischlaut von sich. »Na klar.«

Ich könnte mich jetzt mit ihr anlegen, doch im Augenblick muss ich all meine Energie für das Gespräch mit meinem Chef aufsparen. Er hat so eine Art, bei der ich mich immer in die Ecke gedrängt fühle und mir mies vorkomme, obwohl ich ihm immer den wahren Grund meiner Abwesenheit nenne. Es ist ja nicht so, dass ich meine Krankmeldung auf die vermeintlichen Bauchschmerzen eines kleinen Kindes schiebe, obwohl ich eigentlich nur verkatert bin.

Melody kommt als Letzte in die Küche, was vollkommen normal ist. Meine fast achtjährige Tochter ist immer als Letzte unten, als Letzte aus dem Haus und als Letzte im Bett. Dass sie jetzt noch halb zu schlafen scheint, ist auch nicht besonders außergewöhnlich.

»Guten Morgen, Sonnenschein«, sage ich in besonders fröhlichem Tonfall.

»Morgen, Mama«, murmelt sie. Sie setzt sich auf den Barhocker vor dem Küchentresen und stützt ihr Kinn auf beide Hände. Wenige Sekunden später reißt sie ihr zur Seite kippender Kopf jäh aus dem Schlaf.

Ich stelle ein Glas Orangensaft vor meine schlaftrunkene Tochter. »Trink den. Der macht dich munter.«

»Müssen wir in die Schule?«, fragt sie kläglich, nimmt das Glas und hält es vor sich, um meine Antwort abzuwarten.

»Ja, ihr müsst in die Schule. Was habt ihr denn am Wochenende mit eurem Papa gemacht? Warum seid ihr alle so müde?«

Sophie platzt sofort damit heraus und klingt ziemlich fröhlich darüber, mir die Information überbringen zu können: »Wir durften die ganze Nacht aufbleiben.«

Ich lege den Pfannenwender vorsichtig auf den Tresen und bemühe mich wie verrückt, nicht die Fassung zu verlieren. Ich würde gerade so gerne den Hulk rauslassen.

»Oh, toll«, sage ich mit übertriebenem Wohlwollen in der Stimme. »Ich nehme an, ihr habt auch mindestens zehn Pfund Süßigkeiten gefuttert.«

Melody ist plötzlich hellwach. »Eher Tonnen.« Ihr scheint das Wochenende auch gefallen zu haben.

Du Scheißkerl, Miles! Ich bringe dich um!

»Sammy hat gekotzt«, sagt Sophie. »Das war total widerlich.«

Melody verzieht wie ihre Schwester das Gesicht. »Ja. Es war echt eklig. Papas Freundin ist echt wütend geworden.«

»Ich mag sie nicht«, tönt Sophie, noch ehe ich sie unterbrechen kann. »Sie ist total eingebildet.«

»Sophie! Sag so was nicht!«

Sophie zuckt die Achseln. »Aber es stimmt doch.«

Ich höre gerade zum ersten Mal, dass Miles offenbar eine richtige Freundin hat. Dabei hatte ich angenommen, er würde sich nur mit blutjungen Dingern vergnügen, um sich ja nicht ernsthaft binden zu müssen.

Ich stochere in den Eiern herum. »Papa hat also eine Freundin …?«

»Ja. Aber er hat gesagt, wir sollen es dir nicht verraten und dass es dich nichts angeht.« Es scheint Sophie diebische Freude zu bereiten, mir das mitzuteilen. Wenn ich es nicht besser wüsste, würde ich meinen, es mache ihr Spaß, mich zu ärgern.

Ich balle die Faust so fest um den Pfannenwender, wie es sonst nur der echte Hulk gekonnt hätte. Nur zum Spaß spanne ich auch noch ein paar Muskeln in Armen und Beinen an. Außerdem hilft es, mich davon abzulenken, dass ich den Vater meiner Kinder gerade am liebsten töten würde.

Wie kann er es wagen, solche Spielchen mit unseren Kindern zu spielen?

»Er hat recht«, sage ich, so heiter ich irgendwie kann. »Es geht mich nichts an, und es ist mir auch egal.«

Melody ergreift das Wort. »Aber wenn er eine Freundin hat, wird er nie wieder heimkommen.«

Ich schleudere den Pfannenwender ins Ei, schalte die Herdplatte aus und drehe mich um. »Melody, Liebes, du musst aufhören, dir solche Gedanken zu machen. Dein Papa und ich werden nie, nie wieder zusammenkommen.« Danke, Taylor Swift, für die Gewissheit, dass ich nicht die einzige Frau in dieser Lage bin.

»Nicht, wenn er eine Freundin hat«, erwidert sie schmollend.

»Ganz egal, ob er eine hat oder nicht. Es wird einfach nicht passieren.«

»Aber liebst du ihn denn gar nicht?«, fragt Melody den Tränen nahe. Meine Töchter starren mich jetzt beide an und wollen eine Antwort.

Wie erklärt man seinen Kindern, dass man mehrmals ernsthaft darüber nachgedacht hat, ihren Vater mit dem Auto zu überfahren? Dass man sich nicht daran erinnern kann, was man je an ihm fand? Dass man ihn für einen lügenden Drecksack hält, der es nicht einmal verdient hätte, ihr Vater zu sein?

Ich seufze. Das kann man seinen Kindern nicht beibringen. Entweder man lügt, oder man redet um den heißen Brei herum. Ich versuche es immer erst mit dem heißen Brei.

»Meine Süßen … Ich liebe es, dass euer Papa mir die drei schönsten Kinder der Welt geschenkt hat. Es war ein großes Glück für mich, dass ich ihn getroffen habe.«

»Du weichst der Frage aus«, sagt Sophie, dasjenige meiner Kinder, das klüger ist, als ihm guttäte.

»Wer möchte Ei?«, frage ich fröhlich, weil ich an diesem Morgen einfach noch nicht bereit bin, mich in Lügen zu verstricken.

»Die stinken. Ich möchte lieber Pfannkuchen«, verkündet Melody und hält sich dabei die Nase zu.

Ich wirbele herum und beginne, Pfannen übereinanderzuschichten. »Dann eben Pfannkuchen!« Normalerweise gehöre ich nicht zu den Müttern, bei denen sich die Kinder zu Hause ihr Essen selbst aussuchen dürfen wie im Restaurant, doch in diesem Moment würde ich alles tun, um das Gespräch von Miles abzulenken. »Mädchen, geht euch anziehen, wenn ihr fertig seid, gibt es Pfannkuchen.«

Sie rutschen von ihren Stühlen und schlurfen in ihre Zimmer, allerdings nicht ohne sich den ganzen Weg anzuzicken.

Wieder einmal habe ich mit den Nachwehen eines anderthalb Tage dauernden Papawochenendes zu kämpfen. Sammy ist schlecht, weil er so viel Zucker gegessen hat, und die Mädchen leiden unter den Folgen eines Glukoserauschs, was sich in extremer Müdigkeit und schlechter Laune manifestiert. Es würde mich überhaupt nicht überraschen, wenn sich die Krankenschwester der Schule im Laufe des Tages bei mir meldet und ich die Mädchen abholen muss.

Während ich eine Pfannkuchenteigmischung in eine Schüssel schütte, strecke ich die Hand nach meinem Handy aus, um meinen Chef anzurufen. Das kann ich genauso gut gleich hinter mich bringen.

Kapitel 14

Ich starre völlig entgeistert das Telefon an und kann einfach nicht glauben, was ich da gerade gehört habe.

»Was meinen Sie damit, dass ich ohnehin nicht unbedingt hätte kommen müssen?«

Das Lachen meines Chefs klingt verdammt verlegen. »Ich will damit sagen, dass wir die Firma in den kommenden Wochen umstrukturieren werden, daher kommt uns die Tatsache, dass Sie aufgrund der Krankheit Ihres Kindes nicht zur Arbeit kommen können, fast schon gelegen. Ihnen, meine ich.«

»Ich habe keine Ahnung, wovon Sie reden. Gelegen?« Mein Blutdruck geht durch die Decke, und mir dröhnen die Ohren. »Wie kann etwas oder jemandem ein krankes Kind gelegen kommen?«

Er klingt jetzt ganz und gar gefällig. »Kommen Sie schon, Jenny, Sie wissen, dass wir in den letzten sechs Monaten sehr zu kämpfen hatten. Wir haben uns mit unseren Anlegern getroffen, und sie haben empfohlen, ein paar Stellen zu streichen. Wir mussten ein paar wirklich schwierige Entscheidungen treffen. Die gute Nachricht ist, dass Sie zu den Glücklichen gehören, die eine kleine Abfindung bekommen. Alles in allem werden Sie etwas mehr Zeit mit Ihrer Familie verbringen können, und das ist doch immer etwas Schönes, meinen Sie nicht?«

»Glücklichen? Wie bitte? Mehr Zeit mit meiner Familie? Was zum … bestrafen Sie mich dafür, alleinerziehende Mutter zu sein? Ich habe Ihnen doch gesagt, dass mein Sohn krank ist, Frank. Das ist kein Witz. Ich melde mich nicht krank, weil ich einen Kater habe, wie George es sicherlich heute Morgen bereits getan hat.«

George ist wie die meisten meiner Mitarbeiter Single und ein notorisches Partytier. Bei der Weihnachtsfeier tanzt er mit einem Lampenschirm auf dem Kopf durchs Zimmer und sitzt mit dem Hintern auf dem Kopierer. Ich habe es mit eigenen Augen gesehen. Kein schöner Anblick. Könnte erklären, warum er noch Single ist. Jemand mit einer derart starken Gesäßbehaarung sollte die niemals der Öffentlichkeit präsentieren.

»Nein, das hat rein gar nichts damit zu tun, dass Sie alleinerziehend sind oder Ihr Sohn krank ist. Jenny, ich glaube Ihnen. Ich weiß, wie das bei Kindern ist, die werden ständig krank. Vergessen Sie nicht, dass ich selbst zwei davon zu Hause habe.«

»Genau, Frank, Sie haben aber auch eine Frau zu Hause, die nicht arbeiten geht, deshalb haben wir es auch alle noch nie erlebt, dass Ihre Kinder Sie mal daran gehindert hätten, morgens um sechs ins Büro zu kommen und abends um zehn wieder zu gehen.«

Er klingt jetzt eher wie ein Motivationscoach. »Niemand zweifelt an Ihrer Hingabe an Ihren Job, Jenny. Sie sind eine fantastische Softwareentwicklerin. Sie wissen, was Sie tun. Deshalb mache ich mir auch gar keine Sorgen um Sie. Sie werden im Handumdrehen einen neuen Job finden.«

Ich bekomme kaum noch Luft. Erst jetzt realisiere ich, was das alles wirklich bedeutet. Ich werde gerade gefeuert. Du heilige Scheiße, ich werde gefeuert! Was mache ich denn jetzt? Wie soll ich meine Rechnungen bezahlen?

»Woher wollen Sie wissen, dass ich sofort einen anderen Job finde?«, frage ich am Rande der Hysterie. »Der Branche geht es gerade nicht besonders gut, und Sie wissen ganz genau, dass Start-ups beschissene Gehälter zahlen.« Klasse. Er hat mich zum Fluchen gebracht.

»Na und? Dann meiden Sie eben Start-ups. Warum suchen Sie sich keinen Job bei einem Energiekonzern oder so etwas?«

»Möchten Sie, dass ich in den Mississippi springe, Frank? Denn genau das würde ich nach kurzer Zeit tun, wenn ich jeden Tag dort arbeiten müsste. Es gibt auf dem ganzen verdammten Planeten keinen langweiligeren Job.«

»Na gut, dann arbeiten Sie eben als Freiberuflerin. Ich weiß, dass Sie das ohnehin versuchen wollten. Sie bekommen eine Abfindung in Höhe von zwei Monatsgehältern, da können Sie sich doch erst mal entspannen und es einfach versuchen.«

Ich schnaube verächtlich. »Oh, Sie täten gut daran, dafür zu sorgen, dass meine Abfindung wesentlich höher ausfällt.« Das kann er nicht ernst meinen. Zwei Monatsgehälter? Der letzte Typ, der gefeuert wurde, hat neun bekommen. Neun!

Frank klingt beunruhigt. »Warum sagen Sie das?«

»Weil ich darauf wetten würde, dass bei einer Analyse herauskommen würde, dass Sie vor allem Leute mit Kindern feuern. Die alleinerziehenden Eltern und Leute über vierzig schmeißen Sie zuerst raus. Glauben Sie ja nicht, dass ich das sang- und klanglos hinnehmen werde. Es ist unfair. Es ist nicht richtig. Sie können Leute nicht dafür feuern, dass sie Kinder haben. Sie benutzen das nur als Ausrede, um uns loszuwerden und stattdessen Frischfleisch direkt von der Uni für die Hälfte des Gehalts einzustellen.«

»Okay, Jenny, ich höre, dass Sie aufgebracht sind. Ich kann das auch vollkommen verstehen, weil Sie nicht damit gerechnet haben, dass Ihnen das heute passiert. Es tut mir leid, dass ich Sie damit überrumpelt habe, ehrlich, aber ich kann leider absolut nichts für Sie tun. Das liegt nicht in meiner Macht.«

»Ich werde mir das nicht gefallen lassen.« Ich höre mich an wie eine glühende Verfechterin der Gerechtigkeit, doch sowohl Frank als auch ich wissen es besser. Ich bin schließlich nicht Green Lantern. Die Drohungen mag ich ihm zwar alle mit Feuereifer entgegenschleudern, doch mir ist völlig klar, dass ich nicht die Kraft habe, Worten auch Taten folgen zu lassen. Ich bin so am Arsch. Ich werde das Haus verkaufen müssen. Wohin dann mit uns? Wo sollen wir wohnen? Mays Stadthaus ist viel zu klein für uns, und ich bin lieber obdachlos, als dass ich zu meiner Mutter ziehe. Ich ertrage sie an den Feiertagen, aber ich könnte nie im Leben mit ihr zusammenwohnen. Wenn ich zu lange am selben Ort bin wie sie, muss ich immer daran denken, dass sie uns mit diesem Arschloch von Vater hat aufwachsen lassen. Wäre sie eine bessere Mutter gewesen, hätte sie sich getrennt und uns damit jede Menge Schmerz erspart.

Das werde ich ihr wahrscheinlich nie verzeihen, besonders seit ich selbst Kinder habe. Wenigstens diese eine Lektion habe ich von ihr gelernt: Bleib niemals in einer Beziehung, in der deine Kinder zu Opfern werden.

Er seufzt. »Na ja, Sie könnten sich natürlich mit den Investoren anlegen, doch ich würde Ihnen dringend davon abraten.«

»Warum?« Ich stelle mir bildlich vor, wie ich in einen Besprechungsraum platze, in dem sie wahrscheinlich gerade beratschlagen, wie sie die neu eingestellten Mitarbeiter am besten dazu kriegen, vierundzwanzig Stunden am Tag zu arbeiten, ohne sie dafür zu bezahlen. In meiner Vorstellung trage ich tatsächlich sogar ein Cape.

»Na ja, die Welt ist klein. Wenn Sie Ihre Arbeitgeber verbal attackieren und eine höhere Abfindung verlangen, wird Ihnen

Ihr Ruf vorauseilen. Danach wird Sie niemand mehr einstellen wollen.«

Er versucht, mir Angst zu machen, um mich zum Schweigen zu bringen. Ich schwöre, meine Haut wird langsam, aber sicher grün und meine Schlafanzughose mit jeder Sekunde enger. »Ich lege jetzt lieber auf, bevor ich etwas sage, das ich vielleicht bereue.«

»Okay. Verstanden. Nichts für ungut, Jen. Ich wünsche Ihnen alles Gute. Was glauben Sie, wann Sie Ihre Sachen abholen können?«

Ich knirsche ein paar Sekunden mit den Zähnen, bevor ich antworte. »Packen Sie meine Sachen einfach in einen Karton, ich komme sie abholen, wenn mein Sohn wieder gesund ist.« Ich knalle das Telefon auf den Küchentresen, kralle mich mit beiden Händen ins Haar und schreie.

Ich höre schlurfende Schritte, dann erscheint mein Sohn im Türrahmen. »Mami? Ift allef in Ordnung?«

Ich lasse von meinem Haar ab und kämpfe gegen die Tränen an, damit mein Kleinster mich nicht weinen sieht. »Ehrlich gesagt … würde ich mich gerade am liebsten in den unglaublichen Hulk verwandeln und hier für ein bisschen Verwüstung sorgen. Aber ich brauche nur ein paar Minuten, um mich wieder zu beruhigen.«

Er lächelt. »Ich mag den un-blichen Hulk. Wirft du dann ganf grün?«

Ich gehe auf die Knie und breite die Arme aus. »Na komm, gib deiner Mama eine Umarmung.«

Er rennt auf mich zu und schmeißt sich in meine Armee. »Mach dir keine Tsorgen, Mama. Allef wird wieder gut.«

Ich streichle ihm den Rücken, und bei der Vorstellung, dass er seine Frau oder sein Kind eines Tages tröstet wie mich jetzt, wird mir ganz warm ums Herz. Wenigstens etwas, das ich richtig mache.

»Ich weiß, Baby, ich weiß. Mach dir keine Sorgen um deine alte Mama. Sie wird sich nicht in den Hulk verwandeln und alles kurz und klein schlagen. Es geht ihr gleich wieder gut.«

Er weicht zurück und sieht mich ernst an. »Ef könnte aber Tspaf machen, allef kurf und klein tsu tslagen.«

Ich lache. »Da hast du vermutlich recht.« Ich ziehe ihn wieder zu mir heran, vergrabe das Gesicht an seinem Hals und atme tief seinen Duft ein.

»Daf kipfelt.« Sein Kichern klingt wie der heilende Gesang eines Engelschores an mein geschundenes Herz. In der Hoffnung, dass dadurch wenigstens ein paar der düsteren Gedanken entweichen, die Frank in mich gepflanzt hat, atme ich tief ein und aus.

Ich habe keine Ahnung, was ich jetzt machen soll. Im Augenblick bereitet es mir ja schon große Mühe, nicht völlig die Nerven zu verlieren. Aber ich muss mich für meine Kinder zusammenreißen, wenn ich es schon nicht um meinetwillen kann, weil ich ihre Mama bin und es meine verdammte Pflicht ist.

Kapitel 15

Also … tief ein- und ausatmen. Meine Haut ist nicht grün, meine Pyjamahose passt mir noch, und Sammy sitzt mit einer Tasse Pfefferminztee und einer Schachtel Tierkekse auf der Couch. Kekse zum Frühstück! Mutter des Jahres! Juchhu! Jetzt, wo die Mädchen in der Schule sind und Sammy mit Begeisterung Barney schaut, habe ich ein bisschen Zeit, mir zu überlegen, was ich mit dem Rest meines Lebens anstellen will. Ist ja keine große Sache. Kein Druck …

Ich komme mir vor wie ein Faultier. Mein Körper ist völlig schlaff. Ich wäre völlig zufrieden damit, mich mit weit aufgerissenem Mund auf die Couch zu legen, mich langsam mit Popcorn vollzustopfen und ins Leere zu starren. Leider bleibt mir dieser Luxus verwehrt. Ich habe eine Hypothek abzutragen, muss drei Kinder ernähren und habe einen Ex-Mann, dessen Alimentezahlungen in der Regel alles andere als pünktlich sind.

Ich brauche offenbar einen neuen Job. Wie auch immer die Abfindung aussieht, weit wird sie mich nicht bringen. Die Wirtschaft erholt sich langsam, ich werde also vermutlich keine Probleme haben, eine Stelle zu finden. Die Frage ist, ob ich eine mit einem Chef finde, der damit klarkommt, dass manchmal eines meiner drei Kinder krank ist und dass das bei einer alleinerziehenden Mutter bedeutet, dass sie zu Hause bleiben muss.

Eine leise Stimme in meinem Hinterkopf skandiert: Freiberuflerin, Freiberuflerin, Freiberuflerin. Vor Stress bekomme ich Magenschmerzen, wahrscheinlich denen nicht ganz unähnlich, unter denen Sammy leidet. Das ist so unkalkulierbar!

Man weiß nie, ob man Arbeit hat oder in finanzielle Engpässe gerät. Wenn Miles arbeitslos wird, kann er die Versicherung für die Kinder nicht mehr bezahlen. Ich habe bis jetzt immer in Festanstellung gearbeitet. Wer weiß, ob ich mit dem Risiko einer freiberuflichen Tätigkeit klarkomme?

Ich schnappe mir mein Handy und lese die SMS, die mir meine Schwester in den vergangenen paar Tagen geschickt hat. Beim Gedanken, sie anzurufen, krampft mein Magen. Wahrscheinlich ist es zu spät.

Ozzie hat sich inzwischen vermutlich jemand anderen gesucht. Warum war ich nur so eine Zicke? Warum musste ich im Lagerhaus durchdrehen? Die Leute dort haben nur versucht, mir ein paar Dollar extra für etwas zuzuschanzen, was wahrscheinlich gar keine große Sache gewesen wäre.

Ich habe mich in Sicherheit gewiegt, weil ich fest angestellt war, aber ich hätte es besser wissen müssen. In dieser Branche behält man Stellen nicht lange. Ständig werden Firmen verkauft, gehen pleite oder ändern ihre Ausrichtung. In der Welt der Computerfirmen kämpft jeder gegen jeden, und Leute wie ich enden nur allzu oft als Kollateralschäden. Zack und weg.

Ich hole noch ein paarmal tief Luft, bis ich beinahe hyperventiliere. Dann setze ich mich mit meinem Handy an den Küchentisch. Es ist Zeit, die Suppe auszulöffeln, die ich mir eingebrockt haben, über meinen Schatten zu springen und ein großes Mädchen zu sein.

»Geh ran, May! Geh ran!« Hoffentlich nimmt sie bald ab, bevor ich es mir anders überlege.

»Hallo?«, meldet sich meine süße Schwester. Allein beim Klang ihrer Stimme treten mir Tränen in die Augen.

»Hallo. Ich bin's.«

»Was ist denn?« Die süße Stimme ist der fordernden gewichen. Der besorgten. Es bricht mir fast das Herz.

Ich beginne zu weinen, und es schnürt mir die Kehle zu. Als ich schließlich wieder sprechen kann, klinge ich am Boden zerstört.

»Man hat mich gefeuert.«

»Gefeuert? Wann? Warum? Du bist die beste Angestellte dort. Was ist passiert?«

»Ich bin wohl doch nicht ganz so toll.« Ich versuche zu lachen, aber es klingt mehr wie ein Röcheln. »Ich habe mich krankgemeldet, weil Sammy wieder Magenschmerzen hatte. Da haben sie mich einfach entlassen.«

»Das können die nicht. Die können dich nicht feuern oder entlassen, weil dein Kind krank ist.«

»Ich bin nicht sicher, ob es damit etwas zu tun hat. Vielleicht schon. Ich bin im zurückliegenden Jahr ein paarmal daheim geblieben, weil eines der Kinder krank war. Egal, unter dem Strich bleibt die Tatsache, dass ich ab heute arbeitslos bin.«

»Hast du eine Abfindung gekriegt?«

»Ich habe so was gehört, aber angeblich sind es nur zwei Monatsgehälter, damit werde ich also nicht weit kommen.« Ich halte inne und überlege, wie viele Einzelheiten ich meiner Schwester genau anvertrauen möchte. Sie hat eigene Probleme, da braucht sie nicht auch noch meine.

»Wie hoch sind deine Ersparnisse?«

Ich lache bitter. »Machst du Witze? Ersparnisse? Was ist das?«

»Okay, kein Grund zur Panik. Uns fällt schon etwas ein.«

»Eigentlich brauchen wir uns gar nichts einfallen zu lassen. Ich rufe an, um zu fragen, ob ihr noch auf der Suche nach einer freien Mitarbeiterin seid.« Am liebsten möchte ich vor Scham im Boden versinken. Inzwischen bin ich beinahe bereit, meine Schwester anzubetteln, mir einen Job bei ihrem Freund zu besorgen.

Auf glühenden Kohlen sitzend, warte ich auf ihre Antwort, die zum Glück recht schnell kommt. »Klar! Wir haben noch niemanden beauftragt. Außerdem gäbe es hier etwas für dich zu tun, selbst wenn dieser konkrete Auftrag schon vergeben wäre.«

»Das sagst du nur, um mich zu trösten.«

»Nein. Vertrau mir. Jetzt, wo ich mit Ozzie zusammen bin, erfahre ich alles, was hinter den Kulissen der Firma vor sich geht. Erst gestern Abend hat er gesagt, dass sich in den letzten paar Jahren die Anzahl ihrer Aufträge, die mit Computern zu tun hatten, verdoppelt hat.«

»Aber ihr habt doch schon einen Computerfachmann, oder?« Ich versuche, mich an den Namen des Typen zu erinnern, aber mir fällt nur ein, wie gut er aussieht, wie nett er ist und wie weiß seine Zähne sind.

May hilft mir auf die Sprünge. »Du meinst Lucky. Ja, wir haben Lucky, aber er ist nicht in diesem Sinne ein Computerfachmann. Er hat im Gegensatz zu dir keine Ahnung von Technik. Er ist Finanzexperte. Die Finanzunterlagen und Kontenbewegungen von Menschen sind ein offenes Buch für ihn, aber er kann keine verborgenen Ordner finden und ist kein Hacker.«

»Hacker? Ich soll für euch hacken?«

Plötzlich klingt May überaus fröhlich. »Nein! Habe ich Hacker gesagt? Das habe ich gar nicht gemeint. Sei nicht albern.« Sie schnaubt, ein sicheres Zeichen, dass sie sich durchschaut fühlt, aber ich unterbreche sie nicht. Mein Interesse ist geweckt.

»In diesem Fall zum Beispiel, für den wir dich anheuern wollen, beschäftigen wir uns mit den Finanzunterlagen einer

Firma, weil dort etwas nicht stimmt. Einer der Besitzer vermutet irgendwelche Unterschlagungen. Aber Lucky hat nicht zu allen Bereichen des Computers Zugang. Zumindest glaubt er das. Er vermutet irgendwo versteckte Dateien, ist aber nicht imstande, sie zu finden.«

Auch wenn das ziemlich dünne Informationen sind, bin ich bereits einigermaßen sicher, dass ich ihnen helfen könnte. Das ist an diesem Morgen bisher der einzige Hoffnungsschimmer, also stürze ich mich darauf. Die Wirklichkeit kann mir dann später wieder die Petersilie verhageln, wenn es unbedingt sein muss.

»Vielleicht kann ich helfen. Das weiß ich aber erst, wenn ich die Dateien oder die Festplatte gesehen habe.«

»Okay. Du brauchst also die ursprüngliche Festplatte? Habe ich das richtig verstanden?«

»Das immer die beste Vorgehensweise, muss aber nicht unbedingt sein. Es könnte davon abhängen, wie die Daten verschlüsselt sind, ob die Firma eine Firewall hat, ob sie ihre Dateien auf einem Server oder auf lokalen Laufwerken speichern. Es wäre viel einfacher, wenn ich den Server selbst in die Finger kriegen könnte und dann die einzelnen Computer der Angestellten.«

»Okay. Prima. Ich wusste, du hast es drauf. Folgendermaßen sieht der Plan aus …«

Ich habe May noch nie so selbstsicher erlebt. Das macht meinen beschissenen Morgen weit weniger beschissen. Meine kleine Schwester wird langsam erwachsen.

»Ich werde mit Ozzie reden und ihm das weitergeben. Du ziehst dich an, putzt dir deine gelben Zähne und kämmst dir mal ordentlich die Haare durch, damit meine Kollegen nicht denken, du wärst eine Irre, die sich im nächsten Augenblick von irgendeiner Brücke stürzt, wenn du hier im Lagerhaus auftauchst.«

»Das geht leider nicht. Sammy ist doch hier. Ich kann ihn so nicht in die Tagesstätte schicken.«

»Ist er wirklich krank oder tut er nur so?«

Ich drehe mich um und sehe meinen Sohn an. Er knabbert begeistert Tierkekse. »Ich bin nicht sicher. So schlecht geht es ihm vermutlich nicht. Ich glaube, er hat in der Tagesstätte ein Problem mit einem anderen Kind oder so … vielleicht auch mit einem Erzieher.«

»Auch gut. Bring ihn mit.«

Dieser Plan löst bei mir ausgedehnte innere Diskussionen aus. Ich kann die Aufgabe erledigen – dessen bin ich mir jetzt sicher –, aber ich bin immer noch nicht davon überzeugt, dass ich den Auftrag übernehmen sollte. Wenn ich Mist baue, fällt das nicht nur auf mich, sondern auch auf meine Schwester zurück. Ich will sie nicht enttäuschen.

Andererseits habe ich keine große Wahl. Ich muss meine Rechnungen bezahlen, und das ist für mich im Augenblick der leichteste Ausweg. Ich musste nicht mal einen Lebenslauf irgendwohin schicken.

»Was ist denn?« May klingt genervt.

Ich seufze, weil ich das Gefühl habe, in einer fürchterlichen Zwickmühle zu stecken.

»Muss ich dich daran erinnern, dass es bei meinem letzten Besuch eine Art Einbruchsversuch gegeben hat und ich eine Stunde lang in einem Panikraum festgesessen habe?«

»Jenny, wie gesagt, das war ein Irrtum. Ja, möglicherweise hatte man versucht, sich hier Zugang zu verschaffen, aber so was passiert im Hafen nun mal.«

»Genau darum geht es. Warum sollte ich Sammy an so einen Ort mitnehmen? Was mich zu der Frage führt, was du dort willst.«

»Ich arbeite jetzt seit über zwei Monaten hier. Ich war jeden Tag hier, und es hat bisher keinerlei Probleme gegeben.« Sie hält inne, um genervt zu schnaufen. »Ich habe mit den Jungs und mit Toni geredet … so etwas ist noch nie vorgekommen. Es war ein zufälliges, isoliertes Ereignis, das vermutlich überhaupt nichts bedeutet. Die Polizei ist dran, das Team auch. Gemeinsam werden wir herausfinden, was da los war. Selbst wenn der Täter dumm genug ist, es noch einmal zu versuchen, wird das nichts bringen, denn die Polizei observiert jetzt das Lagerhaus, und wir haben zusätzliche Überwachungskameras installiert.«

»Ihr steht unter Polizeischutz?«

Ich höre das Lächeln in ihrer Stimme. »Ja. Es hat durchaus seine Vorteile, häufig mit der Polizei zusammenzuarbeiten. Die Bourbon Street Boys tun viel Gutes für die Stadt New Orleans, deshalb lässt die Polizei nicht zu, dass sich hier jemand Zutritt verschafft und sich mit uns anlegt.«

»Hat die Polizei Geld, um solche Überwachung zu finanzieren?«

»Keine Sorge, Jenny. Du machst dir zu viele Gedanken. Wir haben der Polizei durch unser Engagement geholfen, ihre Aufklärungsrate deutlich zu steigern, wodurch ihre finanzielle Ausstattung wesentlich besser geworden ist. Deshalb ist sie froh, uns auch mal behilflich sein zu können.«

Ich bin erfreut und traurig zugleich, dass meine Schwester sich mit dieser Gruppe identifiziert und »wir« sagt, wenn sie über sie spricht. Möglicherweise bin ich sogar ein bisschen eifersüchtig. Ich war auf der Arbeit noch nie Teil von einem »wir«. Immer saß ich allein in einem winzigen Büro an meinen eigenen kleinen Projekten, habe vor mich hin vegetiert, weil die Leute um mich herum weder die gleiche Motivation hatten wie ich noch die gleichen Probleme. In meiner Branche oder zumindest bei den Firmen, bei denen ich bisher gearbeitet habe, gab es nicht viele verheiratete Menschen mit Kindern. Ich habe mich immer alt gefühlt und nie verstanden, was so lustig daran ist, bei Firmenfeiern seinen Hintern zu kopieren.

»Wie sieht es denn mit Home Office aus?«

»Soll vielleicht das ganze Team rüberkommen und dich in deinem Wohnzimmer ins Bild setzen?«

Jetzt komme ich mir doof vor. »Das ganze Team? Warum ist denn das ganze Team damit befasst?«

»Mit allem, was wir tun, ist das ganze Team befasst. Das ist hier keine Diktatur, sondern eine Demokratie. Alle bringen sich ein, und dann trifft Ozzie Entscheidungen, allerdings nicht, ohne sich vorher angehört zu haben, was alle zu sagen hatten. Er ist wirklich ein guter Chef.«

Bei den Worten »guter Chef« breche ich wieder in Tränen aus.

»Was ist denn jetzt schon wieder?«

Ich schüttle den Kopf. »Vergiss es. Ich habe nur einen schwachen Moment.«

Mays Stimme wird sanfter. »Dazu hast du jedes Recht. Man hat dich heute entlassen. Übrigens: Hör auf zu sagen, man hätte dich gefeuert. Man hat dich entlassen. Gefeuert wird man, weil man ein Arschloch ist. Gefeuert wird man, weil man schlecht arbeitet. Ich weiß aber, dass beides auf dich nicht zutrifft. Du hast in dem Laden praktisch sechzig Stunden die Woche geschuftet, dir noch Arbeit mit nach Hause genommen, die du nicht geschafft hattest, und du hast zwar vielleicht wegen der Kinder ein paar Tage gefehlt, aber das hast du immer wieder ausgeglichen. Ich kenne dich, Jenny. Du bist kein Faulpelz.«

Ich lächle durch den Tränenschleier. »Du warst schon immer mein größter Fan und meine Cheerleaderin. Ich weiß nicht, was ich ohne dich anfangen würde. Deshalb mache ich mir Sorgen.«

»Ja, ich liebe dich, aber ich sage die Wahrheit. Hör mir doch ausnahmsweise mal zu. Ich weiß, du machst dir Sorgen um mich, aber es geht mir gut. Ozzie und alle anderen hier passen auf mich auf. Wer mir etwas anhaben will, muss erst an ihnen vorbei.«

Das wäre der Augenblick, um sie daran zu erinnern, dass erst vor ein paar Monaten jemand ziemlich leicht an sie herangekommen ist, nachdem er endlich herausgefunden hatte, wo die Augenzeugin, die gesehen hatte, wie er in einer Bar auf Leute geschossen hatte, wohnte. Allerdings … war ihr Team rechtzeitig aufgetaucht, um sie zu retten, sie würde dieses Argument also nicht gelten lassen.

Ich habe es satt, mit meiner Schwester zu streiten.

»He, ich höre dir zu.«

»Manchmal, aber manchmal auch nicht. Also, wann kannst du hier sein?«

Ich schaue auf die Uhr. Es ist fast neun Uhr morgens. »Ich werde etwa fünfundvierzig Minuten brauchen, um Sammy und mich fertig zu machen, und wenn ich dann sofort aufbreche, habe ich noch rund dreißig Minuten Fahrzeit. Sagen wir halb elf?«

»Einverstanden, elf.«

»Ich sagte halb elf.«

»Ja, aber ich weiß, wie lange es dauern wird, Sammy von der Couch runter und von den Keksen wegzukriegen, deshalb gebe ich dir eine halbe Stunde mehr.«

Ein Teil von mir will sich über meine Schwester aufregen, ein anderer will sie umarmen. Es ist schon beinahe unheimlich, wie gut sie meine Familie kennt. »Einverstanden, wir sehen uns um elf. Muss ich etwas mitbringen?«

»Was immer du brauchst, um dich in jemandes Computer zu hacken, und dein Lächeln. Das wird reichen.«

»Hast du Felix dabei? Denn ich werde etwas brauchen, um Sammy abzulenken.«

»Natürlich. Er ist mein Chihuahua-Assistent. Aber keine Sorge, ich helfe dir mit Sammy.« Sie wechselt wieder in den Cheerleader-Modus. »Du bist nicht allein, Jenny. Ich stehe dir zur Seite, das Team steht dir zur Seite … wir sind hier so was wie eine Familie. Wirst schon sehen.«

Wenn sie vorhatte, mich total sentimental zu machen, dann hat sie ganze Arbeit geleistet. Ich musste auflegen, bevor ich mich in eine sabbernde Idiotin verwandelte. »Bis elf.«

»Bis dann. Ich habe dich lieb, Jenny. Keine Sorge, alles wird gut. Versprochen.«

Kapitel 16

Es ist peinlich, wie genau meine Schwester meine Unpünktlichkeit kennt, sobald meine Kinder involviert sind. Um fünf nach elf erreiche ich das Lagerhaus. Die Delle im Tor, an die ich mich noch genau erinnern kann, ist verschwunden, es ist frisch lackiert. Meine Güte, diese Leute schieben nichts auf die lange Bank. Ich schätze, Optik ist ihnen ziemlich wichtig.

»Wo tsind wir?«, fragt Sammy vom Rücksitz.

»Tante May arbeitet hier. Und Felix ist auch hier und möchte dich unbedingt sehen.« Mein Sohn liebt Mays Hund. Ich schalte den Motor aus und drehe mich zu Sammy um. Seine gesamte untere Gesichtshälfte ist voller Kekskrümel. »Du hast Mama versprochen, lieb zu sein, weißt du noch?«

Er nickt. »Verfprochen.«

»Gut. Tante May wird mit dir spielen, Felix auch, und du wirst brav sein und Mama ein bisschen arbeiten lassen. Danach gehen wir dann zu McDonald's.« Die Mutter des Jahres hat wieder zugeschlagen.

Er grinst breit und beginnt, mit Händen und Beinen auf seinen Sitz zu trommeln. »McDonald'f, McDonald'f, McDonald'f.«

»Aber du musst brav sein. Hier wohnt jemand, Sammy. Hier arbeiten auch Leute.«

Er hört auf zu trommeln und nickt ernst. »Ich darf mit dir auf die Arbeit, weil ich krank bin.«

»Na ja, normalerweise nehme ich kranke Kinder nicht gerne auf die Arbeit mit. Das ist nicht gut für die Kollegen, weil sie sich anstecken können. Du solltest also von den anderen Leuten da drin wegbleiben.«

Sammys Gesichtsausdruck verändert sich. Ich sehe einen Anflug von Furcht und bekomme sofort Schuldgefühle.

»Tsind die gemein?«, fragt er.

Ich schüttle energisch den Kopf. »Nein, die sind gar nicht gemein. Im Gegenteil, sie sind alle wirklich nett. Du hast nur ein Virus, das dieses Bauchweh verursacht, und damit wollen wir diese netten Leute doch nicht anstecken, oder?«

Er überlegt einen Moment und nickt dann. »Wir wollen niemanden anftecken.«

Ich lächle ihn ermutigend an. »Ganz genau. Behalten wir unsere Viren für uns.«

Er kichert. »Und unfere Tschlieren auch.«

»Ja. Unsere Schlieren auch.« Ich verleiere die Augen und drehe mich wieder um. Es ist vermutlich keine gute Idee, jetzt mit ihm über große und kleine Geschäfte zu sprechen, aber er muss sich hier wohlfühlen und einigermaßen brav sein. Wenn das Tier in Sammy sich Bahn bricht, ist alles zu spät. Am häufigsten kommt das vor, wenn er Menschen beeindrucken möchte, die er gerade erst kennengelernt hat. Es könnte sein, dass er dafür sorgt, dass ich wieder rausfliege, bevor ich auch nur den ersten Handstrich getan habe.

Ich steige aus, schnalle Sammy ab und hebe ihn vom Kindersitz, dann nehme ich seine Hand, damit wir nebeneinander laufen können. Meine Laptop- und meine Handtasche hängen über meiner Schulter. »Weißt du noch, wie man sich bei jemandem vorstellt?«

»Ja, Mama. Ich weif. Ich höre immer tsu, wenn du mir etwaf tsagst.«

»Immer?«

Als wir an der Tür sind, antwortet er: »Na ja, meiftens. Manchmal möchte ich nicht tsuhören.«

»Wenigstens bist du ehrlich«, murmle ich.

Ich hebe die Hand, um den Klingelknopf neben dem Eingabefeld zu drücken und uns anzukündigen, aber so weit komme ich nicht – das Tor öffnet sich von allein.

Sammy springt überrascht zurück und schaut es voller Erstaunen an. »Wow! Daf ift ein grofes Tor.«

Ich lächle zu ihm hinunter. »Ja. Das ist ein Lagerhaus. Es ist ein bisschen komisch, dass Mama hier arbeitet, aber ich versuche, es als interessante Abwechslung zu sehen. Nicht alles, was anders ist, ist schlecht. Manchmal sind Veränderungen auch gut.« Hoffentlich nimmt er sich meine Worte zu Herzen und wendet sie auf die Situation in der Kindertagesstätte an. Ich vermute, dass sich dort ein neues Kind in die Hackordnung gedrängt hat, und zwar an einer Stelle, die Sammy nicht passt. Ich mache mir eine geistige Notiz, dort anzurufen und mit der Leiterin zu sprechen.

Sobald der Türspalt groß genug ist, um die Person dahinter zu erkennen, sehe ich, dass May uns geöffnet hat. Sie grinst zuerst mich an und schaut dann auf Sammy hinab. »Sammers! Da seid ihr ja endlich!«

»Wo ift Felix?«

May lacht. »Ich schätze, das macht mir meinen Rang deutlich.« Sie winkt uns herein. »Felix ist gleich da drüben bei den Trainingsgeräten, Sammy. Du kannst hingehen und mit ihm spielen, aber fass die Geräte nicht an, okay?«

Ich werfe meiner Schwester einen strengen Blick zu, der besagt: *Was glaubst du, wie lange er sich an die Regeln hält, wenn wir ihn erst mal aus den Augen lassen?*

Sie schaut mich an und fährt fort: »Ich bin gleich bei dir, und dann kann ich dir ein bisschen was von unserer Ausrüstung zeigen, wenn du so lange die Finger davon lässt.«

Sammy rennt vor Begeisterung brüllend hinüber zu dem Miniaturfitnessstudio, seine kleinen Schuhe trommeln auf dem Betonboden.

»Ich faffe nichtf an! Verfprochen!«

May und ich sind allein. Ich bin ein wenig traurig, dass mich Dev nicht begrüßt.

»Wo sind denn alle?«, frage ich und versuche, cool zu klingen.

»Oben. Ich dachte, du willst es nach allem, was passiert ist, an deinem ersten Tag vielleicht lieber langsam angehen lassen …«

Ich unterbreche sie mit einer entschiedenen Handbewegung. »Es geht mir schon wieder viel besser. Allerdings wandle ich auf dem schmalen Grat zwischen geistiger Gesundheit und Wahnsinn, es wäre also toll, wenn wir einfach nicht darüber reden könnten, solange ich hier bin.«

»Gut, kein Problem. Aber nach der Arbeit reden wir darüber. Über deinen Job, den Panikraum und Dev.« Sie zieht vielsagend die Augenbrauen hoch.

Ich ignoriere die Anspielung, die sie zweifellos gerade gemacht hat. Noch bin ich nicht bereit zu analysieren, was er möglicherweise von mir wollen könnte. Zum ersten Mal in meinem Leben bin ich bereit, meiner Schwester etwas zu verschweigen. Wer weiß, ob das ein gutes oder ein schlechtes Zeichen ist.

»Na schön, was immer du sagst.«

May legt mir den Arm um die Schultern, während wir Seite an Seite weitergehen. »Na, freust du dich, hier zu sein?«

Wir gehen auf Sammy zu. »Möchtest du eine ehrliche oder eine höfliche Antwort?«

»Sei ehrlich. Ich komme damit klar.«

»Na ja … ich würde sagen, ich bin dankbar, hier sein zu dürfen. Dankbar für den Auftrag, auch wenn es nur eine einmalige Sache ist. Es könnte mir definitiv bei der Jobsuche helfen, wenn Ozzie mir danach ein Empfehlungsschreiben ausstellt.«

»Jobsuche? Du hast schon mit der Jobsuche begonnen? Habe ich was verpasst?« Sie lacht, aber nicht über mich, weswegen ich nicht gekränkt bin.

»Ich rede von meiner neuen Karriere als Freiberuflerin.« Ich versuche zu lächeln, aber ich bin nicht sicher, ob es mir gelingt, denn May schaut mich ganz seltsam an.

Sie klopft mir auf den Rücken. »Das ist die richtige Einstellung, Schwesterherz. Du kommst schon klar.« Sie wendet sich Sammy zu. »He, kleiner Mann, bist du bereit, dir richtig coole Sachen anzuschauen?«

Sammy streckt die Hand nach einem Trainingsgerät aus, aber im letzten Moment erinnert er sich, dass er nichts anfassen darf. Mit großen, runden Augen sagt er: »Ja, bin bereit.«

»Wie wäre es, wenn wir uns die Trainingsgeräte später anschauen? Ich will dir zuerst etwas anderes zeigen, das noch viel cooler ist.«

Sammy deutet auf einen Hantelständer. »Cooler alf daf?«

»Ja.« May nickt. »Viel cooler. Ninjacool.«

Bei diesen Worten reiße ich die Augen auf. »Lass ihn besser nicht … diese Dinger da oben anfassen.« Ich will nicht »Ninjaschwerter« sagen. Das würde sein Interesse nur noch verstärken.

May verdreht die Augen. »Was denkst du denn von mir, Jenny? Du weißt, dass ich nicht zulassen werde, dass sich mein Neffe einen Finger abschneidet.«

»Ich kann einen Finger abfneiden?« Sammy fallen fast die Augen aus dem Kopf.

May lacht. »Nein. Hast du mir nicht zugehört? Heute werden keine Finger abgeschnitten.«

Ich habe das dringende Bedürfnis, das noch einmal zu unterstreichen. »Keine Finger abschneiden, Sammy. Keine Finger, keine Zehen, gar nichts. Nichts abschneiden.«

Sammy nickt eifrig. »Okay. Ich fneide nichtf ab.«

Ich freue mich nicht mehr halb so sehr auf diesen Job wie noch vor zehn Minuten.

»Kommt, Leute«, sagt May. »Gehen wir hoch, damit sich Mama mit Ozzie und dem Team unterhalten und herausfinden kann, worin ihre Aufgabe besteht.«

Wir gehen zusammen die Treppe hoch, May Hand in Hand mit Sammy. Oben angekommen, stehen wir vor einem weiteren Eingabefeld. May tippt den Code ein, es klickt, und sie stößt die Tür auf.

»Hör zu, Sammy, du darfst in diesem Zimmer nichts anfassen. Du kannst dir alles anschauen, aber nichts berühren. Auf keinen Fall.«

»Okay.«

Ihre Stimme wird streng. »Das musst du mir versprechen, Sammy. Fass nichts an.«

Sammy ist ein wenig atemlos. »Verfprochen. Ich faffe nichtf an. Ich tsneide auch nichtf ab.«

»Na schön, kleiner Mann. Ich vertraue dir.« Tante May legt ihm die Hand auf den Rücken und schiebt ihn Richtung Tür. »Es wird hell, sobald du reingehst.«

Felix rennt an uns allen vorbei und verschwindet in der Dunkelheit. Die Tapferkeit des kleinen Hundes macht mir klar, wie albern es ist, Angst davor zu haben, den Ninjaraum und dann den Besprechungsbereich, die Küche, oder wie auch immer sie das nennen, zu betreten. Ich habe mich bei meinem letzten Besuch ein bisschen danebenbenommen, und ich freue mich nicht gerade darauf, gleich damit konfrontiert zu werden, aber verdammt … wenn dieser winzige Möchtegern-Hund hier herumspazieren kann, als sei das überhaupt keine große Sache, dann kann ich das auch. Ich bin mindestens so tapfer wie ein Chihuahua. Glaube ich.

Als Sammy den Raum betritt, geht plötzlich das Licht an, und er bleibt so abrupt stehen, dass ich fast über ihn falle. Ich kann gerade noch verhindern, dass meine Laptoptasche nach vorn schwingt und ihn umhaut.

»Sammy, was machst du da?«

»Wow! Lebt hier ein efter Ninja?«

Ich muss lächeln.

»Irgendwie schon«, sagen May und ich im Chor.

Sie sieht mich seltsam an, wahrscheinlich, weil ich erröte, als ich an den Besitzer dieser Schwerter denke. Ich kann ihr nicht in die Augen schauen, also konzentriere ich mich auf Sammy.

»Du wirst ihn später kennenlernen. Er heißt Dev, das ist die Kurzform von Devon.«

»In meiner Klaffe ift ein Mädchen, das Devon heißt.«

»Aber das müssen wir Ninja-Dev nicht erzählen, oder?«

Sammy schaut zu mir auf. »Warum nift?«

»Weil … es Männern manchmal nicht gefällt, dass ihr Name auch ein Mädchenname sein könnte.«

Sammy denkt ein paar Sekunden darüber nach und nickt dann. »Gut.« Sofort wandert seine Aufmerksamkeit wieder zu den Ninjaschwertern. »Ich könnte mit diefen Tzwertern hier allef Mögliche zerfneiden.«

Ich verkneife mir ein Lachen. »Ja, das könntest du. Wirst du aber nicht, weil du Tante May und Mama versprochen hast, dass du nichts schneidest. Vergiss nicht, dass du in diesem Zimmer nichts anfassen darfst.«

Mir kommt der Gedanke in den Sinn, warum in diesem Raum jede Menge wirklich gefährliche Dinge herumliegen, wenn Dev doch auch einen Sohn hat. Er bringt ihn doch sicher von Zeit zu Zeit mit, oder? Andererseits ist es deutlich besser, die Schwerter hier aufzubewahren als zu Hause. Je länger ich darüber nachdenke, desto besser scheint mir vom Elternstandpunkt her die Entscheidung, die Schwerter hier zu haben – und desto schlechter die, meinen Sohn mit herzubringen. Von der Auszeichnung als Mutter des Jahres bin ich weiter entfernt als je zuvor.

Kapitel 17

May geht in den nächsten Raum und hält uns die Tür auf. Sammy marschiert stattdessen auf eines der Schwerter zu, also eile ich zu ihm, schnappe ihn an den Schultern und schiebe ihn in die andere Richtung. »Hier geht's lang. Lass uns Felix besuchen gehen. Was hältst du davon?« Ich versuche wirklich, es ihm schmackhaft zu machen, als sei ein Besuch bei Felix besser als Süßigkeiten. Sogar besser als Ninjaschwerter.

Sammy erinnert sich an seinen vierbeinigen Kumpel, wechselt die Richtung und folgt seiner Tante May. »Wo gehen wir hin?«, fragt er.

»Zu den Keksen«, antwortet May.

Ich sehe sie kopfschüttelnd an und flüstere ihr im Vorbeigehen zu: »Er hat heute Morgen zum Frühstück schon eine ganze Schachtel Tierkekse verdrückt.«

Sie grinst mich schelmisch an. »Hast du es auf den Titel der Mutter des Jahres abgesehen?«

»Urteile nicht, solange du nicht selbst Kinder hast und dich der Beurteilung stellen musst. Gott spart sich seine schlimmsten Mutterflüche für Erziehungskrittler auf, wusstest du das?«

»He, ich habe damit kein Problem. Du weißt, sie kriegen jedes Mal jede Menge Kekse, wenn ich auf sie aufpasse.«

Ich winke ab. »Sei still, das will ich nicht wissen.«

Mit meiner Schwester über ihre Fightklub-Regeln zu scherzen, macht mir den Besuch hier leichter, als ich befürchtet hatte. Ich könnte mir jetzt darüber Sorgen machen, was diese Leute wohl über mich denken werden, aber stattdessen denke ich über die Fightklub-Abende meiner Kinder bei ihrer Tante nach. Was in Mays Haus passiert, bleibt in Tante Mays Haus.

Die Fightklub-Regeln gelten immer, wenn sie auf die Kinder aufpasst, egal wann oder wo. So kann ich meine Kinder ein bisschen verwöhnen, ohne dass sie es für selbstverständlich halten.

»Da ist sie«, sagt eine hohe Männerstimme aus dem Küchenbereich. Als ich um die Ecke komme, erkenne ich den Sprecher – Thibault mit dem Cajun-Akzent und dem freundlichen Lächeln.

Ich erwidere das Lächeln. »Hey, Thibault. Wie geht's?«

»Es ging mir nie besser. Willkommen.«

»Danke.« Ich schaue mich um. Alle außer Dev sind da, auch eine Frau, die ich noch nicht kenne. Aber sie muss mir nicht vorgestellt werden, denn ich weiß bereits, wer sie ist: die krasse kleine Frau, die hier arbeitet. Meine Schwester hätte Toni nicht zutreffender beschreiben können. Mit dieser jungen Frau ist eindeutig nicht gut Kirschen essen. Obgleich sie kleiner ist als ich, sieht sie aus, als wäre ich ihr in einer Auseinandersetzung niemals gewachsen.

Die Frau erhebt sich und kommt zu mir herüber, wobei ihre hochwertigen Stiefel Stakkatogeräusche auf dem Boden machen.

Vor mir bleibt sie stehen und streckt mir ruckartig mit fast militärischer Präzision die Hand hin.

»Schön, Sie kennenzulernen. Ich bin Toni.« Sie lächelt nicht, aber ich empfinde sie nicht als unfreundlich. Sie ist einfach nur total nüchtern. Das respektiere ich. Ich bin ein Fan von Wonder Woman.

Ich nehme ihre Hand und schüttle sie kräftig. »Schön, Sie kennenzulernen. Ich habe schon viel von Ihnen gehört.«

Toni hebt die rechte Braue. »Ich hoffe, nur Gutes?«

Dieser winzige Anflug von Unsicherheit ihrerseits lässt mich unvermittelt freundlicher lächeln. »Nur das Beste, ehrlich. Sie haben meine Schwester schwer beeindruckt, Sie müssen also jemand ganz Besonderes sein.«

Ich registriere, dass Tonis Züge ein winziges bisschen weicher werden – zumindest glaube ich das. »Gut zu wissen«, sagt sie und lässt meine Hand los.

»Das ist mein Sohn Sammy.«

Toni sieht auf ihn hinab. Einer ihrer Mundwinkel verzieht sich zu einem angedeuteten Lächeln, als sie ihm die Hand schüttelt, die er ihr hinhält. »Schön, dich kennenzulernen, Sammy.«

»Ich freue mich auch, Fie kennenfulernen, Miff Toni.« Er lässt ihre Hand los und sieht sich sofort unter dem Tisch nach Felix um. Ich schnappe mir wieder seine Schultern, um zu verhindern, dass er sich auf alle viere niederlässt.

Toni nimmt wieder Platz.

May meldet sich zu Wort: »Lucky und Ozzie kennst du ja schon.«

Ich nicke. »Ja. Schön, Sie alle wiederzusehen.« Endlich gestatte ich mir einen Blick auf Ozzie. Ich erröte wieder, während ich auf sein Urteil warte.

Er nickt mir zu, scheint keinerlei Vorbehalte mir gegenüber zu haben. »Danke, dass Sie gekommen sind. Sie helfen uns wirklich aus einer Notlage.«

Es ist immer gut, gebraucht zu werden. Ich frage mich, ob Ozzie das ganz genau weiß und es zu seinem Vorteil nutzt. Er wirkt sehr kühl und entspannt, aber ich unterstelle ihm, dass er viel gerissener ist, als er erscheint. Aber ich habe nichts dagegen, dass er mir Honig um den Bart schmiert. Ich mag Honig.

»Na ja, ich weiß noch nicht, ob ich Ihnen helfen kann, aber ich bin bereit, es zu versuchen.«

Lucky deutet auf den freien Stuhl neben sich. »Warum setzen Sie sich nicht, dann zeige ich Ihnen, worum es geht.«

Ich nehme Sammy bei der Hand und führe ihn um den Tisch herum.

»Aber ich will mit Tante May gehen«, jammert er.

May folgt uns, und ich bleibe stehen und warte auf sie. Ich will gerade sagen, dass sie nicht das Kindermädchen spielen muss, da nimmt sie ohne zu zögern Sammys Hand und führt ihn weg. »Wollen wir zu Sahara gehen?«

»Ift daf die grofe Hündin?«, fragt Sammy aufgeregt.

Ich versuche, keine Panik bei dem Gedanken zu bekommen, dass Sammy für Ozzies Hündin höchstens eine Zwischenmahlzeit darstellt.

»Ja, richtig. Du bist ihr schon einmal begegnet, nicht wahr?«

Sammy nickt. »Sie ift grof. Mami tsagt, wir können keinen grofen Hund haben, weil grofe Hunde grofe Haufen machen und sie die nicht aufheben will.«

Alle kichern leise.

Ich erröte ein wenig, aber ich weiß, dass sie meinen Sohn nicht auslachen. Durch seine kleine Sprachbehinderung klingt bei ihm jede Äußerung, als mache er einen Witz. Ich werfe den Leuten nicht vor, dass sie das lustig finden.

Man hat mir gesagt, das werde sich verwachsen, aber wenn es bei der Einschulung immer noch so ist, wird man ihn zum Logopäden schicken. Trotzdem mache ich ihm keinen Druck, weil es irgendwie zu ihm gehört, und ich finde, dass es ihn besonders macht.

May führt Sammy in einen Bereich des Lagerhauses, den ich noch nicht kenne, und ich setze mich an den Tisch. An meinem letzten Arbeitsplatz war die Unternehmenskultur wirklich zwanglos. Besprechungen wurden manchmal im Kreis auf

Sitzsäcken abgehalten. Es fühlt sich gut an, in einem Raum voller Erwachsener zu sitzen, die sich auch so benehmen. Angesichts all der Muskeln ringsum habe ich das Gefühl, um das Jahr 1973 mit der Gerechtigkeitsliga abzuhängen.

Alle nehmen Platz, und Ozzie ergreift das Wort. »Zunächst einmal – ich gehe davon aus, dass May Ihnen die Situation in groben Zügen erklärt hat, aber aus Sicherheitsgründen möchte ich gern, dass Sie zuerst eine Vertraulichkeitsvereinbarung unterschreiben.« Er nickt Lucky zu, der mir eine vorlegt.

»Klar.« Ich überfliege sie, um sicherzugehen, dass ich ihnen nicht im Kleingedruckten eine Niere verkaufe oder so, dann unterschreibe ich sie mit dem Stift, den mir Lucky hinhält. Sie sieht aus wie praktisch jede andere, die ich in der Vergangenheit unterzeichnet habe.

Vertraulichkeit war in praktisch jedem Job, den ich seit dem College hatte, Einstellungsvoraussetzung.

»Gut. Nachdem das jetzt erledigt ist, können wir über den Fall sprechen. Es geht um eine Ladenkette für Bootszubehör namens Blue Marine. Vielleicht sagt Ihnen der Name etwas?«

Ich zucke die Achseln. »Ich stehe nicht auf Angelsport.«

»Egal. Sie müssen sich in der Schiffsbranche nicht auskennen, um zu erkennen, dass mit diesem Unternehmen etwas nicht stimmt. Einer der Firmeneigner, der zugleich die Aktienmehrheit an dem Unternehmen hält, hat uns angeheuert. Die anderen Anteilseigner sind über unsere Beauftragung nicht informiert.«

Ich nicke, um zu signalisieren, dass ich verstanden habe. So weit, so gut.

»Es gibt Unregelmäßigkeiten bei der Kontoführung, und Lucky, unser Finanzexperte, hat die Bücher geprüft. Er war auch vor Ort, um einige seiner Erkenntnisse zu überprüfen. Dazu wird er gleich genauer ausführen, aber in groben Zügen kann man sagen, dass wir Unterschlagung im großen Stil vermuten.« Den letzten Satz sagt er mit finsterer Miene.

»Wir haben keine Ahnung, wer dafür verantwortlich ist. Wir wissen nicht, ob wir es mit einem Einzeltäter oder mehr als einer Person zu tun haben und ob die Eigner überhaupt wissen, dass das Problem besteht.«

Langsam wird's spannend. Ich gebe es nur ungern zu, aber ich finde es tatsächlich faszinierend, an diesem Chaos beteiligt zu sein.

»Weil es sich um einen Traditionsbetrieb handelt, ein Familienunternehmen, möchten wir niemandem auf die Zehen treten. Wir ermitteln absolut verdeckt. Wenn und falls Sie jemals vor Ort sein müssen, tauchen Sie dort als Kundin auf, getarnt als Angestellte oder vielleicht sogar als Zuliefererin. Unter keinen Umständen darf jemand bei Blue Marine wissen, welche Schritte wir gerade genau unternehmen. Das gilt auch für unseren Auftraggeber Hal Jorgensen.«

Ozzie hält inne, um seine Worte einsickern zu lassen. Alle scheinen ihr Einverständnis durch Nicken kundzutun, also nicke auch ich.

»Hal wird wissen, ob und wenn wir jemanden in der Firma einschleusen, aber nicht mit dieser Person interagieren. Falls es doch zu einer Interaktion kommt, dann in Form der Begegnung eines neuen Angestellten oder neuen Zulieferers mit einem bis dato völlig unbekannten Firmeninhaber.«

Ozzie wartet auf irgendetwas, und ich merke, dass wieder alle am Tisch nicken, also nicke auch ich erneut, obwohl ich eigentlich gar nicht weiß, wovon zum Teufel er eigentlich redet. Wen will er denn dort einschleusen?

»Lucky, warum gibst du ihr nicht eine Zusammenfassung deiner Erkenntnisse? Wenn sonst noch jemand etwas hinzuzusetzen hat, nur zu. Wir wollen Jenny alle Informationen geben, die sie braucht, um ihre Aufgabe zu erledigen.«

Ich hebe einen Finger, und alle starren mich an.

Ozzie sieht mich mit hochgezogener Augenbraue an.

»Darf ich erst eine Frage stellen?«, werfe ich ein und scheitere kläglich bei dem Versuch, nicht wie eine Bittstellerin zu klingen.

Ozzie erteilt mir mit einer Geste das Wort. »Gerne doch. Wir halten uns hier nicht lange mit Formalitäten auf. Wenn Sie etwas zu sagen haben, immer raus damit.«

»Wissen wir genau, was meine Aufgabe sein wird? Oder klären wir das erst später, wenn wir uns eingehender mit den Finanzen beschäftigt haben?«

Ozzie sieht Lucky an. »Warum beantwortest du die Frage nicht?«

Ich wende mich dem Mann zu, der mir jetzt sagen wird, ob ich dieser Aufgabe gewachsen sein werde oder nicht. Das ist deutlich interessanter, als für eine Firma zu programmieren, die ich irgendwie hasse.

Lucky öffnet einen sehr dicken Aktenordner, den er vor sich liegen hat. Nachdem er ein paar Seiten umgeblättert hat, entnimmt er ihm eine und legt sie obenauf.

»Das ist ein kleiner Bericht, den ich für Sie zusammengestellt habe. Er darf diesen Ordner nicht verlassen, aber so bekommen Sie schon mal einen ersten Eindruck.« Er schiebt mir den Ordner hin und deutet auf den ersten Absatz, den er gleichzeitig laut vorliest.

»Bei der Prüfung der Bücher der Firma Blue Marine Incorporated habe ich Unregelmäßigkeiten entdeckt, nicht nur in der Kontenführung, sondern auch in den Zahlen, vor allem in den Rechnungen bestimmter Dienstleister. Beispielsweise kostet das Recycling von Altöl, eine Dienstleistung, die Blue Marine aufgrund gesetzlicher Vorgaben in Anspruch nehmen muss, 79 Prozent mehr als im Branchendurchschnitt.« Er hält inne, um Luft zu holen. »Desgleichen liegen die Hausmeisterrechnungen für die Läden 159 Prozent über dem Durchschnitt. Doch bei einem Besuch vor Ort habe ich keine Belege dafür gesehen, dass eine Hausmeisterfirma im Einsatz war, deren Dienste einen so hohen Preis rechtfertigen würden. Im Gegenteil, in einem Laden wären Hausmeistertätigkeiten dringend vonnöten gewesen.«

Ich unterbreche seinen Vortrag. »Sie nehmen also an, dass jemand Scheinfirmen bezahlt, um Geld abzuzweigen und etwas für sich abzuschöpfen?«

»Das ist meine Theorie. Na ja, zumindest meine Arbeitshypothese, bis ich mehr Informationen habe.«

Ich nicke, damit er fortfährt.

»Ich habe mit Mr Jorgensens Benutzernamen und Passwort von hier aus Zugang zum Server. Aber ich weiß nicht, ob das reicht.«

Ich zucke die Achseln. »Vielleicht nicht.«

»Was meinen Sie damit?«

»Wer auch immer dafür verantwortlich ist, könnte die lokale Festplatte eines einzelnen Computers verwenden, der nicht im Netzwerk und vom Server aus anzusteuern ist. Das weiß ich aber erst, wenn ich Zugang zu den Computern selbst habe.«

»Den können wir Ihnen verschaffen«, sagt Lucky.

Ich nicke. »Möchten Sie den Server mit einem Virus infizieren und so hier einen Klon erstellen oder tatsächlich vor Ort arbeiten?«

Lucky reißt die Augen ein wenig auf. »Könnten Sie das? Das mit dem Virus?«

Ich zucke die Achseln. »Klar. Es ist nicht trivial, aber es ist machbar. Sie haben ja wahrscheinlich alle *Verblendung* im Kino gesehen.«

Thibault meldet sich zu Wort. »Ich dachte, das wäre übertrieben. Geht so was wirklich?« Lächelnd sieht er seine Kollegen an. »Diese Lisbeth war ein krasses Mädchen.«

Ich wende meine Wachsamkeit jetzt dem gesamten Tisch zu und versuche, nicht so zu tun, als wäre ich genauso krass wie Lisbeth. Sie war deutlich fieser, als ich je sein könnte. Ich sehe mich eher als eine Art weibliche Antwort auf Mr Spock. Passiv, logisch, mit spitzen Ohren, blasser Haut und einem saucoolen Haarschnitt.

»Klar«, sage ich. »Könnte ich, und nicht nur das. Glauben Sie mir.« Ich halte inne, besorgt, ich könnte mich gerade als eine Art Computerpsycho dargestellt haben. »Nicht, dass ich das jemals tun würde.«

Toni lässt sich augenscheinlich unbeeindruckt vernehmen: »Wie kommen wir an ein solches Virus? Müssen wir das kaufen, wie normale Software?«

Ich zucke die Achseln. »Na ja, ich könnte Ihnen eins programmieren oder mal mit ein paar Freunden reden. Der eine oder andere hat wahrscheinlich schon eins. Das würde nichts kosten.« Ich will nicht ins Detail gehen und ihnen erzählen, dass manche Leute tatsächlich schreckliche Viren schreiben, weil es ihnen Spaß macht, andere zu terrorisieren. Darum geht es hier nicht, und wenn wir Mr Jorgensens Einwilligung haben, ist es nicht illegal, ein System zu spiegeln.

»Über logistische Fragen reden wir später«, sagt Ozzie. »Verschaffen wir uns erst mal einen Überblick über das Problem und über mögliche Hilfestellungen, die uns Jenny geben kann.«

Lucky nickt und schaut wieder auf seinen Ausdruck. »Wenn wir vor Ort arbeiten, würden Sie wahrscheinlich feststellen, dass alle Computer vernetzt sind. Wir haben vom Server aus Zugriff auf alle Computer der Firma an allen Standorten.«

»Aber vielleicht brauchen wir tatsächlich zuerst physischen Zugang zu allen einzelnen Computern, um zu überprüfen, dass die lokalen Festplatten sauber sind«, wende ich ein. Jetzt weiß ich, warum May mich an Bord haben wollte. Lucky ist eindeutig überfordert.

»Welche Vorgehensweise empfehlen Sie?«, will Ozzie wissen.

Mein Herz schlägt etwas schneller, als ich merke, dass mich alle beobachten und mich aufgrund meiner Antwort beurteilen werden. Dennoch verstehe ich auch irgendwie, warum es May solchen Spaß macht, zu diesem Team zu gehören. Es fühlt sich gut an, dass sich hier Leute auf mich verlassen, Leute, die wirklich engagiert sind und hart arbeiten.

Ich hole tief Luft und antworte: »Nun, unter optimalen Umständen und ohne jeden Zeitdruck würde ich sagen, wir sollten vielleicht nach Ladenschluss vor Ort auftauchen und uns die Computer ansehen. Solange ich die Passwörter habe und mir nirgends Zugang verschaffen muss, könnten wir uns ziemlich schnell umschauen.« Ich halte inne und stelle mir vor, wie ich mitten in der Nacht die Dateien eines Fremden durchstöbere. Dafür brauche ich definitiv einen Suchalgorithmus und eine Möglichkeit, Daten schneller zu kompilieren, als ich es von Hand könnte, aber das könnte ich zu Hause erledigen, nachdem wir die Systeme gespiegelt haben. »Von wie vielen Angestellten reden wir? Denn davon hängt meine endgültige Antwort ab.«

Lucky antwortet, diesmal ohne in seine Unterlagen zu schauen. »In der Zentrale gibt es acht Angestellte, dreiundzwanzig weitere in verschiedenen Läden.«

Nachdenklich nage ich an meiner Unterlippe. »Hmm … das könnte vor Ort eine Weile dauern. Es ist vielleicht besser, wenn wir die einzelnen Computer klonen und ich tagsüber woanders arbeite. Nach Büroschluss erst anzufangen, wäre sehr schwierig für mich.« Diese schlichte Wahrheit lässt mich innerlich zusammenzucken. »Tut mir leid, aber ich habe drei Kinder, kann also nicht völlig frei über meine Zeit verfügen, wenn Sie verstehen, was ich meine.«

Thibault hebt die Hände. »He, wir wollen so mit Ihnen zusammenarbeiten, wie es gut für Sie ist. Wenn es leichter für Sie ist, Klone anzufertigen und tagsüber von zu Hause oder von hier aus zu arbeiten, dann machen wir das so. Wir möchten Ihnen da so weit wie möglich entgegenkommen.«

Thibault hat keine Ahnung, dass durch seine Worte mein Herz gerade einen Sprung bekommen hat. Es ist einer dieser Glückssprünge, die entstehen, wenn man begreift, dass man sein ganzes Leben lang für die falschen Leute gearbeitet hat und sich wirklich größere Mühe hätte geben müssen, gleich so einen Job zu finden.

Ich räuspere mich, um den Kloß im Hals loszuwerden. »Das weiß ich zu schätzen. Meine Kinder übrigens auch, glauben Sie mir. Ich denke, es wäre besser, wenn ich von zu Hause aus arbeiten könnte. Dann könnte ich herkommen, wenn Sie mich brauchen, aber jede Minute, die ich unterwegs bin, könnte ich auch am Rechner verbringen. Das Ganze wird nicht einfach werden.« Ich sehe Ozzie an und flehe innerlich, dass mein nächster Satz ihn nicht verärgern wird. »Wie viele Stunden soll ich denn arbeiten?« Das, was sie mir gerade beschrieben haben, wird mindestens zehn Stunden dauern, wahrscheinlich sogar noch viel länger, und sie haben mir nur fünfhundert Dollar angeboten. Das Ganze könnte sich sehr leicht in eine Situation verwandeln, wo ich unter Mindestlohn verdiene, was ich gerne vermeiden würde, aber das will ich vor all diesen Leuten nicht einfach so sagen.

Zum Glück begreift Ozzie sofort, was ich meine. »Das vereinbarte Honorar bezog sich nur auf ein erstes Gespräch, also auf genau das, was wir gerade getan haben. Sie haben es sich bereits verdient. Wenn Sie tatsächlich für uns arbeiten möchten, bezahlen wir einfach Ihren Stundensatz, egal wie der aussieht.«

»Okay.« Ich habe wieder ein knallrotes Gesicht. Soll ich die Wahrheit sagen? Dass ich keine Ahnung habe, wie hoch mein

Stundensatz ist? Als ich mich am Tisch umsehe und dann meinen Sohn im Nebenzimmer kichern höre, treffe ich sehr schnell eine Entscheidung. Egal wohin es führt, ich werde die Wahrheit sagen.

»Tatsächlich habe ich noch nie freiberuflich gearbeitet, ich habe also eigentlich keinen Stundensatz.«

»Aber Sie wissen, was Sie tun, oder?« Die Frage kommt von Toni und klingt leicht provokant. Aber dies ist ihr Arbeitsplatz, und es steht mir nicht zu, entsprechend zu kontern, also antworte ich mit einem Nicken so bescheiden wie möglich.

»Ja, ich bin sowohl als Computertechnikerin als auch Programmiererin hundertprozentig qualifiziert. Aber wenn Sie meine Abschlusszeugnisse oder Arbeitsproben sehen möchten, kann ich Ihnen die gerne liefern.«

Ozzie wirft Toni einen strengen Blick zu und sagt leicht verärgert: »Das wird nicht nötig sein. Thibault hat Sie bereits gründlich überprüft.«

Gründlich überprüft? Was soll das denn heißen? Ich beschließe, erst mal nicht nachzufragen.

Möglicherweise war da gerade eben ein Fünkchen Aufsässigkeit in Tonis Blick, aber dann schlägt sie die Augen nieder, und ich kann nicht mehr erkennen, was sie empfindet. Sie hat gerade einen Verweis bekommen, kann also nicht besonders glücklich sein. May hat sie einmal als etwas empfindlich beschrieben, und jetzt weiß ich, warum. Sie sitzt da wie ein wolliger Baumstachler, bereit, sich mit allen Leuten wegen alles Möglichen anzulegen und ihnen ein paar gut gezielte Stacheln ins Gesicht zu rammen.

Ich weiß nicht, ob das ihre Absicht ist, aber es führt dazu, dass ich mir nur noch mehr Mühe geben will, um sie von mir zu überzeugen. Ihr zu zeigen, dass ich weiß, was ich tue. Was sie von mir wollen, ist schwierig und ziemlich zeitaufwendig, aber ich kann es. Bisher ist mir noch kein Computerproblem begegnet, mit dem ich nicht fertiggeworden bin. Die Welt hat Glück, dass ich meine Kräfte für das Gute und nicht für das Böse einsetze. Wenn ich wollte, könnte ich ein zweiter Lex Luthor sein.

Thibault meldet sich zu Wort. »Wie wäre es, wenn Sie einfach berechnen, was Sie für angemessen halten, vielleicht den Branchendurchschnitt oder so, und dann schauen wir mal?«

»Klar, das können wir machen.« Mein Herz rast. Wenn ich sie diesmal wirklich zufriedenstelle, rufen sie mich vielleicht wieder an, wenn sie Computer- oder Softwareberatung brauchen. Ich darf es deswegen mit meinen finanziellen Forderungen nicht übertreiben und muss so hart wie möglich arbeiten. Wenn ich von zu Hause aus freiberuflich tätig sein könnte, wäre das traumhaft. Die Kinder sind bei Miles mit krankenversichert, um ihre Gesundheitsversorgung muss ich mir also nie wieder Sorgen machen. Beim nächsten »Ich habe Bauchweh« könnte ich, statt in Panik zu verfallen, lächeln und sagen: »Leg dich auf die Couch«, ohne Angst vor dem Anruf bei meinem Chef haben zu müssen, der mir deswegen mit Kündigung droht.

Thibault erhebt sich. »Boss, wir müssen noch mit dem Polizeichef an dem anderen Projekt arbeiten, und für diese Besprechung brauche ich May.« Er wirft mir einen entschuldigenden Blick zu.

»Klar.« Ozzie wendet mir seine Aufmerksamkeit zu. »Sie sind bei Lucky in guten Händen. Lassen Sie Ihren Sohn sich ruhig frei bewegen. Er kann sich hier nicht wehtun. Aber vielleicht möchten Sie verhindern, dass er den anderen Raum betritt.«

Ich lächle. »Ja. Diese Messer sind sehr faszinierend.«

Ozzie und Toni erheben sich ebenfalls. Er geht zur Tür und beugt sich in den Gang hinaus, dorthin, wo Sammy und May sind. »May! Wir müssen los!«

»Ich komme.« Felix bellt, als wolle auch er Ozzie antworten. Der Gedanke, dass May hier ihre eigene kleine Familie hat, zaubert mir erneut ein Lächeln auf die Lippen.

May taucht mit Sammy an der Hand auf. »Soll ich hierbleiben?«, fragt sie ihren Freund und Chef.

»Nein. Ich habe Jenny gesagt, Sammy kann herumrennen, so viel er will. Bring die Hunde hier raus, dann ist er ein Weilchen beschäftigt. Ich glaube, bis dahin ist sie auch mit Lucky fertig.«

»Okidoki.« May beugt sich zu Sammy hinunter und schaut ihm in die Augen. »Du musst mir einen Gefallen tun, Sammers. Kannst du für mich auf Felix und Sahara aufpassen? Ich muss etwas erledigen.«

Sammy nickt. »Ja. Kann ich.«

»Kannst du mir noch etwas versprechen?«

»Vielleicht«, sagt er vorsichtig. »Waf denn?«

»Versprichst du mir, dass du nicht in das andere Zimmer gehst, wo die gefährlichen Schwerter sind?«

»Weil du nicht willft, daff ich mir irgendwaf abfneide, zum Beifpiel Finger?«

Neben mir prustet jemand. Ich glaube, es war Toni.

»Ja. Genau deswegen.«

»Okay.« Er nickt enthusiastisch. »Ich verspreche, ich werde nichts abfneiden oder abbrechen.«

Er versichert ihr das so eingehend, dass sich meine Nackenhärchen aufstellen. Der kleine Teufel glaubt, irgendein Schlupfloch gefunden zu haben. Ich lasse mir seine Antwort auf ihre Frage noch einmal genau durch den Kopf gehen, aber May ist schneller.

»Netter Versuch.« Sie grinst. »Aber du musst mir versprechen, nicht mal in dieses Zimmer zu gehen.«

Er wirft ihr seinen todernsten Blick zu. »Aber ich könnte reingehen und nichts anfaffen. Nur tsauen.«

May schüttelt den Kopf. »Nein. Du darfst nicht mal rein. Willst du wissen, warum?«

»Ja. Ich will immer wiffen, warum.«

Sie lächelt. »Ich weiß. Weil du total clever bist, Sammy. Der Grund ist, dass der Mann, dem all diese Schwerter gehören, ein echter Ninja ist. Echte Ninjas lassen niemanden ihre Waffen berühren.«

Sammy reißt die Augen ganz weit auf, und ich habe fast Angst davor, was er oder May als Nächstes sagen wird.

Sammys Stimme ist beinahe ein Flüstern. »Warum nicht? Bringt tsie das um?«

May schüttelt den Kopf. »Nein. Aber es bringt Pech, und sie werden bei ihrem nächsten Versuch zu kämpfen verletzt. Du willst doch nicht einen echten Ninja verletzen, oder?«

Sammy schüttelt den Kopf. »Nein. Aber ich will fein Fwert anfaffen.«

Sie streicht ihm liebevoll über den Kopf. »Ich weiß. Vielleicht darfst du das ja eines Tages auch, aber heute nicht.« Sie steht auf und dreht ihn in Richtung der Hunde, die gerade hereingekommen sind. Sie trotten zu einem großen Hundekorb hinüber und kuscheln sich aneinander. »Geh mit den Hunden spielen. Denen ist auch langweilig.«

Sammy rennt zum Hundekorb, um sich zwischen Sahara und Felix zu quetschen, und May wirft mir einen Blick zu. »Alles in Ordnung zwischen uns?«

Mein Sohn liegt in einem Hundekorb, statt in der Kindertagesstätte zu sein, und ich arbeite in einem Lagerhaus, in dem ich gestern noch in einem Panikraum gefangen gehalten worden bin. Es geht mir wunderbar. Ich erwidere ihr Lächeln. »Ja. Alles gut.«

»Ruf mich später an«, sagt sie und hält die Hand mit abgespreiztem Daumen und kleinem Finger ans Ohr, um den bevorstehenden Anruf zu symbolisieren.

»Oh, das werde ich. Keine Sorge.« Ich zwinkere ihr zu, um sie wissen zu lassen, dass ich nicht sauer auf sie bin. Aber wir haben einiges zu besprechen.

Irgendwann werde ich unauffällig die Frage ins Gespräch einflechten müssen, warum Dev heute bei der Besprechung nicht zugegen war. Ich hoffe nur, der Grund ist nicht, dass er es bereut, mit mir geflirtet zu haben, und gehört hat, dass ich heute hier sein würde.

Kapitel 18

Zurück bleiben nur Lucky und ich. Er hat einen Stift und ein leeres Blatt Papier vor sich liegen und starrt mich aufmerksam an.

»Wissen Sie schon, wann Sie für einen nächtlichen Besuch vor Ort Zeit haben?«, fragt er.

»Nein. Ich schätze, das hängt davon ab, was Sie vorhaben und wie lange das dauern wird. Da wir von nachts reden, könnte May auf die Kinder aufpassen, aber das hängt auch von ihrem Zeitplan ab.«

»Okay. Also müssen wir mit May reden.«

»Wenn Sie wollen, kann ich ihr eine SMS schreiben.«

»Gute Idee. Machen Sie das!«

Ich nehme das Handy aus meiner Handtasche und tippe rasch eine SMS an meine Schwester, in der ich sie frage, wann sie Zeit hat, mal bei mir zu übernachten, damit ich für die Bourbon Street Boys tätig werden kann.

»Was jetzt?«

»Ich dachte, wir könnten dann gegen zwanzig Uhr bei denen in der Verwaltung vorbeischauen und bis gegen vier Uhr morgens arbeiten. Mr Jorgensen sagt, der letzte Mitarbeiter verlässt üblicherweise gegen achtzehn Uhr dreißig das Haus, und die ersten kommen gegen acht Uhr morgens. Ich schätze, wir werden nur ein paar Stunden brauchen, um uns die ganzen Computer anzusehen, aber für den Fall der Fälle hätten wir auf diese Weise noch einen Puffer, bevor irgendwelche Spielverderber auftauchen. Klingt das gut?«

Ich nicke. »Ja, das klingt machbar, aber ich möchte mich nicht festlegen, bevor ich vor Ort bin und angefangen habe zu arbeiten. Es ist wirklich schwer zu sagen, wie lange es dauern wird, ohne mehr über die Mitarbeiter zu wissen. Wir kennen nämlich deren Hintergründe nicht und haben keine Ahnung, wie gut sie mit Computern umgehen können, weswegen wir auch nicht sicher sein können, wie komplex das Problem ist, bevor wir uns ihre Festplatten angesehen haben.«

Er nickt. »Ja, da haben Sie recht.« Er verstummt und lächelt mich an. »Habe ich schon erwähnt, wie froh ich bin, dass wir in diesem Fall zusammenarbeiten?«

Diese Aussage erwärmt mein Herz. »Ja? Nein? Vielleicht?« Ich kichere. »Jeder hier hat mich sehr freundlich aufgenommen.«

»Ich glaube, Sie werden trotz des ersten Eindrucks wirklich gern hier arbeiten. Normalerweise ist es hier nicht wie am Freitag, versprochen.«

Ich versuche, mich auf das Positive und nicht auf den Vorfall im Panikraum zu konzentrieren. Da war ich einfach zur falschen Zeit am falschen Ort. Abgesehen davon, dass ich Zeit mit Dev verbringen konnte. Zur falschen Zeit am falschen Ort? »Na ja, meiner Schwester May gefällt es sehr gut, es muss also nett hier sein.«

»Mir ist klar, dass Sie im Augenblick vorhaben, nur vorübergehend hier zu sein, aber wenn Ihnen der Sinn je nach einer Festanstellung steht, sollten Sie mich das wissen lassen. Wir haben bereits mehrere Fälle gehabt, wo wir mit Externen arbeiten mussten, und waren gezwungen, mehrere andere Aufträge abzulehnen, weil wir einfach keine qualifizierte Aushilfe gefunden haben. Nach dem, was mir Ihre Schwester und Thibault erzählt haben, wären Sie mit so ziemlich allem fertiggeworden, was man uns bisher angetragen hat.«

Ich bin geschmeichelt, aber auch leicht besorgt. »Woher weiß Thibault etwas über mich?«

Lucky lehnt sich ein wenig auf seinem Stuhl zurück. »Er ist bei uns für die Leumundsprüfungen zuständig. Wenn wir vorhaben, mit Externen zusammenzuarbeiten, sieht er sie sich vorher gründlich an. Wir dürfen die Datenbanken der Ermittlungsbehörden nutzen.«

Das macht mich ein bisschen nervös. Bedeutet das, er hat auch eine Bonitätsprüfung vorgenommen? Finanziell stehe ich nicht besonders gut da, und das ist ein bisschen peinlich. Die geplatzten Unterhaltszahlungen waren da auch nicht gerade zuträglich. »Ich schätze, ich habe bestanden …«

»Ja, haben Sie. Es schadet auch nicht, dass Ihre Schwester Sie wärmstens empfohlen hat. Sie sind ihre Heldin, wissen Sie. Wir halten alle große Stücke auf sie, deshalb ist uns wichtig, was sie denkt.«

»Sie wissen aber wirklich ganz genau, wie man ein Mädchen zum Erröten bringt, Lucky.« Ich weiß, das klingt doof, aber ich kann das Gefühl nicht anders beschreiben. Schon lange hat niemand mehr meine Familie und mich so mit Komplimenten überschüttet. Es ist wirklich schmeichelhaft, wenn man am selben Tag, an dem man seine Anstellung verliert, gesagt bekommt, dass einen ein neuer Kollege so respektiert, vor allem, wenn er zu einem Beraterteam der Polizei von New Orleans gehört. Aber das ändert an vielen Dingen, die mir sehr wichtig sind, gar nichts.

»Es ist einfach nur die Wahrheit«, versichert er mir.

»Man hat mich gerade gefeuert, aber ich bin nicht sicher, ob ich der Aufgabe gewachsen bin, zum Bourbon-Street-Team zu gehören.«

Er zuckt die Achseln. »Das liegt ganz bei Ihnen. Thibault sagt, Sie sind gut für den Auftrag, und was Sie bisher über den Blue-Marine-Fall gesagt haben, ergibt in meinen Augen Sinn; wenn Sie diesen Job also gut hinkriegen, gibt es keinen Grund, warum Sie nicht wenigstens darüber nachdenken sollten, uns häufiger beratend zur Seite zu stehen. Wegen Ihrer Kinder müssen Sie sich keine Sorgen machen. Wenn man wie ich hinter den Kulissen arbeitet, ist das ziemlich unproblematisch.«

»Wollen Sie damit sagen, dass Sie nie auf Außenmissionen gehen? Denn ich dachte, dieser Auftrag umfasse genau das.«

»Doch, gelegentlich gehe ich auch raus, wenn es wirklich keine Alternative gibt oder es sich wirklich um eine einfache Aufgabe handelt, zum Beispiel in einem Laden herumzulaufen oder so was. Aber wie Dev arbeite ich größtenteils hier im Lagerhaus.«

Ich beschäftige mich für ein paar Sekunden mit meinem Handy und schaue nach, ob meine Schwester schon geantwortet hat, um potenzielle Reaktionen auf die Erwähnung von Dev zu tarnen. Mein Herz schlägt ein klein wenig schneller.

Keine Antwort von May. Ich wende mich wieder Lucky zu. »Es freut Ihre Familie sicher, dass Sie keine großen Risiken eingehen.« Ich lächle ihn an und versuche, die Tatsache zu überspielen, dass ich jetzt anfange, ihm persönliche Fragen zu stellen.

»Die einzige Familie, die ich habe, schwimmt in einem kleinen Aquarium herum und macht sich über so etwas keine Gedanken. Aber ich stehe einfach nicht so auf körperliche Auseinandersetzungen. Ich habe es gerne mit Zahlen zu tun, nicht mit Verbrechern.« Wieder grinst er, er schämt sich kein bisschen dafür, genau wie ich ein Hasenfuß zu sein.

Mein Lächeln entspringt sowohl der Tatsache, dass ich gerne mit ihm rede, als auch der, dass das, was er sagt, völlig lächerlich ist. »Ihre Familie schwimmt in einem Aquarium herum?«

Er zuckt die Achseln, schlägt dann den Ordner auf und widmet sich wieder seinen Unterlagen, als sei ihm seine Antwort möglicherweise ein klein bisschen peinlich. »Ich habe einen Goldfisch.«

Ich versuche, nicht zu lachen. Macht er Witze? Vorsichtshalber spiele ich mit. »Wie heißt er?«

Lucky lächelt scheu und schaut auf die Papiere vor sich. »Sunny.«

»Natürlich heißt er Sunny.« Jetzt kann ich mir das Lachen nicht mehr verkneifen, denn das Kind im Manne ist bei ihm wirklich dicht an der Oberfläche. »Wir haben ein Meerschweinchen.«

Lucky wendet mir den Kopf zu. »Wie heißt es?«

»Harold. Wir nennen ihn aber meist liebevoll Harry.«

Lucky lacht. »Natürlich heißt er Harry. Wie sonst?«

»Ach, ich weiß nicht. Ich war ja für T-Rex, aber die Kinder wollten unbedingt etwas Sanfteres.«

Lucky kichert, was mich ermutigt, ihm weitere Einzelheiten zu erzählen. »Wir haben ihn der Tagesstätte meines Sohnes vererbt.«

Er hebt die Brauen. »Ein Haustier für eine Kindertagesstätte? Das ist eine große Verantwortung.«

Ich verdrehe die Augen. »Was Sie nicht sagen. Eines Tages wuchsen dem Trottel plötzlich Hoden, und die Erzieherin meinte, das störe den Lernprozess, deshalb musste Harold weg.« Ich halte inne, weil mir plötzlich klar wird, dass ich schon wieder mal mein Herz auf der Zunge trage. Angespannt warte ich darauf, dass sich peinliche Stille breitmacht.

Aber diese Sorge ist unbegründet. Lucky plaudert einfach weiter. »Warum genau stören denn Hoden den Lernprozess?«

Bei diesen Worten fällt es mir wirklich schwer, ernst zu bleiben. »Nun, offenbar sind Hoden ein Quell großer Ablenkung. Die Kinder haben sie gern angeschaut, darauf gedeutet und darüber geredet. Ständig. Ich weiß nicht, ob Sie je Zeit mit Dreijährigen verbracht haben, aber sie neigen dazu, Obsessionen für Dinge wie Meerschweinchenhoden zu entwickeln.«

Lucky lacht bellend und lehnt sich dann auf seinem Stuhl zurück. »Der einzige kleine Junge, mit dem ich je Zeit verbracht habe, ist Devs Sohn, aber ich verstehe, was Sie meinen. Diese Form von Neugier habe ich schon häufig bei ihm erlebt. Der Junge ist manchmal wie ein Hund, dem man einen Knochen hingeworfen hat.«

Jetzt bin ich massiv neugierig auf Devs Sohn und die Beziehung der beiden, aber dies ist nicht der richtige Zeitpunkt, um darauf näher einzugehen. Ich kann Lucky nicht über das Kind eines anderen Mannes befragen, der gar nicht da ist. Das wirkt einfach zu hinterhältig. Geradezu tückisch. Meine Neugier wird einfach für eine Weile in den Hintergrund treten müssen. Auf der Suche nach einem anderen Thema deute ich auf den Aktenordner.

»Soll ich mir das mal ansehen? Hat irgendetwas davon mit meinen Aufgaben zu tun?«

»Klar. Hier.« Er schiebt mir den Ausdruck zu. »Ich glaube, das meiste davon ist für Sie unwichtig, aber Sie können sich die Akte gerne ansehen.«

Wieder schaue ich auf mein Handy – noch immer keine Antwort von May – und schlage den Ordner auf. Ich versuche, die Ausdrucke darin zu überfliegen, bin aber nicht ganz bei der Sache. Ich muss dauernd an Dev und seinen Sohn denken – und an die Tatsache, dass sein Kind meinem sehr ähnlich zu sein scheint. Ich frage mich, warum Dev so vehement widersprochen hat, als ich ihm gegenüber etwas in der Art erwähnt habe. Ob sein Sohn McDonald's genauso mag wie Sammy? Ich habe meinem Sohn einen Ausflug dorthin versprochen, und damit ist klar, wie mein Mittagessen aussehen wird. Danach werde ich bestimmt auch Bauchschmerzen haben. Ich sollte wohl besser auf dem Heimweg an einer Apotheke anhalten und ein paar Alka-Seltzer kaufen.

»Ich kann Ihnen die Unterlagen kopieren, wenn Ihnen das lieber wäre.«

Luckys Stimme reißt mich aus meiner Trance. »Bitte? Ich war gerade mit meinen Gedanken woanders.«

Er lächelt. »Das habe ich gemerkt. Kein Problem.«

»War das so offensichtlich? Mist! Ich schätze, ich muss an meiner Tarnung arbeiten.« Ich zucke die Achseln und habe das Bedürfnis, mich zu erklären. »Tut mir wirklich leid. Ehrlich. Mein Chef hat mich heute Morgen gefeuert. Ich stehe immer noch ein bisschen unter Schock.«

»Ihre Schwester hat es erwähnt. Sie hat uns erzählt, dass Sie Ihren Job wirklich mit Engagement erledigt haben und dass sie der Auffassung ist, die Entlassung hätte etwas mit Ihren Kindern zu tun.«

Ich zucke die Achseln. »Ich werde es nie wirklich wissen, aber ich habe mich mehrfach krankgemeldet. Allerdings nie wegen mir selbst. Wenn ich krank bin, gehe ich trotzdem arbeiten und vermeide einfach den Kontakt mit den Kolleginnen und Kollegen, um niemanden anzustecken. Wenn meine Kinder krank sind, bleibt mir allerdings nichts anderes übrig, als daheim zu bleiben. Sie können dann weder zur Schule noch in die Tagesstätte, und das kann ich gut verstehen. Niemand will, dass sich sein Kind bei einem anderen Kind ansteckt. Das ist uncool.«

»Natürlich. Und wer jemanden dafür feuert, eine gute Mutter oder ein guter Vater zu sein, sollte eigentlich kein Geschäft führen.« Seine Laune verschlechtert sich ein wenig. »Um solchen Dreck müssen Sie sich hier keine Sorgen machen, wenn es um Familienangelegenheiten geht. So etwas käme hier nie vor. Dev hat einen Sohn, ich habe Sunny. Diese Verpflichtungen versteht hier jeder.«

Ich darf nicht lachen, denn er scheint es ernst zu meinen. Aber innerlich kichere ich. Er redet über seinen Fisch wie über ein Kind. Am liebsten würde ich ihn fragen, wie lange Goldfische so leben, denn wenn er so an ihm hängt, bereitet mir das echte Sorgen. Meiner Erfahrung nach haben sie eine Lebensspanne von etwa sechs Monaten, und ich fürchte, wenn Sunnys sechs Monate vorbei sind, wird Lucky daran ganz schön zu knabbern haben. Ist er verrückt? Langsam glaube ich, hier hat jeder mindestens eine Schraube locker. Der Einzige, der geistig völlig gesund wirkt, ist Thibault, aber auch darauf würde ich nicht wetten. Ich bin sicher, auch er hat seine Probleme. Wie wir alle. Vermutlich passe ich besser hierher, als mir bisher klar gewesen ist.

»Mama, mir ist langweilig.«

Ich schaue über den Tisch hinweg zum Hundekorb hinüber. Sammy lehnt an Sahara und hat ihr beide Arme auf den Rücken gelegt. Seine rechte Hand spielt mit einem ihrer Ohren, die linke stupst Felix immer wieder gegen die Stirn. Der hat die Augen halb geschlossen und schwankt in halb sitzender Position leicht hin und her. Möglicherweise hat Sammy den armen Hund mit seinem stupsenden Finger hypnotisiert.

Ich schaue Lucky an. »Brauchen Sie mich noch? Ich meine, nachdem wir uns auf einen Termin für die Ortsbegehung verständigt haben?« Ich schaue noch einmal aufs Handy, ob May geantwortet hat, aber vergeblich. Der werde ich was erzählen – mich einfach so zu ignorieren! Eine weitere Verletzung des Schwesternkodexes.

Lucky schüttelt den Kopf. »Nein, ich glaube nicht. Ich lasse Ihnen in den nächsten paar Stunden eine Kopie der Akte zukommen, damit Sie sie sich heute Nachmittag anschauen können. Machen Sie sich Notizen, damit wir bei unserem nächsten Zusammentreffen darüber sprechen können. Schreiben Sie Ihre

Stunden auf, denn Ozzie wird Sie nach Zeitaufwand bezahlen wollen.«

Ich nicke. »Alles klar. Mache ich.« Ich stehe auf und schnappe mir Handtasche und Handy. »Ich habe meinem Sohn versprochen, mit ihm zu McDonald's zu gehen, deshalb mache ich mich besser auf den Weg.«

Gerade als Lucky antworten will, öffnet sich die Küchentür, und mein Herz beginnt in meiner Brust zu hämmern. Dev.

Sahara steht auf und stößt dabei Sammy rückwärts in ihren Hundekorb. Da liegt er, starrt an die Decke und lacht und stöhnt gleichzeitig. »Boaaah, Tsahara. Du haft mir den Kopf auf den Boden geknallt.«

Dev steht in der Tür, schaut Lucky und mich an und lächelt verwirrt. »Was ist das denn?«

Lucky antwortet ihm glücklicherweise, denn ich hätte nicht gewusst, was ich sagen soll. »Das ist unsere Computerspezialistin. Sie wird wie besprochen für uns arbeiten.«

Devs Grinsen lässt keinen Zweifel daran, wie er das findet. Ich bin erleichtert.

»Das sind ja tolle Nachrichten. Willkommen an Bord.« Er schaut nach links, um Sammys Aufmerksamkeit zu erregen. »Wer ist das denn? Haben wir einen zweiten Welpen kommen?«

Sammy lächelt und tut so, als wäre er ein Hund. »Wuff! Wuff!«

Dev nickt. »Brav. Guter Welpe. Sitz.« Er deutet auf Sammy und schaut ihn streng an, während er um den Tisch herum auf Lucky und mich zukommt. Dann lässt er sich auf einen Stuhl neben mir fallen, als sei nichts dabei, als schlüge mein Herz deshalb nicht noch schneller. »Also, was liegt an? Fangen wir direkt an, oder haben wir Zeit für ein Mittagessen?«

Ich öffne den Mund, um zu antworten, aber Lucky kommt mir zuvor.

»Jenny hat gerade gesagt, sie müsse mit ihrem Sohn zu McDonald's. Auf mich wartet daheim Sunny, deshalb komme ich nicht mit.«

Dev reibt sich die Hände. »Ich liebe McDonald's. Kann ich mitkommen?«

Sammy springt aus dem Hundekorb und macht mit jedem Wort, das aus seinem Mund kommt, einen Satz. »Ja! Kannft du. Oder, Mama?« Er freundet sich nicht selten spontan mit Leuten an, die er dessen für würdig hält, und wer meinen Sohn wie einen Hund behandelt, hat bei diesem Dreijährigen einen gewaltigen Stein im Brett.

Ich zögere ein paar Sekunden und ringe um eine Antwort.

Will ich, dass er mitkommt? Ja.

Sollte er mitkommen? Darüber lässt sich streiten.

Hätte ich gern einen weiteren Erwachsenen bei McDonald's dabei, mit dem ich mich unterhalten kann?

Absolut.

»Wenn er wirklich will, klar.«

Dev lächelt. »Abgemacht. Auf zu McDonald's. Ich fahre.«

Alle stehen auf und gehen zur Tür, also folge ich ihnen. Wahrscheinlich sollte ich mich nicht so enorm darüber freuen, dass ich die unmittelbare Zukunft in einem Schnellrestaurant verbringen werde, aber ich tue es. Zum Glück kann ich mich auf dem Weg nach draußen auf Sammy konzentrieren und mich deshalb nicht komplett idiotisch benehmen, nur weil Dev sich selbst eingeladen hat und mitkommt.

Kapitel 19

Es kommt mir vor, als lägen zwischen Dev und mir zwei Plätze, in Wahrheit ist es nur einer. Ich habe noch nie in einem Auto gesessen, das vorn eine Sitzbank hat. »Wie alt ist denn dieser Wagen überhaupt?« Ich drehe mich zu meinem Sohn um, der angeschnallt in seinem Kindersitz auf der Rückbank mitfährt. Er schaut lächelnd aus dem Fenster und scheint einen tollen Tag zu haben. Besuche bei McDonald's machen ihn immer froh, doch Dev trägt sicherlich auch seinen Teil dazu bei. Als er Sammy auf dem Weg zum Auto mit ausgestreckten Armen in die Höhe gehalten hat, war die Begeisterung riesengroß, und mein Sohn hat gejauchzt, als säße er in einer Achterbahn.

»Dieses edle Gefährt ist 1975 vom Band gerollt.«

»Dann ist es älter als ich.« Ich lache.

»Mag sein, aber er fährt sich, als wäre er erst ein Jahr alt.« Im nächsten Moment gibt sein Wagen einen lauten Knall von sich, und eine schwarze Rauchwolke dringt aus dem Auspuff. Ich drehe mich zur Heckscheibe um und beobachte, wie der schwarze Qualm die Straße hinter uns vernebelt.

Merklich erheitert drehe ich mich wieder um, presse die Handflächen aufeinander, senke den Kopf und schließe halb die Augen. »Ich bete dann schon mal vorsorglich für die Umwelt.«

Dev streichelt zärtlich das Armaturenbrett. »Hör nicht auf sie, Bessie. Sie ist nur neidisch, weil sie in einem Mamamobil durch die Gegend fährt und nicht in einem gut geölten Schlachtschiff.«

Ich könnte ihn noch mehr triezen, doch ich lächle nur. Es macht Spaß, mit Dev durch die Gegend zu fahren. Es fühlt sich an, als säßen wir in einem Panzer, und nichts könnte uns etwas anhaben, nicht einmal eine Herde wild gewordener Nashörner. Wahrscheinlich würde ich mich in Devs Gegenwart auch so fühlen, wenn wir nicht in diesem bulligen Wagen säßen. Er wirkt auf den ersten Blick zwar ziemlich einschüchternd, doch ich weiß, dass er einen weichen Kern hat, genau wie diese überaus köstlichen Lavakuchen.

»Warum lächelst du?«, fragt Dev.

Meine Antwort besteht nur aus einem Kopfschütteln. Ich wage es nicht, den Mund aufzumachen und die Worte einfach kommen zu lassen. Wahrscheinlich würde ich ihm sonst in einem überschwänglichen Redeschwall sagen, wie süß er ist und wie sehr ich ihn mag und wie gerne ich ein Date mit ihm hätte. Wir haben zwar etwas in der Art noch in dieser Woche geplant, aber ich will nicht diejenige sein, die das Thema wieder auf den Tisch bringt. Ich möchte auf keinen Fall übereifrig rüberkommen. Es ist ohnehin kein richtiges Date. Er hat schlicht und einfach eine Wette gewonnen. Wahrscheinlich gibt er mir wieder einen freundschaftlichen Kuss auf die Wange und belässt es dabei. Allein die Vorstellung macht mich schon glücklich. Ich kann ja immer noch so tun, als sei er nicht nur freundschaftlich motiviert, stimmt's? Immerhin duzt er mich inzwischen ganz selbstverständlich …

»Oh, spielen wir jetzt wieder die Schüchterne?« Er klopft mit den Daumen auf das Lenkrad und nickt dabei. »Alles klar. Ich habe dich durchschaut. Damit kann ich umgehen.«

Dieser Aussage werde ich kein allzu großes Gewicht beimessen. Er gibt sich einfach nur kokett und ist dabei ziemlich süß. Es macht Spaß. Natürlich kennen wir uns noch nicht besonders lange, aber er nimmt mich mit einer Leichtigkeit und Vertrautheit auf den Arm, dass ich das Gefühl habe, ihn schon ewig zu kennen, bei ihm ich selbst sein zu können.

Sammy skandiert vom Rücksitz aus: »McDonald'f, McDonald'f, McDonald'f.«

Dev wirft über den Rückspiegel einen Blick auf unseren Mitfahrer in den hinteren Reihen. »Du freust dich ja überhaupt nicht darüber, dass wir zu McDonald's fahren, oder doch?«

Sammy reckt die Ärmchen in die Höhe, so weit er kann, und spannt sämtliche Muskeln an, um in voller Euphorie zu antworten: »Doch, und wie!«

Dev runzelt theatralisch die Stirn. »Nee. Vielleicht sollten wir woanders hinfahren. Wie wäre es mit einem schicken Restaurant für deine Mami?«

Sammy legt die Stirn in Falten und ist sichtlich besorgt, dass Dev es ernst meinen könnte. »Nein! Ich mag keine tsicken Reftaurantf. Tsicke Reftaurantf mögen keine Kinder.«

Dev lächelt. »Wie könnte jemand dich nicht mögen? Du bist doch klasse.«

Sammy lächelt gedankenverloren. »Ich bin klaffe. Ich bin total klaffe.« Er dreht den Kopf zur Seite, um aus dem Fenster zu schauen, und baumelt mit den Beinen, sodass sie gegen den Vordersitz stoßen. Säßen wir in einem anderen Auto, würde ich es ihm vielleicht verbieten, doch dieser Wagen ist schrottreif. Ich weiß, dass Dev ihn über alles liebt, aber meine Güte, die Polster gucken schon aus den Rücksitzen.

»Na schön«, gibt Dev mit einem geschlagenen Seufzer nach. »Ich schätze, dann fahren wir wohl besser zu McDonald's.«

Sammy scheint Dev nicht zu hören. Er starrt stur aus dem Fenster und wirkt dabei immer ernster.

Dev sieht seine Miene im Rückspiegel und wirf mir einen fragenden Blick zu. Er flüstert: »Was hat er denn? Habe ich etwas Falsches gesagt?«

Ich schüttle den Kopf, während die Sorge um meinen Sohn alle anderen Gedanken verdrängt. »Nein, das glaube ich nicht. Irgendetwas stimmt in der Kindertagesstätte nicht, das nehme ich jedenfalls stark an. Er hatte heute Morgen auch ›Bauchschmerzen‹.« Ich setze das Wort mit den Fingern in Anführungszeichen, damit er versteht, was ich meine.

Dev nickt und konzentriert sich wieder auf den Verkehr, als die Ampel auf Grün umschaltet. Er spricht leise weiter, um Sammys Aufmerksamkeit nicht zu erregen. »Du wirst irgendwann dahinterkommen. Du musst nur die richtigen Fragen stellen, um ihn zum Reden zu bringen.«

Kopfschüttelnd betrachte ich die vorbeifahrenden Autos. »Ich wünschte, ich wüsste, was die richtigen Fragen sind. Manchmal ist mir dieses Kind ein einziges Rätsel. Er ist so anders als meine Mädchen.«

Dev klopft mir ein paarmal sanft auf den Schenkel, bevor er die Hand wieder auf das Lenkrad legt. »Mach dir darüber keine Sorgen. Wir stopfen ihn erst mal mit Burgern und Pommes voll, danach redet er wie ein Wasserfall.«

Ich lächle. Dev weiß offenbar ganz genau, wie kleine Jungs ticken.

»Hey!«, sagt Dev unvermittelt. »Was ist das denn da drüben?« Er zeigt durch die Windschutzscheibe.

Sammy ist plötzlich wieder ganz Ohr. »Wo?« Er reckt sich aus seinem Kindersitz, um dem Finger zu folgen.

Dev zeigt immer noch in dieselbe Richtung. »Da drüben! Was ist denn das für ein großes gelbes Zeichen? Sieht aus wie ein großes M oder so was.«

Sammy krallt sich in die Lehnen seines Kindersitzes und kreischt: »Daf ift McDonald'f! Wir sind fast da!«

»Halleluja«, sagt Dev. »Ich sterbe fast vor Hunger. Ich könnte jetzt acht Hamburger verdrücken.«

»Ich könnte tsehn effen«, kontert Sammy und grinst bis über beide Ohren.

»Ach ja?«, erwidert Dev. »Ich könnte locker fünfzig Hamburger essen.«

»Aber ich könnte jeft tswanfig Billionen Milliarden Zillionen Hamburger effen«, gibt Sammy zurück.

Dev schüttelt den Kopf. »Junge, Junge … du musst aber wirklich Hunger haben.«

»Ja, voll.« Im Jammerton fügt er hinzu: »Meine Mami hat mir nur Kekfe tsum Frühftück gegeben. Daf ift kein richtigef Effen.«

Ich lache empört auf, drehe mich um und funkle meinen Sohn an. »Du kleiner Verräter. Du wolltest doch unbedingt Kekse. Du hast gesagt, das sei das Einzige, was dein kranker Bauch verträgt.«

»Ja, aber du tsollteft mir nicht allef geben, waf ich will, weil du mich tsonft verwöhnft.«

Ich starre ihn schweigend an. Das sind nicht Sammys eigene Worte, sie kommen direkt aus Miles' Mund, und ich werde dazu heute gar nichts sagen. Jedenfalls nicht, solange mein süßer, unschuldiger kleiner Junge zuhört. Miles, dieser Scheißkerl.

»Hmmm«, raunt Dev. »Ärger im Paradies?«

Ich schüttle den Kopf und murmele: »Frag nicht nach Sonnenschein.«

Dev biegt auf den McDonald's-Parkplatz ein und fährt in eine Lücke, die ich nie im Leben für groß genug gehalten hätte.

»Du hast dein Schätzchen ganz schön im Griff.«

»Man nennt mich nicht ohne Grund den Frauenversteher«, sagt Dev, so verrucht sexy er nur irgendwie kann.

Ich pruste laut los und muss vor Lachen sogar grunzen.

Dev schaltet in den Parkmodus, stellt den Motor aus und starrt mich an.

»Findest du das lustig?«

Ich muss immer noch so sehr lachen, dass ich ihm nicht antworten kann. Stattdessen wedele ich mit dem Arm in seine Richtung und treffe ihn aus Versehen an der Schulter. Er tut so, als müsse er sich ducken, so als würde ich absichtlich auf ihn losgehen.

Wir sollten besser gehen. Ich brauche frische Luft, sonst werde ich noch völlig hysterisch. Ich ziehe am Türgriff und falle fast aus dem Auto, weil er sofort nachgibt. Auf dem Weg zum Rücksitz, und als ich Sammy abschnalle und heraushebe, muss ich mich mit einer Hand am Wagen abstützen, um vor Lachen nicht das Gleichgewicht zu verlieren. Mein Gehirn hat so viel Serotonin freigesetzt, dass mir die Knie weich geworden sind.

Wer auch immer behauptet hat, Lachen sei die beste Medizin, wusste, wovon er spricht.

Ich bin so fröhlich, ich fühle mich, als hätte ich Drogen genommen, und das ist in Anbetracht der Umstände eine ganz schöne Leistung. Normalerweise bekomme ich nämlich schon Kopfschmerzen, wenn ich McDonald's auch nur sehe. Jetzt hingegen scheine ich förmlich zu schweben.

Als Dev aussteigt und ich seine große Statur neben dem Wagen sehe, wird mir klar, dass er recht hat. Er ist wirklich ein Frauenversteher. Ein Mann von seinem Kaliber, der so sehr aus der Menge heraussticht, braucht verdammt viel Feingefühl, um so bescheiden, nett und cool rüberzukommen. Ich habe in meinem ganzen Leben noch nie einen Mann wie ihn getroffen.

McDonald's gleicht wie jeden Tag zu dieser Zeit einem Irrenhaus.

Wenn ich mittags an einem Wochentag hierherkomme, drängt sich mir immer förmlich der Gedanke auf, die halbe Stadt müsse arbeitslos und auf der Suche nach einem Ort sein, an dem sie die Kinder einfach mal von der Leine lassen kann, um sich zu entspannen, tief Luft zu holen und einen Kaffee zu trinken. An den Tischen drängen sich die Eltern, und der Spielplatz vor der Tür quillt vor lauter schreienden Kindern über.

Wir stellen uns hinter eine lange Schlange wartender Kunden. Kleinere Kinder – wahrscheinlich die Geschwister der Schreihalse – balgen sich inmitten ihrer Eltern und bringen die Menge verzweifelt aussehender Leute, die auf die Anzeigen über den Köpfen der Angestellten starren, durch ihr Herumgeschubse ins Wanken. Ahhh, McDonald's …

Dev reibt sich die Hände. »Wer will ein Happy Meal?«

Sammy reißt den Arm hoch und hüpft wie ein Flummi auf und ab. »Ich, ich, ich!«

Dev schaut aus großer Höhe auf mich hinab. »Was darf es für Sie sein, Mama? Ein Happy Meal? Pommes und ein Shake? Ein Beruhigungsmittel?«

Ich lächle verzaubert. »Einmal Pommes mit Beruhigungsmittel, bitte.«

Er sieht mich stirnrunzelnd an. »Ihre Bestellung enthält ja gar keine Proteine.«

»Scheiß auf Proteine. Eine Fritte macht mich völlig satt, danke.«

»Nein, nein. Du brauchst Proteine. Was darf es sein: Hühnchen, Fisch oder Rind?«

Ich bin nicht in der Stimmung, mit ihm herumzudiskutieren, deshalb zucke ich die Achseln. »Such du was für mich aus.«

Er verzieht das Gesicht. »Tut mir leid, aber ich habe noch nie eine Frau getroffen, die mich ihr Essen hat aussuchen lassen und hinterher zufrieden damit war. Sag mir einfach, was du am wenigsten verabscheust.«

»Rindfleisch geht gerade noch.«

Er antwortet in einem schweren Cajun-Akzent: »Eine großartige Wahl, Mademoiselle. Ich werde Ihnen den kleinsten Burger bestellen, den die Menschheit je zubereitet hat.«

Ich schiele nach unten auf meinen Sohn, der jeden Moment explodiert, so glücklich und voller dreijähriger, tierkeksbefeuerter Energie ist er. »Wenn es dir nichts ausmacht, gehe ich mit Sammy zum Spielplatz, damit er ein bisschen angestaute Energie rauslassen kann.«

Wir sehen beide zu, wie sich Sammy wild im Kreis dreht und prompt auf die Knie fällt. Ich öffne meine Handtasche und suche nach meinem Portemonnaie.

Dev legt die Finger auf mein Handgelenk, um mich zu stoppen. »Das Mittagessen geht auf mich.«

Seine Hand ist so warm, dass ich sie am liebsten dabehalten würde. »Das kann ich nicht annehmen. Du hast doch schon die Pizzen bezahlt.«

»Ich halte das nicht fest. Abgesehen davon, kann ich es absetzen. Mein Arbeitgeber bezahlt meine Spesen, wenn ich die Quittungen einreiche. Das trifft auf dich nicht zu.«

»Muss ich mich mies fühlen, weil dein Chef mein Mittagessen bezahlt und das meines Sohnes?«

»Nein. Er hat mich sogar angewiesen, dich einzuladen, also mach dir keine Gedanken.«

Ich würde darüber gerne eine Weile grübeln, um mir darüber klar zu werden, ob ich Ozzies Großzügigkeit ausnutzen sollte, doch leider ist dieser Ort dafür alles andere als ideal. Außerdem wird Sammy gleich schlecht werden, wenn er nicht aufhört, sich wie bekloppt im Kreis zu drehen. »In Ordnung. Danke. Wir sind dann mal draußen. Ich suche uns einen Tisch. Es wäre natürlich schöner, von der Klimaanlage zu profitieren, aber ich hab noch kein gutes Gefühl dabei, Sammy allein losziehen zu lassen.«

Dev studiert die Speisekarte, antwortet mir aber trotzdem. »Mach dir keine Gedanken wegen der Hitze. Die bin ich gewohnt.«

Ich nehme Sammy an der Hand, und gemeinsam gehen wir raus auf den Spielplatz. Ich kann ihm gerade noch die Schuhe ausziehen, ehe er losrennt und dabei schreit wie ein wildes Tier, das nach jahrelanger Gefangenschaft in die Freiheit entlassen wurde. Er springt in das nächstgelegene Netz, an dem er in das Röhrenlabyrinth klettern kann, das aussieht wie ein Tunnelsystem für Riesenhamster.

Ein Wunder geschieht, und eine Familie steht genau in dem Augenblick auf, als ich mich nach einem freien Tisch umsehe. Ich schnappe mir den Platz und fege mit der Hand zufrieden die Salzkrümel, Pommes und Salatfetzen ihres Mittagessens auf den Boden. Als ich mich setze, knallt mir die Sonne ins Gesicht. Normalerweise würde mich das total nerven, doch heute ist alles anders. Ich schließe die Augen, bade in der wohltuenden Wärme und tanke Energie. Natürlich werde ich gleich furchtbar schwitzen, doch das ist mir egal. In diesem Moment ist mein Leben genau so, wie ich es gerne hätte, und dieses Gefühl habe ich äußerst selten. Ich werde es genießen, solange es anhält, und es dieses eine Mal nicht hinterfragen.

Kapitel 20

Vermutlich sollte ich nicht völlig aus dem Häuschen sein, weil mir jemand den kleinsten Burger von McDonald's und eine winzige Portion Pommes an einen schmutzigen Plastiktisch am Rande eines Spielplatzes für überdimensionierte Hamster serviert, doch als Dev mit dem Tablett und seinem grübchenbewehrten Lächeln auf mich zukommt, fühle ich mich, als hätte ich gerade im Lotto gewonnen.

Sämtliche Gäste starren ihn an, als er an ihnen vorbeiläuft, einschließlich der Kinder. Als hätte sich ein Superstar unter die Normalos gemischt. Die Leute tuscheln, und ich kann mir gut vorstellen, was gerade in ihren Köpfen vorgeht: Sie fragen sich, für welche Basketballmannschaft er wohl spielt.

Ich tue so, als würde ich gar nicht bemerken, wie außergewöhnlich er ist. Und als wäre ich kein bisschen stolz darauf, dass dieser Mann mit mir hier ist. Ich habe ja auch keinen Grund, stolz darauf zu sein. Wir sind schließlich bloß Kollegen, vielleicht sogar Freunde. Doch es ist ziemlich großartig, mit jemandem wie Dev befreundet zu sein, deshalb gestatte ich mir die Freude.

»Bitte sehr.« Er stellt das Tablett mitten auf den kleinen Tisch. »Ein paar Proteine, ein paar Kohlenhydrate und ein winziges bisschen Zucker, damit du süß bleibst.« Er reicht mir grienend die kleinste Größe Milchshake, die es gibt.

Ich nehme ihm den Becher ab und versuche, die Schamesröte mit bloßem Willen aus meinem Gesicht zu vertreiben. »Normalerweise erlaube ich mir solche Kalorienbomben nicht. Man isst ja auch nicht mitten am Tag Dessert.«

Er setzt sich und schafft es dabei irgendwie, sich so zusammenzufalten, dass er auf den winzigen Stuhl passt. Seine Haltung wirkt nicht gerade bequem, er beschwert sich allerdings nicht. »Ich verkneife mir Süßigkeiten normalerweise, doch zu besonderen Anlässen haue ich dafür richtig rein.« Er hält einen zweiten Shake in die Höhe und winkt mir damit. In seiner Riesenhand wirkt der Becher wie ein Fingerhut. Ich bezweifle, dass der Inhalt überhaupt irgendwelche Auswirkungen auf seinen Blutzucker hat.

»Du musst ja nicht besonders oft rauskommen, wenn ein Besuch bei McDonald's für dich schon ein besonderer Anlass ist.« Ich kichere, weil ich mich für ziemlich witzig halte, verstumme jedoch sofort, als er antwortet.

»Es ist ja kein gewöhnlicher Besuch bei McDonald's.« Er nimmt einen Schluck von seinem Minishake. »Ich bin immerhin mit einer hübschen Dame und ihrem süßen Sohn hier.« Dev dreht sich zum Spielplatz um und sieht daher Gott sei Dank nicht, dass ich rot anlaufe. »Wo ist denn der kleine Kerl überhaupt?«

Mein Blick wandert zu den durchsichtigen Teilstücken der riesigen Plastikröhren, und ich sehe den Haarschopf meines Sohnes in einem vorbeiflitzen. »Er ist da oben. Sieht aus, als spiele er gerade Fangen mit einem anderen Kind.«

Dev verteilt das Essen auf dem Tisch und stellt eine kleine Happy-Meal-Schachtel für Sammy vor dem leeren Stuhl zwischen uns auf den Tisch. »Wie haltet es ihr für gewöhnlich?«, fragt er nach. »Isst er nach dem Spielen oder muss er erst essen?«

Es beglückt mich außerordentlich, dass er nach meinen Regeln fragt. »Normalerweise lasse ich ihn zwei Bissen von allem essen, dann darf er für zehn Minuten spielen gehen, bevor er für zwei weitere Bissen zurückkommt und so weiter.«

Dev nickt. »Klingt vernünftig. Du bist eine faire Mutter.«

»Danke.« Ich bin nicht sicher, ob ich das Essen runterkriege, das er vor mir abgestellt hat. Das liegt nicht daran, dass ich keinen Hunger hätte, mir wird nur bei dem Anblick plötzlich … flau im Magen. Ich möchte am liebsten ein paar Runden um den Block rennen, um meine Hibbeligkeit loszuwerden. Das Gefühl kenne ich aus meinen Highschool-Tagen und der Zeit im College, es hat mich immer dann beschlichen, wenn ich … mich verliebt habe. Ach du Schande!

»Soll ich ihn holen?«, fragt Dev.

»Nein, ist schon in Ordnung, ich mache das.« Ich stehe auf, gehe zum Freilauf für Riesenrennmäuse und rufe meinen Sohn. »Sammy?«

Er antwortet nicht, was mich nicht überrascht. Er weiß genau, warum ich hier bin, und wird alles dafür tun, nicht essen zu müssen, wo er doch viel lieber herumtoben möchte.

»Pass mal auf«, sagt Dev hinter mir. Er geht zu einem Loch in einer der Röhren, aus dem die Kinder auf ein Kletternetz springen können. Dev nimmt gebückt darunter Stellung ein und richtet sich langsam wieder auf, als er in der Mitte angekommen ist. Das Netz legt sich um seinen Kopf, der kurze Zeit später in der Röhre verschwindet.

Keine Ahnung, wie viele Kinder sich genau darin befinden, doch den Freudenschreien nach zu urteilen sind es mindestens fünf.

»Sammy, dies ist eine Nachricht für Sammy«, tönt Dev mit durchdringender Stimme. »Sie werden sofort am Pommestisch gebraucht. Bitte melden Sie sich am Pommestisch.«

Das unverwechselbare Kichern meines Sohnes wärmt mein Herz. Der kleine Mann kommt aus dem Tunnel geschossen, rutscht fünf Sekunden später die Rutsche herunter und rennt an meine Seite. »Wo tsind meine Pommef, Mama? Dev hat gefagt, ich tsoll tsie effen.«

Ich folge meinem Sohn und Dev zurück zum Tisch und setze mich. Ich rechne fest damit, dass Sammy nur zwei Bissen isst und dann wieder verschwindet, doch er haut richtig rein und isst mit einem Appetit, als hätte ich ihm zwei Tage lang nichts zu essen gegeben. Ich bewundere Dev dafür, dass er nicht nur meine McDonald's-Kopfschmerzen verhindert, sondern auch noch meinen Sohn dazu gebracht hat, sein gesamtes Mittagessen zu verputzen. *Gibt es irgendetwas, das dieser Mann nicht fertigbringt?*

Kapitel 21

Nachdem ich Sammy in meinen bereits laufenden Wagen gehievt und in seinem Kindersitz angeschnallt habe, stehe ich Dev an der Fahrertür gegenüber. Da ich die Klimaanlage voll aufgedreht habe, damit sie die erdrückende, schwüle Hitze aus dem Inneren vertreibt, ist Sammy sofort eingeschlafen.

»Na, das war aber ein Abenteuer«, resümiert Dev lächelnd.

»Das Leben mit Sammy ist immer abenteuerlich.«

»Was hast du jetzt vor?«, fragt Dev und klopft seitlich mit dem Zeigefinger auf meinen Türrahmen.

»Ich fahre heim und schaue mal, ob ich mir einen Arbeitsplatz für meine neue Karriere als Freiberuflerin einrichten kann. Vielleicht gehe ich auch online und vertreibe mir die Zeit auf ein paar Seiten, auf denen ich möglicherweise noch mehr zu tun finde.«

»Datingseiten?«

Meine Wangen glühen schon wieder. »Nein, keine Datingseiten. Webseiten mit Jobangeboten für Freiberufler.«

»Vielleicht solltest du auf eine Datingseite gehen«, sagt er, ohne mich anzusehen. »Du solltest nicht jeden Abend zu Hause sitzen und alleine fernsehen.«

Mir rutscht das Herz in die Hose. Eben dachte ich noch, er wäre es wert, endlich mal wieder ein Risiko einzugehen, jetzt versucht er mich dazu zu bringen, mich mit anderen Typen zu verabreden? Kann ich sein Verhalten wirklich so fehlgedeutet haben?

»Warum glaubst du, dass ich das tue?«, frage ich beleidigt, weil seine Worte dafür sorgen, dass ich mir gerade bildlich vorstelle, wie ich alleine in meinem Wohnzimmer auf dem Sofa sitze und die Langeweile in Person bin.

»Du hast es mir selbst erzählt. Abgesehen davon, habe ich dein Profil auf einer dieser Seiten gesehen. Du hattest dein Profil noch nicht mal richtig fertiggestellt. Bestimmt hast du auch noch nicht nach einem Datingpartner gesucht, oder doch?«

Ich verschränke die Arme vor der Brust. »Du etwa?«

Er sieht mir endlich in die Augen und zuckt die Achseln. »Nicht so richtig.«

»Na ja, wenn ich mich nach Datingpartnern umsehen soll, solltest du das wohl auch tun.«

Dieses Gespräch ist vollkommen lächerlich. Ich würde wirklich unheimlich gern auf ein Date mit ihm gehen, aber ich werde einen Teufel tun und das jetzt laut sagen.

»Mache ich, aber nur, wenn du es auch tust«, kontert er.

»Na schön.« Ich kann mit einem anderen Typen ausgehen. Vielleicht finde ich sogar einen, der noch süßer ist als er. Und größer.

»Wie wäre es, wenn wir Abendessen gehen«, er hält kurz inne, »du weißt schon … damit du auch mal bezahlen kannst, und dann besprechen wir unsere künftige Datingstrategie?«

Ob ich in diesem Augenblick das Gaspedal durchtreten und nichts als verbranntes Gummi und den beißenden Geruch glühender Reifen und gekränkter Gefühle hinterlassen möchte? Aber selbstverständlich. Ich bin schließlich auch nur ein Mensch und habe schon verdammt lange keine Zeit mehr mit einem coolen Typen verbracht. Und einen Dildo besitze ich auch nicht. Noch nicht. Natürlich macht es mich verdammt traurig, dass Dev mich darum bittet, ihm bei der Suche nach seiner Traumfrau zu helfen, besonders nachdem es für mich die ganze Zeit danach aussah, als sende er deutliche Signale, dass er an einem Date mit mir interessiert ist.

Dann trifft es mich wie der Schlag: Vielleicht ist er ein Frauenheld. Vielleicht habe ich ihn und seine Signale völlig falsch eingeschätzt, weil ich keine Ahnung habe, wie man diese Spielchen spielt.

Ich recke das Kinn. »Gut. Ich schätze, das geht in Ordnung.«

»Wann?«, fragt er.

»Passt dir Freitag? Vielleicht kann ich May überreden, zu mir zu kommen und ein paar Stunden auf die Kinder aufzupassen.«

»In Ordnung. Ich frage meine Mutter, ob sie auf meinen Sohn aufpassen kann. Du bearbeitest May und lässt mich wissen, ob sie Ja gesagt hat. Wenn unsere Babysitter beide Zeit haben, hole ich dich um halb sieben ab.«

»Hast du schon eine Idee, wohin wir gehen? Ich muss doch wissen, was ich anziehen soll.«

Er zwinkert. »Ich sage dir Bescheid.« Er beugt sich zu mir herunter und gibt mir einen flüchtigen Kuss auf die Wange, auch diesmal, bevor ich begreife, was da gerade passiert. Wieder beschleicht mich der Gedanke, dass er ein Frauenheld sein könnte. Einerseits fühlt sich das alles definitiv wie ein Spiel an, andererseits habe ich nicht das Gefühl, dass er irgendwelche bösen Absichten hegt. Nicht, nachdem ich beobachtet habe, wie er mit Sammy umgeht. Ein echter Frauenheld würde sich nicht so viel Mühe machen, oder doch? Ich bin unglaublich verwirrt. Ich beobachte, wie er zum Tor des Lagerhauses geht und den Code eingibt.

Während sich das Tor langsam öffnet, dreht er sich winkend zu mir um. »Wir sehen uns.«

Ich winke zurück. »Ja. Wir sehen uns.« Ich steige ins Auto und schnalle mich an. Der Tag war lang, und ich sollte eigentlich erschöpft sein. Doch ich fühle mich federleicht.

Kapitel 22

Endlich wird es Mittwochabend – der Abend, an dem ich nach Geschäftsschluss mit Lucky im Büro von Blue Marine arbeiten soll.

Draußen ist es noch hell, als May eintrifft, um auf die Kinder aufzupassen. Sie kommt herein, ohne zu klingeln, und ich stehe bereits mit der Handtasche über der Schulter im Wohnzimmer. Sie ist ganz darauf konzentriert, die Kinder zu suchen, und bemerkt mich zunächst nicht. »Ich bin da!«, ruft sie den Flur entlang in Richtung Küche.

Ich räuspere mich, damit sie mich bemerkt. Lächelnd wendet sie mir den Kopf zu. »Da bist du! Wow, bist du schick.«

»O mein Gott, du klingst genau wie unsere Mutter.«

May betritt das Zimmer, umarmt mich und küsst mich auf die Wange. Ich erwidere die liebevolle Begrüßung und hoffe, dass sie meine Nervosität nicht in meiner Umarmung spürt.

»Bist du aufgeregt?«, fragt sie, hält mich auf Armeslänge von sich entfernt und sieht mir in die Augen, als sei sie ein menschlicher Lügendetektor.

So viel zum Thema Gefühle verbergen. »Ja. Fällt es sehr auf?«

»Nein. Du siehst schick und selbstbewusst aus.«

Ich sehe sie kopfschüttelnd an. »Du bist so eine schlechte Lügnerin.« Ich wende meine Aufmerksamkeit der Treppe zu.

»Kinder! Tante May ist hier, um auf euch aufzupassen.«

Dann hört es sich an, als trample eine Herde sehr kleiner Gnus die Treppe herunter, und die Kinder kommen hereingestürmt. Sophie kommt das Erste. Kaum haben ihre Füße den Boden des Erdgeschosses berührt, da rennt sie auch schon los und wirft sich in die Arme ihrer Tante. »Tante May! Du warst ja ewig nicht hier.«

May umarmt Sophie, die sich an ihre Hüfte klammert, und sieht mich augenverdrehend an. »Wie dramatisch! Du weißt doch, dass ich erst letzte Woche hier war.«

Sophies Stimme klingt gedämpft, weil sie in Mays Bluse hineinspricht. »Aber du hast schon ewig nicht mehr übernachtet.«

»Ich habe viel zu tun, denn ich habe doch jetzt einen neuen Job, deshalb ist es schwieriger für mich, hier zu übernachten. Aber heute Abend bin ich hier, oder etwa nicht?«

»Ja!«

Als Nächstes taucht Melody auf. Sie kommt gemesseneren Schrittes die Treppe herunter und wartet, bis sich ihre Schwester von Tante May gelöst hat, ehe sie die Arme ausstreckt. »Hi, Tante May. Ich bin so froh, dass du da bist.« Sie lächelt süß, wie es nur meine kleine Melody kann. Ich bin so froh, dass sie nicht versucht, in ihrer Tante Schuldgefühle zu wecken.

Mays Gesicht wird ganz weich. »Oh, Süße, ich freue mich auch wirklich, hier zu sein. Ich glaube, ich bin zu lange nicht mehr geknuddelt worden.«

Als Letzter kommt Sammy, die Arme voller Spielsachen. Es ist ein Wunder, dass er mit dieser Zentnerlast nicht kopfüber die Treppe heruntergefallen ist. Ich funkle seine Schwestern an, denn sie hätten ihm tragen helfen müssen. Ich war nicht dabei, weiß aber genau, was passiert ist. Sie haben ihren kleinen Bruder oben sich selbst überlassen, um ihre Tante vor ihm umarmen zu können. Ich habe keine Ahnung, warum sie das Umarmen als Wettkampfsport betreiben.

»Brauchst du Hilfe, Sammy?«, frage ich.

»Nein. Ich habe meine Spielfachen. Ich bin tsehr ftark.« Er ist noch einen Meter von May entfernt, als er die Arme öffnet und alles auf den Boden fallen lässt. Spielzeugteile und ganze Actionfiguren fliegen in alle Richtungen wie Schrapnelle. Er geht zu seiner Tante hinüber und hebt erwartungsvoll die Ärmchen.

May setzt Melody ab und umarmt Sammy. Er klammert sich an sie wie ein Äffchen, schlingt ihr die Arme um den Hals und die Beine um die Taille und vergräbt sein Gesicht an ihrer Brust.

May legt die Arme um ihn und drückt ihn an sich. Sie schließt die Augen und atmet den Duft seines Haars ein. »Du hast mir gefehlt, Sammers. Niemand beherrscht Kleine-Jungen-Umarmungen so wie du.«

»Meine Umarmungen sind die beften, oder?«

»Sie sind nicht besser als meine«, murrt Melody und sieht ihren Bruder stirnrunzelnd an.

May ist zu gerissen, um auf ihre Spielchen hereinzufallen. »Sammy, du hast die besten Kleine-Jungen-Umarmungen, Melody, du hast die besten Kleine-Mädchen-Umarmungen und Sophie hat die besten Mädchen-Umarmungen.«

Sophie verdreht die Augen. »Ich wusste, dass du das sagen würdest.«

Um einen Streit zu vermeiden, mische ich mich ein. »Okay, Kinder, wer will Abendessen?«

Sammy löst sich aus Mays Umarmung, lässt sich auf den Boden fallen und rennt dann los, um sich seine Spiderman- und seine Superman-Actionfigur zu schnappen. »Ich!« Er hält beide Figuren in Flugposition, Superman mit dem Kopf voraus, Spiderman mit dem Hintern. Sammy hat mir schon häufig erklärt, dass sich Spiderman bevorzugt so fortbewegt, und ich widerspreche ihm nicht. So gut kenne ich ihn eigentlich nicht.

Melody hebt die Hand. »Ich! Ich!«

Sophie verdreht die Augen. »Meinetwegen.«

May streckt die Hand aus und kitzelt Sophie am Hals, woraufhin diese ein wenig kichert. Ich merke, dass meine Tochter lieber anders reagieren würde, aber May kennt ihre empfindlichen Stellen.

»Was soll das denn heißen?«, fragt May meine Älteste. »Was soll denn dieses *Meinetwegen*?«

»Hast du das noch nicht gehört?«, frage ich. »Das ist der letzte Schrei bei allen großen Kindern, und da Sophie ein großes Kind ist, hat sie beschlossen, es zum integralen Bestandteil ihres Vokabulars zu machen.«

»Nun, wenn sie es sagt, solange ich hier bin, kriegt sie Ärger.« May wirft ihrer Nichte einen gespielten strengen Blick zu.

Sophie lächelt listig. »Meinetwegen.«

May springt sie an, und sie rennt schreiend Richtung Küche davon.

May sieht mich an, sie steht auf halbem Weg zwischen dem Wohnzimmer und der Diele. »Sind wir alle so weit? Muss ich irgendetwas Spezielles tun?«

Ich schüttle den Kopf. »Nein, ich glaube nicht. Ihr Abendessen ist ja schon aufgetragen, es gibt Sorbet als Dessert, und ihr wisst ja, wo ihr Kram ist. Sie haben bereits gebadet, und Sophie hat Hausaufgaben gemacht. Jetzt müsst ihr nur Spaß haben.« Ich versuche, das Gesagte mit einem breiten Lächeln zu unterstützen.

May fällt nicht darauf herein. Ihr Gesichtsausdruck wird noch weicher. »Keine Angst, Süße. Du schaffst das. Du weißt, was du tust, und Lucky ist ein netter Kerl.«

Ich nicke. »Ist er. Wegen Lucky mache ich mir überhaupt keine Sorgen. Aber mal ganz im Ernst, May, er sieht fast ein bisschen zu gut aus, findest du nicht?«

»Doch«, sagt sie enthusiastisch. »Seltsam, oder? Bei unserer ersten Begegnung ist mir fast die Luft weggeblieben, aber inzwischen fällt es mir gar nicht mehr so sehr auf. Je mehr man mit ihm zu tun hat, desto weniger lenkt es einen ab.«

»Das will ich doch schwer hoffen.«

»Hmm, läuft da vielleicht etwas?«, fragt sie in einem doppeldeutigen Tonfall.

Ich schüttle entschieden den Kopf. »Auf keinen Fall. Im Ernst, denk nicht mal daran. Ich bin nicht interessiert.«

»Das ist gut, denn ich glaube, jemand wäre ein wenig enttäuscht, wenn er herausfindet, dass du an Lucky interessiert bist«, antwortet May neckisch.

Mein Herz setzt für einen kurzen Augenblick aus, nur um dann beschleunigt weiterzuschlagen. »Wovon redest du?« Ich versuche angestrengt, genauso zurückhaltend zu wirken wie sie, aber ich bin nicht sicher, ob es mir gelingt.

»Keine Spielchen. Du weißt genau, von wem ich rede. Dev.«

»Oh. Dev?« Ich zucke die Achseln und tue total cool. »Der ist ganz nett. Er war gestern mit Sammy und mir bei McDonald's.«

»Oh, glaub mir, ich habe davon gehört.«

Ich habe plötzlich das Bedürfnis, ihr alles haarklein zu erzählen. Also gehe ich zu meiner Schwester hinüber, schnappe mir ihren Arm und hauche ihr meinen heißen Atem direkt ins Gesicht. »Erzähl!«

Sie geht in Richtung Küche, wobei sie ihren Arm meinem Kung-Fu-Griff entwindet. »Tut mir leid, Schwesterherz, aber du musst zur Arbeit. Darüber reden wir später.«

»Aber ich will es jetzt wissen …«, bettle ich sie an.

Sie lacht. »Keine Sorge. Wenn du heimkommst, erzähle ich dir alle schmutzigen Einzelheiten.«

»Aber ich komm vielleicht erst um vier Uhr morgens heim.«

Plötzlich klingt ihre Stimme nicht mehr neckend. »Weck mich bloß nicht. Ich will nicht vor sechs aufwachen.« Dann lächelt sie wieder. »Aber ich werde mit dir frühstücken, und dann können wir über alles reden. Außerdem kannst du mir dann von deiner spannenden nächtlichen Arbeitssitzung berichten, während derer du zusammen mit dem gut aussehenden Lucky verdeckte Ermittlungen angestellt hast.«

Sofort dräut eine dunkle Wolke über mir. »Sag das nicht.«

»Was soll ich nicht sagen?«

»Verdeckte Ermittlungen. Es ist nur ein Job. Ich gehöre zu den Leuten im Team, die kein Risiko eingehen. Lucky und ich machen diese ganze Supersoldatenscheiße nicht mit.«

»Okay, okay. Sei nicht so empfindlich. Ich habe nur Witze gemacht.« Sie legt den Kopf schief und kneift die Augen zusammen. »Machst du dir etwa wirklich Sorgen?«

Ich seufze genervt. May ist wirklich clever, aber manchmal kann sie echt schwer von Begriff sein.

»Natürlich mache ich mir Sorgen.« Ich deute auf die Küche. »Ich habe drei Kinder. Riskante Unternehmungen, bei denen ich in Lebensgefahr geraten könnte, kann ich mir nicht leisten.«

May schaut mich an, als hätte ich den Verstand verloren. »Beruhige dich, Jenny. Du wirst lediglich in einem leeren Büro an Computern arbeiten.«

»Genau. Aber was, wenn jemand hereinkommt? Was, wenn die Person, die für diese Unterschlagung oder was auch immer verantwortlich ist, beschließt, mitten in der Nacht arbeiten zu gehen? Wenn diese Person oder diese Personen so viel Geld für sich abschöpfen, wie Lucky glaubt, werden sie echt angepisst sein. Vielleicht haben sie eine Waffe oder verprügeln uns. Ich kann es mir nicht leisten, Veilchen zu haben, wenn Miles das nächste Mal herkommt, um die Kinder abzuholen. Er wird sie mir wegnehmen.«

May kommt herüber, legt mir die Hände auf die Schultern und schaut mir tief in die Augen. »Zunächst mal ist Lucky ja bei dir. Er wird für den Fall der Fälle bewaffnet sein. Nein, kein Grund zur Sorge! Zweitens … kommt doch niemand mitten in der Nacht auf die Arbeit. Wer macht denn so was? Außerdem wird dir Miles die Kinder nicht wegnehmen. So viel Verantwortung will er nicht, schon vergessen? Er kann sie ja nicht mal für ein ganzes Wochenende nehmen.«

Hinter May erklingt eine leise Stimme. »Was meinst du damit, Dad will so viel Verantwortung nicht?«

Mir wird das Herz schwer, als mir klar wird, dass es Sophie war, die diese schrecklichen Worte wiederholt hat. Ich gehe um May herum und in die Hocke, um meiner Tochter in die Augen schauen zu können. »Schatz, Tante May versucht nur, mich zu beruhigen, weil ich mich ihrer Auffassung nach benehme wie eine alberne Mutter. Aber sie weiß nicht, wovon sie spricht. Natürlich hätte euer Vater euch gerne häufiger bei sich daheim. Er hat nur immer wirklich viel zu tun. Aber Weihnachten werdet ihr zwei ganze Wochen bei ihm sein! Ist das nicht toll?«

Sophie zuckt die Achseln. »Vielleicht. Aber wenn seine hochnäsige Freundin bei ihm ist, vielleicht auch nicht.«

»Freundin?« Offenbar ist Mays Neugier geweckt.

Ich stehe auf und sehe sie kopfschüttelnd an. »Frag nicht. Lass die Kinder einfach einen netten, friedlichen Abend ohne Gespräche über Freundinnen oder das ganze andere Zeug erleben.« Ich schaue meine Tochter an und deute auf die Küche. »Geh. Deck den Tisch, damit dir Tante May köstliche Spaghetti zum Abendessen servieren kann.«

May umarmt mich. »Das wird schon klappen. Auf der ganzen Linie. Es wird ein voller Erfolg werden, und ihr werdet den ganzen Mist den Bourbon Street Boys präsentieren, um ihnen zu zeigen, wie großartig du bist.«

Ich löse mich aus ihrer Umarmung, weil die Versuchung viel zu groß ist, sie einfach nicht mehr loszulassen und zu kneifen. »Danke. Ich rufe dich an, wenn ich auf dem Heimweg bin.«

Sie zwinkert mir zu. »Ausgezeichnet. Ich kann es kaum erwarten, von deinen Abenteuern zu hören.«

Sie lässt mich an der Haustür in der Diele stehen und ruft nach den Kindern, als sie sich entfernt. »Wer auch immer meine Lieblingsnichte oder mein Lieblingsneffe sein möchte … Tante May ist echt durstig! Wer ihr ein großes Glas Wasser bringt, ist für die nächsten zwei Minuten ihr Liebling!«

Als ich durch die Tür ins Freie trete, höre ich, wie sie losrasen, und muss lächeln. Ich habe vielleicht Angst vor der Aufgabe, die ich in dieser Nacht erledigen werde, aber nicht vor meiner Schwester als Muttersatz für die Kinder.

Ich verdränge die schwarzen Gedanken, die sich in mir breitmachen wollen und mir zuflüstern, wenn mir je etwas zustoßen sollte, würde sie diese Aufgabe dauerhaft erfüllen müssen.

Kapitel 23

Nachdem ich mich am Lagerhaus mit Lucky getroffen habe, steigen wir in den SUV und fahren zum Hauptquartier von Blue Marine. Es ist halb zehn, und obwohl wir später eintreffen als geplant, macht es mir schon nicht mehr so viel aus, um diese Uhrzeit hier zu sein. Lucky fährt auf die Rückseite des Gebäudes und parkt in einer Ecke, weit entfernt von der Tür, die wir benutzen werden.

»Bereit?« Er hat eine Laptoptasche über der Schulter und eine Aktentasche voller Unterlagen unter dem Arm. Mit der Hand an der Klinke verharrt er und wartet auf meine Antwort.

Ich nicke und versuche dabei, zuversichtlicher auszusehen, als ich mich fühle. »Allzeit bereit.«

»Das ist die richtige Einstellung. Na, kommen Sie. Bringen wir es hinter uns, damit wir etwas trinken gehen können.«

Bei der Sache mit dem Trinken bin ich mir nicht ganz sicher, aber ich bin definitiv an Bord, wenn es darum geht, diese Angelegenheit hinter uns zu bringen. Ich will nur den Auftrag erledigen und dann wieder abhauen. Es ist ein komisches Gefühl, sich im Dunkeln in eine fremde Firma einzuschleichen, auch wenn man die Genehmigung eines der Besitzer hat. Ich mache mir ständig Sorgen, dass einer der anderen Besitzer oder ein Angestellter auftauchen und mich anschreien könnte. Oder

Schlimmeres. Was das Schlimmere sein könnte, möchte ich mir gar nicht erst vorstellen.

Wir steigen aus und gehen rasch zur Hintertür. Der Kies auf dem Parkplatz knirscht unter unseren Füßen, und für mich klingt es, als verkündeten wir der gesamten Nachbarschaft, dass wir eingetroffen sind und Böses im Schilde führen.

»Haben Sie Angst?«, fragt Lucky. Er spricht die normale Lautstärke, statt zu flüstern, wie ich es für angemessen halten würde.

»Und wie. Merkt man das?« Ich versuche zu kichern, um ihm zu zeigen, wie cool ich bin, aber es klingt eher wie ein Gackern. Dabei fällt mir ein, dass ich mein Hexenkostüm für Halloween noch nicht komplett habe. Mir bleibt nicht einmal mehr ein Monat für die Vorbereitung, und meine Verkleidung besteht bisher nur aus ein paar Teilen, die noch aus früheren Jahren übrig sind.

»Nein. Aber es wäre irgendwie merkwürdig, wenn Sie in der ersten Arbeitsnacht keine hätten.«

»Ich glaube, selbst in meiner fünfzehnten Arbeitsnacht hätte ich noch Angst dabei, mich nachts in eine fremde Firma einzuschleichen.«

»Einschleichen? Wir schleichen uns doch nicht ein. Wir sind ganz legal hier. Sehen Sie?« Er hält ein Schlüsselbund hoch und klimpert damit.

Ich strecke die Hand aus und schnappe sie mir, damit der Lärm aufhört. »Ich mache mir vermutlich aber nur Sorgen, ein Angestellter oder einer der anderen Eigner könnte zufällig vorbeikommen, während wir uns gerade umsehen. Was, wenn sie die Polizei rufen?« Ich überlasse ihm die Schlüssel, damit er die Tür aufschließen kann.

»Darum haben wir uns gekümmert.« Er schließt die Tür mit zwei verschiedenen Schlüsseln auf.

»Was meinen Sie damit?«

»Ozzie hat die Polizei angerufen und Bescheid gesagt, was wir heute Nacht planen, damit die Bullen später vorbeischauen, um sich zu überzeugen, dass alles in Ordnung ist.«

Ich atme erleichtert auf. »Sie haben keine Ahnung, wie mich das beruhigt.« Die meisten Phantome, die mich gequält haben, lösen sich in Nachtluft auf. Es besteht kein Grund mehr zur Sorge.

Die Polizei steckt mit uns unter einer Decke. Puh!

Er hält inne, die Hand immer noch am Türknopf, den er gerade drehen wollte, und schenkt mir eines seiner strahlenden, breiten Hollywood-Lächeln. »Dachte ich mir, dass Sie das beruhigt.«

Dann stößt er die Tür auf und hält sie mir offen, doch ich stehe nur da und sehe ihn seltsam an.

»Ich weiß, es ist ein Gebot der Höflichkeit, mir die Tür aufzuhalten, aber würden Sie vielleicht zuerst reingehen?«

»Klar doch.« Er zögert keine Sekunde. Er tritt einfach ein und macht Licht. Zwei Sekunden später steht er wieder vor mir. »Alles klar. Sie können reinkommen.«

Ich folge ihm und fühle mich wie ein totales Weichei. Sorgfältig mache ich die Tür zu und schließe ab. Ich wünschte, ich könnte auch einen Riegel vorlegen.

Jetzt gilt's. Ich drehe mich um und lasse meinen Blick schweifen. Wir befinden uns in einem rückwärtigen Korridor mit einem WC auf der einen Seite und einer Putzkammer auf der anderen.

»Hier entlang«, sagt Lucky. »Die Büros, die wir suchen, sind rechts und links auf diesem Gang.«

Ich folge ihm und schaue dabei ständig nach links und rechts. Der Feigling in mir rechnet jede Sekunde damit, dass uns jemand anspringt und attackiert. Mein Blutdruck ist unsagbar hoch, und ich habe Herzrasen. Die einzige gute Nachricht ist, dass ich wahrscheinlich so, wie ich schwitze, einen ganzen Haufen Gewicht verliere.

Lucky macht noch mehr Licht. »Sollen wir zusammen in einem Raum arbeiten oder uns aufteilen?« Er dreht sich zu mir um, sieht mich an und wartet auf eine Antwort.

Ich werfe ihm meinen besten strengen Mutterblick zu. »Machen Sie Witze?«

Wieder lächelt er und zieht den Tragriemen seiner Computertasche höher. »Dann also im selben Raum.« Er deutet nach rechts. »Fangen wir hier an.«

Ich bleibe in seinem Schatten und setze mich neben ihn. Wir sitzen an zwei Computern, die normalerweise von Verwaltungsangestellten verwendet werden, doch ich habe noch keine Ahnung, wer sie sind oder worin ihre Aufgabe besteht.

Lucky stellt Laptop und Aktentasche ab. Ich lege meine Handtasche daneben. Mühsam widerstehe ich der Versuchung, mein Pfefferspray herauszunehmen und neben mir auf den Schreibtisch zu stellen. May hat gesagt, Lucky trage eine Schusswaffe, und ich weiß, Dev und Ozzie haben ihn in ihrer Verwendung unterwiesen. Ich muss mir also keine Sorgen machen. Im Notfall wird sicher auch die Polizei schnell hier sein.

Lucky nimmt etwas aus seiner Aktentasche und faltet es auseinander. Es ist ein übergroßes Blatt Papier. »Das ist ein kleiner Grundrissplan des Büros mit allen Computern«, erklärt er. »Ich dachte, wir könnten mit den Einzelrechnern anfangen und uns dann an den Server machen.«

Ich sehe mir den Plan an, um mich zu orientieren, wo ich mich befinde. Dann deute ich auf das Symbol des Schreibtischs, an dem ich sitze. »Hier bin ich, und da sind Sie.«

Er nickt. »Ja, genau. Sie sitzen also an einer der Buchhaltungsmaschinen, und ich auch. Perfekt.«

Nachdem er auf dem Blatt die beiden Computer markiert hat, an denen wir arbeiten, wendet er sich seinem Rechner zu. »Fahren wir die Süßen hoch und schauen mal.«

Ich bewege die Maus auf meinem Schreibtisch, und der Monitor wird hell. Ich werde nach einem Benutzernamen und einem Passwort gefragt. Weil ich die Unterlagen gelesen habe, die man mir geschickt hat, weiß ich, dass wir beides kennen. Ehe ich auch etwas dazu sagen kann, entnimmt Lucky einem Aktenordner zwei Blätter und reicht mir eines davon. »Hier sind alle Benutzernamen und Passwörter. Ein Exemplar für Sie und eins für mich.«

Ich nicke und beginne sofort mit der Eingabe. Je schneller ich arbeite, desto schneller sind wir hier wieder raus.

Lucky pfeift vor sich hin, aber das macht mir nichts aus. Es ist besser, als mit jemandem zu arbeiten, der in Plauderlaune ist. Bei solcher Arbeit höre ich am besten entweder irgendwelche bedeutungslosen Geräusche oder gar nichts. Ich muss mich voll auf das konzentrieren, was ich tue. Das ist monoton, aber wenn ich diesen Konzentrationszustand erreiche, bin ich eine Maschine. Dann arbeitet niemand schneller als ich.

Problemlos dringe ich in den Computer ein. Danach ist es ein Kinderspiel, die einzelnen Partitionen der verschiedenen Laufwerke aufzurufen und mir anzuschauen, ob irgendetwas Seltsames darauf ist. Ehe wir hergekommen sind, haben wir einen kompletten Überblick über ihre Systemarchitektur bekommen, die ich mir gestern Abend, nachdem die Kinder im Bett waren, zu Hause genau angesehen habe, deshalb weiß ich, was ich zu tun haben sollte. Alles Außergewöhnliche dürfte mir auffallen.

Abgesehen davon, dass die Angestellte, die an diesem Rechner tätig ist, viel Zeit mit Onlineshopping am Arbeitsplatz verbringt, finde ich auf ihrem Computer nichts Alarmierendes, aber vorsichtshalber nehme ich den mitgebrachten USB-Stick aus der Handtasche, stecke ihn in ihren Rechner und lade das Virus darauf. Danach schaue ich zu Lucky hinüber. »Ich spiegle diese Maschine. Wollen Sie das Gleiche mit Ihrer machen?«

Lucky sieht zu mir herüber. »Was meinen Sie? Soll ich?«

Ich zucke die Achseln. »Ich sehe bei diesem Rechner keine Probleme, werde ihn aber sicherheitshalber trotzdem spiegeln. Kann ja nicht schaden, oder? Kostet nur ein wenig Zeit.« Ich will so schnell wie möglich hier wieder raus, aber ich will auch nicht schludern.

»Klone werden uns ermöglichen, später die Vorgänge hier von außerhalb zu beobachten und uns genauer umzusehen. Wenn wir sie nicht brauchen, können wir sie ja einfach wieder löschen.«

»Wie Sie meinen«, sagt Lucky. »Haben Sie noch einen USB-Stick?«

Ich nicke und krame in meiner Handtasche herum. Sobald ich ihn gefunden habe, gebe ich ihm den zweiten USB-Stick.

»Hier. Klicken Sie einfach auf die ausführbare Datei, ich mache den Rest.«

»Werden wir keine Spuren hinterlassen?«

Ich gehe zu meinem Computer zurück und überzeuge mich, dass der Spiegelungsprozess abgeschlossen ist, ehe ich den Rechner herunterfahre. »Nein, eigentlich sollte es keine geben. Das ist ein ziemlich gutes Programm. Ich habe es zu Hause geprüft.«

»Will ich wissen, wo Sie es herhaben?« Er lächelt, um mir zu signalisieren, dass er die Frage nicht böse meint.

»Sagen wir, es stammt aus einer vertrauenswürdigen Quelle.«

Tatsächlich habe ich es von einem meiner früheren Kollegen. Für meinen ehemaligen Arbeitgeber sind ein paar junge Leute tätig, die gerade erst mit der Highschool fertig sind und viel zu viel Freizeit damit verbringen, im Internet Unfug anzurichten. Sie sind eigentlich nicht kriminell. Sie sind einfach nur noch nicht richtig erwachsen und machen aus reiner Langeweile Ärger. Zu meinem Glück haben sie mich als eine Art Mutterfigur betrachtet, als ich noch dort arbeitete, es war also nicht allzu schwierig, Hilfe von ihnen zu kriegen.

Tatsächlich fanden sie es witzig, als ich nach dem Programm fragte. Ich habe ihnen erzählt, ich wolle den Rechner meiner Tochter spiegeln, um beobachten zu können, was sie in Chatrooms und so weiter treibt.

Weil sie ganz genau wissen, was für Müll man im Internet finden kann, waren sie nur allzu gerne bereit, die großen Brüder zu spielen und eine Lösung für mein »Problem« zu finden.

»Okay, ich stelle keine Fragen mehr.« Lucky schiebt den USB-Stick in seinen Rechner und lädt das Virus hoch.

Ich schaue auf den Plan. »Wohin jetzt?«

Ohne den Blick von dem Computer zu nehmen, antwortet Lucky: »Sie entscheiden.«

Ich wähle den logischen nächsten Punkt aus, versuche, mich geordnet durch den Raum zu bewegen, und nehme dabei meine Handtasche mit. Es geht schneller als gedacht. Vielleicht sind wir um Mitternacht hier raus. Ich hoffe, May ist bei meiner Rückkehr noch wach, damit ich mit ihr über Devs Worte sprechen kann.

Kapitel 24

Ich bin in einem der hinteren Büros fast fertig damit, das letzte Laufwerk zu spiegeln, als ich vom Ende des Korridors in der Nähe der Hintertür seltsame Geräusche höre. Meine Hand erstarrt an der Maus.

Verdammt! Was war das denn?

Lucky ist in einem anderen Teil des Büros und arbeitet an einem anderen Computer. Nach drei Stunden Arbeit im selben Raum war ich ruhig genug, dass wir uns trennen konnten, aber jetzt bereue ich diese Entscheidung eindeutig.

Ich bin ganz auf den Korridor konzentriert. Habe ich wirklich etwas gehört oder spielt mir meine Müdigkeit Streiche? Ich will nach Lucky rufen, habe aber Angst, jemand, der gerade auf dem Korridor unterwegs ist, könnte mich hören.

Ich schnappe mir mein Handy vom Schreibtisch. Gott sei Dank habe ich es dabei. Leider habe ich meine Handtasche und alles andere im ersten Büro gelassen, wo wir angefangen haben.

Schnell schreibe ich eine SMS an May und verfluche mich dafür, nicht mit Lucky Handynummern ausgetauscht zu haben. Ich stelle mein Handy lautlos und verschicke die SMS. Es ist ein Uhr, May schläft also wahrscheinlich tief und fest, aber vielleicht habe ich Glück, und meine SMS weckt sie.

Ich: Bei Blue Marine. Da kommt jemand. Habe Luckys Nummer nicht. Er ist nebenan.

Ich höre weitere Geräusche aus dem Korridor. In dem Moment bricht definitiv jemand ein. Ich höre zwei Stimmen, die leise miteinander reden. Ich habe schwitzige Hände, und mein Herz rast. Mein schlimmster Albtraum ist wahr geworden. Wir sind aufgeflogen!

Ich strecke die Hand aus und schalte den Bildschirm ab, schnappe mir den Zettel mit den Passwörtern und verkrieche mich unter dem Schreibtisch. Ich bin versucht, mich ganz darunter zu verstecken, aber ich will überprüfen, ob ich mir die Geräusche nur einbilde, und dazu muss ich über die Tischplatte hinwegsehen können. Ich frage mich, was Lucky gerade tut. Ist er wie ich in Panik verfallen? Schickt er eine SMS an Ozzie? Ruft er die Polizei?

Die Stimmen werden deutlicher, als sie näher kommen, und ich kann jetzt mit Sicherheit sagen, dass mindestens eine davon einem Mädchen gehört.

»Bist du sicher?«, fragt sie.

Ein Typ antwortet: »Ja, bin ich. Könntest du dich jetzt bitte mal zusammenreißen? Du machst mich ganz nervös.«

Es könnten Teenager oder vielleicht Collegestudenten sein. Ihre Stimmen klingen zu jung, als dass die beiden älter sein können. Ich bin nicht sicher, ob mich das beruhigt oder meine Panik noch verstärkt. Jugendliche neigen zu überstürzten Entscheidungen. Unter Druck machen sie Dummheiten. Haben die beiden eine Waffe?

»Lasst ihr hier immer das Licht an?«, fragt das Mädchen. »Das ist totale Energieverschwendung, weißt du das?« Offenbar haben wir eine zukünftige Umweltschützerin im Gebäude. Nett. Ich verdrehe die Augen. Ist ihr nicht klar, dass das, was sie tut, weit schlimmer ist, als ein paar Lichter anzulassen? Sie bricht hier ein! Ob ihre Eltern wissen, dass sie gerade die Gesetze bricht?

»Woher soll ich das wissen?«, fragt der Typ. »Ich arbeite hier nicht.«

Interessant. Der Typ arbeitet nicht hier, dieser kleine Besuch scheint aber von ihm auszugehen. Ist er hier, um etwas zu klauen? Ist er mit jemandem verwandt, der hier arbeitet? Ich fühle mich total wie eine Spionin. Angestrengt lausche ich. Wer weiß? Vielleicht muss ich irgendwann als Zeugin aussagen.

Ich ducke mich noch tiefer unter den Tisch. Nur mein Scheitel und meine Augäpfel befinden sich noch oberhalb der Tischplatte. Schatten fallen auf die Glasfront des Büros, in dem ich mich befinde. Ich danke meinem Glücksstern, dass ich mir beim Eintreten nicht die Mühe gemacht habe, das Licht einzuschalten. Die Lichter des Büros auf der anderen Gangseite erhellen etwas den Raum.

Wenn Sie auch nur einen Meter in dieses Büro treten, werden sie Lucky in voller Größe und Schönheit zu sehen bekommen. Er ist zu groß, um sich zu verstecken.

»Komm«, sagt der Typ. »Hier ist es.«

Jetzt sehe ich deutlich zwei Gestalten. Sie sind jung, aber der Typ ist groß. Wirklich groß. Wie ein Footballer.

Ich habe genug gesehen. Vorsichtig ducke ich mich so unauffällig wie möglich komplett unter den Schreibtisch. Hoffentlich hören sie mich nicht atmen. Ich bekomme beinahe einen Herzschlag, als das Licht im Büro angeht.

Was soll ich tun? Was soll ich sagen? Wird der große Typ mich zusammenschlagen? Wird er die Polizei rufen? Wie soll ich meine Anwesenheit hier erklären? Würden die mir glauben, dass ich zur Putzkolonne gehöre? Dass ich hier sein darf?

Ich wusste, ich hätte nicht herkommen sollen. Ich wusste, es war eine dumme Idee. Warum habe ich das getan? Das ist praktisch ein Einbruch. Warum habe ich die Risiken nicht gesehen? Tausend andere Gedanken gehen mir durch den Kopf, und meine Ohren brennen, als ich mir die vielen verschiedenen

Szenarien auszumalen versuche, die sich in den nächsten fünf Sekunden abspielen könnten.

Ich höre Schritte auf dem Teppichboden. Sie kommen immer näher …

Jetzt ist es so weit … der Augenblick der Wahrheit …

Aus einem anderen Büro ist ein lautes Krachen zu hören.

»Was war das?«, fragt das Mädchen fast so panisch, wie ich mich fühle.

»Warte hier. Ich gehe mal nachsehen.«

»Ich warte hier nicht allein. Lass mich jetzt nicht hier zurück! Kommt nicht infrage!«

Als ich höre, wie sie das Büro verlassen, seufze ich erleichtert auf. Lucky hat ein Ablenkungsmanöver gestartet, um mich aus der Schusslinie zu kriegen, aber jetzt hat er Probleme. Was soll ich tun? Wir sind doch ein Team! Sosehr ich es möchte, ich kann ihn nicht im Stich lassen.

Ich schnappe mir mein Handy und schreibe eine SMS an die erste Person, die mir einfällt, die ich für fähig halte, mich zu retten. Dev. Ich halte mich nicht mit der Frage auf, warum ausgerechnet er mir einfällt und nicht die Polizei, die uns doch angeblich Rückendeckung geben soll.

Ich: Hilfe! Wir sind aufgeflogen! Hier ist irgendwer!

Er antwortet sofort.

Dev: Kommst du unauffällig raus? Sind die Eindringlinge bewaffnet?

Ich: Weiß nicht!

Dev: Ruf den Notruf. Melde den Vorfall so detailliert wie möglich. Versteck dich! Ich bin unterwegs.

Ich wähle die Nummer des Notrufs, halte mir das Handy ans Ohr und den Mund halb zu, um meine Stimme so leise wie möglich klingen zu lassen. Aus Luckys Büro höre ich nichts, und ich habe auch keine Ahnung, wo das Paar hingegangen sein könnte, aber weit können sie nicht sein.

Im Polizeirevier nimmt eine Telefonistin meinen Anruf entgegen »Notrufzentrale, wie kann ich Ihnen helfen?«

Ich flüstere so leise, dass sie mich gerade noch hört: »Hi. Ich arbeite für die Firma Bourbon Street Boys Security, und wir befinden uns in der Zentrale der Firma Blue Marine, wo wir gerade eine Nachtschicht einlegen, und es ist jemand eingebrochen. Können Sie jemanden herschicken?«

»Ma'am, wir haben bereits einen Anruf von Ihrem Aufenthaltsort erhalten, und zwei Beamte befinden sich direkt vor der Hintertür. Können Sie uns sagen, ob die Eindringlinge bewaffnet sind?«

Ich empfinde Erleichterung. Natürlich hat Lucky sie angerufen. Das hätte ich vermutlich auch tun sollen.

»Ich bin nicht sicher. Es sind zwei Leute, die aussehen wie Anfang zwanzig oder vielleicht auch noch knapp unter zwanzig. Der Mann ist mit diesem Büro nicht vertraut. Aber auch sie scheint nicht hier zu arbeiten.«

»Kennen Sie sie? Woher haben Sie diese Information?«

»Ich habe ihr Gespräch belauscht. Keine Ahnung, warum sie hier sind, aber der Mann hat gesagt, er wolle dem Mädchen etwas zeigen. Er ist sehr groß. Ich habe keine Waffen gesehen, aber das will ja nichts heißen.«

»Danke. Sind Sie selbst in Sicherheit?«

»Ja. Ich habe mich unter einem Schreibtisch versteckt in dem Büro auf der linken Seite, das am weitesten von der Hintertür entfernt ist.« Tatsächlich bin ich sehr stolz auf mich, dass ich so genau weiß, wo ich bin und meinen Aufenthaltsort so exakt beschreiben kann. Ich komme mir vor wie eine Geheimagentin.

Jetzt, wo die Polizei direkt vor der Tür steht, hat die Beteiligung an diesem kleinen Szenario meine Ängste in den Hintergrund gedrängt. Es ist nicht annähernd so furchtbar wie noch vor zwei Minuten. Aber ich zittere von Kopf bis Fuß vor Adrenalin. Ich schwitze auch. Spaß an einem Mittwochabend!

»Verstanden«, sagt die Telefonistin. »Bitte bleiben Sie dran.«

Mein Ohr und meine Wange sind schweißüberströmt, so fest habe ich das Handy gegen mein Gesicht gedrückt. Ich rieche meinen schlechten Atem. Aber ich werde mich auf keinen Fall bewegen. Ich bleibe hier, bis ich völlig verkrampft umkippe. Herauskrabbeln werde ich hier erst, wenn Lucky auftaucht und mir sagt, dass die Luft rein ist.

»Ma'am, sind Sie noch dran?«, fragt die Telefonistin.

»Ja. Ich bin hier.«

»Die Beamten werden jetzt das Gebäude betreten. Bleiben Sie, wo Sie sind. Mischen Sie sich nicht ein.«

»Keine Sorge, das werde ich nicht.«

Als Nächstes höre ich lautes Klopfen an der Tür und Rufe. Ich habe genügend Folgen von *Criminal Minds* gesehen, um zu wissen, warum sie klopfen und rufen, bevor sie ein Gebäude betreten. Hoffentlich treten sie nicht die Tür ein. Ich kann mich nicht erinnern, gehört zu haben, wie die beiden Leute hinter sich abgeschlossen haben.

Die Hintertür fliegt auf, und eine Stimme dringt viel deutlicher an mein Ohr.

»Hier spricht die Polizei! Wir betreten jetzt das Gebäude! Wenn Sie sich in diesem Gebäude befinden, dann machen Sie sich des Hausfriedensbruchs schuldig. Bitte kommen Sie mit erhobenen Händen heraus. Ziehen Sie keine Waffen.« Ich höre Trippelschritte und den Schrei eines Mädchens.

Dann ertönt eine Männerstimme. Ich glaube, es ist der hochgewachsene Eindringling. »He! Wir sind nicht unrechtmäßig hier! Der Laden gehört meinem Vater.«

Ich verdrehe die Augen. Ach du Scheiße! Wie hoch ist bitte die Wahrscheinlichkeit, dass genau in der Nacht, in der wir beschließen, hier zu arbeiten, der Sohn eines der Eigner auch beschließt, zum Fummeln mit seiner Freundin in dieses Büro zu kommen?

Das Licht geht an, und das Büro ist plötzlich hell erleuchtet. Ich ziehe die Knie an die Brust. Ozzie würde wohl nicht wollen, dass diese beiden Jugendlichen Lucky oder mich hier zu sehen bekommen. Laut unseren Akten gibt es vier Firmeneigner, und ich gehe davon aus, dass dieser junge Mann der Sohn eines der drei ist, die nichts von unserer Beauftragung wissen. Mr Jorgensen hätte seinen Sohn in der Nacht, in der wir mit seinem Wissen hier sind, im Auge behalten.

Ein Polizist spricht auf dem Gang mit den beiden Eindringlingen. Ich kann nicht sehen, aber am Klang seiner Stimme erkennen, dass er nicht direkt vor dem Büro steht, in dem ich mich befinde. Trotzdem bleibe ich, wo ich bin.

»Drehen Sie sich um und nehmen Sie die Hände auf den Rücken.«

»Mann, ich habe Ihnen doch gesagt, dies ist das Büro meines Vaters. Ich bin nicht widerrechtlich hier, Sie können mich also nicht festnehmen.«

»Mein Sohn, ich werde das nicht mit dir diskutieren. Ich weiß nicht, wer du bist, und ich nehme Leute, die um ein Uhr morgens in ein Büro einbrechen, üblicherweise nicht beim Wort. Also dreh dich um und nimm die Hände auf den Rücken. Wenn ich dir Handschellen angelegt habe, reden wir weiter.«

»Jerry, tu einfach, was er sagt.«

»Halt die Klappe, Heather! Er hat mir gar nichts zu sagen. Dieses Gebäude gehört mir.«

Ich höre einen Knall, Kampfgeräusche und einige Flüche. »Lassen Sie mich los, Mann!«

Weiteres Grunzen, dann ein Klicken. »Du hast das Recht, die Aussage zu verweigern …« Die Stimmen werden leiser, als der Beamte den Eindringling den Gang entlang wegzerrt.

Als ich schließlich den Mut aufbringe, den Kopf über die Tischkante zu heben, steht ein Mann im Gang und schaut mich direkt an. Ich reiße die Augen auf. Gott sei Dank trägt er eine Polizeiuniform, sonst wäre ich wahrscheinlich vor Angst ohnmächtig geworden.

Er zwinkert mir zu, salutiert angedeutet und entfernt sich in Richtung Hintertür. Ich lasse mich auf den Teppichboden sinken und habe das Gefühl, mich übergeben zu müssen. In meinem Kopf dreht sich alles, und ich bin in kaltem Schweiß gebadet.

Das darf doch alles nicht wahr sein. Die Geräusche des jammernden Mädchens und seines murrenden Freundes verhallen, als die beiden Delinquenten und die Beamten, die sie festgenommen haben, das Gebäude verlassen. Ich höre ein Schloss klicken, dann herrscht Stille.

Auf dem Büroteppichboden sitzend, lausche ich Ewigkeiten auf meinen Puls in meinen Ohren und wundere mich, dass ich keinen Herzschlag bekomme. Ich habe gar nicht gewusst, dass mein Herz so schnell schlagen kann. Dann strecke ich die Hände aus und staune, wie sehr sie zittern. Ich sehe aus wie eine Drogenabhängige, die dringend einen Schuss braucht.

Bald darauf höre ich ein Geräusch von der Tür her. Dann steht Lucky neben meinem Schreibtisch, schaut auf mich herab und streckt mir die Hände hin. »Darf ich Ihnen aufhelfen?«

Ich nehme seine Hände und ziehe mich daran hoch. Dann klopfe ich mir die Hose ab und strecke mich, so gut es geht. Außerdem verschwende ich etwas Zeit damit, mein Haar zu einem ordentlichen Pferdeschwanz zusammenzufassen. Das ist wahrscheinlich hoffnungslos, aber ich brauche die paar zusätzlichen Sekunden, um mich zu beruhigen. Was eben passiert ist,

ist nicht Luckys Schuld, aber ich bin durchaus versucht, meine Wut trotzdem an ihm auszulassen.

»Das war unerwartet.« Er grinst mich schief an.

»O ja.« Ich kann das Ganze nicht lustig finden.

Er deutet auf meinen Computer. »Sind Sie hier fertig?«

Ich schnappe mir den Stuhl, ziehe ihn heran und setze mich darauf. »Fast.« Zu arbeiten wird mich beruhigen und mich von dem Wahnsinn ablenken, den ich gerade erlebt habe. Also schalte ich den Bildschirm ein und überprüfe, ob das Virus fertig hochgeladen ist. »Ja. Alles fertig.« Ich werfe den USB-Stick aus und ziehe ihn aus dem Computer.

Dann erhebe ich mich und schiebe den Stuhl wieder dahin, wo er ursprünglich stand. »Sind Sie auch so weit?«

Ich bin wirklich stolz auf mich. Eigentlich würde ich am liebsten ein paar Puppen die Köpfe abreißen oder diesem Mann hier gegenüber den Hulk herauslassen, aber äußerlich bin ich eiskalt. Mein Gesichtsausdruck ist so ruhig, dass Lucky nicht ahnen kann, dass ich ihn am liebsten verstümmeln würde.

»Bleibt nur noch der Server selbst. Wollen wir den zusammen angehen?«

Ich nicke. »Ich muss nur kurz telefonieren, dann komme ich.«

Lucky nickt und entfernt sich. Ich gehe auf den Gang und rufe Dev an. Er geht beim ersten Klingeln ran.

»Alles in Ordnung bei dir?« Im Hintergrund höre ich Verkehrslärm. Ich glaube, er ist immer noch auf dem Weg, um mir zu Hilfe zu eilen.

Ich seufze tief, so erleichtert bin ich, seine Stimme zu hören. Irgendwie scheint dadurch auf magische Weise der ganze Scheiß, den ich gerade hinter mir habe, halb so schlimm. »Es geht mir gut. Die Polizei ist aufgetaucht und hat zwei junge Leute abgeführt. Ich kann nicht glauben, dass ich wegen zwei

Teenagern so ausgetickt bin. Du musst nicht herkommen. Es geht uns wirklich gut. Ich habe überreagiert.«

»He, sag das nicht. Du hattest jedes Recht, in Panik zu geraten. Außerdem hast du perfekt reagiert.«

»Perfekt? Finde ich nicht. Ich habe dich angerufen, dabei hätte ich besser die Polizei verständigt.«

»Ich bin dein Trainer und für deine persönliche Sicherheit verantwortlich. Es war gut, dass du mich angerufen hast. Aber ja, das nächste Mal rufst du vielleicht zuerst die Polizei an.«

Wir kichern beide.

»Was machst du gerade?«, fragt er.

»Ich bin gleich mit dem Server fertig.« Ich spähe um die Ecke, aber Lucky ist nirgends zu sehen. »Lucky braucht vermutlich meine Hilfe.«

»Gut. Dann machen wir mal Schluss. Danke.«

»Wofür? Dafür, dass ich dich in Panik versetzt habe?«

»Nein«, sagt er sanfter. »Dafür, dass du mich angerufen hast, als du Angst hattest.«

Ich schnaube. »Angst? Wer hatte denn Angst?«

Er lacht. »Das ist mein Mädchen.«

Ich lege auf und habe das Gefühl, als sei mein Hirn voller Helium. Ich könnte abheben, so berauscht bin ich von einer Kombination aus Postpanik-Adrenalin, Verknalltheitshormonen und dem Wissen darum, dass ich in einer brandgefährlichen Situation fast alles richtig gemacht habe. Ich bin nicht allzu sehr in Panik verfallen und unversehrt aus der Sache herausgekommen. Ich bin der Honigdachs, und mir kann keiner was.

Kapitel 25

Auf dem Weg zu Lucky hole ich mein Handy, auf dem noch immer die unbeantwortete SMS an mein Schwester wartet, aus der Tasche und schreibe May eine neue Nachricht, in der ich ihr mitteile, dass es falscher Alarm war und sie die erste SMS einfach ignorieren soll. Lüge.

Dann betrete ich eine geräumige Abstellkammer, in der sämtliche Büromaterialien und die Server für das Verwaltungsbüro von Blue Marine zu finden sind. Lucky hat soeben seinen Laptop mit dem Zentralcomputer verbunden.

»Sind Sie so weit?«, fragt er.

Ich nicke. »Ja.«

Er macht sich an die Arbeit und befolgt dabei die Schritte, die ich ihm im Lagerhaus erklärt habe. Ich schaue ihm unterdessen über die Schulter, um sicherzugehen, dass er nichts vergisst, und um ihn auf kleinere Fehler hinzuweisen.

»Ich bin so froh, dass Sie auch hier sind«, sagt er, als er darauf wartet, dass ein Kommando ausgeführt wird.

Ich weiß nicht, was ich darauf antworten soll. Ist er froh, dass ich bei ihm war, als die Eindringlinge kamen? Froh darüber, dass mein Leben auf Messers Schneide stand? Ist er verrückt?

»Wenn solche Sachen passieren, muss man sich ganz auf sein Bauchgefühl verlassen. Sie sind offenbar ziemlich geistesgegenwärtig und reaktionsschnell.«

Ich versuche, das Kompliment nicht an mich heranzulassen, aber das ist ganz schön schwer. Wer wird nicht gerne als geistesgegenwärtig bezeichnet?

»Na ja, ich habe meiner Schwester eine Nachricht geschrieben und Dev angerufen, bevor ich die Polizei alarmiert habe, ich weiß nicht, ob ich wirklich cool geblieben bin.«

Er schaut für einen kurzen Moment zu mir auf. »Echt? Das ist spitze. Dann sind Sie sogar noch besser, als ich dachte.«

Ich weigere mich zu lächeln, auch wenn mir das Kompliment schmeichelt. Es kommt mir nicht gerade wie eine tolle Leistung vor, ein paar Leute zu benachrichtigen. Jeder andere hätte das an meiner Stelle auch getan. »Warum? Ich kapier's nicht.«

»Sie sind nicht in Schockstarre verfallen. Sie haben keine Panik bekommen. Sie haben sich ein Bild über die Lage gemacht und darauf angemessen reagiert. Sie haben genau das Richtige getan.«

»Es fühlte sich eher an, als wäre ich ganz und gar nicht in meinem Element und würde alles falsch machen.«

Er unterbricht die Arbeit, um mich anzusehen. »Nein, ganz und gar nicht. Ich weiß, dass Sie für solche Situationen nicht ausgebildet sind, auch nicht für die Arbeit im Sicherheitsgewerbe allgemein, aber ich glaube, Sie sind Ihrer Schwester da sehr ähnlich. Ich halte Sie für ein Naturtalent.«

»Ich verstehe wirklich nicht, warum Sie meine Schwester für ein Naturtalent halten. Natürlich ist sie eine tolle Fotografin, das zweifelt ja auch niemand an, aber sie ist keine Lara Croft.«

Er deutet auf den Bildschirm. »Bin ich hier fertig?«

Ich gebe ein letztes Kommando ein und nicke fünf Sekunden später, als es durchgelaufen ist. »Ja. Das war's.«

Lucky fährt den Laptop herunter und klappt ihn zu. Als er ihn vom Server trennt und in seine Tasche packt, antwortet er schließlich. »Eine Lara Croft käme uns nur in den seltensten Fällen gelegen. Was wir in unserem Team brauchen, was uns wirklich hilft, sind eine rasche Auffassungsgabe, schnelle Reflexe und Scharfsinn. Jemand, der wachsam ist, der Situationen einschätzen und auf die Schnelle eine richtige Entscheidung darüber treffen kann, wie damit umzugehen ist. Ihre Schwester hatte das bereits in sich, als sie das erste Mal durch unsere Tür kam. Diese Fähigkeit kann man nicht erlernen. Man ist entweder damit gesegnet oder eben nicht.« Er sieht mich mit ernstem Gesichtsausdruck an. »Wenn die Anlagen bereits vorhanden sind, können wir darauf aufbauen, aber wenn jemand dahin gehend völlig untalentiert ist, können auch wir nicht viel ausrichten. Ihrer Schwester wurde diese Fähigkeit in die Wiege gelegt, und jetzt weiß ich, dass das auch auf Sie zutrifft.« Achselzuckend wirft er sich den Riemen seiner Computertasche über die Schulter.

»Lucky, ich will nicht unhöflich erscheinen, aber lassen Sie sich gesagt sein, dass ich … mir vor Angst fast in die Hose gemacht habe, als diese Leute hier drinnen waren. Ich bin nicht sicher, ob ich dieses Bauchgefühl habe, von dem Sie reden.«

»Na und? Mir ging es genauso. Das ist eine ganz natürliche Reaktion. Wenn Sie anders reagiert hätten, würde ich mir Sorgen machen.«

»Wollen Sie damit sagen, dass Sie jedes Mal Angst haben, wenn etwas Unerwartetes passiert?«

Lucky drückt mir eine Hand auf die Schulter und starrt mich durchdringend an. »Unterschätzen Sie niemals die Kraft der Angst, Jenny. Angst hält einen am Leben. Sie ermöglicht es einem, sich in unerwarteten Situationen zu konzentrieren. Angst hilft einem, alles andere beiseitezuschieben und sich im entscheidenden Moment auf die Lösung und nicht auf das

Problem zu fokussieren. May tut das instinktiv. Ich glaube, Sie können das auch. Aber wir werden Dev und Ozzie darüber entscheiden lassen, ob ich richtigliege.« Er lässt mich los und geht raschen Schrittes zum Ausgang des Serverraums.

Ich hetze ihm nach. Allein bei der Erwähnung dieses Namens fühle ich mich sicherer. »Warum entscheidet Dev darüber?«

»Dev ist unser Trainer, das schließt aber nicht nur körperliche Fitness ein. Es beinhaltet auch mentales Training. Dev kann für gewöhnlich ziemlich schnell sagen, ob jemand die mentale Stärke dafür besitzt, das gesamte Trainingspaket zu absolvieren.«

Jetzt habe ich jede Menge Fragen, fürchte aber, dass jede einzelne klingen könnte, als wäre ich nur auf weitere Komplimente aus. Also halte ich den Mund und denke darüber nach, was er gesagt hat. Wir sammeln all unsere Dinge von dem Pult, an dem wir angefangen haben, schalten das Licht aus und gehen gemeinsam den Gang entlang.

»Sind Sie sicher, dass die Luft draußen rein ist?«, frage ich.

»Ich überprüfe das lieber noch mal, ehe wir die Tür aufmachen.« Lucky zieht sein Handy aus der Tasche und schreibt eine SMS.

Als die Antwort wenige Sekunden später eintrifft, nickt er. »Wir können. Halten Sie sich hinter mir.«

Ich seufze.

Er bleibt stehen. »Was denn? Was ist los?«

»Warum soll ich hinter Ihnen bleiben, wenn doch alles in Ordnung ist?«

Er grient mich an. »Ich wollte vermeiden, dass Sie unaufmerksam werden.«

Ich funkle ihn böse an. »Sie haben wirklich Glück, dass ich nicht zu Gewalt neige.«

Er legt den Kopf in den Nacken und lacht. »Deshalb nennen mich alle Lucky. Der Name ist Programm.«

Wir treten in die schwüle Nacht und schauen auf den verwaisten Parkplatz. Nachdem er die Tür hinter uns verschlossen hat, geht Lucky zu seinem Auto. Ich warte, bis er die Türen geöffnet hat, und setze mich auf den Beifahrersitz.

»Glauben Sie, die beiden haben sich darüber gewundert, dass hier ein Wagen steht?«, frage ich.

»Das bezweifle ich. In Industriegebieten lassen ständig Leute ihr Auto stehen, aus allen möglichen Gründen. Aber selbst wenn, was macht das schon? Die haben im Augenblick größere Sorgen.«

»Glauben Sie, man wird sie wegen Einbruchs belangen?«

»Ich schätze, nicht. Allerdings werden sie sich ganz schön was einfallen lassen müssen, um aus der Nummer wieder rauszukommen. Ich informiere Mr Jorgensen darüber, was vorgefallen ist, und er kann dann tun, was er für richtig hält. Ich glaube nicht, dass sich diese Jugendlichen über ein zufällig vor dem Haus geparktes Auto Gedanken machen, wenn sie erst einmal ihren Eltern erklären müssen, was sie mitten in der Nacht in ihren Büros getrieben haben.«

Die Fahrt zum Lagerhaus verbringen wir größtenteils schweigend. Gedankenversunken sinniere ich über das, was wir an diesem Abend geschafft haben, und die Arbeit, die noch vor uns liegt. Als wir ins Industriegebiet nahe dem Hafen einbiegen, ergreift Lucky das Wort. »Können Sie morgen anfangen, daran zu arbeiten? Oder brauchen Sie erst mal einen Tag, um unsere Funde zu sichten?«

»Ich schätze, dafür brauche ich erst mal einen Tag.« Außerdem muss ich mich erholen. Ich wüsste nicht, wie ich nach nur vier Stunden Schlaf irgendetwas zustande bringen soll. »Können wir am Freitag anfangen?«

Ich muss meine Habseligkeiten und den letzten Gehaltsscheck in meiner alten Firma abholen. Die sollten besser den Abfindungsvertrag parat haben, und er sollte besser richtig gut sein, sonst rollen Köpfe. Am Freitag wird meinem Neustart bei den Bourbon Street Boys nichts mehr im Wege stehen. Die Gewissheit, dass ich bereits einen neuen Job habe, bei dem ich mir meine Arbeitszeit frei einteilen kann, lässt mein Herz höher schlagen. Ich muss jetzt nicht mehr neidisch auf May sein.

»Freitag passt mir gut«, antwortet Lucky. »Ich bringe Sunny morgen zum Tierarzt. Es scheint ihm in letzter Zeit nicht gut zu gehen.«

Ich kaue auf meiner Lippe herum, während ich darüber nachdenke, ob ich diesbezüglich nachhaken soll. Doch nach allem, was wir in dieser Nacht zusammen durchgestanden haben, halte ich es für vertretbar. »Darf ich Ihnen wegen des Fisches eine Frage stellen?« Ich habe noch nie einen erwachsenen Goldfischhalter getroffen, schon gar keinen, der so an einem Fisch hängt, dass er ihn zum Tierarzt bringen will. Das kommt mir einfach zu kitschig vor, als dass ich die Klappe halten könnte.

»Klar.«

»Warum sorgt sich ein erwachsener Mann so um einen Goldfisch, dass er ihn zum Tierarzt bringen will?«

Lucky hält vor dem Lagerhaustor an und schaltet in den Leerlauf. Dann stellt er den Motor aus und holt dabei tief Luft. Dann starrt er das Lenkrad an.

Wahrscheinlich bin ich mal wieder zu weit gegangen, aber zu meiner Verteidigung lässt sich anführen, dass ich die Frage vorher von ihm habe absegnen lassen. Er muss gewusst haben, was kommt. Er wird diese Frage auch nicht zum ersten Mal gehört haben. Ich kann doch wohl unmöglich der einzige

Mensch auf diesem Planeten sein, der es seltsam findet, wenn jemand so an einem Goldfisch hängt. »Sunny hat früher meiner kleinen Schwester gehört.«

Er belässt es dabei, was meine Neugier nur noch steigert. Jetzt wäre es fast schon unhöflich, wenn ich nicht nachfragen würde. »Hat sie nicht gut auf ihn aufgepasst?« Ich kann ihn mir lebhaft als fischrächenden großen Bruder vorstellen, der seiner Schwester eine Lektion erteilt. Wenn du nicht richtig für deinen Fisch sorgen kannst, mache ich es eben!

Lucky schüttelt den Kopf. Ich werte das als Nein, doch dann führt er es näher aus. »Sie hätte schon gewollt, aber sie konnte nicht.«

Offenbar steckt mehr hinter dieser Geschichte, als ich zunächst angenommen habe, und es steht mir absolut nicht zu, ihn noch weiter zu löchern. Andererseits kommt es mir unheimlich unsensibel vor, jetzt einfach das Thema zu wechseln. Ich weiß nicht recht, was ich nun machen soll.

»Wie alt ist Ihre Schwester?« Das ist die unverfänglichste Frage, die mir einfällt.

»Als sie Sunny bekommen hat, war sie fünfzehn.«

Die nächste, mehr als offensichtliche Frage hängt zwischen uns in der Luft. Er hat die Vergangenheitsform benutzt, sie aber auf den Fisch bezogen. Wie soll ich darauf reagieren? Weiter nachfragen? Das Thema wechseln? Warum habe ich überhaupt damit angefangen? Ich hätte einfach meinen gottverdammten Mund halten sollen. Wann lerne ich endlich, nicht mehr bei absolut jeder sich bietenden Gelegenheit nachzubohren?

Weil Ehrlichkeit bekanntlich am längsten währt, beschließe ich, nicht länger um den heißen Brei herumzureden und ihn einfach direkt danach zu fragen.

»Lucky, ist mit Ihrer Schwester alles in Ordnung? Ich habe den Eindruck, Sie sind gerade sehr traurig, und es tut mir leid, wenn ich ein Thema angeschnitten habe, das nicht gut für Sie ist.«

Er schüttelt den Kopf. Dann sagt er schließlich mit heiserer Stimme: »Schon in Ordnung. Niemand fragt mich mehr nach ihr, weil alle Angst haben, dass ich dann zusammenbreche, oder weil sie davor zurückschrecken, schmerzhafte Erinnerungen zu wecken, aber das ist fast noch schlimmer, als würden sie einfach darüber sprechen – verstehen Sie, was ich meine?« Er sieht mich an, und im Schein der Lampen des Lagerhauses spiegeln sich unvergossene Tränen in seinen Augen.

Ich nicke. »Ja. Wenn jemand nicht mehr da ist, hilft manchmal nichts anderes gegen den Schmerz, als über ihn zu sprechen.« Im College hatte ich eine Freundin, die ihre Schwester verloren hatte. Sie hat überhaupt nur dann gelächelt, wenn sie mir Geschichten von ihnen als Kindern erzählte.

Er nickt und kaut auf der Innenseite seiner Wange.

Ich lege eine Hand auf seine. »Ist Ihre Schwester tot?«

Er nickt.

»Seit Kurzem?«

Er schüttelt den Kopf. »Seit achtzehn Monaten.«

»Wie alt war sie?«

»Sechzehn.«

Es zerreißt mir fast das Herz. Ich möchte am liebsten mit ihm zusammen weinen, aber ich glaube, er braucht jetzt eine starke Schulter, und ich kann Menschen Halt geben, wenn es erforderlich ist. »Was ist passiert? War sie krank?«

»Nein. Sie war nicht krank. Nicht richtig. Sie war traurig. Depressiv.«

Ich drücke seine Hand und schlucke ein paarmal, um nicht selbst die Fassung zu verlieren. Ich kann nicht weiter nachfragen. Jetzt nachzubohren, ihn auszuhorchen, was genau passiert ist, wäre nicht besonders förderlich. »Sie müssen sich sehr nahegestanden haben, trotz des großen Altersunterschiedes.«

Seine Stimme klingt jetzt vollkommen emotionslos. »Ich dachte es zumindest. Aber wie sich herausgestellt hat, waren wir uns nicht nahe genug.«

Ich drücke seine Hand fester und beuge mich so weit vor, dass er mich ansehen muss. »Lucky, Sie dürfen sich nicht einmal im Entferntesten dafür verantwortlich machen, was passiert ist.«

»Ich glaube nicht, dass sie mich in irgendeiner Weise für verantwortlich hielt. Aber ich mache mir Vorwürfe. Wenn ich doch nur genauer hingesehen hätte …«

Ich schüttle den Kopf. »Nein. Manchmal haben Menschen unheimlich mit sich selbst zu kämpfen, ganz tief drinnen. Niemand kann das von außen erkennen. Das passiert sogar ziemlich häufig. Die meisten Menschen mit Depressionen sind sehr liebevoll. Sie möchten nicht, dass andere genauso leiden wie sie. Sie fühlen sich unheimlich allein, aber das liegt nicht daran, dass andere Menschen nicht versuchen würden, ihnen zu helfen oder sie zu verstehen. Sie können nur einfach keine Bindungen mehr aufbauen. Wenn man depressiv ist, fühlt man sich völlig isoliert, und meist kann nur ein Therapeut dahinterkommen.« Ich seufze frustriert, weil ich mich ihm unbedingt begreiflich machen möchte, auch wenn ich weiß, dass er mir wahrscheinlich nichts davon abkauft.

»Sie dürfen sich deshalb keine Vorwürfe machen. Sonst nehmen diese Qualen kein Ende. Sie werden Ihr ganzes Leben ruinieren, und ich garantiere Ihnen, das hätte Ihre Schwester nicht gewollt.«

Lucky zieht die Hand unter meiner hervor und den Schlüssel aus dem Zündschloss. Ich rechne damit, dass er wortlos aussteigt, doch er starrt erst einen Moment aus dem Fenster und sieht dann mich an. »Danke.«

»Danke wofür? Dass ich meine Nase in Ihr Privatleben gesteckt habe? Dass ich Ihnen einen Vortrag über etwas gehalten habe, das Sie unendlich traurig macht? Mir fallen echt viele tollere Dinge ein, die man abends so machen könnte. Tut mir leid, dass ich Sie so gelöchert habe. Das ist so eine Marotte von mir.«

Er schüttelt den Kopf und ringt sich ein mattes Lächeln ab. »Nein, das haben Sie gar nicht. Sie sind einfach ein netter Mensch, haben gemerkt, dass da etwas nicht stimmt, und nachgefragt. Ich bin froh darüber. Ich habe lange nicht mehr über sie gesprochen.«

»Warum nicht? Es interessiert mich einfach. Sie müssen darauf nicht antworten, wenn Sie nicht möchten.«

»Wie gesagt … andere Leute tun sich damit nicht leicht. Ozzie und der Rest der Truppe wissen, was passiert ist. Sie waren für mich da. Sie haben mich aufgefangen, als ich ins Bodenlose zu stürzen drohte. Ich glaube, sie haben Angst davor, dass ich wieder zusammenbreche, wenn ich darüber spreche. Mir geht es schon ziemlich lange nicht gut.«

»Aber Sie sehen ziemlich gut aus. Vielleicht sogar zu gut.« Ich lache.

Er lächelt mich traurig an. »Meine Schwester hat immer gesagt, ich sähe zu gut aus. Sie hat mir geraten, mir einen Altherrenbart wachsen zu lassen, der mich wenigstens ein bisschen entstellt.« Er nimmt seine Sachen und öffnet die Tür.

Ich werte das als Ende des Gesprächs und steige auch aus. Ich bin erleichtert, dass Lucky ganz offenbar das Gefühl hat, sich mir anvertrauen zu können, aber ich bin auch ein bisschen überwältigt davon, welchen Verlauf unser Gespräch genommen hat. Ich hatte gedacht, wir würden einfach zusammen einen Auftrag erledigen. Danach war ich fest davon überzeugt gewesen, dass ein Einbruch unmittelbar während unserer Operation das stressigste Erlebnis wäre, das mir bevorstand.

Erstaunlich, wie viel in so kurzer Zeit passieren kann. Noch vor wenigen Tagen habe ich ein völlig normales Leben geführt. Jetzt habe ich eine Verabredung mit einem unheimlich gut aussehenden, zwei Meter zehn großen, glatzköpfigen Typen, der vielleicht, vielleicht aber auch nicht nur mit mir befreundet sein möchte, arbeite neuerdings als Freiberuflerin, rufe aus einem Versteck unter einem Schreibtisch die Polizei an und spende einem Mann Trost, dessen jüngere Schwester vermutlich Selbstmord begangen hat. Das ist zweifelsohne die seltsamste und gleichzeitig spannendste Woche meines Lebens.

Kapitel 26

Um halb sieben aufzustehen, um die Kinder für die Schule fertig zu machen, ist noch härter, als ich es mir vorgestellt habe. Ich bin von der Arbeit letzte Nacht erschöpft, und die vier Stunden Schlaf, die ich bekommen habe, können das auch nicht wettmachen. Doch gleichzeitig habe ich ein tiefes Gefühl der Befriedigung. Ich kann mit absoluter Gewissheit sagen, dass ich auf der Arbeit noch nie eine so spannende Schicht verbracht habe wie die letzte Nacht mit Lucky.

Ich hatte gehofft, May beim Frühstück ausführlich davon berichten und auch über die anderen Dinge mit ihr sprechen zu können, die mir auf der Seele brennen, doch Ozzie hat sie gleich nach dem Aufstehen wegbeordert.

Wir verabschieden uns an der Haustür mit einer Umarmung und einem Kuss auf die Wange, doch bevor sich unsere Wege trennen, versprechen wir einander, uns abends zu treffen.

Die Zeit, in der ich mit meiner Schwester hatte quatschen wollen, nutze ich für einen Anruf bei einer alten Freundin vom College. Ich habe das Gefühl, dass ich ihren Rat als Anwältin für das Treffen mit meinem Chef heute gut gebrauchen kann, und glücklicherweise kann sie mir innerhalb von zehn Minuten alles sagen, was ich wissen will. Der heutige Tag wird nicht total scheiße. Das hoffe ich zumindest.

Nachdem ich die Mädchen bei der Morgenbetreuung in der Schule und Sammy in der Kindertagesstätte abgeliefert habe – die Bauchwehnummer habe ich ihm heute einfach nicht durchgehen lassen –, bin ich unterwegs zu meiner alten Firma. Wenn ich nicht zumindest vorübergehend für die Bourbon Street Boys arbeiten dürfte, wäre dieser Gang höchstwahrscheinlich eine der erniedrigendsten Erfahrungen meines Lebens geworden, doch unter den gegebenen Umständen kann ich erhobenen Hauptes durch die Eingangstür schreiten. Ich war nur einen Tag ohne Job, dabei habe ich noch nicht einmal nach einem neuen gesucht.

Was macht es schon, dass meine Schwester mir den Auftrag vermittelt hat? Letzte Nacht konnte ich einen Typen mit meinen Fähigkeiten beeindrucken, der bewiesenermaßen sehr intelligent ist und an der Tastatur ganz schön was drauf hat, und das ist ja schon mal was.

Jetzt weiß ich, was meine Schwester damit meinte, dass man sich in diesem Team fühlt wie ein Teil einer Familie. Die Bourbon Street Boys sind etwas Besonderes. Allerdings sollte ich mich lieber nicht zu früh freuen. Sie haben mir schließlich keine feste Stelle angeboten, und selbst wenn sie das tun würden, wüsste ich nicht, ob ich sie annehmen sollte. Der Job ist nicht ungefährlich, und auch wenn alle versucht haben, mich vom Gegenteil zu überzeugen, hat die vergangene Nacht das deutlich gezeigt. Ich halte es für großes Glück, dass wir es nur mit Teenagern zu tun hatten. Es hätten genauso gut Schwerkriminelle mit Schusswaffen sein können.

»Hi! Lange nicht gesehen.« Im Eingangsbereich treffe ich Eddie, der mir das Virenprogramm besorgt hat und einer meiner Lieblingskollegen war. Ich ziehe meinen Dienstausweis durch den Kartenleser und warte. Als ich keine Freigabe bekomme, mustert mich der Mann am Schalter von oben bis unten.

»Ich bin hier, um meine Sachen zu holen«, kläre ich ihn auf.

Er nickt und erkennt mich als die Frau, die ihm häufig Kaffee und Donuts gebracht hat. »Gehen Sie rein. Ich bin informiert.«

Ich wende mich meinem früheren Kollegen zu. »Hi, Eddie. Wie geht's?«

Auf dem Weg zum Büro meines einstigen Vorgesetzten am Ende des Großraumbüros, der mich durch mehrere Glastüren führt, rückt Eddie ganz dicht an mich heran und flüstert mir ins Ohr: »Haben Sie schon das Neueste gehört?«

»Nein. Ich arbeite nicht mehr hier, schon vergessen?« Ich schlängle mich zwischen Schreibtischen hindurch und winke im Vorbeigehen bekannten Gesichtern. Mir ist jetzt nicht nach Abschiedsszenen und Pläuschchen. Dass ich überhaupt noch mal hier sein muss, ist erniedrigend genug, deshalb möchte ich meinen Aufenthalt nicht unnötig verlängern.

»Na ja, anscheinend haben wir eine Finanzspritze bekommen. Die neuen Investoren sollen demnächst vorbeikommen, um sich ganz genau anzuschauen, wie wir hier arbeiten. Wir sollen uns alle vorbildlich verhalten.« Er schnaubt, als er fertig ist.

Ich weiß genau, was dieses Geräusch bedeutet. Eddie führt irgendetwas im Schilde. Der kleine Bengel konnte sich noch nie benehmen, aber dass er jetzt dazu aufgefordert wurde, die Füße still zu halten, ist ein Garant dafür, dass er es nicht tun wird. Diese Anweisung stachelt ihn nur noch zusätzlich an. Er ist schlimmer als mein Sohn. Ich würde wetten, dass ihn die Chefetage beurlaubt, kurz bevor die Investoren hier auftauchen.

Ich versuche, mir nicht anmerken zu lassen, wie sauer mich diese Information macht. »Interessant, ich habe nämlich gehört, dass es gar nicht gut um die Firma steht und sie Leute entlassen, weil sie dringend Kosten sparen müssen.«

Eddie strahlt jetzt nicht mehr wie ein Honigkuchenpferd. »He, ich gebe nur weiter, was ich in der Gerüchteküche aufgeschnappt habe. Aber ich glaube, es stimmt. Manche Termine im Gruppenkalender sind geschwärzt, und niemand sagt uns, woran wir in der Zeit arbeiten sollen oder wer die Projektleitung übernimmt und so weiter. Sie haben uns nur gesagt, dass wir uns vorbildlich verhalten sollen. Wir mussten alle unsere Quetschfiguren wegräumen, können Sie sich das vorstellen? Wie soll ich ohne Lionel programmieren?« Eddie hat ein Gummimännchen, dessen Augen aus den Höhlen treten, wenn man es zusammendrückt. Eddie tut das ständig, es hilft ihm, sich zu konzentrieren.

»Sie sollten eine Ausnahmegenehmigung für Lionel beantragen.«

»Ja, nicht wahr? Mal ehrlich, was ist denn so schlimm daran? Wen könnte es denn stören, wenn er hierherkommt und Lionel auf meinem Tisch sitzen sieht?«

Mir gehen unheimlich viele Dinge im Kopf herum, allerdings keine guten. Haben die mich gefeuert, weil ich ein schlechtes Licht auf die Firma werfen würde, genau wie die Antistressfigur namens Lionel? Wollten sie mal ordentlich auf den Putz hauen und demonstrieren, dass sie nicht davor zurückschrecken, ausnahmslos jeden zu feuern, dessen Arbeitskraft ihnen einfach zu teuer ist? Habe ich etwas falsch gemacht?

Der intelligente Teil meines Gehirns sagt mir, ich sollte einfach den Karton mit meinen Habseligkeiten holen, meinen letzten Gehaltsscheck einsammeln und dann schleunigst verschwinden. Der andere Teil, den man wohl als draufgängerisch bezeichnen könnte, will unbedingt wissen, was es mit meiner Kündigung auf sich hat. Ich habe so wahnsinnig viel für diese Leute gearbeitet, so viel geopfert. Warum wissen sie das nicht zu schätzen? All die Jahre schienen sie ziemlich zufrieden mit mir. Ich habe immer zu hören bekommen, was für eine tolle Arbeitsbiene ich bin. Meine Leistungserhebungen waren tadellos.

»Sind Sie hier, um Ihr Zeug zu holen?«, fragt Eddie.

»Jawohl, und meinen Gehaltsscheck.«

»Auf Ihrem Schreibtisch steht ein Karton mit Ihren Sachen. Sie haben noch keinen Nachfolger.«

Ich verdrehe die Augen. »Das erstaunt mich.«

»Ich möchte nicht, dass der alte Mann mich beim Prokrastinieren erwischt, also lasse ich Sie mal lieber allein. Viel Glück. Melden Sie sich, wenn Sie noch etwas brauchen.« Eddie tätschelt mir den Rücken.

Ich bleibe stehen, um ihn zu seinem Erstaunen kurz zu umarmen. »Bringen Sie sich nicht zu sehr in Schwierigkeiten, Eddie. Ich mag Sie. Sie sind einer von den Guten.«

Als ich ihn loslasse, weicht er ein Stückchen zurück und sieht mich verblüfft an. »Glauben Sie wirklich?«

»Ja, klar.« Ich muss grinsen, weil er mich so ungläubig ansieht. »Glauben Sie, ich würde Sie auf den Arm nehmen?«

Er zuckt die Achseln. »Eher nicht. Aber diese Einschätzung teilen hier vermutlich nicht viele.«

»Scheiß auf die anderen. Was wissen die schon?« Ich zwinkere ihm zu.

Er deutet mit dem Zeigefinger auf mich, während er zurück an seinen Arbeitsplatz geht. »Sie können auf mich zählen. Jederzeit. Sie haben ja meine Nummer.« Er mimt mit der Hand am Ohr einen Telefonhörer und formt tonlos, aber heftig nickend die Worte »Rufen Sie mich an.«

Ich drehe mich kopfschüttelnd um, weil er so herrlich albern ist. Auf sein Angebot werde ich zwar höchstwahrscheinlich nicht zurückkommen, aber es ist gut zu wissen, dass ein so cleverer junger Bursche auf meiner Seite ist. In meiner Welt kann man gar nicht genug schlaue Freunde haben.

Ich gehe weiter auf Franks Büro zu, einem vollverglasten Raum, von dem aus er das Gewirr an fleißigen Arbeitsbienchen, zu denen ich bis vor Kurzem auch gehört habe, in ihren

Großraumwaben im Blick behalten kann. Er telefoniert gerade, duckt sich aber und beendet das Gespräch so schnell wie möglich, als er mich sieht, um so zu tun, als hätte er die ganze Zeit entspannt hinter seinem Schreibtisch gesessen.

Ich mustere ihn mit zusammengekniffenen Augen. Er führt etwas im Schilde, und obwohl mir das völlig einerlei sein sollte, weil ich ja nicht mehr hier arbeite, beschleicht mich das dumme Gefühl, dass es etwas mit mir zu tun haben könnte. Operation »Komm mir ja nicht blöd« ist in vollem Gange.

»Hallo, Frank.«

Er erhebt sich. »Jenny! Schön, Sie zu sehen.« Seine Stimme klingt zuckersüß. Igitt!

Ich kenne Frank gut genug, um zu merken, wenn er etwas zu verbergen hat. Man arbeitet nicht sechs Jahre mehr als Vollzeit mit jemandem zusammen und sitzt oft stundenlang in denselben Besprechungen mit ihm, ohne seine Körpersprache in- und auswendig zu kennen. Etwas bereitet ihm Sorgen. Ich sehe es an der Art, wie er die Hände ringt, ehe er mir die Rechte hinstreckt. Als ich seine Handfläche berühre, weiß ich sicher, dass ihn etwas quält. Schweißhände. Igitt!

»Ich bin nur hier, um meine Sachen und den letzten Gehaltsscheck zu holen.« Ich sage es leichthin und unbeschwert, damit er meine hinterlistige Attacke nicht kommen sieht. Ich bin so froh, dass ich Eddie begegnet bin, bevor ich Franks Büro betreten habe. Jetzt habe ich Munition und gedenke, sie einzusetzen. Frank hat dreist gelogen, um mich loszuwerden. Er hat gedacht, ich wäre wegen meiner Arbeitslosigkeit so aufgeregt und verängstigt, dass ich losrennen würde, um mir einen neuen Job zu suchen, ohne darüber nachzudenken, was er gesagt hatte. Ich hasse es, wenn Menschen in Machtpositionen Untergebene ausnutzen.

Ich glaube, deshalb macht es mir so viel Spaß, mit Sammy Superheldencomics zu lesen. Die Guten gewinnen immer und tragen Capes.

Zu Franks Pech weiß ich, wie Kapitalismus funktioniert. Ich bin keiner dieser Grünschnäbel, die in diesem Büro herumrennen, sich nur von Fertignudeln ernähren und sich fragen, wann sie wohl das nächste Mal gefickt werden. Ich kenne mich aus und weiß, dass eine Firma alles tut, um ihre Bilanz sauber und appetitlich aussehen zu lassen, wenn neue Investoren im Anmarsch sind. Die Firmenleitung befreit sich von allem, was die Geldgeber als Ballast betrachten könnten, und ältere Mitarbeiter mit höherem Einkommen, die Kinder haben, die von Zeit zu Zeit krank werden, gelten eindeutig als Ballast.

Es ist Frank wahrscheinlich nicht allzu schwergefallen, mich zu entlassen und durch ein oder zwei Uniabgänger zu ersetzen. Er wird nicht mehr lange hier sein. Frank ist wie alle anderen hier, immer auf dem Sprung, bereit, seine Schäfchen ins Trockene zu bringen und den nächsten Karrieresprung zu machen. Praktisch niemand denkt mehr langfristig. Es geht immer nur um mehr Geld, mehr Geld. Wichser.

Frank öffnet die Schreibtischschublade. »Hier, genau wie besprochen. Zwei Monatsgehälter.«

Er streckt mir einen weißen Umschlag entgegen.

Ich starre ihn unentwegt an und schüttle den Kopf. »Tut mir leid, Frank. Aber damit lasse ich mich nicht abspeisen.«

Seine Hand erstarrt in der Luft, der Umschlag hängt schlaff zwischen seinen Fingern. Er legt den Kopf schief und stellt sich dumm. »Tut mir leid … wir haben aber doch am Telefon darüber gesprochen, oder nicht?« Er schiebt den Umschlag über den Schreibtisch, und er bleibt direkt vor mir liegen. »Wie gesagt, wir können Sie nicht weiter beschäftigen. Die Firma steckt momentan in Schwierigkeiten, und wir müssen uns verschlanken. Ich hoffe, Sie verstehen das.«

Ich rege keinen Muskel, blinzle lediglich. »Da habe ich aber etwas anderes gehört.«

Er reißt die Augen ein Stück weiter auf. »Was haben Sie gehört?«

»Ich habe gehört, Sie haben eine Finanzspritze bekommen.« Ich warte ab, wie er darauf reagiert, und werde nicht enttäuscht. Er öffnet und schließt ein paarmal den Mund, legt die Stirn in Falten und kneift die Augen zu schmalen Schlitzen zusammen.

Er sieht maximal schuldbewusst aus.

»Ich weiß nicht, woher Sie diese Information haben, aber sie ist falsch.« Er zeigt mir seine leeren Hände. »Der Status quo unserer Firma ist unverändert. Nichts hat sich geändert. Wie gesagt, wir verschlanken uns nur ein wenig. Specken ab.«

Oh, das war ganz schlecht, Bursche. Du hast mich gerade als Speck bezeichnet.

»Das glaube ich Ihnen, Frank. Wie wir beide wissen, ist das das Erste, was eine Softwarefirma – wie diese zum Beispiel – tut, wenn sie neue Investoren gewinnen will. Abspecken. Das ist die erste Phase. Die nächste Phase besteht darin, die Geldgeber herumzuführen. Ihnen die Firma schmackhaft zu machen. Vielleicht sind Sie sogar geschmacklos genug, sie in einen Stripklub zu führen. Aber das ist wirklich nicht mein Problem. Der Einzige, der hier ein Problem hat, sind Sie.«

Eine Sturmwolke huscht über Franks Miene. »Was genau meinen Sie damit?«

»Sie wissen, was ich damit meine. Bitte sagen Sie mir, dass Sie nicht so naiv sind.«

»Erklären Sie's mir.« Er mimt jetzt nicht mehr den Ahnungslosen. Jetzt provoziert er mich zum Weiterreden. Aber wenn er glaubt, ich wäre dieser Herausforderung nicht gewachsen, muss er mich für eine ganz schön blöde Kuh halten.

»Wissen Sie, es gibt noch einen weiteren Teil dieses ganzen Vorgangs, dessen ich mir vollkommen bewusst bin, weil ich ihn schon einmal mitgemacht habe, und ich bin sicher, Sie kennen ihn auch ganz genau, was erklären würde, warum Sie sich jetzt gerade so dumm stellen.«

Er will mich unterbrechen, aber ich rede einfach weiter. »Wenn diese neuen Investoren die Firma genauer in Augenschein nehmen, werden sie fragen, ob irgendwelche Rechtsstreitigkeiten mit jemandem anhängig sind. Sie werden auch fragen, ob irgendjemand gedroht hat, die Firma zu verklagen.« Ich halte einen Augenblick inne, damit er begreift, was ich sage.

Frank grient mich hinterhältig an. »Wenn dem so wäre, und ich sage nicht, dass es so ist, dann hätten wir kein Problem. Denn wie jeder weiß, haben wir eine weiße Weste. Wir sind derzeit nicht in Rechtsstreitigkeiten verwickelt, und es hat auch niemand mit einer Klage gedroht. All unsere Patente sind auf dem neuesten Stand, und wir benutzen bei unserer Arbeit kein fremdes geistiges Eigentum. Gerade Sie sollten das wissen, denn Sie waren die Vorsitzende unseres Komitees für Urheberrechtsfragen.«

Diesen blöden Titel habe ich nie gemocht. Komitee für Urheberrechtsfragen? Was soll das eigentlich? Er tut, als hätte diese Firma ununterbrochen neue Ideen, aber Frank würde eine neue Idee nicht mal erkennen, wenn sie ihm eine Dachlatte über den Kopf ziehen würde. Es ist Zeit für einen kleinen Weckruf, und er hat keine Ahnung, mit wem er sich angelegt hat. Ich bin das Mädchen, das gerade einen mitternächtlichen Einbruch überstanden hat, ohne sich vor Angst in die Hose zu machen. Gestern Nacht war ich eine Superspionin. Heute bin ich ein Racheengel, der dafür sorgt, dass er ein ordentliches Stück vom Kuchen abbekommt.

Kapitel 27

»Sie vergessen eine Kleinigkeit, Frank«, sage ich, mittlerweile heftig schnaubend vor unterdrücktem Zorn. Ich hatte mir eigentlich gewünscht, dass das Gespräch einen anderen Verlauf nimmt, aber es gefällt mir ganz und gar nicht, wie er mit mir umgeht. Außerdem ertrage ich es nicht, dass er mit mir redet, als wäre ich bescheuert. Und die Tatsache, dass er mich einfach im Regen stehen lässt, nachdem er mir vor nicht einmal einem Monat noch eine Beförderung versprochen hat, macht mich rasend vor Wut. Er muss mich für vollkommen beschränkt halten.

»Erinnern Sie sich, dass Sie mir eine Beförderung versprochen haben? Erinnern Sie sich, dass Sie mich mit dem Versprechen, ich würde dafür mit einer Beförderung belohnt werden, wenn das Gröbste überstanden ist, unzählige Überstanden haben machen lassen? Dass Sie mir erzählt haben, ich würde sogar zum Manager taugen?«

Er lächelt mich mitleidig an. »Jenny, das ist doch alles Schnee von gestern. Es ist vorbei. Sie müssen die Vergangenheit loslassen.«

»Wagen Sie bloß nicht, mich so von oben herab anzuschauen und so zu tun, als täte ich Ihnen leid. Der Einzige, der Ihnen gerade leidtun sollte, sind Sie selbst, weil Sie mich unterschätzt haben. Sie haben mich ausgenutzt, wie Sie all Ihre Angestellten ausnutzen, und Sie haben geglaubt, dass Sie ewig damit durchkommen. Vielleicht ist Ihnen das sogar verdammt lange gelungen, aber jetzt ist Schluss damit. Ich lasse mich nicht so einfach abspeisen. Alle wissen, dass ich nur deshalb gefeuert wurde, weil ich Kinder habe und alleinerziehend bin. Es gibt keinen anderen Grund. Ich habe die beste Leistungsbewertung auf der ganzen Etage.«

»Wer sagt das?«

Ich kann nicht verhindern, dass ich stetig lauter werde. Ich hatte nicht damit gerechnet, dass er mich als faul hinstellen würde und als jemand, der es verdient hat, seinen Job zu verlieren, aber ich vermute, genau das wird er gleich tun, und schon beim Gedanken daran werde ich stinkwütend. »Das musste mir niemand sagen! Das weiß jeder. Es ist offensichtlich. Ich mag keinen Kündigungsschutz haben, nicht einmal einen richtigen Arbeitsvertrag, aber das heißt noch lange nicht, dass Sie mich einfach rausschmeißen können, weil ich Kinder habe. Auch in diesem Bundesstaat gibt es Gesetze, an die Sie sich halten müssen – und wissen Sie was? Vielleicht bewegen Sie sich mit Ihrer Kündigung gerade noch im Rahmen dessen, was legal ist, aber es ist nicht rechtens. Es ist definitiv nicht richtig, davon bin ich überzeugt. So behandelt man Leute nicht.«

Ich hole tief Luft und atme bewusst aus, ehe ich fortfahre. »Ich sage Ihnen mal, wie das hier läuft.« Ich setze mich auf seinen Besucherstuhl und bedeute ihm, Platz zu nehmen. In diesem Augenblick sehe ich ein überraschtes Flackern in seinem Blick und erkenne, dass ich für mich einstehen kann. Das Fiasko der zurückliegenden Nacht hat das bewiesen. Frank, die Schlange, kann versuchen, mich zu übervorteilen, aber ich werde ihn bei lebendigem Leib fressen. Ich bin die Alphaschlange in diesem Raum, nicht er.

Er bleibt noch ein paar Sekunden starrköpfig stehen, doch als er kapiert, dass er damit wirkt wie ein aufsässiges Kind, setzt er sich und legt die Hände auf die Armlehnen. »Fahren Sie fort. Sagen Sie, was Sie zu sagen haben, auch wenn das absolut nichts ändern wird.«

»Folgendes wird passieren, Frank. Sie holen jetzt den Scheck aus dem Umschlag und reißen ihn in winzig kleine Stücke. Sie werden in der Buchhaltung anrufen und die Anweisung geben, mir einen doppelt so hohen Scheck auszustellen.« Mir gelingt ein kleines Lächeln. »Ich finde das fair. Sechs Monate wären in Anbetracht der Tatsache, dass Sie dieser Vollkatastrophe Nick bei seinem Ausscheiden neun Monatsgehälter Abfindung gezahlt haben, auch wenn er nicht halb so gut war und nicht annähernd so viele Stunden gearbeitet hat wie ich, noch fairer. Aber wir wissen, dass hier die gläserne Decke komplett undurchlässig ist, und ich habe nicht die Energie, diese Schlacht zu schlagen, deshalb werde ich Ihnen einfach gestatten, mich und meine große Klappe zum Schnäppchenpreis von vier Monatsgehältern Abfindung loszuwerden.«

Er sieht aus, als wolle er etwas sagen, aber ich hebe den Finger und bringe ihn zum Schweigen. »Also … wenn Sie Ihr Angebot von zwei Monatsgehältern aufrechterhalten wollen, nur zu. Das ist natürlich Ihr gutes Recht. Aber dann zwingen Sie mich zu reagieren, und was dann passiert, müssen wir sehen.«

Er zuckt die Achseln. »Ich habe bisher nichts gehört, das mich veranlasst, etwas anderes mit diesem Scheck zu tun, als ihn Ihnen auszuhändigen und Ihnen für die Zukunft viel Glück zu wünschen.« Er lacht. »Aber wissen Sie was? Fragen Sie jetzt besser nicht nach einem Zeugnis.« Er beugt sich vor und rammt einen Finger auf die Tischplatte, während seine Stimme beinahe zu einem Knurren wird. »Glauben Sie im Ernst, Sie könnten hier reinkommen und mir drohen und dann noch ein gutes Zeugnis bekommen?« Er schüttelt ungläubig den Kopf und lehnt sich auf seinem quietschenden Stuhl zurück. »Mir ist egal, wie lange Sie hier gearbeitet haben oder wie gut. Sie sind raus. Was mich angeht, werden Sie in dieser Stadt nie wieder einen Arbeitsplatz finden.«

Ich lächle ihn sehr geduldig an. Weil er ein Mann ist, der noch nie Probleme mit der Glasdecke hatte und es gewohnt ist, Leute zu gängeln und sich durchzusetzen, begreift er nicht, was gerade passiert. Also werde ich es ihm ganz einfach und ganz langsam erklären, damit er mitkommt.

»Frank, hören Sie mir gut zu. Ich habe die Spielchen satt, also passen Sie gut auf. Sie sind dabei, Investoren zu gewinnen, die wahrscheinlich kurz davor stehen, Ihnen mehrere Millionen Dollar in die Hand zu drücken, weil Sie ihnen erzählt haben, dass Sie dieses revolutionäre Programm haben, das die Welt verändern wird. Wir wissen beide, dass das nicht passieren wird und dass sich die Anwälte von Vedas Incorporated wahrscheinlich bald auf Sie stürzen werden, weil man der Ansicht sein könnte, Sie benutzten Teile von deren patentiertem Code, damit Ihr Programm richtig läuft. Erinnern Sie sich? Ich war Vorsitzende der Urheberrechtskommission.« Die letzten Worte sage ich überaus angeekelt. »Ich habe Sie schriftlich vor den Problemen gewarnt, die Sie mit diesem Programm kriegen würden, aber Sie haben beschlossen, mich zu ignorieren. Doch das ist nicht mehr mein Problem. Ungeachtet der Frage, ob Ihre Investoren während ihrer eingehenden Prüfung der Firma auf dieses kleine Informationsbruchstück stoßen, bleibt immer noch das Thema drohender gerichtlicher Auseinandersetzungen.«

Er kneift die Augen zusammen, was mir verrät, dass er möglicherweise endlich kapiert, aber ich fahre fort.

»Wenn Sie sich weigern, mir zu bezahlen, was Sie mir schulden – eine Abfindung in Höhe von vier Monatsgehältern –, werde ich Sie verklagen. So einfach ist das. Was Sie getan haben, ist illegal und moralisch verwerflich. Sie können nicht einfach

Leute benutzen und dann wegwerfen, um Ihre Bilanz schöner aussehen zu lassen und Ihre Investoren zu belügen. Das können Sie mit Investoren nicht machen, das können Sie mit Angestellten nicht machen, und das können Sie mit all den Leuten nicht machen, die infolge Ihrer schrecklichen Fehlentscheidungen leiden müssen.«

Er lacht, aber seine Worte klingen trotzdem besorgt. »Sie sind verrückt. Einen Prozess gegen mich werden Sie verlieren. Ich kann Sie feuern, wann und wie ich will. Dafür können Sie mich kaum verhaften lassen.«

Ich zucke die Achseln. »Möglich. Ich glaube, Sie irren sich, aber mal ganz egal, wer von uns beiden recht hat, wie lange wird es dauern, bis ein Richter sein Urteil fällt? Werden Ihre Investoren so lange warten? Wenn sie den Prozess in den öffentlich zugänglichen Unterlagen sehen, werden sie Fragen stellen, glauben Sie nicht? Werden sie sich Sorgen machen, dass ein Teil des Geldes, das sie investieren, in Wirklichkeit in diesen Prozess oder in eine letztlich außergerichtliche Einigung mit mir fließen könnte? Denn ich bin ziemlich sicher, dass Investoren wollen, dass ihre Gelder für die Entwicklung des IP-Portfolios Verwendung finden.«

Geduldig sitze ich da und warte, bis er das verdaut und ein bisschen gerechnet hat, um zum Endergebnis zu kommen, dass er jetzt das Richtige tun muss.

»Sie … erpressen mich«, stammelt er leicht ungläubig. Ich bin sicher, das hätte er der süßen kleinen Jenny niemals zugetraut, der Mutter der Kompanie der gesamten Softwareentwicklungsabteilung, dem Mädchen, von dem er sicher war, es würde dafür sorgen, dass all seine Produkte beim Verlassen des Hauses total überdurchschnittlich sein würden. Wäre ich nicht gewesen, wäre er schon pleite, und das wissen wir beide. Dem muss er Rechnung tragen. Ich bin stolz auf mich und setze mich mit dem gestärkten Rückgrat, das ich neuerdings habe, aufrechter hin.

»Tut mir leid«, sage ich, »aber bevor ich hergekommen bin, habe ich mich rückversichert, damit ich nichts Dummes tue, wodurch ich Ärger bekommen könnte. Hier handelt es sich nicht um Erpressung. Dies ist eine Geschäftsverhandlung. Ich habe das Recht und die juristischen Voraussetzungen für eine Klage. Sie wäre gerechtfertigt. Ich tue Ihnen einen Gefallen, indem ich Sie über die Gesetzeslage, die grundlegenden Mechanismen des Kapitalismus und meine Absichten in Kenntnis setze. Habe ich erwähnt, dass meine frühere Zimmergenossin vom College Anwältin bei Hancock & Finley ist?«

Er öffnet den Mund, um zu antworten, aber ich falle ihm ins Wort.

»Ich habe ihr erzählt, was hier vorgegangen ist, und sie sagt, das ist justiziabel. Ihrer Auffassung nach verstößt Ihr Verhalten gegen zivilrechtliche Bestimmungen des Staates Louisiana. Das können Sie nicht wegdiskutieren, Frank. Tut mir leid, wenn ich Ihnen die Tour vermassle, aber das kommt davon, wenn man versucht, mich übers Ohr zu hauen. Wenn ich klage, dann wird sich das ein paar Jahre hinziehen.«

Ich lege die Hände auf meine Armlehnen und beuge mich vor, starre ihn nieder, wütend, dass er mich in diese Situation gebracht hat, in der ich mich schmutzig fühle. Ich mag keine Geschäftsverhandlungen, selbst wenn sie juristisch einwandfrei sind. Ich ziehe es vor, von Menschen lieber aus eigenem Antrieb fair behandelt zu werden. Aber wenn er es auf die harte Tour will – das kann er haben. Dies ist die neue Jenny. Jenny, das Mädchen, das nachts auf Spezialeinsätze geht und Viren in die Computer anderer Leute pflanzt, während diese im Bett liegen und von der Zahnfee träumen. »Also …«, sage ich in meiner bedrohlichsten Stimme, »möchten Sie mit mir tanzen, Frank?

Denn ich werde tanzen. Ich kann Salsa, Tango, Cha-Cha-Cha, Cancan …«

»Genug!«, ruft er, springt auf, beugt sich über den Schreibtisch und haucht mir seinen schrecklichen Kaffeeatem ins Gesicht. »Ich will nichts mehr von Ihnen hören. Glauben Sie, Ihre kleinen Drohungen bedeuten mir irgendetwas? Nein, Jenny. Wissen Sie, was Sie sind? Sie sind nur eine traurige, übergewichtige, verzweifelte Verliererin, die nichts Besseres zu tun hat, als sechzig Stunden die Woche zu arbeiten und dabei ihre Kinder zu vernachlässigen. Sie tun mir leid. Das ist alles. Ich empfinde für Sie nur Mitleid, nicht mehr und nicht weniger.« Er versucht zu lachen, aber es klingt selbst für seine Verhältnisse ziemlich schrill. »Ich will Ihnen was sagen … ich werde Ihnen Ihre vier Monatsgehälter Abfindung zahlen und mich jede einzelne Minute, bis Sie den Scheck auf der Bank einlösen, totlachen. Möchten Sie wissen, warum? Weil ich Ihnen mehr bezahlt hätte, wenn Sie nicht so eine Zicke gewesen wären. Aber Sie haben ein Angebot gemacht, und ich habe es angenommen. Sie können Ihre kleine Freundin in dieser Kanzlei anrufen und sie fragen, was ein mündlicher Vertrag ist, wenn Sie glauben, Sie kriegen auch nur einen verdammten Cent mehr von mir.«

Ich zucke die Achseln. »Gut. Mehr wollte ich nicht.« Seine Worte tun mir sehr weh, aber ich werde ihm die Genugtuung nicht gönnen, in Tränen auszubrechen. Aber später, wenn ich allein im Auto sitze, werde ich flennen. Übergewichtig? Das war unter der Gürtellinie. Die Erinnerung an Devs Bemerkung mir gegenüber, er könnte meinen Hintern innerhalb von sechs Monaten in Form bekommen, weckt in mir den Wunsch, er wäre hier, um diesen Typen an meiner statt eins in die Fresse zu geben. Das würde er machen. Er wäre wie Hellboy, der sich auch nicht um Umgangsformen im Büro schert. Bumm – und alles ringsumher läge in Trümmern. Mein Racheengel, der für mich da ist, genau wie letzte Nacht am Telefon.

Frank hebt finster den Blick, dann gestikuliert er wild in Richtung von jemandem hinter mir. Ich drehe mich um und sehe nicht weniger als vier Leute, die uns durch das Glas anstarren. Wahrscheinlich haben sie jedes Wort mitbekommen. Aber das ist mir egal. Sie kennen die Wahrheit. Sie werden wahrscheinlich nach der Arbeit in der Bar an der Ecke das Glas auf mich erheben.

Lächelnd drehe ich mich wieder zu Frank um. »Schreiben Sie schon diesen Scheck aus, damit ich endlich gehen kann.«

Frank nimmt den Telefonhörer ab, ruft in der Buchhaltung an und gibt die nötigen Anweisungen, damit ich mir meine Abfindung abholen kann. Ein Teil von mir fühlt sich wie der König der Welt, der andere Teil fühlt sich schmutzig. Ich hasse es, Menschen drohen zu müssen, damit sie das Richtige tun. Bisher musste ich das nur bei Miles tun, und es weckt in mir immer den Wunsch, mich zu entschuldigen.

Frank legt auf und schiebt Papiere auf seinem Schreibtisch hin und her. »Der Scheck wartet in der Buchhaltung auf Sie. Holen Sie ihn sich und nehmen Sie Ihre Sachen mit. Geben Sie Ihren Dienstausweis am Empfang ab, wenn Sie gehen.«

Ich erhebe mich. »Frank … eins noch.« Ich warte, bis er mich anschaut, dann fahre ich fort: »Wenn Sie je ein unwahres Wort über meine Tätigkeit hier sagen, wird es Ihnen sehr, sehr leidtun.«

Er hebt die Brauen. »Sie drohen mir schon wieder? Ernsthaft?«

Ich schüttle den Kopf. »Nein, ich drohe Ihnen nicht. Ich sage lediglich, dass Sie juristisch verpflichtet sind, die Wahrheit über meine Tätigkeit hier zu sagen. Während meiner gesamten Zeit hier hatten Sie nie ein negatives Wort über mich oder meine Arbeit zu sagen. Nicht mir gegenüber und, soweit ich weiß, auch sonst niemandem gegenüber. All meine Bewertungen waren erstklassig. Sie können die Vergangenheit nicht ändern.

So war es nun mal. Wenn Sie also jemand anruft und nach meiner Leistung hier fragt, sagen Sie besser die Wahrheit. Mehr will ich gar nicht.«

Frank antwortet nicht. Er tut einfach so, als sei er beschäftigt. Ich könnte ihn zwingen zu bestätigen, dass er mich gehört hat, aber ich möchte es nicht übertreiben. Das Gespräch ist gerade sehr gut gelaufen, und ich will das Schicksal nicht herausfordern, indem ich ihn daran erinnere, dass ich eine gewöhnliche Sterbliche bin.

Ich schicke mich an zu gehen, bleibe aber in der Tür noch einmal stehen. Mit dieser dunklen Wolke über dem Kopf möchte ich mich nicht verabschieden. Mein Leben verändert sich gerade grundlegend, und das bedeutet, ich muss mein neues Leben klug gestalten, und zwar mit Licht, nicht mit Schatten.

Ich drehe mich und schaue meinen früheren Chef an. »Frank, ich danke Ihnen für die Gelegenheit, hier mit Ihrem Team zusammenzuarbeiten. Ich habe viel gelernt, viele coole Leute getroffen und gerne für Sie gearbeitet.«

Frank sagt kein Wort. Er ignoriert mich völlig, als sei ich gar nicht da. Achselzuckend und schweren Herzens gehe ich.

Niemand hat je gesagt, es wäre leicht, das Richtige zu tun.

Kapitel 28

Nach meiner Auseinandersetzung mit Frank fahre ich auf dem Heimweg zur Kindertagesstätte, um Sammy abzuholen. Normalerweise möchte der kleine Racker gar nicht heimgehen, weil es ihm so großen Spaß macht, mit seinen Freunden zu spielen, doch an diesem Tag wartet er bereits im Büro der Leiterin auf mich. Mir rutscht das Herz in die Hose, als ich sehe, dass seine Augen rot und geschwollen sind. Er muss schrecklich geweint haben. Dann ist es wohl Zeit, auch diese Baustelle mal aufzuräumen.

»Hallo, Sharon.« Ich versuche, mir nicht anmerken zu lassen, wie angespannt ich bin. »Was ist denn los? Warum ist Sammy hier bei Ihnen?«

Sharon, die Leiterin, steht auf und bedeutet mir mit einer knappen Geste, die Tür zu schließen. »Tut mir leid, ich habe versucht, Sie anzurufen, habe Sie aber nicht erreicht.«

Ich angle mein Handy aus der Handtasche und sehe mehrere verpasste Anrufe auf dem Display. »Oh, Mist, das tut mir leid. Ich musste mich um ein paar Dinge kümmern; offenbar war ich so vertieft, dass ich gar nicht gemerkt habe, dass mein Handy vibriert hat.« Die beste Mutter des Jahres hat wieder zugeschlagen!

Ich lasse meine Handtasche fallen und gehe mit weit aufgerissenen Armen und einem mitleidsvollen Blick in Richtung meines Sohnes in die Hocke. »Komm zu Mama, Baby.«

Sammy springt von seinem Stuhl, rennt zu mir und schmeißt sich in meine Arme. Er sagt gar nichts, sondern weint gleich drauflos.

Ich stehe mit wackeligen Beinen auf und lasse mich auf den Stuhl vor Sharons Schreibtisch fallen, wobei ich es irgendwie schaffe, den Riemen meiner Handtasche halb darumzuwickeln. Sammy klammert sich wie ein Äffchen an mich, und ich werfe der Frau mir gegenüber einen fragenden Blick über die Schulter meines Sohnes zu.

Sharon setzt sich, verschränkt die Hände und legt sie vor sich auf den Schreibtisch.

»Es gab hier in letzter Zeit ein paar Zwischenfälle, und ich habe Sammy zu mir geholt, um mit ihm darüber zu sprechen. Nach unserem Gespräch schien es mir das Beste, Sie einzuberufen, damit wir uns mal unterhalten können.«

Au Backe! Jetzt wird's ernst. Wenn sie mir gleich eröffnet, dass Sammy nicht mehr in die Tagesstätte kommen darf, verliere ich den Verstand. Es ist eine Sache, von zu Hause aus zu arbeiten; es ist ganz andere, arbeiten zu wollen und gleichzeitig auf Sammy aufzupassen. Das funktioniert einfach nicht. Ich kann mich schließlich nicht dreiteilen.

»Ich habe schon geahnt, dass etwas nicht stimmt, weil Sammy mir jeden Morgen erzählt, dass er Bauchschmerzen hat. Sie wissen ja selbst, wie gerne er für gewöhnlich herkommt … zumindest war das früher so. Ich glaube, er fühlt sich hier nicht mehr wohl.« Ich versuche, Sammy von meinem Hals zu lösen, damit ich Sharon ins Gesicht sehen kann, doch je energischer ich an ihm ziehe, desto fester klammert er sich an mich. Er ist offenbar noch nicht bereit, über die Vorfälle zu sprechen, also lasse ich ihn in seinem Kummer schwelgen und wende mich wieder der Leiterin zu.

Sie nickt. »Sammy hatte Schwierigkeiten mit ein paar anderen Kindern. Es sind dieselben, mit denen er bis vor Kurzem noch gut zurechtkam, doch aus irgendeinem Grund gibt es jetzt Streit. Dafür ist vermutlich keines der Kinder allein verantwortlich, doch beide Seiten legen ein Benehmen an den Tag, das ich nicht tolerieren kann. Derartiges Verhalten billigen wir hier bei uns einfach nicht.«

Ich versuche, jetzt nicht die Löwenmutter heraushängen zu lassen, auch wenn es mir extrem schwerfällt. Auf mich macht es den Eindruck, als hielte sie Sammy für den Unruhestifter. Zwar ist mir durchaus klar, dass er ziemlich viel Energie hat und gerne herumalbert, aber mein kleiner Junge könnte nicht mal einer Fliege etwas zuleide tun. Er liegt beim Gruppenkuscheln normalerweise ganz unten.

»Wissen Sie denn, was vorgefallen ist?«, frage ich. »Kennen Sie die Einzelheiten?«

»Wir untersuchen die Angelegenheit noch. Doch ich kann Ihnen bereits sagen, dass ein paar Kinder geschubst wurden und sich einige von ihnen dabei Verletzungen zugezogen haben.«

Ich ziehe Sammys Kopf ein Stückchen zurück, damit ich sein Gesicht besser sehen kann. Er könnte nicht elender aussehen, aber ich kann keine blauen Flecken oder Schürfwunden erkennen. »Sammy, erzähl mir, was passiert ist. Ich bin dir wegen gar nichts böse, ich will es einfach nur wissen.«

Sammy schüttelt den Kopf und versucht, sich wieder an meine Brust zu schmiegen. Ich glaube, er fühlt sich schuldig, aber das ist bei Weitem nicht alles. Wenn er hier der Raufbold wäre oder zumindest derjenige, der für Unruhe sorgt, würde er mir nicht jeden Morgen mit Bauchschmerzen kommen, sondern immer noch herkommen wollen. Es wird einiges an Fingerspitzengefühl bedürfen, der Sache auf den Grund zu gehen, aber damit werde ich ganz bestimmt nicht hier anfangen. Nicht so nahe am Ort des Geschehens.

Ich seufze schwer. »Ich muss morgen arbeiten, aber danach kann ich ein paar Tage freinehmen, um in Ruhe mit Sammy zu sprechen und seine Version der Geschichte zu hören.«

Sharon verzieht den Mund. Sie scheint sich sichtlich unwohl zu fühlen, als sie antwortet. »Wissen Sie, das Problem ist, dass ich nicht sicher bin, ob wir Sammy morgen betreuen können.«

Mein Gehirn braucht eine ganze Weile, um diese schreckliche Neuigkeit zu verdauen. »Warum denn nicht?« Ich bin ausgesprochen stolz darauf, wie beherrscht ich nach wie vor bin, wenn man bedenkt, wie sehr es diese Frau darauf anzulegen scheint, dass ich hier und jetzt in ihrem Büro ausraste und mal den Hulk rauslasse.

Sie ist die Leiterin einer Kindertagesstätte. Sie müsste es eigentlich besser wissen. Man teilt einer berufstätigen Alleinerziehenden nicht am späten Donnerstagnachmittag ohne Vorwarnung mit, dass ihr Kind am nächsten Tag nicht kommen darf.

Schon gar nicht in Anwesenheit ihres Kindes!

»Die Eltern der anderen Kinder sind nicht gerade erfreut darüber, dass ihre Kinder physisch attackiert wurden.«

Ich stehe auf und strecke unbeholfen die Hand aus, um sie zu unterbrechen. Sammy hält es immer noch für den besten Plan, in meine Bluse zu kriechen.

»Moment mal. Warten Sie. Sie kennen meinen Sohn jetzt über ein Jahr. Sie wissen genauso gut wie ich, dass er kein Fiesling ist. Er würde niemals einem anderen Kind einfach so wehtun, völlig ohne Grund. Das sieht ihm einfach nicht ähnlich.«

Sharon nickt und schließt die Augen. »Das sehe ich auch so. Ich weiß allerdings auch, dass er mit ein paar Dingen zu kämpfen hat und dass Sie manche Themen besser zu Hause besprechen sollten. Diesbezüglich können wir hier nichts unternehmen.«

Ich sehe sie stirnrunzelnd an. Wovon zum Teufel redet sie? »Ich verstehe nicht, worauf Sie hinauswollen.«

Mir fallen jeden Augenblick die Arme ab. Sammy ist so schwer wie ein Sack Backsteine. »Können Sie mal aufhören, um den heißen Brei herumzureden und mir klipp und klar sagen, worauf Sie hinauswollen?«

Sharon lässt sich mit der Antwort viel Zeit. Als sie endlich redet, windet sie sich vor mir. »Ihnen ist aufgefallen, dass Sammy einen Sprachfehler hat?«

Mir fällt die Kinnlade herunter. Ich starre sie an, unfähig, etwas zu erwidern. Kurz ziehe ich in Erwägung, dass sie scherzt, weil mir einfach nicht in den Kopf gehen will, dass sie gerade wirklich etwas derart Fieses und Lächerliches zu mir gesagt hat. Geht es hier allen Ernstes darum, dass mein Sohn lispelt?

Offenbar hat sie keine Geduld mehr, auf meine Antwort zu warten, denn sie redet nach kurzer Zeit weiter: »Wissen Sie, das mag bei kleinen Kindern noch niedlich wirken, doch wenn sie älter werden, ist es nicht mehr süß. Die Verantwortung, etwas dagegen zu unternehmen, obliegt den Eltern.«

Ich schüttle den Kopf, um sie davon abzuhalten, die rote Linie noch weiter zu überschreiten, als sie es schon getan hat. »O nein … nein. Fangen Sie ja nicht damit an.« Ich will nur noch raus, stehe auf und versuche unterwegs, meine Handtasche aufzusammeln. Dummerweise hat sich der Riemen tatsächlich verheddert, und als ich unbeholfen daran zerre, kippt der Stuhl um. Er fällt polternd zu Boden, woraufhin Sammy wieder zu weinen beginnt und mich beim Versuch, noch weiter an mir hochzuklettern, förmlich stranguliert.

»Sie müssen sich keine Gedanken mehr darüber machen, ob Sammy morgen kommt oder sonst irgendwann.« Ich werfe mir den Riemen über die Schulter und drehe mich mit funkelnden

Augen zu der Frau um, die die Unverfrorenheit besitzt, sich als Leiterin einer Kindertagesstätte derart zu benehmen. Da kann sie auch gleich Gefängnisdirektorin werden. »Ich habe noch nie einen erwachsenen Menschen getroffen, der ein derartiges Fehlverhalten an den Tag gelegt hat wie Sie. Ich bin erschüttert. Und Sie schimpfen sich Tagesmutter? Wie können Sie es nur wagen.«

Ich möchte gar nicht hören, was sie zu ihrer Verteidigung vorbringen will, um die unheimlich verletzenden Worte zu entschuldigen, die sie vor meinem Sohn in den Mund genommen hat … Worte, die nur unter Erwachsenen hätten ausgesprochen werden sollen … weil ich nicht dafür garantieren kann, ihr nach ihrem nächsten Satz keine zu scheuern.

Ich rausche so schnell und würdevoll aus ihrem Büro, wie ich kann, während sich mein Sohn an mich klammert, als klebe er mit einem von Spidermans Netzen an mir. Erst als wir an der Hintertür meines Wagens stehen, wo sein leerer Kindersitz auf ihn wartet, lässt Sammy mich los und spricht endlich.

»Ich will hier nie wieder hin, Mami.«

Im fröhlichsten Tonfall, den ich in diesem Augenblick anstimmen kann, posaune ich: »Weißt du was … du musst auch nie wieder herkommen. Ich mag diesen Ort nicht mehr.«

Sammy klingt sofort fröhlicher. »Ich mag diefen Ort gar nicht. Die Leute da tsind gemein, und ich habe Angft vor ihnen.«

Ich weiß nicht so recht, wie ich mit der Situation umgehen soll, also rede ich einfach so drauflos, weil es wahrscheinlich am besten ist, das Gespräch nicht abreißen zu lassen. »Weißt du, mir war das gar nicht so bewusst. Ich habe sie immer für sehr nett gehalten. Aber offenbar sind sie total gemein. Und blöd.«

Als ich Sammy anschnalle, sieht er mich mit ernstem Gesichtsausdruck an. »Mami, ef ift nicht nett, jemanden blöd tsu nennen.«

Mir kommen die Tränen, doch ich blinzle sie weg. »Da hast du recht, Baby. Es ist nicht nett, jemanden blöd zu nennen, auch wenn er blöd ist.«

Sammy lächelt. »Du bift luftig, Mama.«

Ich kneife ihm zärtlich in die Wangen und gebe ihm einen Kuss auf den Schmollmund. »Du bist auch lustig. Du bringst mich die ganze Zeit zum Lachen. Du bist mein allerfeinster kleiner Junge.«

»Tsophie hat gefagt, ich bin dein einfiger Junge, alfo bedeutet ef gar nichtf, wenn du saft, daff ich dein allerfeinfter Junge bin.«

Augenscheinlich muss ich mal ein ernstes Wort mit Sophie sprechen. Sie muss begreifen, dass ihr Bruder sich noch alles zu Herzen nimmt, was sie von sich gibt.

»Na schön, Sammy. Dann sage ich eben, dass du mein allerliebstes kleinstes Kind bist, wie klingt das für dich?«

Sammy strahlt bis über beide Ohren. »Daf gefällt mir. Daf ift klaffe. Ich bin dein allerliebftef Kind.«

Ich zwinkere ihm zu und mache mir gar nicht erst die Mühe, ihn zu korrigieren. »Verrat das nur deinen Schwestern nicht.«

Sammy drückt mit den Fingern die Lippen zusammen und macht danach eine ausladende Geste, bei der er die Hand öffnet.

Ich schaue ihn ungläubig an. »Was machst du da?«

»Ich verfliefe meinen Mund und tsmeife den Tslüffel weg.«

»Ah, verstanden.« Ich streichle ihm den Kopf. »Bist du bereit, zu deinen Schwestern zu fahren?«

»Nein.« Er legt die Stirn in Falten und verliert von einer Sekunde auf die nächste seine Heiterkeit.

»Warum willst du deine Schwestern nicht sehen? Deine Schwestern lieben dich.«

»Vielleicht machen tsie tsich über mich luftig«, sagt er in einem so mitleiderregenden Tonfall, dass es mir das Herz bricht.

»Sie würden sich niemals ernsthaft über dich lustig machen, Sammy. Das machen nur gemeine Leute, und deine Schwestern sind nicht gemein. Vielleicht necken sie dich von Zeit zu Zeit, aber das ist nicht das Gleiche. Hast du das verstanden?«

Er nickt, scheint aber nicht überzeugt zu sein. Ich bleibe noch ein paar Augenblicke bei ihm stehen, bevor ich tief seufze. Dieses Problem werde ich wohl kaum auf dem Parkplatz der schlimmsten Kindertagesstätte der Welt lösen.

Ich schließe die Hintertür, setze mich auf den Fahrersitz und werfe durch den Rückspiegel einen prüfenden Blick auf meinen Sohn. »Bereit für den Abflug?«

Er nickt. »Bereit. Kommt Dev tsu unf nach Haufe?«

Ich starre ihn ein paar Sekunden ungläubig an. »Warum fragst du?«

Er sieht aus dem Fenster, als er mir antwortet. »Weil ich ihn mag. Vielleicht möchte er tsich ja meinen Tspiderman aufleihen. Er kann ihn tsich borgen.«

»Na ja, ich werde tatsächlich morgen mit Dev zu Abend essen. Vielleicht kommt er ja rein, bevor wir losgehen, und spielt eine Weile mit Spiderman. Aber nicht lange, nur kurz.«

Die Aussicht, seinen neuen Freund bald wiederzusehen, bessert Sammys Laune sprunghaft. »Eine Tstunde. Eine Tstunde ist gut.«

Ich schüttle den Kopf. »Nein, eher zehn Minuten.«

»Gut, dann tsage ich ihm faft eine Tsunde, in Ordnung?«

Statt mit meinem Dreijährigen über Zeiteinheiten zu diskutieren, lasse ich den Wagen an und fahre los. »Wir werden sehen, Sammy, wir werden sehen.«

Als wir um Punkt siebzehn Uhr vor dem Haus halten, schläft mein armes Baby mit seinen geschwollenen, blutunterlaufenen Augen tief und fest. Der Schulbus fährt gerade an der Haltestelle am Ende der Straße vor, als ich den schlafenden Sammy aus dem Auto hebe, deshalb warte ich in der Einfahrt auf meine Mädchen. Als sie über den Rasen auf uns zurennen, erfasst mich eine Woge des Glücks.

»Wer möchte Pizza?«, frage ich. Vermutlich wäre es angebrachter, ihnen eine gesunde Mahlzeit zu kochen, doch dafür bin ich zu erschöpft. Es wird sie schon nicht umbringen, alle paar Wochen mal Pizza zu essen. Der Preis für die beste Mutter des Jahres rückt in weite Ferne. Wieder einmal.

Die Jubelchöre meiner Töchter wecken Sammy, aber als er herausfindet, warum sie sich so freuen, kreischt er ebenfalls vor Glück. Die drei stürzen sich ins Wohnzimmer und fangen sofort an, mit ihren Superhelden-Actionfiguren zu spielen. Ich schaue ihnen eine Weile zu und bade in der unbändigen Freude, die sie ausstrahlen. Ich mag nicht die tollste Mutter der Welt sein, aber die meiste Zeit schlage ich mich ganz gut.

Die Türklingel reißt mich aus meinen Gedanken, und ich gehe nachsehen, wer da ist.

Durch den Spion sehe ich May und Ozzie.

Mit einem breiten Lächeln öffne ich die Tür. »Was macht ihr denn hier?«

May grient zurück. »Wir dachten, wir kommen einfach mal rüber und essen mit euch zu Abend. Überraschung! Könnt ihr noch zwei mehr durchfüttern?«

Ich reiße die Tür ganz auf und seufze vor Erleichterung, weil ich den Abend in Gesellschaft Erwachsener verbringen darf. Natürlich liebe ich meine Kinder, aber ein Gespräch mit meiner Schwester kommt mir gerade sehr gelegen. Hoffentlich macht es Ozzie nichts aus, wenn wir in seiner Gegenwart Frauengespräche führen. »Ich wollte ohnehin Pizza bestellen, da sind zwei hungrige Mäuler mehr kein Problem.«

»Super.« May betritt das Haus und geht schnurstracks ins Wohnzimmer zu den Kindern.

»Tante May!« Sie springen alle gleichzeitig an ihr hoch und ringen sie zu Boden. Sie fällt auf den kichernden Haufen und stimmt fröhlich mit ein.

Ich stehe neben Ozzie im Eingangsbereich und beobachte die Kuschelparty. Mein Herz schäumt derart über vor Liebe und Glück, dass es mir fast aus der Brust springt.

»Sie liebt diese Kinder«, sagt er.

»Kann man es ihr verdenken? Sie sind eben auch verdammt süß, wenn ich das überhaupt sagen darf.« Sammy klammert sich an ihren Rücken, während meine beiden Mädchen auf dem Boden versuchen, dem Kitzelmonster zu entfliehen, das sie in seinen Fängen hat. May lacht wie ein echter Teufel, um es noch aufregender für sie zu machen.

»Das stimmt. Sie wird eines Tages eine tolle Mutter sein.«

Ich sehe zu ihm auf und kneife die Augen zusammen. »Versuchen Sie gerade, mir etwas mitzuteilen?«

Er starrt mich von oben herab an. Noch ehe er antworten kann, läutet es wieder.

Ich schaue zur Tür. »Was zum Teufel? Wer kommt denn jetzt noch?«

Ozzie gibt sich wortkarg wie immer und zuckt nur die Achseln.

Ich halte ihm einen Zeigefinger unter die Nase. »Glauben Sie bloß nicht, dass wir dieses Gespräch nicht noch irgendwann fortführen.«

Möglicherweise verzieht er den Mundwinkel zu einem ganz schwachen Lächeln; ich habe aber keine Zeit, um das genauer zu überprüfen, weil es schon wieder läutet.

Ich linse durch den Türspion und bekomme den Schock meines Lebens.

Es ist Dev.

Kapitel 29

Darauf bin ich nicht vorbereitet. Dev? Bei mir daheim? Während meine Schwester, Ozzie und die Kinder hier sind? O Gott, nein! Nicht nach diesem Tag. Ein Teil von mir will ihn wegschicken, ihm sagen, dass wir uns morgen doch ohnehin sehen und ich wirklich an den Dingen arbeiten muss, die Lucky und ich gestern bei Blue Marine kopiert haben.

Aber das werde ich natürlich nicht tun. Ich habe seit unserer letzten Begegnung fast ständig an ihn gedacht und will unbedingt wissen, ob es ihm umgekehrt genauso geht. Wahrscheinlich nicht. Er war wahrscheinlich schon auf dieser Datingwebsite und hat eine Frau gefunden, mit der er am Samstag ausgehen kann. Dieser Gedanke lässt mich ihm gedrückter, als es eigentlich angebracht ist, die Tür öffnen.

»Hallo …« Mein erster Blick gilt Dev, doch dann wandert er zu der Person neben ihm. Für ein paar Sekunden steht die Zeit still. Ich weiß, was ich sehe, aber ich kann es nicht richtig verarbeiten.

Einen kleinen Jungen in einem Rollstuhl. Er hat Devs Augen.

Ich schaue zu dem hochgewachsenen Mann auf, und mein Lächeln wird noch strahlender. »Du hast deinen Sohn mitgebracht. Wie toll!« Ich schaue seinen Sohn an und beuge mich mit ausgestreckter Hand über ihn. »Ich bin so froh, dich mal kennenzulernen. Hallo, ich heiße Jenny. Du musst Jacob sein.«

»Genau. Der bin ich.« Er lächelt.

Ich habe keine Ahnung, warum Devs Sohn im Rollstuhl sitzt, aber ich sehe, dass es ihm schwerfiele, ja möglicherweise sogar unmöglich wäre zu gehen. Sein Körper ist sehr klein und seitlich abgeknickt. Er sieht aus, als hätte er eine schwere Rückgratverkrümmung.

Ich sehe zu Dev auf und hoffe, dass mein Gesichtsausdruck nicht so irre ist, wie er sich anfühlt. Ich sehe bestimmt aus wie der Joker, denn ich versuche mit aller Kraft, nicht seltsam und unnatürlich auszusehen, obgleich ich mit diesem viel zu breiten Lächeln natürlich genau das tue. Wie könnte ich auch nicht? Ich habe beinahe einen Krampf in der linken Wange.

»Hi«, begrüßt mich Dev fast scheu. »Ozzie und May haben erwähnt, dass sie vorbeikommen wollten, und gemeint, ich könnte doch auch mit Jacob ein paar Minuten reinschauen. Ich habe gesagt, das wäre vielleicht so ganz ohne Vorwarnung keine so gute Idee … ich habe versucht, dir eine SMS zu schreiben, aber du hast nicht geantwortet. Wahrscheinlich hätte ich warten sollen, bis du dich meldest …«

Rasch trete ich zurück und reiße die Tür auf. »Nein, sei nicht albern! Gut, dass ihr vorbeigekommen seid. Ich freue mich wirklich. Wir wollten gerade Pizza bestellen. Esst doch mit uns.« Ich senke den Blick zu Devs Sohn, der seinen Rollstuhl mithilfe eines Joysticks über meine Schwelle steuert. »Magst du Pizza, Jacob?«

Ich gebe es nur ungern zu, aber ich weiß nicht mal, ob er Pizza essen kann. Vielleicht habe ich mit der Frage gerade eben einen gewaltigen Fauxpas begangen. Darauf war ich nicht vorbereitet. Wenn ich gewusst hätte, dass er kommt und dass er behindert ist, hätte ich online über seine Krankheit recherchieren, mit jemandem darüber reden können oder so, um zu wissen, wie ich mich verhalten muss und was ich sagen kann, ohne mir den Mund zu verbrennen. Oh, ich hasse es, so ahnungslos zu sein!

»Klar, ich liebe Pizza«, sagt er, als sei ich eine total normale Person, die eine völlig akzeptable Frage gestellt hat.

Puh! Katastrophe abgewendet.

Als Dev an mir vorbeigeht, hebe ich den Blick und klopfe ihm auf die Schulter, wobei ich inständig hoffe, dass er mir nicht alle meine Gedanken am Gesicht hat ablesen können. »Danke, dass ihr gekommen seid.«

Ich sehe an seinem Gesichtsausdruck, dass er nervös ist und sich nicht wohlfühlt – hoffentlich nicht wegen mir und meiner dummen Reaktion. Wahrscheinlich fragt er sich, ob es richtig war herzukommen, und ich möchte nicht, dass er daran irgendwelche Zweifel hat.

Früher hatte ich Angst, mit Sammy einen Raum voller Fremder zu betreten, weil ich wusste, dass sie lachen würden, sobald sie ihn sprechen hörten, aber ich habe mich daran gewöhnt. Sammys kleines Problem ist nichts im Vergleich zu dem, womit Dev und Jacob fertigwerden müssen, deshalb möchte ich, dass sie wissen, dass sie in diesem Haus nichts zu befürchten haben. Hier können sie ganz sie selbst sein.

Kaum habe ich das gedacht, da höre ich, wie Sammys Stimme alle anderen übertönt, als das Gekicher verstummt. »Wer ift daf?«, fragt er.

Ich schlage die Tür zu, vermutlich zu laut, und eile zu den anderen ins Wohnzimmer. Im Bemühen, es zu erreichen, ehe Sammy etwas Verletzendes sagen kann, stoße ich beinah Dev aus dem Weg.

Aber ehe ich auch nur ein Wort herausbringe, erwidert der Junge im Rollstuhl: »Ich bin Jacob, Devs Sohn.«

Ich komme gerade rechtzeitig, um zu sehen, wie sich Sammy genau vor seinem Stuhl positioniert. »Ich war mit Dev bei McDonald'f. Er ift cool.«

Jacob lächelt. »Ja. Ist er. Mit mir geht er manchmal auch zu McDonald's.«

May schnappt sich die beiden Mädchen und zieht sie auf ihren Schoß, damit sie sich setzen und so tun können, als starrten sie Jacob nicht an. Sie kitzelt sie, doch das ignorieren sie weitgehend, denn die Aktivitäten ihres Bruders interessieren sie mehr. Sie wissen, er wird die Hintergrundstory zu dem Rollstuhl aus Jacob herauskitzeln, ehe in diesem Zimmer irgendetwas anderes passiert, wenn ich ihn nicht rechtzeitig daran hindere. Ich muss es nur einigermaßen unauffällig tun.

Also hole ich tief Luft und bete zum Universum, seine Mächte mögen meinen Sohn leiten, das Richtige zu tun. Hätte ich Zeit gehabt, mich vorzubereiten, hätte ich mich wahrscheinlich mit ihm hingesetzt und ihm erklärt, warum Jacob im Rollstuhl sitzt, dass wir darüber nur reden, wenn er nicht da ist, und dass man bestimmte Dinge für sich behalten muss. Aber die Gelegenheit hatte ich nicht, also muss ich auf seine kindliche Unschuld und zurückliegende Erziehungsversuche setzen, damit das hier gut geht.

»Wiefo tsitzt du in dem Tstuhl?«, fragt Sammy.

»Ich habe Kinderlähmung.« Jacob sagt es, als sei es nichts Besonderes, aber Sammy ist von dieser Erklärung natürlich total verwirrt.

Mein Sohn kneift die Augen zusammen und schaut Jacob argwöhnisch an. »Kannft du laufen?«

Okay. So viel zu meiner Bitte an das Universum um eine helfende Hand. Ich betrete das Wohnzimmer in der Absicht, dieses Gespräch mit einem riesigen Ablenkungsmanöver radikal zu beenden. Aber Dev nimmt sanft meine Hand, hindert mich am Weitergehen und verursacht bei mir damit ganz nebenbei praktisch einen Herzanfall. Er hält schon wieder meine Hand.

Als ich zu ihm aufschaue, nickt er mir zu und bedeutet mir, einfach mal abzuwarten.

Ich schaue zuerst ihn und dann seinen Sohn an, versuche zu entscheiden, ob das die richtige Vorgehensweise ist. Aber schließlich komme ich zu dem Schluss, dass er mit solchen Erfahrungen viel mehr Erfahrung haben muss als ich und zweifellos weiß, wozu Sammy in der Lage ist, nachdem er einen halben Nachmittag mit meinem Sohn verbracht hat. Bitte, lieber Gott, lass nicht zu, dass mein Sohn jemanden verletzt. Dev lässt meine Hand los, und ich gebe mir alle Mühe, meine Gefühle in den Griff zu bekommen. Gerade eben war ich noch himmelhoch jauchzend, und jetzt fühle ich mich, als rase ich wie Ikarus der Erde entgegen, und der Aufschlag stehe unmittelbar bevor.

Jacob antwortet sachlich: »Ja, ich kann gehen, aber ich gehe nicht gern. Ich bin echt langsam, und es ist unangenehm, aber mein Dad zwingt mich dazu.«

Sammy nickt. »Wie tsnell bift du damit?« Er zeigt auf den Rollstuhl.

Jacob nickt weise. »Ziemlich schnell. Wahrscheinlich schneller, als du rennen kannst.«

Sammy macht große Augen. »Wow, daf ift wirklich tsnell.« Er hält mit beiden Händen einen seiner Füße hoch, damit Jacob seine Spidermanschuhe sehen kann. »Meine Tsportfuhe tsind tsiemlich tsnell.«

Jacob nickt. »Ich mag Spiderman.«

Sammys Augen leuchten. »Ich auch! Willst du mit mir Actionfiguren spielen?«

Jacob zuckt total cool die Achseln. »Klar. Aber ich habe keine dabei.«

Sammy rennt in die Ecke des Zimmers und schleppt einen Eimer voller Spielzeug an. »Kein Problem. Ich habe ganf viele.

Wir können teilen.« Sammy nimmt den Eimer und neigt ihn in Richtung Jacob, damit der das bunte Innenleben ausführlich betrachten kann. »Tsuch dir welche auf. Du kannft tsogar meine Lieblingffiguren haben.« Er deutet auf die mitgenommensten und geliebtesten Figuren: natürlich Spiderman und Superman.

Das ist mir alles zu viel. Ich wende mich ab und gehe Richtung Küche. Tränen schießen mir in die Augen, und diesmal kann ich sie nicht wegblinzeln.

Ich erreiche die Küche, ohne die Aufmerksamkeit der Kinder zu erregen, aber ich bin dort nicht allein. Dev steht plötzlich hinter mir.

»Was ist los?«, fragt er.

Über die Schulter bedeute ich ihm, mich allein zu lassen, und schüttle den Kopf. »Nichts. Alles in Ordnung.«

Er legt mir die Hand auf die Schulter und dreht mich um. Ich versuche, den Kopf gesenkt zu halten, damit er mein Gesicht nicht sehen kann, aber er legt mir einen Finger unters Kinn und hebt es an. »Bist du sauer, weil ich hergekommen bin, ohne vorher anzurufen?«

Ich umklammere fest seine Unterarme, schaue ihn an und schüttle entschieden den Kopf. »Nein, bitte glaub das nicht. Glaub das niemals. Ich bin wirklich, wirklich froh, dass du gekommen bist und, vor allem, dass du deinen Sohn mitgebracht hast. Ich hatte nur einen echten Scheißtag, bis ihr gekommen seid, und als ich eben gesehen habe, wie cool mein Sohn reagiert hat, habe ich begriffen, dass das für mich spricht, egal, wie beschissen mein Tag war.«

Dev nickt. »Du hast tolle Kinder.«

Ich kann nichts sagen, denn seine Worte bringen mich nur noch mehr zum Weinen. Also nicke ich.

Dev nimmt mich in die Arme und hält mich fest. Mein Gesicht reicht gerade mal bis zu seinem Bauchnabel, aber das ist egal. Selbst diese ungelenke Umarmung erfüllt mich mit mehr

Glück, als ich aushalte. Ich kenne diesen Typen, seinen Sohn oder seinen Chef kaum, aber jetzt sind sie bei mir zu Hause, und ich merke, dass sich all die verrückten Erlebnisse der letzten Tage absolut gelohnt haben.

»Ich hätte dich anrufen sollen«, sagt er. »Das muss ein Schock gewesen sein.«

Ich löse mich von ihm und schaue zu ihm auf. »Bitte, sag das nicht. Ich schwöre, es ist kein Schock. Ich war vielleicht ein bisschen überrascht, aber es war überhaupt nicht schlimm. Ich habe nur …« Ich trete einen Schritt von Dev zurück und wedle mit der Hand vor meinem Gesicht herum, um mich zu beruhigen. »Wenn ich dir von meinem Tag erzählen könnte, würdest du total verstehen, warum ich mich vorhin an der Tür wie eine Idiotin benommen habe.«

Er beugt sich herunter und sieht mir in die Augen. »Ich höre.«

»Nicht jetzt.« Ich schniefe sehr laut und versuche zu verhindern, dass meine laufende Nase so richtig eklig wird. »Ich muss Pizza bestellen.« Aus der Gesäßtasche fische ich mein Handy.

Ehe ich in meiner Kontaktliste die Nummer unseres Lieblings-Pizzabringdienstes gefunden habe, nimmt mir Dev das Handy aus der Hand und legt es auf den Küchentresen. Mit dem Daumen deutet er über seine Schulter. »Hörst du das?«

Jetzt, wo er es sagt, höre ich aus dem Nebenzimmer auch das Lachen und das fröhliche Quietschen. Diesmal ist Jacobs Stimme Teil davon.

»So klingen Leute, denen es scheißegal ist, ob es hier in der nächsten halben Stunde Pizza gibt oder nicht. Du kannst dir also fünf Minuten Zeit nehmen, um mir zu erzählen, was los ist.«

Ich stoße ein lang gezogenes Zischen des Ärgers und der Frustration aus, als mir klar wird, dass er recht hat und ich mir diesen Mist von der Seele reden will. »Also, schauen wir mal …

ich war in meiner alten Firma, um meinen letzten Gehaltsscheck und meinen Kram zu holen, und das endete in einer verbalen Auseinandersetzung mit meinem ehemaligen Chef über meine Abfindung.«

»Ich hoffe, er hat bezahlt.«

»O ja. Tatsächlich hat er mir gegeben, was ich wollte, aber ich musste mich dafür aufführen wie eine Eins-A-Superzicke. Ich benehme mich nicht gerne so und hasse es, Leuten drohen zu müssen, damit sie das Richtige tun. Mir wäre es lieber, wenn die Leute tun, was angemessen wäre, ohne dass ich sie zwingen muss, verstehst du?«

»Ja, das verstehe ich. Ich bin froh, dass du für dich eingestanden bist.«

»Na ja, und dann dachte ich, schlimmer könne der Tag nicht mehr werden, aber leider hatte ich mich geirrt. Als ich Sammy aus dem Kindergarten abgeholt habe, stellte ich fest, dass es ein Problem mit anderen Kindern gegeben hatte.«

»Ein Problem? Was für ein Problem?«

Ich werfe frustriert die Hände in die Luft. »Das wüsste ich auch gerne! Die Leiterin meinte nur, es habe ein Gerangel gegeben, und irgendwelche Kinder seien verletzt worden. Jetzt darf Sammy da nicht mehr hin.«

Ich senke die Stimme, damit mich auch bestimmt niemand im Nebenzimmer hört. »Offenbar bin ich eine schreckliche Mutter, weil mein Sohn einen Sprachfehler hat und ich noch nichts dagegen unternommen habe.«

Dev verzieht das Gesicht. »Wie bitte?«

»Ja, nicht wahr? Ich kapiere es auch nicht. Ich meine, er ist noch nicht mal in der Vorschule, und diese Frau meint, er müsse dringend zur Logopädie und ich müsste aufhören, sein Lispeln süß zu finden und so …« Mein Blick wandert in weite Ferne, denn wenn ich Dev jetzt in die Augen schaue, fange ich bloß wieder an zu weinen. »Menschen sind scheiße.«

Dev kommt einen Schritt näher, umfasst meine Oberarme und schüttelt mich sanft, bis ich ihn ansehe. Ich lege schließlich den Kopf in den Nacken, um ihm ins Gesicht schauen zu können.

»Nicht alle Menschen sind scheiße. Die Frau in der Tagesstätte offenbar schon, aber die meisten Leute, die solche Einrichtungen leiten, sind nett und verstehen, dass nicht alle Kinder genau gleich sind. Unterschiede machen sie einzigartig und besonders, nicht defizitär.«

»Danke. Das sehe ich zu hundert Prozent genauso. Schließlich vernachlässige ich auch nicht meine Kinder. Ist schon klar, dass mein Sohn lispelt. Ist ja auch kaum zu überhören. Aber ich halte es für falsch, ihn in diesem Alter schon unter Druck zu setzen. Bin ich verrückt, das zu glauben?«

Dev drückt wieder meinen Arm. »Nein, natürlich nicht. Ich bin sicher, du hast auf euren Kinderarzt gehört und hältst dich an seine Anweisungen. Außerdem würden, wenn wirklich etwas im Argen wäre, deine Mutterinstinkte sich melden, und du würdest tun, was erforderlich ist. Also mach dir keine Sorgen über das, was diese Frau gesagt hat. Du bist eine gute Mutter und tust das Richtige, was immer es auch ist.«

Das bringt mich zum Lächeln. »Du weißt doch nicht einmal, was ich tue, wie kannst du da sagen, ich täte das Richtige?«

Er zuckt die Achseln und lächelt leicht, sodass sein Grübchen andeutungsweise sichtbar wird. »Einfach so. Weil ich weiß, was du für ein Mensch bist. Du würdest nie etwas tun, das den Kindern schadet, und du bist nicht träge. Das sehe ich daran, wie sich deine Kinder benehmen und wie sie mit anderen Menschen umgehen. Sie sind nett, sanft und fröhlich. So erzieht man Kinder nicht, wenn man ein Arschloch ist.«

Ich kann nicht aufhören zu grinsen. »Ich kenne mindestens zwei Leute, von denen ich sicher bin, dass sie aufgrund meines heutigen Verhaltens anderer Meinung sind.«

Dev umarmt mich wieder, diesmal fest. »Ich verspreche, dich wissen zu lassen, wenn du dich in meiner Gegenwart je wie ein Arschloch benimmst.«

Ich klopfe ihm auf den Rücken. »Dito. Das verspreche ich dir auch.«

»Soll ich die Pizzen bestellen?«, fragt er.

Ich zucke die Achseln und trete einen Schritt zurück, um mich aus seiner Umarmung zu lösen. Ausgedehntes Kuscheln in der Küche ist vermutlich ein bisschen zu viel für eine Pizzaparty. Ich will nicht, dass die Kinder uns erwischen, zumal ich noch gar nicht sicher bin, was da zwischen uns eigentlich läuft. »Nur zu. Die Nummer hast du ja schon.«

Dev zückt sein Handy und hält es hoch. »Klar. Ich nehme mal die Bestellungen auf.« Ohne ein weiteres Wort dreht er sich um und begibt sich ins Wohnzimmer.

Ich öffne den Kühlschrank und entnehme ihm eine Flasche Wein für die Erwachsenen und einen Apfelsaft für die Kinder. Als ich Gläser aus dem Schrank hole und sie auf dem Küchentresen aufreihe, summe ich unwillkürlich vor mich hin. Dabei hatte ich gedacht, ich würde heute Abend in meinen Wein heulen, im Bett liegen und mich fragen, was ich falsch gemacht habe – und jetzt bin ich umgeben von Leuten, die ich liebe und die mich lieben, und freue mich auf eine unverhoffte Pizzaparty. Ach, und morgen werde ich mit dem heißesten, verständnisvollsten Mann zum Abendessen ausgehen, dem ich je begegnet bin.

Offenbar habe ich irgendetwas richtig gemacht. Ich hoffe nur, ich mache jetzt keinen Fehler. Was ich unbedingt brauche, ist ein Vieraugengespräch mit meiner Schwester, und zwar sobald wie möglich. Bevor ich es vergesse, schicke ich ihr eine SMS. Obgleich sie nebenan ist, muss ich diskret vorgehen. Ich will nicht, dass Dev mitbekommt, dass ich alles, was mit ihm zu tun hat, analysiere und durchplane.

Ich: Wir müssen so bald wie möglich reden.

Zehn Sekunden später trifft ihre Antwort mit einem Piepen meines Handys ein.

May: Jetzt???

Ich: Nein. Morgen früh. Kaffee hier. 8. Sei pünktlich.

May: Das möchte ich um nichts in der Welt verpassen.

Kapitel 30

Ich reiße die Tür auf und begrüße meine Schwester, noch bevor sie auch nur die Chance hat, die Hand auf die Klinke zu legen. Nach einer Umarmung und einem Kuss reicht sie mir einen Umschlag.

»Was ist das?«, frage ich, nehme ihn entgegen und drehe ihn um. Er ist unbeschriftet.

»Das ist dein Geschenkgutschein und dein erster Gehaltsscheck.« Sie grinst bis über beide Ohren.

»Bist du sicher wegen des Geschenkgutscheins?«

»Sei nicht albern. Das ist kein richtiges Geschenk. Du hast es dir verdient. Außerdem haben wir jetzt die perfekte Ausrede, warum wir gemeinsam shoppen gehen müssen.«

Ich liebe es, mit meiner Schwester shoppen zu gehen, und wir sind schon ewig nicht mehr losgezogen. »Na schön. Ich nehme ihn an.« Ich manövriere sie eilig in die Küche und gestikuliere in Richtung Tisch. »Setz dich. Ich hole nur noch schnell die Muffins aus dem Ofen.«

May befolgt meine Anweisung, setzt sich und legt die Hände um die Tasse mit frisch gebrühtem Kaffee, die vor ihr steht. »Hier riecht es himmlisch.«

Ich gebe der Backofenklappe einen Stoß mit dem Ellbogen, um sie zu schließen, und stelle das Muffinblech auf den

Küchentresen. »Ich bin heute Morgen sehr früh aufgestanden und hab die gebacken, noch bevor die Kinder aufgewacht sind.« Ich erzähle ihr nicht, dass ich die ganze Nacht nicht schlafen konnte, weil ich mir so große Sorgen um Sammy gemacht habe, oder dass ich in allerletzter Minute dafür sorgen musste, ihn in der Notfall-Tagesstätte unterzubringen, die ich hasse, weil es da immer nach schmutzigen Windeln stinkt, die aber die einzige ist, die ihn im Notfall und ohne Vorwarnung aufnimmt.

Ihm eine neue Tagesstätte zu suchen, steht ganz oben auf meiner To-do-Liste, die ich erst abarbeite, wenn ich den Bericht für das Team der Bourbon Street Boys fertig habe, aber es bringt ja nichts, meine Schwester mit Dingen zu belasten, die sie auch nicht ändern kann.

May hebt eine Braue. »Wow, da ist aber jemand ernsthaft motiviert. Hast du dir endlich einen Dildo gekauft?«

»Nein, ich habe mir keinen Dildo gekauft. Halt die Klappe!« Ich hebe einen Muffin in die Höhe. »Du willst doch einen, oder etwa nicht?«

»Verrichten Bären ihr Geschäft im Wald?«

»Ja.« Ich befreie mühsam den letzten Muffin aus der Backform und komme mir vor wie eine Superheldin, weil keiner von ihnen beim Umsetzen eine Delle bekommen hat. »Übrigens … wusstest du das, dass Bären mit ihrem Kot Eichen pflanzen? Sie essen doch so viele Samen …«

»Hat dir schon mal jemand gesagt, dass du zu viel Animal Planet schaust?«

Ich schnaube. »Das sage ich mir selbst doch die ganze Zeit. Du hast ja keine Ahnung … ständig vergleiche ich Menschen mit Tieren aus dieser einen Sendung. Das ist echt bescheuert. Ich brauche ganz dringend ein Leben.«

Ich setze mich, stelle je einen Teller vor uns ab und die Muffins zwischen uns.

May beäugt die süße Versuchung. »Ich bin nicht sicher, ob ich mehr als einen davon runterkriege.«

»Mach dir deshalb keine Sorgen. Ich esse dann wahrscheinlich einfach den Rest. Im Augenblick schaufle ich vor lauter Stress alles rein.«

May löst einen Muffin aus dem Papierförmchen. »Ich bin heute Morgen hergekommen, um dir zuzuhören, und ich habe zwei Stunden Zeit, also schieß los. Lass es raus.«

Ich nippe an meinem Kaffee, bevor ich loslege. »Ehe wir uns mit meinem Mist befassen, erzähl mir von dir und Ozzie. Was läuft da bei euch?« Seine Bemerkung, dass May eines Tages eine gute Mutter abgeben wird, geht mir nicht mehr aus dem Kopf.

Sie zerkaut ein Stück Muffin und lächelt mich dabei an. »Was meinst du damit? Uns geht's gut.«

Ich schenke ihr den Blick, mit dem große Schwestern kleinen Schwestern klarmachen, dass sie ihnen keinen Scheiß erzählen sollen. »Als er gestern Abend hier war, hat er eine Bemerkung über dich und Kinder gemacht. Ich hatte das Gefühl, dass er versucht, mir etwas mitzuteilen, aber dann war alles so chaotisch, und die kleinen Arschkekse haben so viel Lärm gemacht, dass sich keine Gelegenheit mehr bot, ihn danach zu fragen. Möchtest du mir etwas sagen?«

Wenn sie jetzt sagt, dass sie schwanger ist, schleudere ich meinen Teller durch den Raum, das schwöre ich. Mein Ausbruch wird zwei widerstreitenden Gefühlen geschuldet sein: Freude und Frust. Natürlich wird meine Schwester die beste Mutter aller Zeiten werden, aber ein Kind mit Ozzie? Ist sie dafür bereit? Bin ich dafür bereit?

May sieht mich stirnrunzelnd an. »Nein. Wovon redest du?«

Es liegt auf der Hand, dass Ozzie nichts von einer Schwangerschaft wissen kann, wenn meine Schwester selbst keine Ahnung hat, aber sie könnte wollen, dass ich es ihr aus der Nase ziehe. Seit sie mit Ozzie zusammen ist, ist sie viel gewiefter geworden. »Sei einfach ehrlich. Bist du schwanger?«

May bleibt der Mund offen stehen. »Wie bitte? Nein. Wie kommst du denn auf die Idee?« Sie schaut auf ihren Bauch. »Werde ich fett?«

Ich gebe ihr einen Klaps auf den Arm. »Nein, natürlich nicht. Lieber Himmel, du warst noch nie so dünn. Gibt er dir da bei euch überhaupt etwas zu essen?« Ich befürchte, meine Eifersucht wäre aus meinem Tonfall herauszuhören. Glücklicherweise wertet meine Schwester es nicht als Beleidigung.

»Ja. Ich fresse wie ein Schwein, ich schwör's. Ozzie kocht die leckersten Gerichte. Nur lässt Dev mich so oft trainieren, dass ich die ganzen Kalorien wieder verbrenne und noch ein paar mehr.« Ein verlegenes Lächeln stiehlt sich auf ihr Gesicht. »Ich finde eigentlich, dass ich ganz gut aussehe.«

Ich nicke emsig. »Tust du auch. Du siehst klasse aus. Ich bin total neidisch auf dich. Du bist jetzt eine dieser Sporttussis, über die wir uns immer lustig gemacht haben.«

May zwinkert mir über den Rand ihrer Kaffeetasse hinweg zu. »Dev kann es kaum erwarten, Hand an dich zu legen. Das wird so aufregend.« Sie wackelt mit den Augenbrauen und suggeriert mir dadurch, dass ihre Aussage absichtlich zweideutig ist. Ich kann nicht fassen, dass sie das gerade gesagt hat. Wie kann sie so beiläufig über mein Liebesleben reden?

»Warum schaust du mich so an?«, fragt sie und lässt die Tasse sinken. »Ist dir ein Stück Muffin im Hals stecken geblieben? Wird es Zeit für das Heimlich-Manöver?« Sie hält sich die Hände an den Hals. »Das ist das Zeichen für ersticken. Gib mir das Zeichen, wenn du gerade erstickst.«

Ich schüttle nur den Kopf, weil sie so albern ist. »Ich ersticke nicht, du Doofi, ich versuche nur gerade herauszufinden, wie du das einfach so dahinsagen kannst.«

May legt den Kopf schief wie ein verwirrter Hund. »Was habe ich denn gesagt?«

Ich sehe sie mit großen Augen an und warte, bis die Erkenntnis bei ihr einsetzt. Ich kann förmlich dabei zuschauen, wie ihr Gehirn zurückspult.

Ihre Gesichtszüge entspannen sich, dann lächelt sie. »Oh, jetzt hab ich's kapiert. Das klang schon irgendwie komisch, was?«

»Ein bisschen vielleicht.«

»Was ich damit sagen will, ist, dass Dev sich sehr darauf freut, mit dir zu trainieren. Lucky hat mir erzählt, dass du darüber nachdenkst, bei uns anzufangen. Wenn du dich dafür entscheidest, wirst du ein Fitnessprogramm bei Dev absolvieren, genau wie ich, und mit den gleichen Ergebnissen. Versprochen.«

Sie hat gerade so viele Themen angeschnitten, dass ich gar nicht weiß, worauf ich mich stürzen soll. Dev? Job? Training? Lucky?

Ich lasse mein Hirn auf Autopilot umstellen und selbst entscheiden.

»Woher weißt du, was Dev will?«

Sie zuckt die Achseln und versucht sich ganz unaufgeregt zu geben, aber ich durchschaue sie auf der Stelle. »Och, keine Ahnung. Manchmal quatschen wir ein bisschen während des Trainings.«

»Über mich?«

Sie wackelt wieder mit den Augenbrauen. »Das interessiert dich wohl brennend.«

Ich lege ihr eine Hand auf den Arm und drücke zu. »Ja! Deshalb stelle ich ja all die Fragen! Lass mich nicht betteln. Das ist echt peinlich.« Ich nehme einen Muffin und ziehe ganz vorsichtig das Papierförmchen ab. Dadurch kann ich mich auf etwas anderes konzentrieren als auf meine Schwester, die mich, wie ich vermute, mitleidsvoll ansieht.

»Das ist so süß. Ihr findet euch beide gut, aber keiner von euch möchte das zuerst zugeben.«

Ich lasse meinen Muffin links liegen und starre meine Schwester mit durchdringendem Blick an. »Woher willst du das wissen? Hat er etwas in die Richtung gesagt?«

»Muss er nicht. Ich weiß es einfach.«

Ich schüttle enttäuscht den Kopf. Meine Schwester ist ziemlich klug, aber das heißt leider noch nicht, dass sie erraten kann, was im Kopf eines Mannes vor sich geht. Meiner Erfahrung nach sind Männer viel zu verschlossen, als dass man sie richtig lesen könnte.

»Na ja, ich finde ihn ziemlich cool, glaube aber nicht, dass er ernsthaft an mir interessiert ist. Ich glaube schon, dass er mich attraktiv findet, aber für eine Beziehung komme ich für ihn nicht infrage. Jedenfalls nichts Ernstes. Er könnte ein Aufreißer sein.«

»Wie kommst du denn darauf?«

»Weil wir zusammen am Computer saßen und auf einer Datingseite waren und er mir erklärt hat, wie ich dort einen Typen finde und ein Date mit ihm bekomme. Das war die perfekte Gelegenheit, sich selbst vorzuschlagen, aber er hat mir gesagt, ich soll mich mit jemand anderem verabreden. Mal ehrlich, das klingt ja wohl nicht danach, als hätte er ein gesteigertes Interesse an mir.«

May runzelt die Stirn. »Das ist echt komisch. Er hat mir ziemlich viele Fragen über dich gestellt, auch wenn wir eigentlich gerade über was anderes gesprochen haben. Er hat dich mehrfach einfach so erwähnt. Aber warum sollte er dir sagen, dass du mit anderen Typen ausgehen sollst, wenn er sich so für dich interessiert?«

»Genau.« Ich bin gerade unheimlich traurig. Meine Güte, wie beschissen das alles ist. Ich werde den Rest meines Lebens Single bleiben.

»Vielleicht habe ich ihn missverstanden. Vielleicht kann ich seine Signale nicht richtig deuten oder etwas in der Art.« Ich nicke. »Vielleicht ist er einfach nur total nett und fragt dich über mich aus, weil ihr Kollegen seid und er dich mag.«

May wirkt nicht besonders überzeugt. »Ich weiß nicht. Er scheint nicht nur an einer Freundschaft interessiert zu sein. Aber bei Dev weiß man nie. Er hält sich bei solchen Dingen ziemlich bedeckt.«

»Warum sagst du das?«

»Na ja, sein Sohn zum Beispiel …«

»Jacob? Was ist mit ihm?« Ich beiße ein großes Stück von meinem Muffin ab, um mich wenigstens eine Weile vom Reden abzuhalten.

Ich möchte alles wissen, was May zu diesem Thema zu sagen hat.

»Ich habe erst kürzlich von Jacob erfahren. Natürlich wusste ich, dass Dev ein Kind hat, aber ich wusste nicht, dass es im Rollstuhl sitzt oder dass er alleinerziehender Vater ist und sich um alles kümmern muss.«

»Wie konntest du darüber nicht Bescheid wissen? Du bist mit seinem Chef zusammen und siehst Dev jeden Tag auf der Arbeit.« Meine Schwester braucht ganz offensichtlich ein bisschen Nachhilfe in Sachen Informationsgewinnung. Ich hatte eigentlich gedacht, sie dahin gehend ausreichend geschult zu haben …

Sie zuckt die Achseln. »Ozzie erzählt mir von sich aus nichts über die anderen, dafür ist er einfach nicht der Typ. Wenn ich nach etwas Bestimmtem frage, sagt er es mir für gewöhnlich, aber auch dann lässt er sich nicht groß und breit darüber aus und gibt weitere Informationen preis.« Sie zuckt noch mal die Achseln. »Ich schätze, es ist mir vorher einfach nicht in den Sinn gekommen, mich nach Devs Familienleben zu erkundigen.«

Ich schüttle den Kopf. »Manchmal frage ich mich, ob wir wirklich verwandt sind.«

Sie pikst erst mich mit dem Finger, dann sich selbst. »Du warst immer die Psychoanalytikerin von uns. Ich habe immer den Patienten gemimt, weißt du nicht mehr?«

»Das stimmt wohl. So langsam beschleicht mich das Gefühl, ich hätte dich häufiger den Arzt spielen lassen sollen.«

May legt ihre Hand auf meine und drückt sie sanft. »Es tut mir leid, dass ich mir nicht so viele Gedanken über dich und dein Leben gemacht habe. Ich hätte mich mehr erkundigen sollen, wie es dir mit Miles und den Kindern geht.«

Ich lege meine freie Hand auf ihre und baue dadurch einen Turm schwesterlichen Zusammenhalts. »Sag so was nicht. Du hast nichts falsch gemacht. Du bist die beste Schwester der Welt. Im Ernst. Ich wollte heute nicht mit dir reden, damit du dich schuldig fühlst, dafür hast du nämlich gar keinen Grund.«

Offenbar ausreichend besänftigt, lehnt sie sich zurück. »Was wirst du denn in Sachen Dev unternehmen?«

»Na ja, wir gehen heute Abend zusammen aus, dann mal sehen. Ich glaube, ich werde es einfach auf mich zukommen lassen.«

Mays Miene hellt sich auf. »Ihr geht Abendessen? Das ist ja klasse!« Sie beißt ein riesiges Stück von ihrem Muffin ab, dessen Krümel ihr in den Schoß rieseln. Sie fegt sie auf den Boden und erstarrt dann mitten in der Bewegung, als ihr klar wird, dass sie gerade einem Irrtum aufsitzt. »Oh, Mibbt. Feev ibt ga nibt da.«

Ich ignoriere den Kommentar darüber, dass ihr Hund die Krümel gar nicht fressen kann, weil sie ihn nicht dabeihat. Ich staubsauge später. Im Augenblick habe ich größere Sorgen.

»Es ist kein Date«, stelle ich klar. »Ich habe eine Wette verloren, deshalb muss ich ihn zum Abendessen einladen. Bei diesem Wettschuldenessen, oder wie auch immer man es nennen möchte, wollen wir uns eine neue Datingstrategie zurechtlegen.«

May hat eigentlich noch zu viel Muffin im Mund, um zu antworten, sie versucht es trotzdem. »Vabingvabbevie?«

Ein Krümelregen geht zu Boden.

»Ja, ich weiß. Datingstrategie.« Enttäuscht von mir selbst, schüttle ich den Kopf. Warum bringe ich nicht den Mut auf, ihm zu sagen, wie ich empfinde? »Ich komme mir unheimlich dämlich vor.«

May schluckt endlich den Riesenklumpen Muffin hinunter und fragt mit angestrengter Stimme: »Wer hatte denn die großartige Idee?«

»Weiß ich nicht mehr. Wenn ich mit ihm zusammen bin, fühle ich mich die allermeiste Zeit total wohl, als wären wir schon ewig richtig gute Freunde, verstehst du? Und dann macht er etwas oder sagt etwas, wodurch ich merke, wie süß er ist oder wie nett oder wie lustig, und die freundschaftlichen Gefühle sind wie weggeblasen und ich bin so von ihm fasziniert, dass ich mich völlig danebenbenehme.« Meine Stimme wird von allein immer lauter, weil meine Erklärung nur allzu deutlich macht, dass ich mit dem Singleleben überfordert bin. »Und im nächsten Augenblick sprechen wir über Verabredungen mit anderen Leuten. Das ist echt total frustrierend. Ich bin wirklich völlig aus der Übung, was das Singledasein angeht. Ich gehöre zwar erst kurz zum Klub, aber ich möchte jetzt schon aussteigen. Außerdem kotzt es mich wahnsinnig an, dass Miles das alles so viel besser draufhat.«

May schüttelt den Kopf. »Du bist hier nicht das Problem. Und vergleich dich bitte nie wieder mit diesem Drecksack Miles. Igitt. Er ist ein Riesenarschloch, du nicht, kapiert?«

Wir lächeln beide. Sie wusste schon immer genau, was zu sagen ist.

»Die Sache mit Dev … lass dich davon nicht runterziehen. Ich glaube, er ist einfach ein komplizierter Mann. Tatsächlich halte ich alle Leute, die bei den Bourbon Street Boys arbeiten, für ganz besonders kompliziert. Die haben hier in New Orleans ganz schön was mitgemacht. Wir dachten, wir hätten es schwer gehabt, aber das war nichts im Vergleich zu dem, was sie durchstehen mussten, das kannst du mir glauben. Ozzie hat mir ein paar Geschichten erzählt …« Sie macht eine wegwerfende Geste, bevor sie mir mehr davon erzählt. »Egal, jedenfalls haben sie ziemlich viel Mist zusammen durchgestanden, und das hat sie einander nähergebracht. Sie sind zweifellos anders als andere Kinder, und es dauert länger, bis sie sich einem öffnen, aber wenn es so weit ist … wenn sie einen in die Gruppe aufnehmen … war es das alles wert.«

Ich sehne mich unbeschreiblich nach dem Gefühl der Akzeptanz, das sie da gerade beschreibt. Wenn ich nur endlich meine Frau stehen und aufhören könnte, mir ständig Sorgen zu machen. »Es freut mich wirklich sehr für dich, dass du Ozzie und sein Team kennengelernt hast. Ich tue mich damit schwer, aber dir tut es definitiv gut.« Es ist ein schönes Gefühl, das endlich mal offen zuzugeben. Dass sie so viele Risiken eingeht, kommt mir nicht mehr ganz so schlimm vor, wenn ich ihr freudestrahlendes Gesicht sehe und das Selbstvertrauen in ihrer Stimme höre. Sie hat ihren Platz in der Welt gefunden, und das ist ganz schön viel wert. Lieber Himmel, ich bin zweiunddreißig und noch auf der Suche danach. Langsam kommen mir Zweifel, ob ich ihn je finde.

»Danke«, erwidert sie. »Ich hatte schon Angst, dass du das alles nicht gutheißt.«

»Habe ich auch nicht. Ehrlich gesagt, hat es mich völlig kirre gemacht, was du da tust. Ich weiß, dass Ozzie einer von den Guten ist, aber dein Leben hat sich drastisch verändert, seit du ihn kennengelernt hast, und ich mache mir immer noch Sorgen, weil du in der Gegend herumrennst und Kriminelle fotografierst.«

»Aber du weißt doch, dass ich ausgebildet werde und mich das ganze Team unterstützt. Ich bin nie alleine unterwegs. Und meistens arbeite ich nur hinter den Kulissen.«

Ich nicke. »Das weiß ich. Aber mein erster Tag dort? Erinnerst du dich? Da gab es diesen … Zwischenfall, oder wie immer man es nennen möchte. Wisst ihr eigentlich mittlerweile, was es damit auf sich hatte?«

May nickt und wirkt plötzlich ganz ernst. »Wir haben zumindest eine Vermutung.«

Ich hebe die Brauen. »Ist diese Information streng geheim und zugangsbeschränkt oder darf ich es wissen?«

Sie antwortet nicht sofort, was mich nur noch neugieriger macht. Ich erhöhe den Einsatz, indem ich ihr einen weiteren Muffin reiche und es mir auf meinem Stuhl gemütlich mache. Dem Gesichtsausdruck meiner Schwester nach zu urteilen, verspricht diese Geschichte ziemlich spannend zu werden.

Kapitel 31

Meiner Schwester scheint die Frage ein wenig unangenehm zu sein. »Tatsächlich bin ich mir da nicht ganz sicher«, sagt sie. »Technisch gesehen, arbeitest du nicht bei den Bourbon Street Boys, zumindest nicht, soweit ich weiß. Hat man dir schon offiziell eine Stelle angeboten?«

»Nein. Lucky hat angedeutet, dass das passieren könnte, aber ich habe nicht den Eindruck, dass er derjenige wäre, der sie mir anbietet.«

May schüttelt den Kopf. »Nein, das müsste offiziell von Thibault oder Ozzie kommen. Aber ich weiß, dass es eine offene Stelle gibt. Ich vermute, du müsstest nur mal Interesse bekunden. Alle haben den Eindruck, dass du dir noch nicht ganz sicher bist, und niemand will dich drängen.«

Ich nicke. »Das ist eine korrekte Einschätzung. Ich bin mir noch nicht ganz sicher. Natürlich sehe ich all die Vorteile und brauche wirklich einen Job, aber es gibt natürlich auch ein gewisses Risiko … deshalb habe ich mir noch ein bisschen Bedenkzeit zugestanden.« Ich schweige ein paar Sekunden und versuche dann, lässig zu klingen. »Also wisst ihr, wo die große Beule in der Tür herkommt? Wer sie verursacht hat?«

May nickt. »Ich schätze, die Frage kann ich dir ruhig beantworten. Du hast eine Vertraulichkeitsvereinbarung unterzeichnet und warst ja irgendwie auch an der Sache beteiligt.« Sie seufzt. »Wir glauben es zu wissen. Wir haben rund ums Gebäude Überwachungskameras und ein paar aussagekräftige Bilder. Ozzie und Thibault sehen sie sich gerade an … zusammen mit Toni.«

Die Art, wie sie Tonis Beteiligung erwähnt, lässt mich aufhorchen. »Hat das etwas mit ihr zu tun? Ich meine, mit Toni?«

»Ich denke schon. Ozzie ist sich nicht sicher, aber nach einigen Dingen, die uns aufgefallen sind und die Toni gesagt hat, glaube ich, es hat etwas mit ihrer Vergangenheit zu tun. Mit ihrem Ex.«

»Ooh, Klatsch. Erzähl.« Zweifellos wird jede Geschichte, die mit Tonis Ex zu tun hat, spannend sein. Tatsächlich kann ich mir nicht vorstellen, dass irgendeine Facette von Tonis Leben langweilig ist. Ich wette, selbst ihre täglichen Routinen sehen im Vergleich zu meinen superspannend aus. Wahrscheinlich wirbelt sie beim Zähneputzen mit Nunchakus herum und legt Mascara auf, während sie Wurfsterne auf im Badezimmer verteilte Zielscheiben schleudert. Gespannt warte ich auf Mays Enthüllungen.

Normalerweise nutzt meine Schwester jede Gelegenheit, mit mir über interessante Menschen zu klatschen, aber jetzt nagt sie an ihrer Unterlippe, als sei sie nicht sicher, was sie tun soll.

»Was ist? Worüber denkst du nach? Erzähl schon, Schwesterherz, sonst gibt's keine Muffins mehr.« Ich nehme einen und halte ihn auf Schulterhöhe.

»Ozzie hat mir ein paar Dinge über Tonis Vergangenheit erzählt, aber ich bin ziemlich sicher, er möchte nicht, dass ich sie weitergebe.«

Von allem, was May seit ihrer ersten Begegnung mit Ozzie gesagt und getan hat, beeindruckt mich das am meisten. Soweit ich weiß, hat sie noch nie im Leben etwas vor mir geheim gehalten. Es macht mich gleichzeitig traurig und froh.

May wirft einen großen Muffinkrümel nach mir. »Warum siehst du mich so an? Du schaust, als hätte ich dich gerade geohrfeigt oder so.«

Ich picke den Krümel von meiner Bluse und werfe ihn zurück. »Nein, ich denke nur gerade darüber nach, wie scheiße es ist, dass meine kleine Schwester jetzt flügge wird.«

»Oh, das ist so süß von dir«, erwidert sie spöttisch, doch dann wird sie plötzlich sehr ernst. »Wovon zum Teufel redest du?«

Langsam wickle ich den Muffin in meiner Hand aus und beantworte ihre Frage. »Dev und ich haben uns unterhalten, und er hat mir seine Meinung über dich anvertraut, die mich sehr nachdenklich gemacht hat.«

»Wie zum Beispiel …?«

»Zum Beispiel denke ich darüber nach, dass ich dich immer als meine kleine Schwester gesehen habe, die meinen Schutz braucht. Aber jetzt, wo wir älter sind und jede ihr eigenes Leben führt, ist dieses Bild nicht mehr zutreffend.«

»Mhm …«

Ich seufze frustriert. »Ich weiß nicht, ob Dev irgendein Guru ist oder so, aber jedes Mal, wenn ich mit ihm rede, habe ich danach das Gefühl, mich selbst und mein Leben klarer zu sehen.«

Was ich als Nächstes zu sagen habe, macht mich traurig. Es laut auszusprechen, ist schwerer, als es nur zu denken. »Nicht alles, was ich dabei sehe, gefällt mir unbedingt. Ich habe das Gefühl, viel zu lange vor viel zu vielen Dingen Angst gehabt zu haben, mich zu einer Schildkröte entwickelt zu haben, die sich ständig in ihren Panzer zurückzieht und die Abenteuer des Lebens an sich vorbeiziehen lässt. Ich schätze, deshalb empfinde ich den Bourbon Street Boys, den Kindern und dieser ganzen Datingsache gegenüber gerade so ambivalent …«

»Das klingt, als hättest du eine Midlife-Crisis.«

Ich schüttle den Kopf. »Nein, das glaube ich nicht. Ich habe nicht das Bedürfnis, loszuziehen und mir eine Corvette zu kaufen, mich mit einem Achtzehnjährigen einzulassen oder so. Aber bin ich bereit, freiberuflich für eine Sicherheitsfirma zu arbeiten? Ich weiß es nicht. Dieser Job hat dich wirklich verändert, May, das merkst du doch sicher auch.«

Sie nickt. »Ja. Aber ich halte die Veränderungen alle für gut. Außerdem, was haben meine Veränderungen mit dir zu tun? Wir würden unterschiedliche Dinge tun. Du könntest die meiste Zeit von zu Hause aus arbeiten. Das ist nicht das Gleiche.«

»Ich bin auch der Auffassung, dass du dich zu deinem Vorteil verändert hast. Inzwischen zumindest. Letzte Woche hätte ich das noch anders gesehen, aber seit ich das Team ein bisschen besser kenne und es in Aktion erlebt habe, ist mir klar, was dich so fasziniert. Ich verstehe, warum du morgens so gerne zur Arbeit gehst und warum du Ozzie so attraktiv findest. Er ist selbstbewusst, klug und sehr loyal.«

»Außerdem ist er super im Bett. Vergiss das nicht.« Sie kann nicht aufhören zu grinsen.

»Wir wissen beide, dass das nicht der Grund ist, warum du mit ihm zusammen bist. Aber es ist ein netter Nebeneffekt.«

Mays Blick wandert in die Ferne und wird so verklärt, dass ich fast eifersüchtig bin. Schnell spreche ich weiter, damit keine negativen Schwingungen aufkommen. Schließlich bin ich froh über ihr Glück.

»Jedenfalls war es gut, sich mit Dev zu unterhalten, und ich glaube, er könnte mir wirklich ein guter Freund sein, ich bin also auch glücklich, wenn sich zwischen uns nicht mehr entwickelt.«

»Ich freue mich auch für dich.« May lächelt. »Aber ihr beiden würdet auch ein schönes Paar abgeben.«

Ich schüttle den Kopf. »Lass uns nichts überstürzen. Wir haben uns ja erst letzte Woche kennengelernt.«

»Ja und? Es gibt so was wie Liebe auf den ersten Blick. Vertrau mir, ich kenne mich aus.«

Ich lache. »Du hast gesagt, als du Ozzie kennengelernt hast, kam er dir mit seinem Bart vor wie ein hässlicher Tiermensch. Du hast gesagt, er sah total verwahrlost aus. Das war alles andere als Liebe auf den ersten Blick.«

May sieht mich stirnrunzelnd an. »Der erste Eindruck hat etwa zehn Minuten gehalten. Sobald er rasiert war und ich erkannt habe, wie umwerfend er aussieht, war es um mich geschehen. Ich habe mich Hals über Kopf in ihn verliebt.«

Ich verdrehe die Augen. »Wie du meinst.«

May zerknüllt ihr Muffinpapier. »Also, hast du in diesen Dateien, oder was auch immer ihr da neulich nachts geborgen habt, irgendetwas Spannendes gefunden?«

»Na ja, ich sollte mir das wahrscheinlich für die Besprechung nachher aufheben, aber ich habe gestern Abend, nachdem die Kinder im Bett waren, etwas auf den gespiegelten Laufwerken gefunden.«

May setzt sich kerzengerade hin. »Echt? Erzähl.«

Ich beuge mich vor, begeistert von dem, was ich in den frühen Morgenstunden herausgefunden habe. »Jemand bei Blue Marine am Rechner mit der Nummer drei, eine Frau namens Anita, hat die Konten manipuliert. Ich habe es Lucky noch nicht in allen Einzelheiten berichtet.«

»Ja und? Erzähl mir mehr.«

Ich bin zu aufgeregt über meine Ergebnisse, um damit hinter dem Berg zu halten. »Ich glaube, ich kann die Existenz von mindestens zwei Scheinfirmen beweisen, die diese Frau eingerichtet hat, um Geld auf eigene Konten umzuleiten.«

May bleibt der Mund offen stehen, und sie hat sichtbar Schwierigkeiten, etwas zu sagen. »Oh … mein Gott. Das ist … unglaublich. Wie bist du darauf gestoßen?«

Ich zucke die Achseln. »Nun, sie war ziemlich gut mit Computern, das muss man ihr lassen.«

»Aber nicht so gut wie meine Schwester«, sagt May und drückt meinen Arm.

Ich lächle. »Ganz genau.« Ich nutze die Gelegenheit, um meiner Schwester in allgemein verständlichen Worten zu erklären, was ich getan habe, denn ich weiß, sie wird anfangen zu schielen, wenn ich zu viele Fachwörter benutze. »Sie hat mit versteckten Dateien gearbeitet, die eine ziemlich komplizierte AES-256-Verschlüsselungsmatrix hatten …«

Schon schielt May vor Unverständnis. »O mein Gott, du bist ein solcher Nerd.«

»Ich bin ein Geek, kein Nerd. Das ist ein großer Unterschied.« Wieder versuche ich, es ihr zu erklären. »Sagen wir, sie hatte ein extrem sicheres Passwort auf ihrem System, aber ich habe es geknackt. Dann könnte ich online juristische Unterlagen eingesehen haben, die ich nicht hätte sehen sollen und die mir erlaubt haben, die Firmen zu ihr zurückzuverfolgen. Ich glaube, sie hat irgendeinem Anwalt viel Geld bezahlt, um das alles geheim zu halten, aber sie hätte lieber auch in eine Computerfachfrau investieren sollen.« Ich mache ein Gesicht wie die Grinsekatze.

May beugt sich vor und umarmt mich spontan. »Du bist so toll. Ich wusste, du schaffst das. Aber tu mir einen Gefallen.

Erzähl den anderen das nicht so wie mir eben. Verwende einen Haufen komplizierter Wörter.«

Ich lache. »Warum?«

Plötzlich klingt sie verzweifelt. »Mach einfach! Ich will, dass sie dir die Stelle anbieten. Wenn du so tust, als sei das nichts Besonderes, werden sie glauben, sie könnten dafür auch irgendeinen Trottel von der Straße einstellen.«

Das überrascht mich ein wenig. »Wollen sie denn irgendeinen Trottel von der Straße einstellen?«

May schüttelt den Kopf. »Nein, natürlich nicht. Sie wollen dich. Aber Toni ist zumeist nicht gerade begeistert, wenn neue Leute an Bord kommen, weswegen ich befürchte, dass sie versuchen wird, dem Team weiszumachen, du wolltest gar nicht wirklich dazugehören. Aber wenn du demonstrieren kannst, wie außergewöhnlich deine Fähigkeiten sind und dass das irgendein Trottel von der Straße nicht hinbekommen hätte, werden die anderen vermutlich eher geneigt sein, sie zu ignorieren.«

»Wow! Ich wusste gar nicht, dass sie mich so verabscheut.«

May schüttelt heftig den Kopf. »Keineswegs, sie mag dich. Ehrlich. Sie ist nur immer echt kratzbürstig. Selbst wenn sie nett zu mir ist, befürchte ich immer, sie könnte irgendwelche Hintergedanken haben. Nimm das also nicht persönlich.« Sie sieht aus, als wolle sie noch etwas sagen, doch dann hält sie inne.

Sofort werde ich argwöhnisch. »Was wolltest du gerade sagen?«

»Wie bitte? Was meinst du? Ich wollte gar nichts sagen.« Sie spricht viel zu fröhlich und heiter, als dass es die Wahrheit sein könnte.

Ich werfe ihr meinen besten Genervte-Mutter-Blick zu. »Keine Spielchen, May. Du wolltest gerade etwas über Toni sagen. Ich höre.«

May spielt ein Weilchen mit dem Papierförmchen eines der Muffins herum, ehe sie antwortet: »Ich sollte dir das wirklich nicht erzählen.«

Ich nehme ihr das Papierförmchen weg, um ihre Aufmerksamkeit zu erlangen. »Doch, das solltest du.«

May will meine Frage gerade beantworten, als ihr Handy klingelt. Sie schaut aufs Display und hebt einen Finger. »Da muss ich rangehen. Das ist Ozzie.«

Ich versuche, mich nicht davon nerven zu lassen, dass sie den Anruf entgegennimmt. Zu diesem Zweck räume ich den Tisch ab, während sie ein kurzes Gespräch mit ihrem Freund führt. Ich will wirklich wissen, was sie mir über Toni erzählen kann. Wenn ich die Frau besser kennen würde, käme ich vielleicht auch besser mit ihr aus. Ich möchte nicht für die Bourbon Street Boys arbeiten, wenn Toni mich hasst. Das wäre ziemlich unerträglich.

Ich spüle gerade die Kaffeetassen ab, da erhebt sich May.

»Gehst du?«, frage ich.

»Ja. Ich muss umgehend etwas für Ozzie erledigen.«

Das kommt ja gelegen. »Erzählst du mir vorher die Toni-Geschichte zu Ende?«

»Vielleicht ein andermal.« Sie hängt sich ihre Handtasche über die Schulter und wirft das Handy hinein. »Du bist heute um halb zwölf Uhr im Lagerhaus, richtig?«

»Ja. Ich werde noch meinen Bericht über meine Funde von heute Nacht fertigstellen, mich anziehen und rüberfahren.«

May umarmt mich und küsst mich auf die Wange. »Super. Bis nachher. Danke für die Muffins.«

Sie schnappt sich noch einen von der Kuchenplatte auf dem Küchentresen und eilt Richtung Haustür. »Den bringe ich Ozzie mit. Wundere dich also nicht, wenn er dich nach dem Rezept fragt!«

Kopfschüttelnd trete ich auf den Gang und sehe meiner Schwester nach, wie sie zur Tür hinauseilt. Ich sehe beinahe bildlich vor mir, wie ich etwas so Alltägliches tue, wie mit diesem Riesenbrocken von einem Mann Rezepte auszutauschen – dem Mann, in den sie sich gleich nach ihrer ersten Begegnung verliebt hat. Unser beider Leben ist derzeit total verrückt, aber zur Abwechslung finde ich das richtig gut.

Kapitel 32

Ich sollte eigentlich vernünftigerweise zuerst meinen Bericht für das Team fertigstellen, aber ich bin nervös. Dieses ganze Gerede über Dev und eine mögliche Beziehung mit ihm hat mir klargemacht, wie dringend ich mal wieder unter Leute muss. Ich muss unbedingt aufhören, so zu tun, als sei ich fünfundachtzig und hätte das Thema Dating längst ad acta gelegt. Schließlich bin ich erst zweiunddreißig. Ich habe noch eine ganze Menge Leben vor mir – und eine ganze Menge Sex. Wenn nicht mit Dev, dann eben mit jemand anderem. Ich darf mich nicht darauf verlassen, dass meine Schwester richtigliegt, was ihn und mich angeht.

Als ich sicher bin, dass May weg ist, gehe ich in mein Arbeitszimmer und fahre den Rechner hoch. Ich bin noch im Jogginganzug und vollkommen unfrisiert, aber das ist egal. Mein zukünftiges Date wird mich niemals so sehen. Wenn die Geschichten, die ich online gelesen habe, wahr sind, werde ich mir wahrscheinlich den schlimmsten Typen in der ganzen Stadt für mein erstes Date aussuchen und hinterher meinen Freunden eine wirklich witzige Geschichte erzählen können.

Ich gehe auf die Datingwebsite und starre die Startseite an. Ich bin eingeloggt, seit Dev und ich zusammen die Seite besucht haben. Was soll ich jetzt tun? Eine neue Suche beginnen oder mit den Parametern weitersuchen, die ich für Dev eingegeben habe?

Da ich mich nicht entscheiden kann, beschließe ich, mein Profil auszufüllen. Das dauert gerade mal zehn Minuten, dann stehe ich wieder am Anfang. Wie finde ich ein Date?

Da sind noch immer die Ergebnisse meiner Suche nach Dev: eine Liste von fast dreißig Namen mit Einzeilern aus ihrer Selbstbeschreibung. Ich versuche, mir vorzustellen, wie mein potenzielles Date wohl aussehen könnte und was er wohl in seiner Freizeit gerne tut, aber mir fallen immer nur Männer ein, die aussehen wie Dev und auch die gleichen Hobbys haben wie er. Vielleicht sollte ich einfach zugeben, dass ich total verknallt in ihn bin.

Ich klicke auf die Suchergebnisse, um die Suche erneut laufen zu lassen. Diesmal ergibt sie neunundzwanzig Namen. »Oh, was soll's. Ich kann genauso gut mit diesen Typen anfangen und mal schauen, wohin das führt.«

Ich überfliege die Angebotspalette und stelle fest, dass ich sie auf dieselben Männer einenge wie beim letzten Mal. Ich weiß, der, der sagt, er sei auf der Suche nach seinem Lieblingsmenschen, ist Dev, um den mache ich also natürlich einen Bogen. Wie verzweifelt würde das denn aussehen, wenn ich ihn bewusst auswähle und dann so tue, als hätte ich vergessen, dass das sein Profil ist? Igitt, wie peinlich!

Stattdessen klicke ich auf den, der geschrieben hat: »Nimm meine Hand und lass uns gemeinsam losziehen.«

Als ich auf *Mehr lesen* klicke und sein ausführlicheres Profil studiere, empfinde ich es erneut als auffällig, wie sehr er mich an Dev erinnert. Aber New Orleans ist ziemlich groß, es sollte mich also eigentlich nicht überraschen, dass es mehr als einen Typen gibt, der meinen Kriterien entspricht, und dass die beiden einander natürlich gleichen. Statt darüber nachzugrübeln, klicke ich auf *Nachrichten schreiben* und verfasse einen kurzen Text.

Habe deine Nachricht hier auf der Seite gesehen. Lust auf einen Drink? Die Nachricht wird automatisch mit meinem Benutzernamen unterzeichnet: nola4evr.

Ich zögere, ehe ich auf *Senden* klicke. Eigentlich habe ich nichts zu verlieren. Vielleicht könnte mein Stolz ein wenig leiden, aber davon ist eh nicht mehr so viel übrig. Offenbar braucht man nicht viel Stolz, um zu überleben.

Ich sitze eine Weile da und frage mich, was ich jetzt tun soll, dann wird mir unvermittelt mein eigener schlechter Atem bewusst.

»Wow!« Mein nächster Schritt ist plötzlich ganz klar. Ich muss mich für die Arbeit fertig machen. Ich bin plötzlich ganz aufgeregt, als mir klar wird, dass ich tatsächlich zur Arbeit gehen kann. Nicht schlecht für ein Mädchen, das am Montag gefeuert wurde.

Ich will gerade ausloggen, da höre ich ein Piepsen, und ein kleines Fenster öffnet sich. In dem Fensterchen sehe ich ein pulsierendes Herz. Mein eigenes schlägt schneller, als mir klar wird, dass jemand auf meine Nachricht geantwortet hat. Mit wachsender Nervosität lese ich den Text.

Klingt gut! Wo?

Ich antworte, ohne nachzudenken:

Ich weiß ja nicht, wo du wohnst, aber wie wäre es mit Harrys Harborside Tavern?

Dann zögere ich. Wie lauten die Regeln für ein erstes Date, das man online ausgemacht hat? Muss ich ihm danken? Soll ich ihn fragen, was er anziehen wird? Ich komme mir total belämmert vor.

Samstag? 19.00 Uhr?, fragt er.

Prima, antworte ich und gehe einfach mal davon aus, dass meine Schwester auf die Kinder aufpassen wird, wenn sie hört, dass ich ein echtes Date mit einem richtigen Mann habe.

Perfekt. Bis dann. Du erkennst mich an meinem blauen Hemd.

Soll ich auch verraten, was ich tragen werde? Aber ich habe ja noch gar keine Ahnung. Kommt das exzentrisch rüber? Tja, und wenn. Mit Ehrlichkeit kommt man am weitesten. Wenn ich wirklich im Lotto gewinne und diesen tollen Typen abgreife, soll er sich nicht in eine Frau verlieben, die ich eigentlich nicht bin. Ich bin nicht eines dieser coolen Mädchen, die immer genau wissen, was sie wann zu sagen haben. Ich halte es besser kurz und knapp.

Okay. Bis dann.

Zufrieden, dass ich jetzt meine Abmachung mit Dev erfüllt habe, gehe ich hoch ins Bad, um das Chaos zu beseitigen, das entstanden ist, weil ich heute Nacht eingeschlafen bin, ohne mein Haar auszubürsten und mich abzuschminken. Mit genügend Make-up kann ich vielleicht die mütterlichen Sorgenfalten überdecken.

Kapitel 33

Eigentlich habe ich gar keinen Grund, aufgeregt zu sein. Ich kenne diese Leute, die ich gleich treffen werde, zumindest ein wenig. Mit Lucky habe ich sogar schon eine Nacht durchgearbeitet. Teufel auch, ich gehe heute Abend mit Dev essen, nachdem ich auf einer Datingwebsite mit ihm unterwegs war. Trotzdem sitze ich mit schweißnassen Händen da, meine hübsche kleine Aktentasche neben mir und den Laptop startbereit.

Was, wenn mein Bericht zu amateurhaft wirkt? Was, wenn er nicht detailliert genug ist? Oder zu detailliert? Ich habe keine Ahnung, ob das Ding ihren Vorstellungen entspricht, weil ich so etwas im Leben noch nie gemacht habe. Klar, ich war bei jeder Menge Besprechungen mit ziemlich hochrangigen Firmenmitgliedern, aber dabei habe ich immer mit Menschen kommuniziert, die meine Sprache verstanden.

Ich mache mir Sorgen, ich könnte mich für die nicht technikaffinen Kollegen zu kompliziert ausdrücken, aber andererseits könnte ich auch zu laienhaft wirken. Ich will nicht den Eindruck erwecken, ich hätte meinen Bericht besonders einfach formuliert, damit sie ihn verstehen. Mein Ziel ist es, den Mittelweg zwischen komplettem Technobabbel und Übersimplifizierung zu finden.

Ein Wagen hält neben mir an, und das Haupttor des Lagerhauses öffnet sich, woraus ich schließe, dass der Fahrer oder die Fahrerin des anderen Fahrzeugs eine Fernbedienung hat. Das Fahrerfenster des dunklen SUVs öffnet sich, und ich sehe Toni. Sie nickt mir zu und dann in Richtung des Tors. Ich weiß nicht so recht, wie ich das deuten soll. Ist das ein Gruß unter coolen Mädels? Soll ich aussteigen? Fordert sie mich auf, zuerst hineinzufahren? Ich will keine Fehler machen und total dumm dastehen.

Sie verdreht die Augen, als ich nichts tue, und bedeutet mir, das Fenster herunterzulassen.

Danach kann ich sie laut und deutlich hören. »Komm mit rein. Du solltest drinnen parken.«

»Warum?« Wenn ich da drinnen hinter einer verschlossenen Tür bin, deren Kombination ich nicht kenne, wird es wesentlich schwerer für mich sein zu gehen, wenn ich fertig bin. Wahrscheinlich werden sie über meinen Bericht diskutieren wollen, wenn ich weg bin, und so müsste extra jemand mitkommen und den Code eingeben, damit ich rausfahren kann.

»Weil«, erwidert sie gereizt, »wir auf Geheimhaltung stehen. Wenn wir draußen parken, kann man daraus Schlüsse ziehen, wer anwesend ist.«

»Oh! Okay.« Ich habe dazu nichts mehr zu sagen, aber das Gespenst des Risikos hat sich durch ihre Worte wieder erhoben und nagt an meinem Gewissen. Ist es richtig, hier zu sein? Sollte ich nicht darüber nachdenken, dauerhaft hier zu arbeiten?

Ich habe jetzt keine Zeit, mir das zu überlegen. Toni ist hineingefahren und erwartet, dass ich ihr folge. Als ich in die Dunkelheit des Lagerhauses einfahre, wird mir klar, dass wir nicht die Ersten hier sind. Im Gebäude parken schon mehrere Autos, darunter das von May und das von Dev. Als ich einparke und den Motor ausmache, höre ich Gebell. Sahara und Felix kommen die Treppe heruntergestürmt, um uns zu begrüßen.

Ich weiß nicht, wieso, aber dieses alberne Hundepärchen beruhigt mich sofort. Ich muss mir jetzt keine Gedanken darüber machen, wo ich parke oder was das genau bedeutet. Ich kann die beiden Hunde knuddeln, meinen Bericht abliefern und einkaufen gehen. So mag ich meine Freitage. Kein Grund durchzudrehen.

May kommt gemesseneren Schrittes hinter den Hunden her die Treppe herunter, was bedeutet, sie verwandelt sich im Gegensatz zu den beiden Tieren nicht am Fuß der Treppe in ein Wirrwarr aus Beinen und Fell. Felix dreht total durch, als er versucht, sich von seiner Freundin zu lösen. Sahara steht benommen da, während er um ihre Knöchel herumtanzt und kläfft, als traktiere man ihn immer mit einem Taser oder so.

»Da bist du ja!«, ruft meine Schwester aus.

»Alles in Ordnung mit ihm?«, frage ich und deute dabei auf Felix.

»Ach, dem geht's gut. Er hasst es, wenn Sahara ihn einfach umrennt. Deshalb schmollt er gerade.«

Urkomisch. Sehe ich vielleicht so aus, wenn ich die Kinder anschreie? Ich schließe die Autotür und gehe auf die Beifahrerseite, um meine Sachen herauszuholen. »Ein Wunder ist geschehen. Ich bin pünktlich.«

Sie wirft einen Blick ins Auto. »Alles in Ordnung mit Sammy?«

»Im Augenblick schon. Ich suche noch immer nach einem festen Tagesplatz für ihn, aber für heute ist alles geregelt.« Ich mache mir eine geistige Notiz, nach der Arbeit ein paar Anrufe zu tätigen.

»Hey, Toni«, begrüßt May ihre Kollegin.

»Hallo. Alles gut bei dir?«

»Ja, könnte nicht besser sein. Ich bin gespannt zu hören, was Jenny über ihre und Luckys Ergebnisse zu berichten hat.«

Toni hat dem offensichtlich nichts hinzuzufügen. Ohne sich umzudrehen, geht sie vor uns die Treppe rauf.

Sie ist eine harte Nuss, aber wenn ich meiner Schwester in dieser Hinsicht glauben darf, bringt es rein gar nichts, mir den Kopf darüber zu zerbrechen, ob sie mich mag oder nicht. Das Einzige, worauf ich hoffen darf, ist gegenseitiger Respekt. Mein Bericht wird dazu hoffentlich ein gutes Stück beitragen.

May senkt die Stimme, damit niemand hört, was wir besprechen, während wir die Treppe raufgehen. »Bist du aufgeregt?«

»Verrichten Bären ihr Geschäft im Wald?«

»Ja. Bären sind nämlich fleißige Bauern – wusstest du das nicht?«

»Wie bitte?«

May grinst zu mir hoch, als ich seitlich die Treppe hochgehe. »Du weißt schon, sie pflanzen mit ihrem Hintern Eicheln und Samen.«

Ich verdrehe die Augen. »Oh, sehr komisch.« Ich beuge mich zu ihr hinunter und flüstere ihr zu, so drohend ich nur kann: »Wag es ja nicht, jemandem von meiner Begeisterung für Animal Planet zu erzählen.«

»Du könntest mich ja bestechen.«

»Möchtest du mit mir shoppen gehen? Ich habe da noch so einen Gutschein.« Ich wackle verführerisch mit den Augenbrauen.

»Animal Planet? Wer schaut sich denn den Mist an? Meine Schwester ganz bestimmt nicht.« Sie grient. »Ich komme mit. Gegen Mittag?«

Ich nicke. Wir sind mittlerweile oben angekommen, und Toni gibt den Zugangscode für den Schwerterraum ein. Sie stößt die Tür so weit auf, dass wir alle hindurchgehen können, macht sich aber nicht die Mühe, sie aufzuhalten.

Unter anderen Umständen hätte ich sie für unhöflich gehalten, aber Mays Vorwarnung macht mich toleranter. Außerdem kann ich mir nicht leisten, etwas Schlechtes über diese Leute zu denken. Was, wenn sie mir einen Job anbieten? Was sage ich dann? Werde ich kneifen, weil ich Angst vor dem bösen Mädchen unter ihnen habe? Ich hoffe nicht, dass ich mich so leicht abschrecken lasse.

Die Hunde hetzen an mir vorbei und rennen mich in ihrem Eifer, den Besprechungsbereich zu erreichen, beinahe um. »Verdammt!«, rufe ich und versuche, nicht hinzufallen, indem ich mich mit aller Kraft am Türgriff festhalte. Meine Aktentasche schwingt um meinen Oberkörper herum und trifft mich am Magen. »Meine Güte, da hat es jemand aber verdammt eilig.« Ich stehe gebückt da, versuche, wieder zu Atem zu kommen, und bete, dass mich niemand gesehen hat. Als ich den Blick hebe, bemerke ich, dass Toni mich seltsam anstarrt. Na großartig!

»Irgendjemand muss diese Hunde dringend mal erziehen«, mault May.

Ich schaue sie mit großen Augen an. »Ja, das sollte wirklich mal jemand machen.«

»Oh, schau mal! Schwerter!«, verkündet May. Es liegt auf der Hand, dass sie mich damit von Hundeerziehung ablenken will, aber ich schaue mir die Schwerter trotzdem an. Obwohl ich sie schon ein paarmal gesehen habe, sind sie immer noch beeindruckend. Außerdem gehören sie Dev. Was würde ich nicht alles dafür geben, ihn eines dieser Schwerter schwingen zu sehen …

Stimmen aus dem Nebenraum verhindern, dass ich das laut sage oder mich diesen Gedanken zu sehr hingebe.

Mays Albernheiten haben mich ein bisschen beruhigt, doch jetzt, da ich die Männer höre, bin ich wieder total aufgeregt. Werde ich mich in diesen Mauern jemals wohlfühlen?

Kapitel 34

May schubst mich von hinten ein bisschen. »Beeil dich! Ich will nicht zu spät kommen.«

Ich gehe rein und nicke Lucky am anderen Ende des Raumes zu. Er zeigt auf den leeren Stuhl neben sich.

Auch neben Dev, der mit dem Rücken zu uns sitzt, ist ein Platz frei, aber ich bin nicht tapfer genug, ihn zu nehmen. Ich umrunde den Tisch, um mich neben meinen Komplizen Lucky zu setzen, den zweiten nächtlichen Hacker. Als ich gerade Platz nehme, schaut Dev auf und lächelt, und sein sanfter Blick beruhigt mich im Handumdrehen.

Ozzie erhebt die Stimme, und alle verstummen und lauschen ihm. »Scheint, als wären wir vollzählig, also können wir anfangen. Im Übrigen: Wir duzen uns hier alle bei der Arbeit gegenseitig, Jenny.«

Ich nicke stumm und werfe verstohlen einen Blick auf meine Armbanduhr, um sicherzugehen, dass ich auch wirklich nicht zu spät dran bin. Erleichtert stelle ich fest, dass es punktgenau 11.30 Uhr ist.

»Ich möchte mit Blue Marine anfangen.« Ozzie sieht Lucky und mich an.

Glücklicherweise nimmt Lucky den Faden auf. »Wie ihr alle wisst, waren Jenny und ich Mittwochnacht bei Blue

Marine, haben all ihre Festplatten geklont und uns Zugang zu ihrem Server verschafft. Ich habe einige Daten analysiert, die wir gefunden haben, aber ich bin sicher, dass Jenny euch mehr darüber erzählen kann.« Er dreht sich mitsamt seinem Stuhl zu mir um.

Ich versuche, ganz normal zu klingen, als ich antworte, muss mich aber zweimal räuspern, bis meine Stimme richtig funktioniert, und meine ersten beiden Sprechversuche erinnern mehr an einen Frosch als an einen Menschen.

»Ja, wie Lucky schon sagte, haben wir also Mittwochnacht ein bisschen gearbeitet. Wir hatten einen Grundriss des Büros, auf dem die verschiedenen Computersysteme, die dort im Einsatz sind, eingezeichnet waren, und haben alles gespiegelt. Ich habe ziemlich viel Zeit damit verbracht, die gespiegelten Systeme unter die Lupe zu nehmen, und vor allem ein Arbeitsplatz fiel mir ins Auge.«

Ich entnehme einer Aktenmappe den Bericht, den ich zusammengeschrieben habe, und es ist mir peinlich, dass ich nur drei Exemplare dabeihabe. Eines gebe ich Lucky, das zweite Ozzie, und das dritte behalte ich selbst.

»Tut mir leid, dass ich nicht für jeden eine Kopie habe.«

»Macht nichts«, sagt Thibault. »Erklär uns einfach nur die wichtigsten Punkte. Wenn nötig, können wir uns später immer noch den detaillierten Bericht anschauen.«

Ich danke Gott für Thibault. Er hat ein besonderes Talent dafür, mir die Unruhe zu nehmen. Dev hingegen kann ich im Augenblick nicht einmal ansehen. Wenn ich dieses Grübchen sähe, würde ich vermutlich vergessen, wie man Englisch spricht.

»Okay. So, also, wie gesagt, ein Arbeitsplatz fiel mir ins Auge. Mehr darüber steht hier im ersten Absatz.« Ich schaue Ozzie und Lucky an, um sicherzugehen, dass sie meinen Bericht parallel genau lesen. Bisher sehe ich keine merkwürdigen

Gesichtsausdrücke, ich denke also, der erste Abschnitt ist ganz gut gelungen. Hurra!

»Die Angestellte, die in diesem Rechner arbeitet, heißt Anita.«

Bei diesen Worten ruckt Luckys Kopf hoch, und er zieht scharf die Luft ein.

Thibault schüttelt den Kopf. »Ts, ts«, sagt er, und das hört sich überhaupt nicht gut an. Habe ich etwas falsch gemacht?

Ozzie löst das Rätsel für mich. »Anita? Ist das nicht die Ehefrau eines der Eigner?«

Thibault antwortet ihm. »Ja, ich glaube schon. Richtig, Lucky?«

Lucky nickt. »Soweit ich weiß, schon.« Er sieht mich an. »Sprich weiter.«

Ich nicke, bevor ich fortfahre. »Gut … wo war ich stehen geblieben …?« Mit ausgestrecktem Zeigefinger orientiere ich mich im Text und blättere dann zum Ende des Berichts, um mir ins Gedächtnis zu rufen, was dort steht. Ich lasse mir ein paar Augenblicke Zeit, um mir zu überlegen, wie viele technische Details ich ihnen zumuten will. Wie May mir geraten hat, will ich meine Arbeit nicht unter Wert verkaufen, aber ich will auch nicht protzig wirken. Es passiert leicht, dass mein innerer Geek die Oberhand gewinnt und die Leute einen völlig falschen Eindruck von mir bekommen.

Ich starre das Papier an und fahre fort: »Ach ja. Genau. Ihr könnt euch die ausführlichen Screenshots und die technischen Details am Ende ansehen. Aber im Grunde hat sie bestimmte Dateien mithilfe einer Spezialsoftware mit ziemlich heftigem Verschlüsselungsalgorithmus auf ihrem lokalen Laufwerk verborgen, und in diesen Dateien und mithilfe einiger anderer Internetquellen habe ich Belege gefunden, die darauf hindeuten, dass sie mehrere Firmen gegründet hat, deren Existenz ich beim Außenministerium gegengecheckt habe. Sie ist jeweils die alleinige Besitzerin. Ich habe die Querverbindungen zu den Zahlungen geprüft, die Lucky im System als verdächtig markiert hatte, und sie stehen alle miteinander in Verbindung. Ausnahmslos. Sie hat sich für Dienstleistungen bezahlt, die auf den ersten Blick aussehen, als seien sie geleistet worden, die aber höchstwahrscheinlich erfunden sind oder für die zumindest deutlich weniger Geld geflossen ist, als sie sich ausgezahlt hat.«

Ich halte inne und lasse ihnen einige Sekunden Zeit, um diese Information zu verdauen, ehe ich fortfahre. »Sie hat versucht, ihre Identität zu verschleiern, und wäre damit möglicherweise auch durchgekommen … ist sie aber nicht.«

»Das verstehe ich nicht«, sagt Toni. »Was meinst du damit?«

»Ich meine, dass sie wahrscheinlich Hilfe hatte. Entweder sie oder jemand, den sie kennt, kann ziemlich gut mit Computern umgehen, und es wurden auch gewisse juristische Schritte unternommen, um die verschiedenen Firmen und ihre Inhaberstruktur zu tarnen. Die Information, die ich brauchte, war nicht öffentlich zugänglich. Aber ich habe sie gefunden. Ich schätze, sie hatte einfach Pech. Die meisten Leute hätten sie übersehen oder einfach keinen Zugang dazu gefunden.« *Ja, ich bin ein Ass am Computer und scheue mich nicht, es zuzugeben.*

Frank hätte mich niemals feuern sollen.

»Hast du dich in einen fremden Computer eingehackt?«, fragt Toni, ohne einen Hehl aus ihrem Unglauben zu machen.

»Es ist vielleicht besser, wenn ich das nicht detailliert ausführe.« Ich zucke die Achseln. »Damit ihr im Zweifel jegliche Mitwisserschaft leugnen könnt. Du verstehst schon.« Nicht, dass jemand in der Lage sein wird nachzuverfolgen, was ich getan habe, aber es kann trotzdem nicht schaden, den Kreis der Eingeweihten sehr klein zu halten, und ich bin ziemlich sicher, dass sie hier keine Entscheidungsträgerin ist.

Toni schaut finster drein, aber Thibault lächelt, und das nehme ich als gutes Zeichen. Ozzies Gesichtsausdruck ist undeutbar wie immer. Dev und Lucky nicken. May sieht aus, als hätte sie gerade beobachtet, wie ihr Baby den ersten Schritt gelaufen ist. Ich glaube, sie muss sich sehr beherrschen, nicht zu applaudieren. Ich platze gleich vor Stolz.

»Über wie viel Geld sprechen wir hier?«, will Thibault wissen.

Ich überlasse Lucky die Antwort. Ich habe alle Verbindungen gezogen, er hat nur die Schätzung vorgenommen, aber ich will ihm nicht auf die Zehen treten. Er ist der Finanztyp, nicht ich. Ich bin eine gute Teamplayerin.

»Fast eine Million Dollar im Laufe von fünf Jahren.«

Dev pfeift anerkennend ob des Ausmaßes der Unterschlagung, was mich zwingt, zu ihm aufzuschauen. Unsere Blicke treffen sich, und ich erröte. Ich muss den Blick senken. Unglaublich, wie albern ich mich fühle – mein Magen schlägt Salti, und mein Herz rast, nur weil ich ihn angeschaut habe. Er ist wie ein Tintenfisch, hypnotisiert mich mit der Kraft seiner Anbetungswürdigkeit.

Ozzie konzentriert sich wieder auf mich. »Ich weiß, das ist eher eine juristische Frage, aber was weißt du über Unterschlagungsprozesse? Kannst du abschätzen, ob unsere Beweise ausreichen?«

Diesmal stockt mein Herz aus einem ganz anderen Grund. »Äh … keine Ahnung. Tut mir leid.« Ups! Hätte ich das recherchieren sollen?

Lucky nimmt den Faden wieder auf. »Keine Sorge. Das ist nicht dein Fachgebiet. Der Bericht ist wirklich gut. Sehr ausführlich. Es muss Stunden gedauert haben, ihn zusammenzustellen.« Er blättert ihn durch, um seine Worte zu unterstreichen, und hält Thibault einen Screenshot hin.

»Ja, aber ich hatte jede Menge Kaffee, und die Kinder waren im Bett, also …« Ich zucke die Achseln, denn ich weiß Luckys Bemühungen, mich gut dastehen zu lassen, zu schätzen, ärgere mich aber trotzdem, dass ich die juristischen Aspekte nicht nachgeschaut habe. Klar, das ist nicht mein Fachgebiet, aber ich wusste ja, worauf wir hinauswollten.

»Ich habe euch doch gesagt, sie ist gut.« Meine Schwester strahlt immer noch.

Als Ozzie den Bericht durchgesehen hat, reicht er ihn Thibault. Dann nimmt Thibault ihn sich vor und nickt jedes Mal, wenn er umblättert. Dev nickt mir augenzwinkernd zu, ehe er sich wieder auf Thibaults Gesichtsausdruck konzentriert.

»Du hast recht, Lucky. Das ist gut. Sehr gute Arbeit. Das meiste davon verstehe ich allerdings nicht.«

Dev ergreift das Wort, und seine Stimme lässt mich erneut erröten. »Also, wie sieht der Plan aus? Was machen wir jetzt?« Ich kann ihn nicht anschauen, weil ich fürchte, dass mir jeder am Gesicht ablesen kann, wie verschossen ich in ihn bin.

Lucky antwortet: »Na ja, ich muss mich mit Jenny hinsetzen, damit sie mir das alles auf dem Computer zeigt, und dann müssen wir Mr Jorgensen hierher einladen und ihm zeigen, was wir gefunden haben. Ich vermute, dass er dann die Polizei wird einschalten wollen.« Lucky sieht mich an. »Ist dir das recht? Oder hast du ein Problem damit, dem Kunden zu erklären, was du gefunden hast? Ich glaube, du bist die Einzige, die ihm die Details wirklich klarmachen kann.«

Ich bin bemüht, die gute Stimmung zu erhalten. »Kein Problem. Ich will nach Kräften helfen. Ihr habt mich für diesen Job angeheuert, also werde ich alles Erforderliche tun, um ihn zu Ende zu bringen.«

»Das führt uns zum nächsten Punkt auf der Tagesordnung«, sagt Ozzie. Es wird ganz still im Raum, und Thibault legt den Bericht auf den Tisch, um danach mich anzusehen.

Ich schaue in die Runde, aber der Einzige, der kein Pokerface macht, ist Dev. Er lächelt mich an und zwinkert mir zu.

Ich muss den Blick abwenden, weil ich schon wieder knallrot werde. Mein Gesicht fühlt sich an, als stünde es in Flammen.

»Aufgrund dieses Berichts, den wir hier haben, und der Rückmeldungen, die ich von Lucky über die Außenmission und von Dev erhalten habe, ganz zu schweigen von den Informationen, die Thibault ausgegraben hat, und natürlich Mays Empfehlung« – Ozzie hält inne und sieht seine Freundin an, die daraufhin errötet –, »würde ich unser Gespräch von neulich gerne fortsetzen, wenn das allen recht ist.«

Alle Anwesenden außer Toni nicken zustimmend. Sie sagt nichts, sondern starrt nur stur ins Leere.

Ozzie wendet seine Aufmerksamkeit mir zu. »Ich weiß, dein Einstand hier letzte Woche war ein bisschen holprig, aber wir sind alle sehr beeindruckt von deinen Ergebnissen und deinen Leistungen im Allgemeinen. Thibault, Lucky und ich haben unsere Firma analysiert und sind zu dem Schluss gekommen, dass wir viele Aufträge abgelehnt haben, weil uns derzeit bestimmte Kompetenzen fehlen. Es sieht aus, als könntest du da teilweise Abhilfe schaffen.«

Er hält inne, damit ich das verdauen kann, und möglicherweise auch, um meine Reaktion abzuschätzen. Ich bleibe so kühl, wie es mir unter den gegebenen Umständen möglich ist. Dass Dev mir gegenüber sitzt, erinnert mich daran, dass es nicht meine Art ist, unter Druck zusammenzubrechen. Ich muss nur an die Nacht in diesem Büro denken und daran, dass ich nicht in blinder Panik schreiend zur Tür hinausgerannt bin. Ich bin damit fertig geworden, genau wie mit Franks beschissener Attitüde, und ich werde zweifellos auch hiermit fertig werden.

»Wenn du möchtest, hätten wir dich also gerne im Team. Du hättest eine Probezeit von neunzig Tagen, damit wir uns gegenseitig beschnuppern können, aber wenn alles so läuft, wie wir uns das vorstellen, könntest du Vollzeit für uns arbeiten, mit allen damit verbundenen Vorzügen.«

Ich schlucke ein paarmal, um meine Stimme wiederzufinden. *Soll ich das wirklich machen? Soll ich das Risiko eingehen?* Sollte ich endlich mal aufhören, mir über alle potenziellen Unwägbarkeiten Gedanken zu machen, und mich stattdessen auf das konzentrieren, was tatsächlich passieren könnte?

Ich schaue Dev über den Tisch hinweg an, und er starrt mir mit ernstem Gesichtsausdruck entgegen. Er nickt, als habe er jedes Vertrauen zu mir, als könnte ich wirklich ein Mitglied der Gerechtigkeitsliga werden. Mir geht das Herz auf, und mein Mut wächst ins Unermessliche.

Ich nicke. »Das würde mir gefallen. Die Probezeit klingt wie eine gute Idee.« Sie ist mein Ausweg. Wenn ich den Job hasse, kann ich danach einfach aussteigen. Dann bin ich hier raus, ohne jemanden enttäuschen zu müssen, und May bekommt nicht den Zorn ihres Teams ab. Ich weigere mich, mir zu überlegen, welche Rolle Dev in diesem Ausstiegsszenario spielt.

Ozzie nickt ebenfalls. »Prima.« Er wirft einen Blick in die Runde. »Möchte sonst noch jemand irgendetwas ansprechen?«

Ich bin ziemlich sicher, sie an dieser Stelle über irgendeinen anderen Kunden sprechen zu hören, doch ich bekomme das gar nicht richtig mit.

Ich sitze wie betäubt da und kann nicht fassen, wie viel Glück ich habe. Oder stürze ich mich gerade ins Unglück? Das lässt sich im Augenblick nicht sagen. Ich weiß nur, dass ich gerade mit meiner Schwester – unzweifelhaft die beste Freundin, die ich jemals hatte – und einem Mann mit einem unwiderstehlichen Grübchen, der mir den hinreißendsten Blick aller Zeiten zuwirft, an einem Tisch sitze und mir soeben eine Vollzeitstelle angeboten wurde. Es fühlt sich an, als gelte diese Probezeit nicht nur für meinen Job, sondern auch für mein Herz.

Fragt sich nur, ob ich sie überlebe. Was, wenn nicht? Was, wenn sich dies als mein letzter Job erweist, in dem ich wirklich hart arbeite und dann krachend scheitere?

Daran möchte ich im Augenblick nicht einmal denken. Immer in den Rückspiegel zu schauen, ist kein gangbarer Weg nach vorn. *Auf, auf und davon!*, wie Superman zu sagen pflegt. Ich werde mich nicht mehr mit den Fehlern auseinandersetzen, die in der Vergangenheit gemacht wurden, sondern mich voll und ganz auf meine Zukunft konzentrieren.

Kapitel 35

Da ist er, der Moment, um den meine Gedanken die letzten paar Tage fast ausschließlich gekreist sind. Ich lasse den Vorhang am Fenster neben der Tür fallen. Dev steigt in der Einfahrt gerade aus dem Auto. Er sieht in seinen Kakihosen und dem Baumwollhemd ganz schön gut aus.

Ich schaue an mir hinunter und bin froh darüber, es bei meiner Shoppingtour mit May heute richtig krachen gelassen und das Kleid gekauft zu haben. Ich bin so lange in Jeans und Turnschuhen zur Arbeit gegangen und habe ausschließlich bequeme, langweilige Klamotten getragen, dass ich fast schon vergessen hatte, wie es sich anfühlt, sich schick zu machen.

Die Kinder sind bei ihrer Tante May in den besten Händen. Sie freuen sich sehr darauf, die Nacht in ihrem Stadthaus zu verbringen, weil sie nur selten die Gelegenheit dafür bekommen. May passt für gewöhnlich bei uns zu Hause auf die Kinder auf, aber sie muss wohl damit rechnen, dass mein Date ziemlich gut endet, deshalb hat sie sie heute zu sich geholt.

Aber so gut wird es nun auch wieder nicht enden, schließlich gehe ich nicht gleich beim ersten Date mit einem Kollegen aufs Ganze. Mal ganz davon abgesehen, dass es gar kein Date ist. Ich habe ja nur eine Wette verloren.

Als es an der Tür klingelt, bekomme ich Herzrasen. Im Flurspiegel überprüfe ich noch ganz schnell, ob mein Make-up verschmiert ist oder mir etwas zwischen den Zähnen hängt, dann mache ich auf. Natürlich gebe ich mich ganz entspannt, auch wenn ich total nervös bin, und lehne mich lässig an den Türrahmen.

»Hi, Dev.«

»Hallo.« Er ragt auf meiner Türschwelle über mir auf, und wenn ich nicht ganz falschliege, ist auch er ein bisschen nervös. »Bereit zu gehen? Oder sollen wir bei dir erst noch was trinken?«

Im Kühlschrank liegt eine Flasche Wein; ich befürchte aber, dass uns der Gesprächsstoff ausgehen könnte, wenn wir zu lange in diesem leeren, ruhigen Haus sitzen. »Wir können los. Ich bin fertig. Es sei denn, wir müssen noch Zeit bis zu unserer Reservierung totschlagen …«

Er schüttelt den Kopf. »Nein. Wir können fahren.«

Ich nehme meine Handtasche vom Flurtisch und vergewissere mich mehrfach, dass ich mein Handy und mein Portemonnaie eingesteckt habe. Da unser Abendessen heute auf mich geht, habe ich an diesem Tag schon Geld abgehoben. Meine Kreditkarte funktioniert von Zeit zu Zeit nicht, und diese Peinlichkeit möchte ich mir an diesem Abend ersparen. Genau genommen möchte ich sie mir grundsätzlich ersparen, aber da Miles mir manchmal ungedeckte Schecks ausstellt, wird das wohl nichts. Aus mir völlig unerfindlichen Gründen lässt mich die Bank mein Konto nicht überziehen.

Nachdem ich die Tür abgeschlossen habe, gehen wir Seite an Seite die Stufen der Veranda hinunter. »Wohin fahren wir?«, frage ich.

Er geleitet mich zur Beifahrerseite seines Wagens und öffnet mir die Tür. Wie entzückend. Ich weiß, dass es altmodisch ist, aber ich stehe total darauf. Miles hat das nie für mich gemacht, auch nicht, als wir ganz frisch miteinander ausgegangen sind.

»Das wirst du schon sehen. Keine Sorge, du wirst es mögen. Versprochen.«

Ich setze mich ins Auto und ziehe mein Kleid glatt, während er die Tür schließt. Auf seinem Weg um den Wagen herum zur Fahrerseite kann ich ein paar Augenblicke seinen wahnsinnig schönen Körper bewundern. Ich bin äußerst beglückt darüber, heute Abend mit ihm ausgehen zu dürfen, auch wenn es nur ein freundschaftliches Date ist. Außerdem bin ich extrem froh darüber, dass wir Kollegen sind, denn so können wir immer noch über die Firma reden, wenn uns beim Abendessen die Gesprächsthemen ausgehen. Ich möchte zudem unbedingt mehr über seine Freunde erfahren, und wenn dieses Date auch für sonst nichts gut sein sollte, dann weiß ich am Ende wenigstens ein bisschen mehr über meine neuen Kollegen.

Dev startet sein Monstrum von einem Auto und fährt rückwärts, nur mit einem Handballen am Lenkrad, aus der Einfahrt. Wir verlassen die Gegend und fahren nach Norden, und nach kurzer Zeit sind wir auf einer Schnellstraße, die meines Wissens in einen Stadtteil führt, in dem ich nur selten bin. Darüber mache ich mir allerdings keine Gedanken, weil ich dem Mann einfach vertraue. Ich weiß ganz genau, dass er mich nie in Gefahr bringen würde.

»Ziemlich gute Präsentation heute in der Firma«, lobt er.

»Danke. War eigentlich keine große Sache.« Ich konnte noch nie gut mit Komplimenten umgehen, die ich für meine Arbeit bekomme.

Mit Leistungserhebungen habe ich kein Problem, weil die meistens in Papierform daherkommen, aber wenn mir jemand von Angesicht zu Angesicht ein Kompliment macht, möchte ich mich meistens einfach nur verkriechen. Ich starre aus dem Fenster und warte darauf, dass der Drang abebbt.

»Na ja, Ozzie hat sie jedenfalls beeindruckt. Mich auch.«

»Toni aber nicht.« Ich versuche, darüber nicht verbittert zu klingen.

Dev schüttelt kaum merklich den Kopf. »Mach dir keine Gedanken wegen Toni. Sie wird irgendwann auftauen. Sie ist nur sehr stur und hat einen ausgeprägten Beschützerinstinkt.«

Ich sehe Dev an. »Glaubt sie ernsthaft, ich würde euch irgendwie in Gefahr bringen?«

»Ich denke nicht. Sie unterstellt dir sicherlich nicht, dass du es absichtlich tust. Aber sie hält es für ein Risiko, mit Leuten zusammenzuarbeiten, die noch kein Training absolviert haben. Und da hat sie nicht ganz unrecht.«

Ich möchte etwas zu meiner Verteidigung sagen, aber wahrscheinlich hat sie wirklich recht. Schließlich reden wir nicht von einem gewöhnlichen Job, bei dem man acht Stunden rumsitzt und dann wieder nach Hause geht. Wir sprechen von einem privaten Sicherheitsdienst, der mit äußerst sensiblen Daten hantiert, und ich habe davon ungefähr so viel Ahnung wie vom Fliegen.

»Aber zerbrich dir deswegen nicht den Kopf«, fügt er an. »Wir bringen dich in null Komma nichts in Form.«

»Meinst du das wörtlich oder eher im übertragenen Sinne?« Ich lache verhalten, er stimmt aber nicht mit ein.

»Beides. Ich bin für deine Ausbildung verantwortlich, du musst dir also um nichts Gedanken machen.« Er sieht kurz zu mir rüber und grinst breit.

»Klingt spannend«, sage ich vollkommen ungerührt.

Er pikst mir ins Bein. »Pass bloß auf. Ich bin ab jetzt dein Trainer, du solltest mich also besser nicht verärgern.«

»Oje, das klingt schwer nach einer Drohung. Lass mich mal meinen Puls fühlen.« Ich lege in einer äußerst theatralischen Geste zwei Finger auf mein Handgelenk. »Hmm, nö. Tut mir leid. Ganz entspannt.«

»Das wird sich noch ändern. Versprochen.«

Mir ist völlig klar, dass er nur scherzt, aber ihn das sagen zu hören, jagt mir einen ganz besonderen Schauer über den Rücken. Ich mag es, wenn sein Ton ernst wird, obwohl er nur Spaß macht. Das lässt ihn fast schon ein bisschen gefährlich wirken, und wenngleich ich Gefahren im Alltag rein gar nichts abgewinnen kann, könnte ich mich an die erotische Variante durchaus gewöhnen.

Wir sitzen in einträchtigem Schweigen nebeneinander, hören Radio und genießen die deutlich kühlere Abendluft, die es uns zur Abwechslung mal erlaubt, mit offenen Fenstern zu fahren. Als *Boys Don't Cry*, einer meiner Lieblingssongs aus den Achtzigern, aus den Lautsprechern dröhnt, singen wir beide mit und werden bei jedem Refrain lauter. Als wir auf den Parkplatz des Restaurants einbiegen, grölen wir die letzten Zeilen des Liedes. Glückshormone durchfluten meinen Körper, als Dev nahe der Eingangstür einparkt und den Motor ausmacht.

»Bereit für einen dicken Fisch?«, fragt er.

Ich schaue auf das Schild über unseren Köpfen. »Da steht ›Chicken Licken‹. Ich sollte mich also eher auf ein dickes Hühnchen gefasst machen.« Ich bin definitiv viel zu schick angezogen für dieses Restaurant, mache mir aber nichts daraus, weil das auch auf ihn zutrifft. Das Ganze kommt mir vor wie ein riesiges Abenteuer, bei dem jederzeit alles Mögliche passieren könnte. Lustige Dinge. Vielleicht auch schmutzige Dinge. Hurra! Immer her mit dem dicken Fisch!

»Warte kurz.« Er steigt aus und rennt zur Beifahrerseite, wo er mir die Tür öffnet und die Hand entgegenstreckt. Ich lasse meine Hand in seine gleiten und ziehe mich daran aus dem Wagen. Ich komme mir vor wie eine Prinzessin. Eine Prinzessin, die vor »Chicken Licken«, dem heiligsten Fritteusentempel von ganz New Orleans, wenn man dem Geruch Glauben schenken darf, aus ihrer Kutsche steigt.

»Vertrau mir«, sagt Dev, »du hast noch nie so guten Seewolf gegessen.« Er geleitet mich zur Eingangstür. Es riecht jetzt deutlich nach Fritteuse.

»Was, wenn ich gar keinen Seewolf mag?«, frage ich und schaue ihn dabei schräg von der Seite an.

Er zieht die Tür auf und mustert mich mit strengem Gesichtsausdruck. »Wenn du keinen Seewolf magst, können wir leider keine Freunde mehr sein.«

Ich pikse ihn im Vorbeigehen in den Bauch. »Na, dann ist es ja gut, dass ich Seewolf mag.«

Na schön, ich flirte, obwohl er uns als Freunde betrachtet. Na und? Er ist mit diesem gottverdammten Grübchen einfach viel zu süß für die Welt. Ich nehme stark an, dass er ganz genau weiß, wie sehr ich darauf stehe.

Als wir das Restaurant betreten, begrüßen mehrere Leute Dev mit Namen. Eine mollige Frau, die bestimmt schon über sechzig ist, führt uns in die hinterste Ecke des Ladens.

»Das Gleiche wie immer?«, fragt sie.

»Selbstverständlich. Mach eine doppelte Portion daraus, damit ich sie mit dieser reizenden Dame hier teilen kann.«

Die Frau zwinkert mir zu. »Ich habe mich schon gefragt, wann du endlich mit deiner besseren Hälfte hier auftauchst.«

Heißt das, ich bin die Erste? Ich fasse das als Kompliment auf, und meine Wangen röten sich prompt.

»Das ist Jenny. Eine Freundin von der Arbeit.« Dev spricht jetzt wieder mit seinem leichten Cajun-Dialekt. Es gefällt mir. Sehr.

Die Dame nickt. »Nett, Sie kennenzulernen, Jenny. Ich bin Melba, und Sie sind hier jederzeit willkommen, auch ohne diesen sehr groß geratenen Prachtkerl.« Sie deutet auf meinen Datingpartner, der ja eigentlich gar keiner ist.

»Ich habe gehört, hier gibt es den besten Seewolf der ganzen Stadt.« Verzaubert von der Atmosphäre dieses Ortes, lächle ich sie an.

»Da haben Sie richtig gehört. Aber das sollten Sie lieber selbst herausfinden.« Sie sieht wieder Dev an. »Eistee?«

Er zwinkert ihr zu. »Zwei bitte.«

Ich werde mich nicht darüber beklagen, dass dieser Eistee wahrscheinlich eine Kalorienbombe und genauso süß ist wie Cola. Heute Abend lasse ich es krachen. Ich werde so viel Seewolf essen und solche Mengen Eistee trinken, dass mein Magen um Gnade winseln wird.

Wir sitzen jetzt allein an unserem Tisch, umgeben vom Gemurmel zufrieden klingender Gäste.

Der Duft nach fettigem frittiertem Essen hängt in der Luft und legt sich wahrscheinlich gerade auf mein Haar und mein Kleid, doch das macht mir nichts aus. Das ist jetzt schon die beste Verabredung auf rein freundschaftlicher Basis, die ich je hatte.

»Und, hat es Spaß gemacht, mit Lucky zu arbeiten?«

Ich nicke. »Ja. Wir haben beide einen kleinen Schock bekommen, als diese Teenager mitten während der Operation eingebrochen sind, aber abgesehen davon war es gut.« Erst jetzt, da ich es selbst ausspreche, merke ich, dass ich tatsächlich Spaß habe. Mich beschleicht der Verdacht, dass dieser Job große Ähnlichkeit mit einer Schwangerschaft hat. Während man ihn ausübt, kommt er einem wirklich schlimm, anstrengend und beängstigend vor, aber in der Rückschau erinnert man sich nur noch daran, dass es schön war. Die Angst wird im Gedächtnis zu einer Randnotiz, man kann sie nicht mehr greifen oder sich an die Einzelheiten erinnern.

»Lucky hat mir erzählt, dass du dich hervorragend geschlagen hast. Außerdem hast du derlei Vorfälle in Zukunft nicht mehr zu befürchten. Lucky wird nur in den seltensten Fällen außerhalb eingesetzt, und bei dir wird es nicht anders sein.«

»Er hat mir erzählt, dass er meistens vom Lagerhaus aus arbeitet, manchmal auch von zu Hause.«

»Das stimmt. Lucky ist eher ein Stubenhocker.«

Ich spiele mit meiner Gabel herum und möchte eigentlich mehr über Lucky und sein Leben erfahren, will aber nicht allzu neugierig rüberkommen. Er ist nur so ein wahnsinnig interessanter Mensch, ein richtiges Rätsel, und ich lieeebe solche harten Nüsse. Wahrscheinlich bin ich deshalb so gut in meinem Job. Möglicherweise finde ich die Arbeit bei den Bourbon Street Boys aus demselben Grund zunehmend spannend. Bei ihnen könnte ich jeden Tag Rätsel knacken.

»Hast du seinen Goldfisch Sunny schon mal gesehen?«, frage ich in einem möglichst gleichmütigen Tonfall, was gar nicht so einfach ist, wenn man das Gespräch ausgerechnet auf einen Goldfisch lenkt.

Dev schüttelt den Kopf. »Nein. Lucky ist vor einer Weile umgezogen, und ich weiß gar nicht, ob schon jemand in seiner neuen Wohnung war. Thibault vielleicht. Sunny ist mit Lucky zusammen umgezogen.«

»Warum warst du noch nie da? Bekommt er nicht gerne Besuch?«

Dev schaut ins Leere. »Lucky ist ein … sehr zurückgezogener Mensch, wenn man so will.«

Ich starre auf den Tisch und male mit der Fingerspitze imaginäre Striche darauf. »Er hat mir von seiner Schwester erzählt.« Ich schaue zu Dev auf, um seine Reaktion zu beobachten, die überrascht ausfällt.

»Ach wirklich? Das ist … ungewöhnlich.«

»Warum? Ich meine, natürlich ist das etwas ganz schön Persönliches, aber wir kamen im Gespräch einfach auf das Thema.« Ich möchte nicht, dass Dev mich für jemanden hält, der seinen Kollegen bereits am ersten Arbeitstag intimste Geheimnisse entlockt.

»Er spricht mit niemandem über sie. Natürlich haben wir darüber geredet, als es passiert ist, aber jetzt schneidet niemand mehr das Thema an.«

»Er sagt, er redet nicht darüber, weil es für die meisten Leute unangenehm ist. Es liegt nicht daran, dass er nicht darüber sprechen möchte.«

Dev zuckt die Achseln. »Na ja, es ist ein unangenehmes Thema, aber das heißt nicht, dass alle darüber schweigen sollten. Ich schätze, ich fange nur nicht damit an, weil ich nicht möchte, dass es ihm schlecht geht. Ich bin davon ausgegangen, dass er es gerne hinter sich lassen möchte.«

Ich nicke. »Ja, das verstehe ich.«

»Hat er mit dir darüber gesprochen? Also, dass wir nicht mit ihm darüber reden?«

Ich zucke unbeholfen die Achseln und möchte auf gar keinen Fall in ihre Beziehung grätschen und für Schwierigkeiten sorgen, schließlich bin ich die Neue. Aber ich will zumindest versuchen, Lucky zu helfen. Ich teste es einfach mal an und höre auf mein Bauchgefühl. Wenn Dev sauer wird oder sich sichtlich unwohl fühlt, wechsle ich sofort das Thema. Dann sprechen wir über Gürtelmulle. Diese possierlichen Tierchen werden ihn im Handumdrehen von seinem Kollegen ablenken. Ich finde sie ja ziemlich faszinierend, und es sind die Lieblingstiere meiner Töchter.

Ich beobachte Dev ganz genau, als ich weiterrede, um auch ja nichts Falsches zu sagen. »Er hat erwähnt, dass anscheinend niemand darüber sprechen möchte, schiebt das allerdings darauf, dass er euch allen leidtut und ihr ihn nicht damit belasten wollt, wie du gesagt hast. Er ist auf niemanden sauer oder so etwas.«

»Willst du damit sagen, dass er das Bedürfnis hat, über seine Schwester und das, was passiert ist, zu sprechen?«

»Ja, genau. Zumindest vermute ich das. Ich glaube, er trauert noch immer, und es könnte ihm helfen, sich an die guten Zeiten mit ihr zu erinnern. Er braucht also Menschen, die ihm zuhören, wenn er über sie spricht und in Erinnerungen schwelgt. Er gibt sich selbst die Schuld dafür, weißt du.«

»Das weiß ich. Er hat sich schon immer die Schuld für alles gegeben, was in seiner Familie schieflief. Ob das gerechtfertigt ist, spielt dabei keine Rolle. So ist er eben.«

»Luckys Schwester ist viel jünger als er, oder war viel jünger als er.« Ich hasse es, die Vergangenheitsform benutzen zu müssen, wenn jemand gestorben ist. Das kommt mir irgendwie immer ein bisschen respektlos vor, weil dieser Mensch ja auch mal gelebt hat. Dass ich das Mädchen, über das wir gerade sprechen, nicht persönlich gekannt habe, ist dabei ganz egal.

»Ja, es ist eine Patchworkfamilie. Sein Vater hat noch mal geheiratet, eine wesentlich jüngere Frau, und mit ihr eine neue Familie gegründet, aus der Luckys Schwester hervorging. Lucky steht ihnen allen sehr nah, aber zu seiner Schwester hatte er eine besonders enge Bindung. Trotzdem musste er arbeiten, verstehst du? Wir müssen nun mal alle arbeiten.«

Ich fasse über den Tisch und lege meine Hand auf seine. Ich weiß ganz genau, woran er gerade denkt. Er macht sich selbst Vorwürfe, weil er ein berufstätiger Vater ist.

»Es ist nicht leicht, die Arbeit und die Verantwortung für die Familie miteinander zu vereinbaren. Man hat immer das Gefühl, dass man gerade das eine oder das andere vernachlässigt.«

Er atmet zischend aus, schüttelt enttäuscht den Kopf und starrt auf unsere Hände. Im direkten Vergleich zu seiner wirkt meine nahezu winzig. »Wem sagst du das.«

»Wie geht es Jacob?«, frage ich, um ihn auf andere Gedanken zu bringen. Wir müssen unbedingt über schönere

Dinge sprechen, sonst sind wir am Ende des Abends beide so niedergeschlagen, dass wir nie mehr miteinander ausgehen wollen. Ich genieße es unheimlich, Zeit mit Dev zu verbringen, daher möchte ich das unbedingt verhindern.

»Es geht ihm super.« Dev lächelt jetzt, offenbar hat er den Kummer über Lucky und seine Lebenssituation vorübergehend beiseitegeschoben. »Er hatte richtig viel Spaß mit deinen Kindern. Sammy findet er urkomisch.«

Ich verdrehe die Augen. »Sammy ist ja auch urkomisch. Ich lache mich ständig halb tot seinetwegen. Nur macht es das nicht leichter, ihn zu erziehen.«

Dev dreht meine Hand um und berührt mit dem Daumen meine Handfläche. Er tut das ganz beiläufig, und eigentlich ist es keine große Sache, nur verursacht es ein Kribbeln in meinem Arm, das bis in die Brust reicht. Mittlerweile bringt jede noch so kleine Berührung von ihm mein Blut in Wallung. Etwas hat sich zwischen uns verändert.

»Er scheint aber auch nicht viel Erziehung zu brauchen«, meint Dev. »Er ist sehr höflich und macht sich etwas daraus, wie es anderen geht. Er hat Mitgefühl. Das ist für ein Kind in seinem Alter wirklich beachtlich. Die meisten kleinen Jungs sind totale Soziopathen.«

Ich muss lachen. »Das mag alles stimmen, aber manchmal frage ich mich schon, was in ihn gefahren ist. Sein liebstes Hobby ist es, den Puppen seiner Schwestern die Köpfe abzureißen.«

»Ich wette, wenn Jacob Schwestern hätte, würde er es ganz genauso machen.«

»Nein, Jacob doch nicht. Er ist so lieb.«

»Vertrau mir. Wenn er in seinem Rollstuhl den Gehsteig entlangbrettert, fährt er über so viele Ameisen, wie er nur kann. Wenn das nicht das Verhalten eines Soziopathen ist, weiß ich auch nicht.«

»Na gut, damit gewinnt er vielleicht nicht den Preis für den anständigsten Bürger des Jahres, aber er ist ja gerade erst fünf. Gib ihm etwas Zeit.«

Wir sehen einander in die Augen und müssen darüber schmunzeln, wie albern wir uns benehmen. Zwei Eltern, die Lobeshymnen auf das Kind des jeweils anderen singen … Kann es denn noch kitschiger werden? Wahrscheinlich nicht. Glücklicherweise können wir das Thema erst mal nicht weiter vertiefen, weil unser Eistee kommt. Ich ziehe die Hand zurück, nehme das Glas und probiere einen Schluck. Er ist süß, wie ich erwartet habe, und schmeckt nach einem Schuss Zitrone. Perfekt.

Dev nimmt einen großen Schluck und lächelt zufrieden, als er ihm die Kehle hinunterrinnt. Er schließt vor Genuss sogar die Augen.

»Der beste Eistee in ganz Louisiana.«

Melba hat unseren Tisch bereits wieder verlassen, sie hört ihn aber trotzdem und lacht. Ich verstehe gut, warum er oft hierherkommt. Hier wird er wie etwas Besonderes behandelt, und das ist er auch. Es macht mich froh, dass nicht nur ich das so sehe. Menschen wie Dev verdienen es, gut behandelt zu werden. Ich muss ganz schnell tief in mein Glas schauen, um ihn nicht vollkommen dämlich anzustrahlen.

Kapitel 36

»Was haben du und Jacob denn zu Halloween vor?«, frage ich.

Dev öffnet die Augen und beugt sich ein Stück vor. »Halloween ist bei den Lakes eine richtig große Sache.«

»Ach ja?«

»Absolut. Ich muss mir bei den Kostümen immer richtig Mühe geben. Die Messlatte liegt jedes Jahr ein bisschen höher. Wenn das so weitergeht, werde ich irgendwann Kostümbildner aus Hollywood engagieren müssen, bis mein Sohn aus dem Alter ist, in dem man Süßigkeiten sammeln geht.«

Ich beuge mich vor, meine Neugier ist geweckt. »Wirklich? Als was bist du denn letztes Jahr gegangen?«

»Hai.«

Ich blinzle mehrmals beim Versuch, mir das vorzustellen. »Hai?«

»Ganz genau. Hai. Bullenhai, um genau zu sein. Der mächtigste, gefährlichste Hai der Welt.«

»Nur dem Weißen Hai unterlegen«, ergänze ich. Natürlich weiß ich das nur dank meines Lieblings-TV-Senders.

»Es tut mir leid, aber da muss ich widersprechen«, sagt Dev. »Weiße Haie haben nicht annähernd so viel Beißkraft, da sie sich ja fast ausschließlich von weichem Fleisch ernähren, zum Beispiel von Robben, während Bullenhaie gewöhnlich Schildkrötenpanzer zerkauen.«

Ich wittere einen gleichgesinnten Animal-Planet-Fan und beuge mich vor, um ihm tief in die Augen sehen zu können. »Das mag sein, aber wenn du ein wirklich gefährliches Tier darstellen willst, solltest du vielleicht mal über ein Salzwasserkrokodil nachdenken.«

»Einverstanden.« Dev zwinkert mir zu. »Ich glaube, du hast soeben mein Kostümproblem gelöst.«

»Wie willst du denn ein Krokodilkostüm basteln?«

»Ich habe keine Ahnung.« Er trinkt einen Schluck. »Vorschläge sind mehr als willkommen.« Er kaut auf einem Eiswürfel, während er auf meine Antwort wartet.

Ich beiße mir auf die Lippe und überlege einen Augenblick. »Vielleicht solltest du über etwas Leichteres nachdenken, weil du nicht so viel Zeit hast. Batman und Robin zum Beispiel.«

»Haben wir schon gemacht. Vor zwei Jahren.«

»Was ist mit … herkömmlicheren Kostümen, ein Geist, eine Hexe oder ein Vampir vielleicht?«

»So verkleiden sich nur Amateure. Das hatten wir schon, als Jacob zwei Jahre alt war.«

»Ich wollte eigentlich als Hexe gehen, aber gut …«

»Das kannst du besser.« Dev schaut mich herausfordernd an. »Ich wette, in deinem klugen Köpfchen schwirren allerhand kreative Ideen herum.«

»Vielleicht bin ich wirklich kreativ, allerdings fehlt mir die Zeit, das auszuleben. Das ist mein größtes Problem. Ich mache es mir da immer leicht und kaufe irgendein billiges Kostüm im Kaufhaus.«

»Na ja, jetzt arbeitest du ja bei uns und hast mehr Zeit, stimmt's?«

Ich zucke die Achseln. »Das werden wir sehen.«

Dev wird plötzlich ganz ernst. »Bist du zufrieden? Bist du froh darüber, dass du den Job bekommen hast?« Er scheint sich wirklich für meine Antwort zu interessieren, denn er beugt sich vor und starrt mich an.

Ich möchte ihn lächeln und das Grübchen in seiner Wange sehen, doch mir ist auch klar, dass ich ehrlich mit ihm sein muss. Wie auch zu mir selbst. Ich hole tief Luft, ehe ich antworte.

»Ich bin zufrieden. Aber ich mache mir auch ein bisschen Sorgen.«

»Worüber machst du dir Sorgen?« Die Anteilnahme in seiner Stimme macht es mir leichter, über meine Antwort nachzudenken und sicherzugehen, dass sie auch richtig ankommt.

»Ich … mache mir einfach Sorgen, dass ich den Job nicht ausfüllen kann. Wahrscheinlich auch über die Gefahren, die damit verbunden sind.«

»Die Gefahren halten sich wirklich in Grenzen, Versprochen. Ich würde nicht wollen, dass du dort arbeitest, wenn es Anlass zur Sorge gäbe.«

Er sagt das auf eine Art und Weise, die mich neugierig macht, als wäre er persönlich für mein Wohlergehen verantwortlich.

»Wie meinst du das?«

Er zuckt die Achseln, lehnt sich zurück und gibt sich plötzlich wieder ganz entspannt. »Du bist eine alleinerziehende Mutter. Du kannst nicht dieselben Risiken eingehen wie Kinderlose, deshalb würde ich nicht wollen, dass du im falschen Job arbeitest.«

Ich liebe es, wie sehr er mich versteht. Dadurch verleiht er meinen Gefühlen irgendwie mehr Gültigkeit. »Glaubst du denn, ich bin bei den Bourbon Street Boys richtig?«

Er nickt. »Ja.«

Wir könnten vermutlich den ganzen Abend über dieses Thema sprechen, doch dann wird unser Backfisch nebst Maisbällchen und einem Berg Krautsalat aufgetischt, und wir verbringen die nächsten zwanzig Minuten damit, im puren Genuss zu schwelgen und jedes noch so kleine Krümelchen des Essens zu verputzen, das Dev nicht umsonst in den höchsten Tönen gelobt hat.

Um ehrlich zu sein, mag ich Seewolf gar nicht so sehr, aber was mir hier vorgesetzt wird, ist so köstlich, dass ich meine Meinung darüber wahrscheinlich revidieren muss. Der Backteig ist knusprig, aber nicht zu fest, und der Fisch selbst ist butterzart und frisch. Er schmeckt nicht mal wirklich nach Fisch.

Dev trinkt einen großen Schluck Eistee, dann lehnt er sich zurück und reibt sich seufzend den Bauch. »Na, habe ich dir zu viel versprochen?«

Mit einer Papierserviette wische ich mir das Fett von den Lippen, lege sie neben das leere Fischkörbchen und lehne mich ebenfalls zurück. Ich hoffe, er rechnet nicht damit, dass ich Nachtisch bestelle, ich platze nämlich gleich.

»Nein, das war wirklich lecker. Vielen Dank, dass du mit mir hergekommen bist.« Ich schaue mich um und sehe in viele zufriedene Gesichter. »Wie hast du dieses Restaurant gefunden?«

»Ich komme schon seit meiner Kindheit hierher. Wie alle im Team. Wir werden hier gut behandelt und unterstützen sie, so gut wir können.«

Melba kommt an unseren Tisch, um die Körbchen abzuräumen, und unterbricht damit unsere Unterhaltung. Als sie wieder verschwunden ist, fällt mein Blick auf den Tisch. Du heilige Scheiße! Vor uns liegen nur noch unsere Tischsets. Devs sieht aus wie neu, meins hingegen von sämtlichen Nahrungsmitteln übersät, die ich zu mir genommen habe. Fisch? Ja. Panade? Auch die. Maisbällchenkrümel? Jawohl. Krautsalat? Natürlich. Es sieht aus, als wäre eine Chicken-Licken-Bombe an unserem Tisch explodiert, deren Trümmer ausschließlich vor mir gelandet sind.

Wie peinlich! Jetzt weiß er, dass ich esse wie ein Schwein!

Dev sagt keinen Ton. Stattdessen hebt er sein Tischset auf, zieht meines zu sich rüber und legt seins vor mir ab. Jetzt ist er das Schweinchen, und ich bin die Prinzessin, die allerhöchstens in ihre Serviette krümelt.

Ich weiß, dass es ein bisschen bescheuert ist, aber mir kommen die Tränen. Das ist mit Abstand das Ritterlichste, was je ein Mann für mich getan hat. Türen öffnen und Jacken über Pfützen legen sind nichts dagegen. Wenn ein Mann mich deckt, den Kopf für meine unsäglichen Tischmanieren hinhält, kann er sich lebenslang meiner Treue gewiss sein.

Als Melba uns Eistee nachschenken will, schaut sie auf den Tisch und lächelt. Sie muss gar nichts sagen, sie sieht mich einfach nur an und zwinkert. Ich habe das Gefühl, mir springt vor Glück gleich das Herz aus der Brust.

»Hast du schon ein Kostüm?«, fragt sie Dev.

»Nicht sicher. Aber ich bin heute Abend schon inspiriert worden.« Bei seinem Blick bekomme ich fast einen Herzanfall. O mein Gott, dieses Grübchen!

»Haben Sie die Bilder gesehen?«, fragt sie mich.

Ich schüttle den Kopf.

Sie zeigt auf Dev. »Die musst du ihr zeigen. Du musst dich wirklich mehr anstrengen, um dieses Mädchen zu beeindrucken. Ich mag sie.«

Ohne ein weiteres Wort zieht sie sich zurück, und ich starre peinlich berührt über das große Kompliment stur auf den Tisch.

»Weißt du schon, als was deine Kinder gehen?«, fragt Dev.

»Nein, für die muss ich auch noch Kostüme besorgen. Mein Leben ist das reinste Chaos.« Seufzend stelle ich mir vor, wie ich wieder einmal billige Kostüme kaufe, die die Kinder schrecklich finden. »Ich versuche immer alles auf den letzten Drücker noch irgendwie hinzukriegen.«

»Wenn du dabei Hilfe brauchst, sag einfach Bescheid.«

Ich bin nicht sicher, wie das vonstattengehen könnte, aber mir gefällt der Gedanke, dass er mir bei den Vorbereitungen zu Halloween behilflich ist. »Okay. Danke.«

»Ziehen die Kinder bei euch für gewöhnlich von Haustür zu Haustür, um Süßigkeiten einzusammeln?«

Ich nicke. »Ja, das funktioniert ganz gut. In unserer Gegend wohnen kaum Gesundheitsfanatiker.«

Er lächelt flüchtig, ehe er fortfährt. »Bei uns läuft das nicht so gut. Jacob beschwert sich jedes Jahr darüber, dass in so vielen Häusern kein Licht brennt, und er muss die Batterie seines Rollstuhls ganz leer fahren, um genug Süßigkeiten einzusammeln.«

Mir kommt eine Idee, bei der ich fast ein bisschen verlegen werde, aber die Lösung scheint mir zu perfekt, als dass ich sie für mich behalten könnte. »Ihr könntet mit uns um die Häuser ziehen, wenn ihr möchtet. Bei uns sind fast alle Leute zu Hause. Jacob könnte in seinem großartigen Krokodilkostüm richtig abräumen.«

Dev nickt, als ziehe er es in Erwägung. »Ich spreche mal mit Jacob darüber.«

Dass er mein Angebot einfach so akzeptiert, jagt einen weiteren Schauer durch meinen Körper. Es ist fast so, als bekenne er sich zu mir. Gemeinsame Süßigkeitenjagd. Machen das Freunde oder nur Paare?

»Na, hast du dir auf dieser Website jemanden ausgesucht?«, fragt er und leert damit einen riesigen imaginären Kübel Eiswasser über das Gespräch.

Da denke ich gerade an uns als Paar, und er sinniert darüber, dass wir mit anderen Leuten ausgehen sollten. O Mann! Ich bin wirklich total scheiße darin, Männer zu deuten. Allerdings darf ich mich eigentlich nicht beschweren. Immerhin habe ich die Website ebenfalls besucht und ein Date vereinbart.

Ist es möglich, dass wir beide einfach total schlecht im Flirten sind und keiner von uns die Eier hat, dem anderen zu sagen, wie er wirklich fühlt? Ich würde das gerne glauben, aber die Wirklichkeit sieht wahrscheinlich eher so aus, dass er sich alle Optionen offen halten will. Daraus kann ich ihm eigentlich keinen Strick drehen. Ich tröste mich mit dem Gedanken, dass ich ohnehin nicht auf der Suche nach einer richtigen Beziehung sein sollte. Ich habe ja so schon kaum Zeit.

Ich räuspere mich, um den Kloß in meinem Hals loszuwerden. »Wenn du so fragst, ja, habe ich. Und du?«

»Ja. Tatsächlich bin ich morgen verabredet.«

»Ach wirklich. Wie sieht sie denn aus?«

»Weiß ich nicht.«

Ich lege die Stirn in Falten. »Warum nicht?«

»Weil ich nur nach Frauen ohne Profilbilder gesucht habe. Ich möchte jemanden nicht wegen seines Aussehens attraktiv finden, sondern wegen seines Wesens.«

»Das ist sehr … untypisch für einen Mann«, merke ich an und grunze danach aus Versehen. Ups! Das Schweinchen ist zurück. Aber meine Güte … meint er das wirklich ernst?

Er zuckt die Achseln. »Ach … ich glaube, dadurch entgehen mir nur die Schlimmen. Die Leute in diesem Portal präsentieren sich ohnehin nicht, wie sie wirklich aussehen. Die Hälfte der Bilder ist mit Photoshop bearbeitet, und die anderen sind wahrscheinlich zehn Jahre alt. Was bringt das schon? Letzten Endes verliebt man sich ja in die Person hinter der Fassade und nicht in ein schönes Äußeres.«

»Deine Erklärung klingt vollkommen einleuchtend … aber nur für Frauen. Männer denken doch nicht etwa so, oder doch? Wer hat dir geraten, nach Profilen ohne Bilder zu suchen?« Es war definitiv niemand aus dem Team. Ich kann mir absolut nicht vorstellen, dass Lucky oder Thibault Dev den Rat geben, sich eine Frau nach ihrer Persönlichkeit auszusuchen.

Er grient derart schuldbewusst, dass er auch gleich von den Dächern schreien könnte, dass ich ihn ertappt habe. »Meine Mutter«, gibt er schließlich zu.

Ich bekomme einen Lachanfall.

»Was ist mit dir?«

Mir vergeht das Lachen. »Ich muss zugeben, ich bin ziemlich oberflächlich. Ich habe mir sein Bild angesehen.«

»Du machst es dir leicht«, neckt er mich.

Jetzt fühle ich mich herausgefordert. »Wohin geht's denn bei dem heißen Date mit der geheimnisvollen Frau?«

»Möchtest du das wissen?« Er beugt sich vor und zwinkert mir verführerisch zu.

Ich gebe mich, als ließe mich das alles völlig kalt, wie eine Gurke, die eine geschlagene Woche in meinem Gefrierfach verbracht hat. Eis. Kalt. »Nein, nicht unbedingt. Es ist sicherlich nicht halb so spannend, wie der Ort, an dem ich verabredet bin.«

Er lacht. »Wann triffst du ihn denn?«

Seine Frage trifft mich völlig unerwartet. »Warum? Was spielt das für eine Rolle?«

»Na, weil die Uhrzeit des Treffens alles über die Intentionen des anderen verrät.«

Ich richte mich auf und mache mir plötzlich Sorgen wegen dieses sogenannten Dates oder Treffens, oder wie auch immer man es nennen möchte.

»Ernsthaft? Inwieweit?«

»Na ja, es kommt darauf an … Trefft ihr euch zum Mittagessen? Spät am Nachmittag? Abends? Zum Abendessen? Geht ihr ins Kino? Was trinken? Das hat alles so seine Bedeutung, weißt du.«

Ich starre ihn an und versuche herauszufinden, ob er mich veralbert. Erst finde ich dafür keinerlei Anzeichen, dann bildet sich plötzlich dieses unverschämte Grübchen. »Ach, sei still.

Ich weiß genau, dass du mich nur auf den Arm nimmst.« Ich nehme das Glas mit beiden Händen, um mich daran festzuhalten, und nippe daran. Ich komme mir so unsagbar dämlich vor. Ich habe doch überhaupt keine Ahnung von dieser ganzen Onlinedating-Geschichte.

Er zuckt die Achseln und gibt sich ganz verwegen. »Wenn du das sagst.«

»Du bist wahrscheinlich so eine Art Ninja-Dating-Meister, aber für mich ist es das erste Mal, also verlasse ich mich einfach auf mein Bauchgefühl. Aber so kompliziert kann es ja nun auch wieder nicht sein.« Ich kann mich jedenfalls nicht erinnern, ein Regelwerk auf der Website gesehen zu haben. Woher kennen die Leute dann all die Regeln? Stehen die irgendwo? Das muss ich unbedingt googeln, wenn ich heimkomme.

»Ninja-Dating- … was?«, fragt er lachend. »Ich habe das auch noch nie gemacht. Jedenfalls lange nicht. Das ist meine erste Verabredung seit Jahren. Ich kann nur hoffen, dass sie nicht in einem Desaster endet.«

»Ich wette, wir haben übermorgen beide ein paar wirklich lustige Anekdoten zu erzählen«, sage ich, um auch mal die gute Seite zu sehen.

»Ich rufe dich am Sonntag an, dann können wir uns austauschen.«

Es ist schrecklich, dass mich dieser Gedanke mit Glück erfüllt. Er will mich nur anrufen, nicht auf ein Date mit mir gehen. Das mit uns ist so schrecklich kompliziert. Es ist traurig, dass ich Männer heute kein bisschen besser deuten kann als mit zwanzig. Ich zucke die Achseln, weil mich das völlig kalt lässt. Wie die Gurke in meinem Kühlschrank.

Eiskalt. »Gerne. Ich habe nichts vor, außer Zeit mit den Kindern zu verbringen.«

Er schaut zu Melba. Sie steht hinter dem Tresen neben einer Registrierkasse. »Möchtest du Nachtisch?«, fragt er.

»O Gott, nein. Ich bin total voll. Da geht nichts mehr rein.«

Er winkt Melba und gestikuliert dann wild mit seinen Fingern, dreht sie im Kreis und pikst dann in die Luft – irgendeine restaurantinterne Zeichensprache, auf die ich mir absolut keinen Reim machen kann. Als er fertig ist, konzentriert er sich wieder auf mich.

»Was hatte das denn zu bedeuten?«, frage ich.

»Ich habe ihr zu verstehen gegeben, dass sie mir Nachtisch einpacken und die Rechnung bringen soll.«

Ich nicke und bin ein bisschen traurig, weil sich unser Date dem Ende neigt. Dabei war es ja gar kein Date. Wir sind bloß Freunde, die zusammen Backfisch essen waren. Mehr ist da nicht. Ich werde das so oft wiederholen, bis ich es selbst glaube.

»Jacob wird wegen Halloween begeistert sein.«

Prompt lächle ich wieder. Wen kümmert es schon, wie man es nennt? Es ist schön, das ist alles, was für mich zählt. »Meine Kinder auch. Sie haben es wirklich genossen, Zeit mit Jacob zu verbringen. Ich glaube, Sammy ist schon wieder im Heldenverehrungsmodus. Jacob ist älter als er, und sein Rollstuhl ist richtig schnell, also …«

Dev lächelt. »Darüber wird sich Jacob freuen. Natürlich werde ich es ihm nicht sagen, aber er ist nicht allzu oft mit anderen Kindern zusammen, deshalb ist es wirklich schön, dass sie sich gleich sympathisch waren.«

Ich lege den Kopf schief. »Er geht gar nicht in eine Tagesstätte oder in die Schule?«

»Manchmal geht er für ein paar Stunden in eine Tagesstätte. Letztes Jahr war er noch zu jung, um in die Vorschule zu gehen. Es ist wirklich schwer, eine Einrichtung zu finden, die auf seine besonderen Bedürfnisse zugeschnitten ist, deshalb verbringt er viel Zeit mit meiner Mutter und mir. Das ist auch der Grund dafür, warum du mich nur halbtags im Lagerhaus siehst. Ich arbeite so viele Stunden, wie ich kann, aber ich muss auch sehr oft für meinen Sohn da sein.«

Ich nicke. »Das verstehe ich. Übernimmst du seine Behandlung?«

»Den Großteil. Sein Physiotherapeut weist mich in alles ein, und ich übernehme dann zu Hause. Er mag das nicht, deshalb ist es manchmal ein Kampf, aber es führt kein Weg dran vorbei.«

»Er hat Sammy erzählt, dass er zerebrale Kinderlähmung hat. Ich kenne mich mit dieser Krankheit nicht besonders gut aus. Was heißt das denn für ihn und für dich?« Ich bete inständig, dass ich mit dieser sehr persönlichen Frage nicht den Rahmen des Sozialverträglichen verlassen habe, vor allem weil ich diesmal aus ganz uneigennützigen Motiven nachhake. Ich möchte bei meinem nächsten Treffen mit Jacob nichts falsch machen aufgrund von Fehlannahmen oder etwas Dummes sagen.

Dev antwortet ohne Umschweife. »Es gibt verschiedene Arten von zerebraler Kinderlähmung. Er wurde mit spastischer CP diagnostiziert, was im Wesentlichen bedeutet, dass sich seine Muskeln sehr häufig verkrampfen und dann ganz fest werden. Er hat bei der Geburt zu wenig Sauerstoff bekommen, daher kommt das. Außerdem tun ihm die Gelenke weh. Er hat es wirklich nicht leicht. Ich muss ihn häufig dehnen, und er bekommt viele Massagen, damit seine Muskeln die Knochen nicht zu sehr verschieben und den Knorpel an seinen Gelenken schädigen. Weil die Muskeln und Sehnen seine Knochen unaufhörlich in die falsche Richtung bewegen, hat er Wachstumsprobleme. Deshalb macht er für dich wahrscheinlich einen gekrümmten Eindruck.«

Jacob tut mir unendlich leid. »Das klingt unheimlich schmerzhaft.«

»Ist es auch, aber er ist ein kleiner Kämpfer. Er ist zäh. Das war er seit dem Tag seiner Geburt. Man konnte es in seinen Augen sehen, als er erst einen Tag alt war. Selbst wenn er riesige Schmerzen hat, beißt er sich durch. Er ist mein Held.«

»Aber hallo, mein Held ist er auch. So jung eine solche Bürde ertragen zu müssen? Ich kann mir nicht mal vorstellen …« Ich vollende den Satz nicht, denn ich kann gerade nur daran denken, wie dämlich und oberflächlich ich war, weil ich darüber gejammert habe, wie schwer mein Leben ist. Wie viel Zeit habe ich damit vergeudet, mich über das Lispeln meines Sohnes zu ärgern? Ein Sprachfehler ist nichts im Vergleich zu dem, was Jacob aushalten muss.

»Jeder hat seine Last zu tragen, und niemand bekommt je eine, die zu schwer für ihn ist. Wenn ich meinen Sohn anschaue, sehe ich einen Superhelden vor mir. Ich sehe einen Menschen, der ein Paket zu tragen hat, das die meisten von uns erdrücken würde. Aber er hält sich wacker. Er steht einfach darüber. Ich bewundere seine Tapferkeit, und bin immer dann zur Stelle, wenn er vergisst, wie großartig er ist.«

Ich liebe diesen Mann gerade so sehr, dass ich weinen möchte.

Der Gedanke versetzt mir einen Stich ins Herz. Ist es möglich, dass ich mich so richtig in ihn verliebt habe, dass ich ihn nicht nur in diesem Moment, sondern ganz grundlegend liebe? Ach bitte, wie schwach ist das denn? Er hat mich auf die Kumpelschiene verfrachtet, und ich mache ihm schöne Augen, weil ich insgeheim hoffe, dass er eines Tages beschließt, eine Beziehung mit mir zu wollen.

Ich könnte mich Tage, Wochen, ja sogar Monate deswegen selbst geißeln, aber das werde ich schön sein lassen. Jedes andere Mädchen würde sich ganz genauso fühlen, und ich glaube, keine Frau der Welt würde mir Vorwürfe dafür machen, so verwirrt und so voller Hoffnung zu sein. Er ist nicht nur ein großartiger Mann, sondern auch noch ein toller Vater. Warum habe ich nicht gleich einen Typen wie ihn geheiratet statt dieses Drecksacks namens Miles? Das waren zehn verschwendete Jahre. Ich tröste mich mit der Tatsache, dass ich drei fantastische Kinder habe … und dem Gedanken, dass Dev wahrscheinlich eine Niete im Bett ist. Das muss ja wohl so sein, oder nicht? Kein Mann kann alles sein – ein großartiger Vater, ein großartiger Kollege, ein großartiger Freund, ein großartiger Liebhaber …

»Ich wüsste wirklich gerne, was dir gerade im Kopf herumgeht«, sagt er.

Ich reiße die Augen auf. »Warum?« Stand es mir ins Gesicht geschrieben, dass ich mich gerade in ihn verliebe? Dass ich ihn mir nackt auf mir vorgestellt habe?

Er grient mich beinahe schon teuflisch an. »Weil es ziemlich verführerisch aussieht.«

»Ach, du schon wieder.« Ich bin absolut, völlig am Arsch. Meine Wangen glühen. Gott sei Dank ist es hier drinnen ziemlich dunkel. Vielleicht habe ich Glück, und er bemerkt es gar nicht. »Du weißt ja gar nicht, was du da sagst.« Ich vermeide es tunlichst, Blickkontakt mit ihm aufzunehmen.

»Okay. Wenn du meinst.« Es ist offenkundig, dass er mir nicht glaubt. So viel zum Thema Gefühle verheimlichen und sich bedeckt halten. Ich halte mich gerade so bedeckt wie ein Pfau im Hühnerstall. Schau mal! Hier drüben! Ich bin bereit, dich ordentlich zu knallen und deine Kinder zu gebären.

Melba kommt mit der Rechnung und einer großen Schachtel in einer Plastiktüte mit zusammengeknoteten Henkeln an unseren Tisch. »Bitte schön. Ein warmer Karamellbrownie mit allen Extras und dazu noch Kirschen.«

Dev will sein Portemonnaie aus der Gesäßtasche ziehen, aber ich unterbreche ihn, indem ich den Arm ausstrecke.

»Nein, nein, das geht auf mich. Ich habe die Wette verloren, also bezahle ich.«

Dev vollendet die Bewegung vollkommen ungerührt. »Es tut mir leid, aber es gehört zu meinen persönlichen Regeln, eine Frau niemals für ihr Essen bezahlen zu lassen. Meine Mutter würde es mir nie verzeihen, wenn ich in diesem Fall eine Ausnahme mache, nur weil du eine Wette verloren hast.«

Ich werfe ihm einen vorwurfsvollen Blick zu. »Das ist nicht fair. Es war so abgemacht.«

Er zuckt die Achseln. »Du kannst beim nächsten Mal bezahlen.«

Ich möchte dagegenhalten, dass das seine sogenannten Regeln verletzen würde und dass ich niemals bezahlen werde, wenn man dieser Logik folgt, aber ich will ihm auf keinen Fall die Idee eines zweiten Nichtdates ausreden, das ja ganz vielleicht ein richtiges Date werden könnte. So blöd bin ich nun auch wieder nicht. »Na gut. Aber denk nicht mal daran, deine persönlichen Regeln bei unserem nächsten … gemeinsamen Essen geltend zu machen.«

Dev reicht Melba einen Stapel Scheine und weist sie an, das Restgeld zu behalten. Sie verlässt sichtlich erfreut unseren Tisch.

»Bereit?«, fragt Dev.

Ich nicke, auch wenn ich nicht so genau weiß, was wir jetzt machen. Setzt er mich nur zu Hause ab, oder trinken wir bei mir noch etwas? Ich bin vollkommen planlos. Mit diesen Nichtdates, Vielleichtdates kenne ich mich null aus. Als ich das letzte Mal mit jemandem ausgegangen bin, war ich praktisch noch ein Teenager. Ich bin versucht, meine Schwester per SMS um Rat zu fragen, möchte aber nicht, dass er mitbekommt, wie ratlos ich bin. Ich kämpfe gegen den Drang an, mein Handy aus der Tasche zu ziehen, und beschäftige mich stattdessen damit, meine Sachen einzusammeln und fiktive Falten aus meinem Kleid zu streichen.

Als ich ihm zum Wagen folge, fasse ich den Entschluss, an meiner Taktik rein gar nichts zu ändern, was so viel heißt, dass ich ihn einfach machen lasse und sehe, wohin mich das führt. Ich kenne ihn mittlerweile gut genug, um mir sicher sein zu können, dass er nichts Böses im Schilde führt. Dafür ist er ein viel zu guter Mann.

Kapitel 37

Ich weiß nicht, ob Dev auf der Heimfahrt zu mir genauso nervös ist wie ich, aber es kommt mir so vor.

Wir plaudern auf dem Heimweg vielleicht fünf Minuten, dann biegen wir in meine Einfahrt ein.

Lässt er den Motor laufen? Geht er davon aus, dass ich ihn noch reinbitte? Wird er mich fragen, ob er mit reingehen und mir die Kleider vom Leib reißen kann? Diese Gedanken huschen durch mein verrücktes, verwirrtes, sexhungriges Hirn, als er in der Einfahrt anhält. Der Motor ist im Leerlauf, und Dev starrt schweigend durch die Windschutzscheibe nach draußen. Ich wünschte, ich könnte in sein Hirn eindringen und seine Gedanken lesen.

Er legt die Hand auf den Zündschlüssel und sieht mich mit schwer zu deutendem Gesichtsausdruck an. »Wenn es dir recht ist, bringe ich dich noch zur Tür.«

Ich nicke. »Klar. Gerne.« Ich werde einfach so tun, als lebte ich in einer gefährlichen Gegend und bräuchte einen großen, starken Mann, der mich zu Tür begleitet. Rette mich, Spiderman!

Das ist nicht der sexy Anmachspruch, von dem ich geträumt habe, aber vielleicht kriege ich wenigstens einen

Gutenachtkuss. Aus irgendeinem Grund fühle ich mich ziemlich kühn. Vielleicht ein Nebeneffekt des Fischs.

Er stellt den Motor aus und geht wieder um den Wagen herum, um mir die Beifahrertür zu öffnen. Es ist beim dritten Mal noch genauso charmant wie beim ersten. Als wir nebeneinanderher zur Haustür gehen, bricht das Schulmädchen in mir in Angstschweiß aus. Ich will, dass er meine Hand nimmt und mich fragt, ob ich mit ihm gehen will. Ich bin wieder fünfzehn. Juchhu!

Ich wünschte, ich könnte in Zeitlupe die Treppe zur Veranda hochsteigen, damit der Weg länger dauert, aber seine Schritte sind die eines zwei Meter zehn großen Mannes. Im Handumdrehen sind wir an der Haustür.

Ich krame in meiner Handtasche nach den Schlüsseln, presse die Tasche gegen die Brust, als ich sie gefunden habe, und schaue zu ihm auf. »Ich habe unseren Abend wirklich sehr genossen, obwohl du geschummelt hast.«

Langsam breitet sich ein Grinsen auf seinem Gesicht aus. »Geschummelt? Wer hat geschummelt? Ich doch nicht.«

»Ich war mit dem Zahlen dran. Du hast die Regeln geändert, weil es deinen Absichten entgegenkam.«

»Und was für Absichten wären das?«

Das fühlt sich nicht an wie ein Gespräch unter Freunden, aber ich will es nicht kaputt machen, indem ich auf etwas dränge, was ich nicht haben kann. Aber muss ich deshalb aufhören zu flirten? Nein. Nicht heute Abend. Nicht, wenn er das Grübchen einsetzt, damit ich Herzrasen bekomme.

»Keine Ahnung.« Ich grinse. »Du könntest es mir verraten, statt mich raten zu lassen.«

O mein Gott! Ich hatte ganz vergessen, wie viel Spaß Flirten machen kann. Er lächelt noch immer auf mich herab und denkt über die optimale Antwort nach.

Ich klimpere mit meinem Schlüsselbund, um ihn wissen zu lassen, dass ich diese Tür öffnen und verschwinden werde, wenn ihm nicht gleich etwas einfällt. Will er das? Oder will er in der schwülen Hitze mit mir hier draußen bleiben, umgeben vom Lied der Zikaden? Ich schwöre, ich könnte die ganze Nacht hier draußen stehen. Er müsste nur fragen.

»Hast du's eilig?«, erkundigt er sich.

Ich zucke die Achseln. »Eigentlich nicht. Du?«

»Zu einem Glas Wein würde ich nicht Nein sagen.«

Mein Herz klopft laut in meiner Brust. Ich hoffe, er hört es nicht. »Dann komm rein. Ich hab eine Flasche im Kühlschrank.«

Meine Hände zittern so stark, dass ich den verdammten Schlüssel nicht ins Schloss bekomme. Wie peinlich! So viel zum Thema coole Sau. Meine Sau ist warm und schlammig und riecht ziemlich streng …

Er sagt kein Wort, sondern nimmt mir einfach nur den Schlüssel aus der Hand und steckt den passenden ins Schlüsselloch. »Ist dir kalt?«, fragt er dicht an meinem Ohr.

Ich lache verlegen. »Hier draußen sind ungefähr siebenundzwanzig Grad.«

»Dann zitterst du wohl aus einem anderen Grund.« Er stößt die Tür auf und bedeutet mir, zuerst einzutreten.

Genervt, weil er mich bloßgestellt hat, seufze ich. »Ich bin nur nervös, okay?« Wie ich es hasse, das zugeben zu müssen! Für einen Augenblick hatte ich mich der Illusion hingegeben, dass ich genau wusste, was ich will, und ihn ins Schwitzen bringe.

Er lächelt wieder. Ich schwöre, er sieht aus wie der Teufel persönlich und ist sich dessen überaus bewusst. »Weswegen?«, fragt er. »Du hast doch keine Angst, allein mit mir im Haus zu sein, oder?«

Ich sehe ihn stirnrunzelnd an, und es tut mir leid, dass er das tatsächlich in Betracht zieht. »Du bist ja verrückt. Tatsächlich fühle ich mich sicherer, wenn du bei mir bist.«

»Hmm, sehr interessant«, sagt er und folgt mir in den Eingangsbereich. »Wenn du also keine Angst hast, allein mit mir zu Hause zu sein, warum zitterst du dann?«

Ich schaue zu ihm auf und klimpere mit den Wimpern. »Zwing mich nicht, es zu sagen.«

Er wirft den Kopf in den Nacken und lacht wirklich laut. »Was sagen?«

Ich schiebe ihn aus dem Weg und gehe den Flur entlang. »So doof kannst nicht mal du sein.«

Noch immer schmunzelnd, folgt er mir in die Küche. Ich rechne damit, dass er mich weiter neckt, weswegen ich überrascht aufquietsche, als er von hinten die Arme um mich schlingt.

Er beugt sich vor und berührt mit dem Mund meinen Hals. »Keine Angst. Ich tue dir nicht weh.«

Ich habe eine Gänsehaut am ganzen Körper. Meine Stimme ist nur ein Flüstern. »Ich weiß.« Plötzlich bin ich Wachs in seinen Händen. Ich kann kaum allein stehen.

Ich starre blicklos in meinen Kühlschrank. Den Wein und die Dinge, die ich für die Abendessen der nächsten Tage gekauft habe, sehe ich nicht. Mein Körper ist so konzentriert auf die Gefühle, die Dev mit seinen Händen hervorruft, dass mir alles vor den Augen verschwimmt. Diese Hände sind so riesig!

Seine rechte Hand ruht flach auf meinem Bauch. Sie bedeckt ihn komplett und gibt mir das Gefühl, in seinen großen, starken Armen total winzig zu sein. Ich liebe das! Seine andere Hand liegt auf meiner Hüfte, die Finger in den schmalen Bereich unmittelbar vor dem Hüftknochen gepresst. Eine unglaublich intime Berührung. O Gott, ich will ihn so sehr!

»Wenn du das nicht möchtest, musst du es mir sagen«, brummt er.

Ich schüttle heftig den Kopf, sage aber nichts. Ich wage nicht zu sprechen. Wahrscheinlich platze ich mit dem Erstbesten heraus, was mir durch den Kopf geht und was zweifellos viel zu bedeutungsschwer für diesen Augenblick wäre. Wir haben schließlich nur Spaß. Zwei alleinerziehende Eltern, die ausnahmsweise mal ohne Kinder sind und in einem leeren Haus herumschäkern. Es ist fast, als wären wir wieder Teenager, die sturmfreie Bude haben.

Dev ist es gelungen, die Zeit für mich zurückzudrehen. Das ist auf mehreren verschiedenen Ebenen ein Geschenk.

Mit entschiedenem Griff dreht er mich um. Ich habe Angst, zu ihm aufzuschauen, tue es aber trotzdem. Er ist unglaublich groß und gut aussehend. Ich kann kaum glauben, dass er hier bei mir ist.

»Du bist so wunderschön«, sagt er.

Ich lächle, bezaubert von seinem fast unschuldigen Gesichtsausdruck. »Ich glaube, dir ist der Eistee zu Kopf gestiegen.«

Ich habe mit einem Lächeln gerechnet, aber er verzieht keine Miene. Er schaut ungeheuer ernst. »O nein! Ich bin im Vollbesitz meiner geistigen Kräfte, und meine Sehkraft ist auch nicht eingeschränkt. Ich bin heute Abend sehr glücklich.«

Wer hat das Gefühl, gerade eine Million im Lotto gewonnen zu haben? Ich. Ganz definitiv ich.

»Ich auch.« Ich lege die Hände auf seine Oberarme, als er mich an sich zieht. Meine Finger umfassen seinen Bizeps, und insgeheim bewundere ich die Muskeln unter seinem Hemd. Ich würde diesen Mann gern nackt sehen. Ist das falsch? Wir hatten bisher noch nicht einmal ein richtiges Date.

Er beugt sich vor, und ich lege den Kopf in den Nacken und versuche, es ihm leichter zu machen. Die fünfundvierzig Zentimeter Größenunterschied sind nicht gerade hilfreich für sexy, romantische Momente. Er muss sich wirklich weit herunterbeugen, um mich zu küssen.

Als unsere Lippen sich berühren, bin ich überrascht. Seine sind viel weicher, als ich erwartet hatte. Er presst sie auf meine, zuerst sanft, dann mit mehr Druck. Ich bin ganz aufgeregt. Das fühlt sich nicht an wie ein Kuss unter Freunden. Es fühlt sich an wie ein Kuss von jemandem, der an mehr als nur Freundschaft interessiert ist. Ich werde nicht fragen, warum er mich nach meinen Dates mit anderen Typen fragt, wenn er bereit ist, sich so von mir zu verabschieden. Ich werde einfach nur versuchen, den Augenblick zu genießen.

Doch als unsere Zungen ins Spiel kommen, gerate ich in Panik. Mir wird klar, dass ich keine Ahnung habe, was ich da tue. Ich habe seit fast einem Jahr keinen Mann mehr geküsst und davor zehn Jahre lang nur Miles. Die Peinlichkeit der Situation führt dazu, dass ich den Kopf wegdrehe und den Kontakt beende. Es fühlt sich so seltsam an, mit ihm hier zu sein. Gut, aber seltsam. Als täte ich etwas Verbotenes. In meinem Kopf überschlagen sich die Fragen, und die wichtigste, immer wiederkehrende lautet: *Spielst du nur Spielchen und wirst mir das Herz brechen?*

»Stimmt etwas nicht?«, fragt er.

»Nein. Ich bin nur …« Ich schüttele den Kopf und senke den Blick. Mir ist das alles so peinlich, und ich bin so enttäuscht von mir selbst.

In meiner Küche steht der heißeste Typ der ganzen Stadt, und ich kann ihn nicht mal küssen, ohne eine Seifenoper daraus zu machen? Was ist eigentlich los mit mir? Bin ich hirntot?

Sein Finger hebt mein Kinn an, und er zwingt mich, ihn anzusehen. »Zu schnell?«

Ich lache bitter. »Mein Gott, ich hoffe doch nicht.«

Er lächelt. »Das sind gute Neuigkeiten. Glaube ich.«

Ich schüttle den Kopf. »Tut mir leid, dass ich so unmöglich bin. Ich war nur … ein ganzes Jahr solo und habe plötzlich gemerkt, dass ich völlig aus der Übung bin. Ich glaube, ich habe vergessen, wie man küsst.«

Er beugt sich wieder vor und sagt beim Näherkommen sanft: »Keine Sorge, das ist wie Fahrradfahren. Du musst nur aufsteigen und treten.«

Als er noch näher kommt, hebe ich ihm meine Lippen entgegen. »Ab in den Sattel?«

»Ja«, bestätigt er, und in seinem Flüstern liegt ein Lächeln. »Steig auf und mach einfach.«

Oh, was soll's … warum eigentlich nicht? Warum schlage ich nicht einfach alle Vorsicht in den Wind und riskiere einfach mal was? Mein Herz rast, als mir klar wird, was ich da tue. Ich werde es einfach ausprobieren. Ich werde jetzt diesen Mann küssen und mal schauen, was dann passiert.

Diesmal berühren sich unsere Lippen viel sicherer. Wir beide lassen die Leidenschaft zu, die sich in uns aufgestaut hat. Scheiß auf nur Freunde sein. Das fühlt sich zu gut an, um es auf freundschaftlicher Basis zu halten.

Seine Hände sind überall. Mit einer hat er meinen Hintern gepackt, die andere liegt auf meinem Rücken und presst mich an ihn. Unsere Körper berühren sich überall. Ich habe die Arme praktisch über dem Kopf ausgestreckt, um sie um seinen Hals legen und ihn herunterziehen zu können, um unseren Kuss zu intensivieren. Anscheinend habe ich doch nicht vergessen, wie man küsst …

Als er in meinen Mund stöhnt, wird der Kuss gleich noch ein paar Stufen heißer. Ich hatte nicht gedacht, dass ich in so kurzer Zeit solche Leidenschaft aufbauen könnte. Vor zwei Minuten habe ich mir eingeredet, wir wären jetzt gute Freunde. Jetzt versuche ich herauszufinden, wie lange wir noch herummachen müssen, bevor ich ihn ins Schlafzimmer zerren kann.

Eine seiner Hände gleitet zwischen uns und umfasst meine Brust, und ich denke nur: *Geh unter die Bluse! Zieh mir den BH aus! Mach schon!*

Er presst sich an mich, aber jetzt macht sich der Größenunterschied langsam wirklich unangenehm bemerkbar. Wäre er normal groß, hätte sich das vielleicht gut angefühlt, aber so ist es, als drücke mir jemand einen Hammer in den Bauch.

Zwischen zwei Küssen keuche ich: »Sollen wir ins Schlafzimmer umziehen?«

Plötzlich hört er auf und weicht zurück, lehnt sich an die Arbeitsplatte, um mir in die Augen sehen zu können. »Was meinst du?«

Ich gerate in Panik. Warum fragt er das? Will er so weit noch nicht gehen? Habe ich seine leidenschaftliche Umarmung überinterpretiert?

Ich zucke die Achseln. »Nur, wenn du es auch willst. Müssen wir aber nicht. Wir können auch gerne hier in der Küche bleiben.« Ich schaue nach links. »Vor dem Kühlschrank.«

Dann kippt plötzlich meine Welt seitwärts. Ich stoße einen kurzen Schrei aus, dann begreife ich, was gerade passiert ist. Er hat mich hochgehoben, und seine langen Schritte haben bereits den halben Flur durchmessen.

Ich lache wie irre. »Was machst du denn da?« Mein Haar hängt über seinem Arm in der Luft, und ich versuche strampelnd, mich aufzurichten.

»Du machst mich wahnsinnig. Du glaubst, ich wollte nicht in dein Schlafzimmer umziehen? Dann bist du verrückt.« Er biegt auf die Treppe ab und schlägt aus Versehen meinen Kopf gegen die unterste Säule des Geländers. Zum Glück streife ich sie vor allem mit meinem Haar, aber es klingt fürchterlich.

»Oh, Scheiße! Das tut mir sehr leid!« Er lässt mich auf den Boden herunter, umfasst meinen Oberkörper und schaut auf mich herunter. »Alles in Ordnung? Ich kann nicht glauben, dass ich gerade deinen Kopf angeschlagen habe. Was bin ich nur für ein Arschloch.« Er legt die Hand auf meinen Hinterkopf und reibt ihn so heftig, dass meine Haare zu verfilzen drohen.

Wieder lache ich und werfe den Kopf in den Nacken. »Na ja, so kann man eine Frau auch umwerben – man schlägt sie einfach nach Höhlenmenschenart k. o. und trägt sie in ihr Schlafzimmer.«

Er hebt mich wieder hoch, hat mich auf dem Arm wie ein Baby, hält mich diesmal aber besser fest. Wir lachen beide, als er diagonal die Treppe hocheilt, um zu verhindern, dass er mir noch einmal den Schädel am Geländer anschlägt.

Oben bleibt er stehen. »Wohin?«

»Links.« Mein Lachen ist einem Flüstern gewichen. Ich kann nicht glauben, dass wir das tun. Mein Bauch sagt ganz laut Ja, aber mein Kopf ist weniger überzeugt. Mache ich gerade einen Riesenfehler? Zerstöre ich dadurch alles?

Meine Schlafzimmertür fliegt auf, und Dev stürmt ohne Zögern hindurch. Neunzig Zentimeter vor dem Bett wirft er mich in Richtung der Laken. Schreiend und lachend segle ich aufs Bett zu. Kaum habe ich die Matratze berührt, da springt er neben mich.

Für zwei Sekunden sieht er aus wie ein echter Superheld – Superman, der mit ausgebreiteten Armen auf mich zufliegt.

Leider habe ich nicht das beste Bettgestell der Welt, ich habe es auf dem Flohmarkt erstanden, ehe ich Miles geheiratet habe. Als ein riesiger Körper auf die linke Hälfte prallt, bricht das ganze Ding unter seinem Gewicht zusammen. Die Matratze verrutscht, und ich rolle seitlich gegen ihn.

Ängstlich und überrascht schreie ich auf, und er stimmt in den Schrei ein. Auch er fällt. In einem Durcheinander aus Armen und Beinen geht es Richtung Boden.

»Uff!«, grunzt er, als er auf dem Rücken auf dem Teppich landet.

Ich lande auf ihm, und er ächzt.

Ich habe im Fallen ein dumpfes Geräusch gehört. Auf seiner Brust liegend, hebe ich den Kopf und sehe, dass er sich den Kopf reibt.

»Das gibt eine Beule.« Offenbar hat er sich den Kopf ziemlich heftig am Nachttisch angeschlagen.

»O mein Gott! Ich kann nicht glauben, dass du gerade mein Bett kaputt gemacht hast.«

Er sieht mich an, ich sehe ihn an, dann fangen wir beide an zu lachen. Innerhalb weniger Sekunden kichere ich hysterisch. Ich muss von ihm hinunterrollen und die Beine zusammenkneifen, um mir nicht vor Lachen in die Hose zu machen.

Auf dem Rücken liegend, starre ich mit übereinandergeschlagenen Beinen und in den Schritt gepressten Händen zur Decke. Noch immer schnaube und kichere ich abwechselnd, wage also noch nicht, mich zu entspannen. Ich erinnere mich nicht, wann ich das letzte Mal so unbeschwert gelacht habe. Vielleicht noch nie.

Wir wenden einander gleichzeitig die Köpfe zu. Lange starren wir uns an, während unser Lachen allmählich verebbt.

»Das ist sicher das erotischste Date, das du je hattest. Stimmt's?« Er hebt spöttisch die Augenbrauen.

Wieder lache ich los. Ich kann nicht anders. Er hat Date gesagt! Außerdem ist er genauso durchgeknallt wie ich.

Er rollt sich auf die Seite und schaut mich ein Weilchen an. Dann öffnet er den Mund, um etwas zu sagen, aber ein summendes Geräusch schneidet ihm das Wort ab, und er wird plötzlich ganz ernst.

»Was ist das?«, frage ich, und mein Lachen erstirbt abrupt.

»Das ist mein Handy.« Er zieht es aus der Hosentasche. Kurz überfliegt er eine SMS, dann setzt er sich ruckartig auf.

Plötzlich habe ich Angst. »Stimmt etwas nicht?«

Er seufzt tief und lässt die Schultern hängen. »Die SMS ist von meiner Mutter. Ich muss weg.«

Wieder habe ich das Gefühl, wir wären zwei Teenager, die sich unerlaubt einen intimen Moment genehmigt haben. »Alles in Ordnung mit Jacob?«

»Ich glaube nicht. Ich fürchte, er hat Krämpfe. Sonst würde sie mich nicht bitten heimzukommen.« Er sieht mich traurig an. »Tut mir wirklich leid.«

Ich stehe schnell auf und strecke ihm die Hand hin. »Du musst dich doch nicht entschuldigen. Ich verstehe das total. Wenn meine Schwester anrufen würde, um mir zu sagen, dass mit den Kindern etwas nicht in Ordnung ist, wäre ich hier raus wie ein geölter Blitz.«

Dev nimmt meine Hand und erhebt sich ebenfalls. »Aber das kommt ziemlich häufig vor. Für dich ist es wahrscheinlich nicht alltäglich.« Er lässt meine Hand los und sieht wieder auf sein Handy.

Kopfschüttelnd schaue ich ihn an. »Egal. Wir sind Eltern. Wir tun, was getan werden muss, richtig?« Ich tätschle seinen Arm und greife wieder nach seiner Hand, ohne eine Sekunde darüber nachzudenken, ob ich mir möglicherweise zu viel herausnehme. »Komm. Ich bringe dich noch raus.«

Er zieht an meiner Hand und verhindert so, dass ich das Zimmer verlasse. Ich lasse zu, dass er mich an sich zieht. Wir schlingen die Arme umeinander, und er schaut auf mich herab. »Ich wollte dich gerade so richtig scharf machen. Du hattest also entweder großes Glück oder großes Pech.«

Ich kann ein Lächeln nicht unterdrücken. »Vielleicht werden wir es eines Tages herausfinden.«

»Vielleicht.« Er gibt mir einen Kuss, der sich in seiner Sterilität eher anfühlt wie ein Abschiedskuss, aber ich interpretiere ihn trotzdem als Da-machen-wir-ein-andermal-weiter-Kuss.

Wir gehen die Treppe hinunter zur Haustür, und ich öffne sie ihm. Ich kann in diesem Augenblick nur daran denken, dass ich morgen ein Date mit einem Fremden haben werde, an dem ich nicht interessiert bin.

Dev löst sich von mir und tritt nach draußen. Als er sein Auto erreicht, schließt er es auf und wendet sich ein letztes Mal an mich. »Du musst mich am Sonntag anrufen.«

»Okay. Warum?« Ich will ihn sagen hören, dass er es nicht erträgt, ohne mich zu sein, dass er sich darauf freut, meine Stimme zu hören, dass er mehr sein möchte als nur mein Freund.

»Warum wohl? Du hast am Samstag dein Date, und ich will alles darüber hören.«

Mein Herz wird plötzlich tonnenschwer. Aber ich versuche, gute Miene zum bösen Spiel zu machen, weil ich keine Teenagerin mehr bin und er ein Vater ist, der Dinge erledigen muss, die mich nichts angehen. Man hat mir schon früher das Herz gebrochen, ich weiß, wie das läuft.

Ich kann tapfer sein. Ich kann das aushalten. Vielleicht kann ich sogar gelegentlich ein Date und Sex mit diesem Mann haben, aber er will definitiv, dass ich auch noch andere Männer date.

Es war unmissverständlich. Wir hatten ein Date, aber wir haben keine Beziehung. Eine Art Antidate. Ich schätze, wir werden zukünftig andere Leute daten und uns darüber austauschen. Das muss eine neue Entwicklung in der Welt des Singles sein, die ich verpasst habe, weil ich zehn Jahre lang verheiratet war. Ich werde mich wohl daran gewöhnen müssen, wenn ich Dev in meinem Leben haben will – und das will ich unbedingt.

»Okay!«, rufe ich und klinge dabei wie eine Cheerleaderin auf Speed. »Kein Problem! Ich will auch alles über dein Date hören.«

Er hebt bestätigend den Daumen und steigt ein.

Ich schließe die Tür, lehne mich dagegen und versuche, nicht zu weinen. Aber natürlich hören meine Tränen nicht auf mich. Langsam gehe ich die Treppe hoch und lasse meiner Verletztheit freien Lauf. Heute Nacht werde ich mich wieder mal in den Schlaf weinen.

Kapitel 38

Es ist ein bittersüßes Gefühl, mich für den Abend fertig zu machen. Diesmal ist es ein richtiges Date, kein Antidate wie das mit Dev, aber im Grunde freue ich mich nicht darauf. Ich schaue mich im Spiegel an und versuche, für das große Ereignis in Stimmung zu kommen.

»Wir gehen doch nur was trinken«, sage ich laut. »Es muss nicht mal Alkohol sein. Von mir aus Kaffee. Du musst nur da rausgehen und dein erstes Blind Date haben.«

Der Gedanke an mein erstes Date überhaupt, das ich vor Ewigkeiten mit Miles hatte, und die Tatsache, dass ich für eine Weile der Meinung war, der gestrige Abend würde sich zu meinem ersten richtigen Date seit Jahren entwickeln, stürzen mich wieder in tiefe Traurigkeit.

Stirnrunzelnd sehe ich mein Spiegelbild an. »Lass das. Du wirst jetzt nicht Ewigkeiten nach einem Typen schmachten, mit dem du eine tolle Zeit hattest. Das ist lächerlich! Du wirst in Dev einen wunderbaren Freund haben. Verdammt, wenn du es geschickt anstellst, kann sogar mehr daraus werden.« Ich hole tief Luft und seufze dann. »Entspann dich einfach. Du bist Single und hast jedes Recht, dein Leben zu genießen. Jetzt hast du zwei Nächte hintereinander die Chance, ohne die Kinder auszugehen. Das ist ein besonderer Augenblick, und du darfst ihn dir nicht kaputt machen, indem du dir über alles Mögliche Sorgen machst.«

Nachdem ich mich angemessen gescholten habe, zwinge ich mich zu einem Lächeln und deute auf mein Spiegelbild. »Schon besser. Denk dran: Du hast es drauf, Jenny. Du hast es drauf. Du bist Wonder Woman.«

Ich trage dasselbe Kleid wie gestern Abend für Dev. Das sollte ich vermutlich nicht, weil es noch immer leicht nach Frittierfett riecht und mich an seine Hände erinnert und daran, wie wir zusammen auf einem Schlafzimmerboden herumgerollt sind, aber für zwei neue Outfits hat das Geld nicht gereicht, und meine alten Klamotten sind potthässlich und nicht geeignet für ein Date. Ich habe gestern einen hübschen Pulli für May und ein Kleid für mich gekauft, dazu ein billiges Paar Schuhe, die mir ins Auge gefallen waren, und sexy Unterwäsche. Der Rest ist auf mein Konto gewandert. Ich habe noch Probezeit und bin immer noch nicht ganz sicher, ob ich den Job behalten will, deshalb muss sich aufs Geld achten. Außerdem können ein paar Spritzer Parfüm den Fischgeruch locker überdecken. Ich verdopple meine übliche Dosis und trage genug Parfüm auf, um eine Made zu ersticken, sodass ich schließlich aus dem engen Badezimmer fliehen muss.

Ich schaue auf die Uhr. Noch dreißig Minuten bis zum offiziellen Beginn des Dates. Der Typ hat mir keine weiteren Nachrichten geschickt, ich gehe also davon aus, dass der Termin steht. Ob er wohl genauso nervös ist wie ich? Fragt er sich, wohin das führen wird? Oder ist er einer der Typen, die nur auf einen schnellen Fick aus sind?

Im Profil konnte man auch eingeben, was man suchte, und da habe ich bestimmt nicht angegeben, dass ich auf One-Night-Stands aus bin. Natürlich bin ich nicht so blöd zu glauben, dass ein Mann diese Gelegenheit ausschlagen würde, wenn sie sich ihm bietet. Aber ich biete sie ja nicht. Das mit Dev gestern

Abend? Als ich ihn mit in mein Schlafzimmer genommen habe? Das war ein Ausrutscher. Wird nicht wieder vorkommen. So ein Mädchen bin ich nicht. Außer Dev will es. Für ihn würde ich eine Ausnahme machen.

Ich zwinge mich, diesen Gedankengang zu verlassen, und weigere mich, schon wieder in diese Richtung zu grübeln. Ich muss mich konzentrieren, der Welt mein bestes Lächeln zeigen. Ich habe ein richtiges Date mit einem völlig Unbekannten, der mich so sehr an Dev erinnert, dass ich es kaum glauben kann. Ich lese sein Profil noch mal, und der Eindruck verstärkt sich nur noch.

Ich will nicht zu früh kommen, aber es hilft auch nichts, daheim herumzustehen, mich im Spiegel zu beschimpfen und davon zu träumen, was ich mit Dev nicht haben kann. Ich bin versucht, die ganze Sache abzusagen, und daran merke ich, dass es Zeit wird aufzubrechen. Außerdem will ich weg sein, wenn May mit den Kindern vom Spielplatz zurückkommt. Sonst jammern sie, weil ich schon wieder weggehe, und dann habe ich zu meinen ganzen anderen Sorgen auch noch Schuldgefühle.

Ich steige ins Auto und fahre in Richtung der Bar. Je nach Verkehr werde ich etwa zwanzig Minuten brauchen. Auf dem Weg dorthin lasse ich meine Gedanken schweifen. Spiele im Kopf die Ereignisse des gestrigen Abends noch mal durch. Ich frage mich, ob Dev und ich es wirklich getan hätten, wenn seine Mutter sich nicht gemeldet und er nicht mit seinem Superheldensprung mein Bett zerstört hätte. Ich habe die Nacht auf meiner Matratze auf dem Boden zugebracht. Keine Ahnung, was ich den Kindern erzählen soll, wenn sie mich danach fragen.

Dev wiegt sicher hundertzwanzig Kilo, vielleicht sogar hundertfünfundzwanzig, alles reine Muskeln. Er hat wahrscheinlich daheim ein Spezialbett: besonders lang und besonders stabil.

Beim Gedanken daran wird mir ganz heiß, und ich werde unruhig.

Lang und stabil. Großes Bett. Hmm …

»Hör auf damit!« Ich schaue mich um und hoffe beinahe, an einem der Läden ein Neonschild blinken zu sehen: *Dildos im Sonderangebot! Totale Diskretion garantiert!* Offenbar hatte ich zu lange keinen Sex, aber verdammt noch mal … ich bin eine gesunde Frau. Medizinisch gesehen stehe ich auf dem Höhepunkt meiner Leistungsfähigkeit. Ich sollte täglich Sex haben. Kein Wunder, dass ich frustriert bin.

Mir geht ein Licht auf. Das ist mein Problem. Deswegen verliebe ich mich in einen Typen, den ich kaum kenne. Ich brauche mehr Sex. Ich habe Koitus im Sinn. Fast wie eine Art Infektion. Nennen wir sie exaggerierter Koitusbedarf. Sie stört meine normalen kognitiven Prozesse. Das würde alles erklären.

Vielleicht ist der Typ, den ich heute Abend treffe, ja süß. Sein Profilbild war ziemlich nett.

Dev sagt, jeder verwendet Photoshop oder nutzt alte Fotos, um beim Profil der Datingwebsites jünger auszusehen, aber selbst wenn dieser Typ älter ist, als er gewirkt hat, gehört er wahrscheinlich zu den Männern, die mit dem Alter besser werden. Vielleicht klickt es ja zwischen uns, und er macht mich an, und ich sage: *Klar, ich würde sehr gern heute Nacht mit dir schlafen. Ich bin Single und offen für Neues. Ich bin risikobereit, abenteuerlustig und lebe ausschließlich im Augenblick.* Ha! Schon bei dem Gedanken kriege ich schwitzige Hände. Das ziehe ich niemals durch.

Als ich auf den Parkplatz der Bar einbiege, fühle ich mich alles in allem ziemlich gut. Ich werfe noch einmal einen Blick auf mein Kleid und freue mich darüber, wie gut mir der taillierte Schnitt steht. Meine Haare haben sich kooperativ gezeigt, sie fallen in Naturlocken um mein Gesicht, und mein Make-up ist perfekt – nicht zu viel und nicht zu wenig, leichte Smokey

Eyes. Dev schien mich in diesem Aufzug ziemlich unwiderstehlich zu finden. Vielleicht habe ich ja doch mehr Optionen als gedacht. Breit grinsend steige ich aus. In gesunden Dosen kann das Nichtwahrhabenwollen von Fakten echt hilfreich sein.

Ich schaue aufs Handy, um sicherzugehen, dass mir May keine SMS geschickt hat. Sie wird eine ganz besondere Belohnung dafür bekommen, dass sie zwei Abende hintereinander auf die Kinder aufgepasst hat, denn ich weiß, meine Kinder machen sie verrückt.

Sie machen ja mich nach zwei Abenden hintereinander verrückt, und ich habe die kleinen Arschkekse geboren.

Ich schicke ihr eine kurze SMS, um sie wissen zu lassen, wie sehr ich ihre Hilfe zu schätzen weiß.

Ich: Vielen Dank. Du bist meine Heldin.

Sie antwortet sofort.

May: Viel Spaß! Tu nichts, was ich nicht auch täte!

Ich lächle, antworte aber nicht. Das lässt mir einen weiten Handlungsspielraum. Ich kenne ja die Geschichten über sie, Ozzie und ihre Eskapaden. Zeit, der Welt zu zeigen, wie sexy du bist, Mädchen. Mit etwas mehr Hüftschwung als sonst gehe ich zum Eingang der Bar. Ich fühle mich großartig. Ich werde heute Abend allen anderen Frauen die Schau stehlen.

Die Eingangstür aus Holz, zerkratzt und leicht verzogen, wird mir Einlass in eine Bar gewähren, in der ich mich früher immer sehr wohlgefühlt habe. Hier sind Miles und ich immer hergekommen, bevor wir Kinder hatten, um ein Bier zu trinken und Sport im Fernsehen anzuschauen. Ich habe gute Erinnerungen an diesen Ort und fühle mich sehr sicher, als ich die Tür aufziehe.

Kühle Luft und schaler Biergeruch schlagen mir entgegen. Vielleicht bin ich heute Abend etwas zu gut angezogen, aber ausnahmsweise ist mein Teint makellos, und zum ersten Mal seit langer Zeit trage ich tatsächlich Nagellack und zueinander passende Unterwäsche. Ich hoffe, der Typ weiß meine Mühe zu schätzen, denn morgen ist damit wieder Schluss, dann bin ich wieder die Mutter in Jeans und Turnschuhen mit einem Hang zu Computern, gepunkteten Baumwollslips und Sport-BH. Aber heute Abend muss sich die Männerwelt in Acht nehmen. Heute Abend bin ich eine Femme fatale.

An dieser Stelle beschließe ich, als Wiedergutmachung für die Vernachlässigung morgen mit den Kindern ein Picknick im Park zu veranstalten.

Sie haben wirklich viel Geduld mit mir bewiesen und sich kein bisschen beklagt, weil ich zwei Abende hintereinander nicht zu Hause war. Das ist eine große Veränderung für sie, und jetzt, wo Miles eine neue Freundin hat, sollte ich für so viel Beständigkeit wie möglich im Leben meiner Kinder sorgen. Dies ist mein selbstsüchtiges Wochenende, aber ab morgen dreht sich wieder alles um sie.

Jetzt habe ich keine Schuldgefühle mehr und bin bereit, Spaß zu haben. Ich schaue mir den Rücken der Leute an, die auf Barhockern am Tresen sitzen, und hoffe, der Mann im blauen Hemd ist unter ihnen, damit ich hier nicht zu lange mit suchendem Blick stehen muss.

Zunächst sehe ich ihn nicht. Aber dann sehe ich im Schatten in der Ecke der Bar etwas blau schimmern.

Ich glaube, das ist er. Er hat einen Bierkrug in der Hand und starrt mich an, als kenne er mich. Er ist echt groß. Auffällig.

Mein Herz setzt einen Schlag aus, dann noch einen. Zitternd betrachte ich den Mann im blauen Hemd genauer. Ich flüstere vor mich hin, als mir klar wird, dass dieser Abend gerade rapide den Bach runtergeht. O mein Gott! Das darf nicht wahr sein! Es ist Dev, der gekommen ist, um Zeuge meiner Schande zu werden.

Dann kommt mir ein noch schlimmerer Gedanke: Ist er mein Date?

Das kann nicht sein. Er hat neben mir am Computer gesessen, als ich auf sein Profil geklickt habe. Ich habe sein Bild gesehen und das des Mannes, den ich hier treffen soll, und das war ganz definitiv nicht Dev.

Ich lasse mir einen Augenblick Zeit, um diese schreckliche Entwicklung zu verdauen. Wir werden unser jeweils erstes Date in derselben Bar haben, werden gegenseitig Zeuge davon werden. Was für eine Katastrophe! Ich hätte ihm einfach sagen sollen, dass ich hierherkomme! Warum habe ich beschlossen, es sei eine gute Idee, zu flirten und mich geheimnisvoll zu geben?

Das Schicksal meint es nicht gut mit mir. Dass ist die einzige Erklärung für das, was hier passiert. Es gibt in dieser Stadt über eintausend Bars, von denen er sich jede einzelne hätte aussuchen können, aber er ist hier! In meiner Bar! Verdammt!

Ich vermute, sein Gesichtsausdruck ist derselbe, den ich auch gerade habe. Er wirkt verwirrt, doch dann scheint er die Sache mit Humor zu nehmen.

Das ist mir so was von peinlich. Er lacht mich aus. Wahrscheinlich hat er bemerkt, dass ich dasselbe Kleid trage wie gestern Abend. Was sagt das über mich aus? Wahrscheinlich nichts Gutes. Er trägt ein anderes Hemd. Vielleicht ist es dieselbe Hose, aber das Hemd ist eindeutig blau, und das gestern Abend war gelb.

Wieder lasse ich den Blick über die Menge schweifen. Da ist noch ein anderer Typ mit einem blauen Hemd, aber der ist sicher über siebzig. Ich glaube nicht, dass es legal wäre, so heftig mit Photoshop nachzuhelfen.

Dev kommt um den Tresen herum auf mich zu. Ich gehe ihm entgegen. Er spricht zuerst und erspart es mir dadurch, mir eine charmante, witzige Bemerkung einfallen zu lassen, wozu ich im Augenblick absolut außerstande wäre.

»Ich schätze, jetzt weiß ich, wo du dich mit deinem Date triffst.«

Mein Lächeln sieht wahrscheinlich eher aus wie eine Grimasse. Peinlichkeitsgrad acht von zehn.

»Sieht so aus. Wir scheinen den gleichen Bargeschmack zu haben.«

Er nickt und sieht sich um, zuerst über meine Schulter und dann nach rechts und links.

Ich schaue auf die Uhr. Exakt pünktlich. »Dein Date ist also auch noch nicht da?«, frage ich.

»Ich glaube nicht. Schwer zu sagen, denn ich habe mir ihr Bild nicht angeschaut.«

Kopfschüttelnd sehe ich ihn an. »Warum das denn? Wie willst du sie denn finden, wenn du nicht weißt, wie sie aussieht?«

Er zuckt die Achseln. »Ich dachte, sie findet mich schon.«

Ich nicke und fühle mich unwohl, freue mich aber zugleich, mich mit ihm unterhalten zu können. Schweigen wäre noch schlimmer. »Ich denke, das ist eine gute Strategie. Du bist schwer zu übersehen.«

»Außerdem steht sie so weniger unter Druck. Sie kann sich mich ansehen und, ohne überhaupt mit mir interagieren zu müssen, entscheiden, ob sie mich überhaupt ansprechen will.«

»Das ist sehr liebenswürdig von dir.« Ich sehe ihn mir genauer an, kneife ein bisschen die Augen zusammen. Er scheint in keiner Weise zu befürchten, dass sie ihn versetzen könnte. »Wie lange hast du vor, hier herumzuhängen, um zu sehen, ob sie auftaucht?«

Er zuckt die Achseln. »Weiß nicht. Eine halbe Stunde?«

Ich nicke, weil mir keine bessere Reaktion einfällt, und sehe mich wieder um. Da öffnet sich die Tür, und ein Mann in blauem Hemd tritt ein. Er ist definitiv schwerer, als ich es nach seinem Profil erwartet hätte, hat aber braunes Haar wie der Mann auf dem Bild. Ich warte erst mal ab. Er scheint jemanden zu suchen.

Dev nickt in seine Richtung. »Vielleicht ist das dein Mann. Ich sollte mich besser mal diskret zurückziehen.«

»Gute Idee«, sage ich, doch ich achte schon gar nicht mehr richtig auf Dev. Ich bin auf diesen neuen Typen konzentriert und versuche zu entscheiden, ob er derjenige ist, den ich auf dem Bild gesehen habe. Aber ich glaube es nicht. Seine Nase sieht ganz anders aus.

Würde sich jemand mithilfe von Photoshop eine andere Nase verpassen? Ich hätte mir das Bild genauer ansehen sollen. Ein Ausdruck wäre vielleicht eine gute Idee gewesen. Dev hat mich ja gewarnt, dass Leute auf diesen Seiten Spielchen spielen. Wenn ich davon ausgehe, dass dieser Typ mein Date ist, könnte ich mir durchaus vorstellen, dass ich ihm den Ausdruck vor die Nase halte, wütend darauf zeige und brülle: »Erklären Sie mir das!« Die Verwendung von Photoshop bei den Bildern für Datingseiten sollte bei Strafe verboten sein, und Zuwiderhandlungen sollten durch das Bewerfen mit faulen Eiern geahndet werden. Ich hasse das. Was tue ich eigentlich hier?

»Ich gehe wieder da rüber in die Ecke«, sagt er. »Gib mir ein Zeichen, wenn du Probleme hast.«

Jetzt hat Dev meine gesamte Aufmerksamkeit. »Was? Bist du jetzt so was wie mein Leibwächter?«

Er scheint verwirrt. »Nein. Es sei denn, du möchtest das.«

Vielleicht tut es mir immer noch weh, dass er wollte, dass wir mit anderen Menschen ausgehen, nachdem er mein Bett kaputt gemacht hat. Meine Antwort klingt verschnupfter als geplant. »Schon gut. Ich bin ein großes Mädchen. Außerdem habe ich Pfefferspray.« Selbstsicher klopfe ich auf meine Handtasche.

»Du solltest dir einen Taser besorgen, wie deine Schwester. Ich weiß aus eigener Erfahrung, dass die Dinger sehr effektiv sind.«

Ehe ich ihn nach weiteren Einzelheiten fragen kann, lässt er mich stehen. Fast allein stehe ich jetzt am Tresen, und der Mann mit der falschen Nase, von dem ich dachte, er sei möglicherweise mein Date, geht zu einer Gruppe von Freunden hinüber, die ihm sofort ein Bier in die Hand drücken. Sie lachen über etwas, was er sagt.

Wenn er mein Date ist, kann er es gleich vergessen. Ich habe weder zu einer falschen Nase noch zu einer Gruppenstunde Ja gesagt. Wenige Augenblicke später verpufft mein rechtschaffener Zorn, als eine junge Frau die Bar betritt, zu dem Mann hinübergeht und ihn mit einer Umarmung und einem Kuss begrüßt. Ende Gelände.

Kapitel 39

Ich schaue noch einmal aufs Handy. Weitere fünfzehn Minuten sind vergangen. Mir wird klar, dass ich eigentlich keine Lust auf einen Typen habe, der zu unserem ersten Treffen fünfzehn Minuten zu spät kommt.

Ich respektiere die Zeitplanung anderer Menschen, da ist es nur fair, dass sie mir die gleiche Höflichkeit angedeihen lassen.

Dev ist mit seinem Handy beschäftigt, ich mache mir also nicht die Mühe, ihm mitzuteilen, was ich vorhabe. Ich gehe jetzt auf die Toilette und dann nach Hause. Dieser Abend ist ganz offiziell ein Reinfall. Ich muss nur erst kurz für kleine Mädchen, dann fahre ich heim. Wahrscheinlich habe ich dann noch Zeit, mir Popcorn zu machen und mir einen schönen Frauenfilm zu suchen, in dem ich so richtig versinken kann. Die Nacht ist noch jung, und ich auch. Mehr oder weniger.

Ich betrachte mich im WC-Spiegel und runzle die Stirn. Eine Schande, dass ich mich für nichts und wieder nichts so aufgedonnert habe. Diese Datingsache nervt. Ich glaube, als ich noch jünger war, war das anders. Die Zeiten haben sich geändert, und zwar nicht zum Besseren. Heute versetzen Männer Frauen und bearbeiten ihre Gesichter mit Photoshop, um sich als jemand anders auszugeben. Idioten.

Ich verlasse das WC und betrete wieder die Bar, sehe mich noch einmal um, um Dev zu finden und mich wenigstens von ihm zu verabschieden. Aber er ist nicht da. Er ist weg. Das versetzt mir einen unangenehmen Stich ins Herz. Ist er gegangen, ohne sich zu verabschieden? Dabei hatte ich gedacht, der Abend könnte nicht mehr schlimmer werden.

Schon wieder geirrt!

Die Traurigkeit, die ich darüber empfinde, ist komplett unangemessen. Dev ist mir keine Rechenschaft schuldig und war hier für ein Date. Dass er gegangen ist, hat nichts mit mir zu tun. Ich sollte mich für ihn freuen. Verdammt, vielleicht ist sein Mädchen aufgetaucht, und sie knutschen jetzt auf dem Parkplatz in seinem Auto. Oder vielleicht haben sie sich auf Anhieb besonders gut verstanden und machen sogar noch mehr.

Ich weiß, ich benehme mich lächerlich, aber ich kann nicht anders. Ich war nur fünf Minuten auf dem Klo und bin traurig, dass er gegangen ist, ohne sich von mir zu verabschieden. Es war tatsächlich ziemlich schön, ihn hier zu treffen. Ich scheine von diesem Mann einfach nicht genug kriegen zu können.

Traurig gehe ich nach draußen zu meinem Auto, aber als ich noch drei Meter davon entfernt bin, bleibe ich abrupt stehen. Jemand wartet am Auto auf mich. Ich habe eine kurzfristige Herzattacke, doch dann wird mir klar, dass es ein sehr hochgewachsener Mann in einem blauen Hemd ist.

Dev. Mein Herz schwebt wie auf Flügeln himmelwärts, als habe es plötzlich Düsentriebwerke, die jemand gezündet hat. Ich möchte singen wie Maria in *The Sound of Music*: *The hills are aliiiive!*

Auf dem restlichen Weg zum Auto versuche ich, meinen Hüftschwung wieder einzusetzen, aber ich knicke nur in meinen dummen neuen Schuhen um. Dev streckt die Arme aus, als wolle er mich auffangen, aber er ist noch anderthalb Meter entfernt. Allen Heiligen sei Dank, ich fange mich, ohne wirklich auf den Hintern zu plumpsen, und humple zu ihm hinüber. Ich nehme mein Schlüsselbund aus der Tasche, um zu verhindern, dass er meinen wenig graziösen Auftritt kommentiert.

»Ich dachte, du wärst gegangen«, beginnt Dev das Gespräch.

»Das dachte ich von dir auch.«

Wir starren einander an, während um uns die Zikaden zirpen und die Nacht mit dem typischen New-Orleans-Rhythmus erfüllen. »Hast du hier auf mich gewartet?«, frage ich.

Er zuckt die Achseln. »Als ich dachte, du wärst gegangen, habe ich beschlossen, auch einfach heimzufahren. Doch dann habe ich dein Auto gesehen und mir Sorgen gemacht. Ich dachte, ich warte ein Weilchen hier, und wenn du nicht auftauchst, beginne ich eine Fahndung.«

Ich kann ein Lächeln nicht unterdrücken. »Eine Fahndung? Das klingt ernst.«

Er nickt langsam. »Ist es auch.«

Ich möchte gerne glauben, dass seine Antwort viel mehr beinhaltet, als diese drei knappen Worte nahelegen, aber bevor ich zu lange darüber nachgrübeln kann, reißt er mich aus meinen Gedanken.

»Ist dein Date noch aufgetaucht?«

Ich schüttle den Kopf. »Nein. Ich schätze, manchmal läuft das einfach so.« Jetzt, wo ich hier so mit Dev stehe, finde ich das auch gar nicht mehr so schlimm.

»Bist du sicher? Da waren eine Menge Typen, die aussahen, als wären sie Single.«

Ich zucke die Achseln. »Er hat gesagt, er würde ein blaues Hemd tragen, und die einzigen Männer da drin in einem blauen Hemd waren du, ein Rentner und ein anderer Typ, der mit einem Mädchen da war.«

Dev reißt die Augen auf. »Ein blaues Hemd?«

Ich nicke. »Ja, ein blaues Hemd. Daran hätte ich ihn erkennen sollen. Ich habe ja außerdem ein Bild in meinem Profil, er hätte mich also problemlos erkennen müssen. Ich habe es nicht mit Photoshop bearbeitet und auch keins verwendet, das zehn Jahre alt ist.«

Dev lächelt. Dann schlägt er sich an die Stirn, legt den Kopf in den Nacken und lacht, als habe ihm gerade jemand einen tollen Witz erzählt. »O Gott!« Er stöhnt und richtet sich wieder auf.

»Was ist? Findest du das witzig? Ist es in deinen Augen saukomisch, dass er mich versetzt hat?«

»O mein Gott«, sagt er und schaut mich wieder an, »nein. Keineswegs. Ich glaube das einfach nicht.«

Langsam nervt es mich, keine Ahnung zu haben, wovon er redet. Aber ich habe das Gefühl, er lacht mich aus. Ich verschränke die Arme vor der Brust. »Was? Was glaubst du nicht?«

Er nimmt die Faust von der Stirn, krallt sie in sein Hemd und zerrt daran. »Ich trage ein blaues Hemd.«

Ich zucke die Achseln. »Ja und??«

Er schüttelt den Kopf. »Ich bin dein Date.«

Ich schaue ihn an, als wäre er verrückt. Langsam habe ich das Gefühl, vor lauter Dates hat er nicht mehr alle Tassen im Schrank. »Was? Nein. Du bist nicht mein Date. Mein Date heißt Brian Soundso.« Auf der Website sieht man immer nur den Vornamen, aber das schien mir fürs Erste genug.

»Du hast den Typen ausgesucht, von dem du gesagt hast, er ähnelt mir wie ein Zwilling, oder?«

Jetzt wird es langsam peinlich. Er weiß es! Er weiß, dass ich in ihn verknallt bin. Ich muss das herunterspielen. »Wovon redest du?« Ja, genau das ist mein Plan. Ich werde mich dumm stellen und mal schauen, wie weit ich damit komme.

»Du hast dir für dein Date den Typen ausgesucht, von dem du gesagt hast, er ähnelt mir wie ein Zwilling. Das war ich.« Er deutet auf seine Brust.

Langsam wird mir klarer, was er mir sagen will. »Wie meinst das? Hast du zwei Profile auf dieser Website?«

Jetzt schaut Dev peinlich berührt. »Ja«, gibt er zögernd zu.

Nun bin ich nicht mehr nur verwirrt, sondern auch genervt. »Aber wieso? Warum das denn?« Ich versuche herauszufinden, ob das Ganze eine heimtückische Falle war, um mich zu blamieren. Aber noch ehe ich diesen Gedanken richtig zu Ende gedacht habe, verwerfe ich ihn auch schon wieder. Zum einen ist niemand so clever und zum anderen ist er nicht so gemein.

Dev schaut zum Nachthimmel empor und dann auf seine Füße. Er wippt eine Weile von den Ballen auf die Fersen und zurück, dann antwortet er schließlich: »Vielleicht habe ich mir Sorgen gemacht, dass niemand mit einem Typen würde ausgehen wollen, der keine Haare hat und so groß ist, dass er eigentlich in eine Freakshow gehört.«

Hätte er irgendeine andere Entschuldigung geäußert oder wäre ich ein anderer Mensch mit weniger Narben auf der Seele gewesen, wäre ich vielleicht wegen seines kleinen Tricks sauer auf ihn gewesen. So aber empfinde ich nur Mitgefühl. Er wirkt immer so sicher und selbstbewusst, dass mir nie in den Sinn gekommen ist, er könnte Probleme mit seinem Äußeren haben.

Ich schaue ihm in die Augen, damit er begreift, dass ich meine nächsten Worte ernst meine. »Das ist lächerlich. Warum sollte damit jemand ein Problem haben?«

Er sieht mich an, hebt die nicht vorhandenen Augenbrauen. »Ernsthaft? Warst du in letzter Zeit mal in unserer Welt unterwegs?«

Ich seufze tief. Er hat recht. Die Menschen unserer Welt sind total materialistisch und auf Äußerlichkeiten fixiert. Verdammt, ich habe mir selbst die Bilder auf der Website angesehen und einen Typen nicht aufgrund seiner Persönlichkeit, sondern aufgrund seiner Attraktivität ausgesucht.

»Wo hast du das Bild in deinem Profil her?«, frage ich.

»Das ist mein Cousin. Er hat mir erlaubt, es zu benutzen, ich war also kein total widerlicher Typ. Ich meine, wir reden hier nicht von Identitätsdiebstahl.« Nachdenklich sieht er zum Sternenhimmel auf. »Aber wenn ich es mir so recht überlege: Vielleicht bin ich trotzdem ein widerlicher Typ.« Er wendet mir seine Aufmerksamkeit zu. »Tut mir wirklich leid, dass ich das getan und dich da mit reingezogen habe.« Er versucht, fröhlich zu schauen, es gelingt ihm nicht ganz. »Aber du bist die Erste, die mich um ein Date gebeten hat, meine Dummheit hat also bisher nur ein Opfer.«

»Ich verstehe es nicht. Warum die Geheimnistuerei? Warum wolltest du nicht einfach nur du selbst sein?«

Er schaut wieder zu Boden. »Nenn es mangelndes Selbstbewusstsein. Das ist wahrscheinlich die beste Beschreibung für das, was mir durch den Kopf gegangen ist.«

»Wie könnte es einem Mann wie dir an Selbstbewusstsein mangeln? Du bist groß, gut aussehend, charmant, klug, ein toller Vater ... das ganze Paket.«

Sein Lächeln ist so anbetungswürdig, dass es mir den Atem nimmt.

»Hast du heute vergessen, deine Kontaktlinsen einzusetzen?«, fragt er.

Ich schubse ihn sanft. »Hör auf. Außerdem hast du einen tollen Humor.«

Er zuckt die Achseln. »Schönheit liegt im Auge des Betrachters, aber glaub mir, die meisten Frauen würden deinen Eindruck von mir nicht teilen.«

Ich seufze. »Nun, dann gestatte mir, mich im Namen aller Frauen für die paar taubstummen, blinden Idiotinnen zu entschuldigen. Glaub mir, sie vertreten nicht die Mehrheitsmeinung.«

»Das ist schön zu hören.«

Er kickt Rollsplit durch die Gegend, schiebt ihn mit der Fußspitze hin und her, und zum ersten Mal sehe ich, wie verletzlich er wirklich ist. Es macht ihn für mich nur noch attraktiver, zu wissen, dass er nicht eingebildet ist, sondern bescheiden und selbstkritisch. Die Sorte Mann ist mir viel lieber als die, die sich für Gottes Geschenk an die Weiblichkeit hält.

Ich stehe also auf dem Parkplatz und verdaue, was er mir gerade erzählt hat. Wir sind zwei Singles auf der Suche nach der großen Liebe. Wir haben ausgemacht, sie bei anderen zu suchen, aber das Schicksal hat uns wieder zusammengeführt.

Das kann nur eines bedeuten, und ich bin nicht so blöd, es ein zweites Mal zu ignorieren.

»Also, wie gehen wir damit um?« Ich beiße mir auf die Lippe, nachdem ich die Frage gestellt habe, um nicht mit etwas herauszuplatzen, was jetzt noch nicht dran ist.

Dev nimmt meine Hände. Meine Handtasche fällt auf den Boden, aber das ist mir egal.

»Ich finde, wir sollten ein richtiges Date haben und sehen, wie sich das entwickelt.«

Ich versuche, mich nicht zu sehr darüber zu freuen, dass er das Gleiche denkt wie ich. »Aber es birgt ein gewisses Risiko. Gebrochene Herzen und so.«

»Wer nicht wagt, der nicht gewinnt. Ich bin dabei, wenn du es auch willst.«

Wieder beiße ich mir auf die Lippe. Er ist so schön. Innen wie außen. Mir ist egal, dass er ein falsches Profil auf eine Datingwebsite gestellt hat. Das verstehe ich. Ich meine, ich verstehe es wirklich. Ich fühle mich auch manchmal einsam, habe Selbstzweifel, leide unter Paranoia und mache mir Sorgen, dass mich Leute nicht so mögen könnten, wie ich bin. Nachdem mich Miles verlassen hatte, hatte ich keine Hoffnungen, jemals wieder jemanden zu treffen, der mit mir zusammen sein will. Wie blöd wäre es, mir diese Gelegenheit entgehen zu lassen.

»Gut, ich bin dabei.« Ich habe das Gefühl, mich gleich übergeben zu müssen, so glücklich und verängstigt fühle ich mich gleichzeitig.

Dev lächelt, und dann macht sich wieder dieser Ausdruck auf seinem Gesicht breit. Dieses schöne, attraktive Grübchen, das ich so liebe, wird sichtbar und verwandelt ihn von einem Krieger in einen Teddybären. Einen kahlen. Einen großen, kahlen Teddybären von einem Mann, bei dem ich mich sicher und glücklich fühle und mit dem ich bereit bin, es mit der ganzen Welt aufzunehmen.

»Na ja … zusammen zu Abend gegessen haben wir schon«, sagt er. »Was würdest du bei einem richtigen Date nach dem Abendessen machen?«

Ich habe Lust auf ihn, deshalb riskiere ich es, die Antwort zu geben, die mir auf der Zunge liegt. »Ich würde dich fragen, ob du noch auf einen Drink mit zu mir kommen möchtest.«

»Sind deine Kinder daheim?«, fragt er mit einem spitzbübischen Blick.

Ich schmolle. »Ich benehme mich jetzt mal wie eine schreckliche Mutter und sage: leider ja, sind sie. Bei einem richtigen Date hätte ich wahrscheinlich dafür gesorgt, dass sie woanders übernachten. Tut mir leid. Ich bin total aus der Übung.«

Er schaut finster. »Mein Sohn ist auch daheim.« Er drückt meine Hand und schaut mich ratlos an. »Zu schade, dass du so eine wohlerzogene Dame bist.«

Mit hochgezogenen Brauen sehe ich ihn an. »Warum?«

»Na ja … wenn du ein bisschen wilder darauf wärst, würde ich dir jetzt zeigen, wie breit mein Rücksitz ist.«

Ich kichere unwillkürlich.

»Warum lachst du?« Er zieht mich an sich, und sein harter Körper jagt einen Lustschauer durch meinen. Ich höre sofort auf zu kichern.

Ich schaue zu ihm auf, und in meinen Augen lodert die Hitze, die sich in mir aufgestaut hat. »Weil ich eigentlich gar nicht so wohlerzogen bin.«

Kapitel 40

Ich kann nicht aufhören zu kichern. Mit hochgeschobenem Kleid liege ich mit ihm zusammen auf seinem Rücksitz, den wir als Startplattform, für was auch immer sich da zwischen uns entwickelt, zu nutzen versuchen.

Ich werde jetzt kein Etikett dafür suchen und mir nicht die Frage stellen, wie lange es wohl dauern wird. Ich will es für den Augenblick einfach nur genießen.

»Verdammt, ich bin zu groß«, sagt er frustriert, als er mit dem Kopf gegen das Beifahrerfenster knallt.

Ich ziehe ihn zu mir herunter, damit er mich noch einmal küsst. Meine Lippen sind schon ganz geschwollen von der Knutscherei

»Du bist nicht zu groß, du bist perfekt.«

Er grinst und küsst mich. Unsere Zungen spielen miteinander, und unser Atem mischt sich und erwärmt unsere Gesichter, als wir uns daran wagen, den Kontakt zu intensivieren.

Seine Hand ist zwischen meinen Beinen, seine Finger streicheln über den Stoff meines Slips, und ich winde mich vor Vorfreude. Schweiß tropft von seiner Stirn auf meinen Hals, als er auf die Stelle zwischen unseren Körpern hinunterschaut. »Was gäbe ich jetzt nicht alles für ein Bett«, knurrt er.

»Wir könnten es im Sitzen versuchen«, schlage ich vor.

Er erstarrt und schaut mich völlig erschüttert an. »Echt?«

Ich nicke und beiße mir auf die Lippe, um nicht laut aufzulachen. Eigentlich ist es gar nicht witzig. Das hier macht nur alles so viel Spaß, dass ich gleichzeitig laut lachen und mich splitternackt ausziehen möchte. So etwas habe ich noch nie erlebt. Um Gottes willen, ich vögle einen beinahe völlig Fremden in einem Pontiac auf einem Parkplatz! Dann kommt mir die Erkenntnis: Kann mein Sexleben eigentlich noch viel poetischer werden? Es ersteht buchstäblich in einem Phönix aus der Asche wieder auf. Ich kann nicht aufhören zu kichern.

Dev versucht, sich aufzurichten, und verpasst sich dabei nicht nur ein paar neue blaue Flecke, sondern reißt auch seine Kopfstütze ab.

»O mein Gott!«, quietsche ich, als er knurrend kurz die Tür aufreißt und die Stütze aus dem Wagen wirft.

»Komm her«, sagt er, setzt sich auf den Rücksitz und streckt die Beine unter den Vordersitz, so gut er kann. Seine Knie stoßen an die Rückseite der Rückenlehne, und seine Erektion sprengt beinahe seinen Reißverschluss.

Ich knie neben ihm und starre darauf. »Wow!«, sage ich. Ich habe sein Gemächt schon gespürt, als er noch halb auf mir lag, aber ich glaube, ich habe mir nicht klargemacht, wie groß es ist.

Er schaut auch zwischen seine Beine und dann mich an. »Ich bin dir ausgeliefert.«

Mit einem bösen Lächeln öffne ich seinen Gürtel, seinen Hosenknopf und seinen Reißverschluss und befreie ihn vorsichtig aus seiner Unterhose. »Du heilige Scheiße«, flüstere ich. »Du bist echt überall so groß.«

Er legt den Kopf auf die Hutablage und seufzt. »Willst du, dass ich komme, bevor du mich auch nur angefasst hast?«

Ich streiche mir eine Haarsträhne aus dem Gesicht und schiebe sie hinters Ohr. Er sieht mir dabei zu.

»Was?«, frage ich schüchtern.

»Schau mich nicht so an«, antwortet er. »Du weißt, was du mir antust.«

Ich fühle mich wie eine Sexgöttin, der er huldigen muss. Vorübergehend vergesse ich, dass ich so etwas schon lange nicht mehr gemacht habe. Ich nehme seinen harten Schwanz in die Hand und beginne, ihn zu streicheln. Seufzend schließt er die Augen. Als ich den richtigen Rhythmus finde, verzieht er das Gesicht und stöhnt.

Ich lecke mir die Lippen. Wie er mich vorhin gestreichelt hat und ihn jetzt so zu sehen, macht mich total scharf. Ich bin nicht sicher, was ich als Nächstes tun soll, habe aber das Gefühl, vor Verlangen und Vorfreude gleich zu platzen.

Er öffnet die Augen. »Wirst du wohl endlich aufsteigen?«

Ich verschwende keine Zeit mehr. Nachdem ich meinen neuen sexy Slip ausgezogen habe, hebe ich mein Kleid bis zur Hüfte und bemühe mich, mich über ihm zu positionieren, ohne ihn irgendwo zu treten, wo es sehr wehtut. Nachdem ich die Schuhe abgestreift habe, wird es leichter.

Jetzt knie ich über ihm, je ein Bein links und rechts seiner Oberschenkel. Seine Erektion ragt zwischen uns auf, fast dreißig Zentimeter zeigen direkt in den Himmel des Autos. Er rollt ein Kondom darüber, das zweifellos extra groß ist, und wir starren beide auf dieses Ding. Ich weiß, das wird niemals klappen. Er ist so groß wie ein verdammter Schlagstock!

Was soll ich denn damit anstellen?

»Was ist, wenn er nicht in mich passt?«, frage ich atemlos flüsternd.

»Wir gehen es langsam an«, sagt er, fasst unter mein Kleid und berührt mich zwischen den Beinen.

Ich schließe die Augen und genieße seine Berührungen für ein paar Sekunden, ehe ich die nächste Phase einläute. Genug herumgemacht. Mir steht eine Herausforderung bevor. Hätte ich doch nur als Mädchen mehr Gymnastik gemacht!

Ich richte mich auf die Knie auf und merke sofort, dass das nicht reichen wird. Also stelle ich den linken Fuß auf den Sitz neben Dev und hebe meinen Körper noch weiter an. Schließlich befinde ich mich über ihm, und seine harte Schwanzspitze ruht direkt an meiner heißen Mitte. Das ist alles total verrückt, aber es ist mir vollkommen egal. Selbst wenn die Cops jetzt ans Fenster klopfen würden, ich würde nicht aufhören.

Mit dem Daumen reibt er meinen empfindlichsten Punkt. »Ganz locker«, sagt er und beobachtet meinen Gesichtsausdruck.

Ich schaue ihm tief in die Augen, während ich mich langsam auf ihn herabsinken lasse. Nie zuvor habe ich Kondome mehr gehasst als in diesem Augenblick. Dankenswerterweise haben Devs Zärtlichkeiten dafür gesorgt, dass ich sehr feucht bin. Ohne große Mühe gleitet er in mich.

»O Gott«, sage ich halb flüsternd, halb stöhnend.

Er legt die freie Hand auf meine Hüfte, hilft mir, stützt mich. Endlich kann ich mich wieder auf beide Knie niederlassen, aber ich muss aufhören, bevor er ganz in mir ist. Es ist einfach zu viel.

Ich schließe die Augen und warte.

»Alles in Ordnung?«, fragt er.

Ich nicke. »Das ist … großartig.« Ich lächle und spüre, wie Wärme meinen ganzen Körper überzieht, als er mit dem Finger kleine Kreise beschreibt. Vorsichtig hebe ich mich ein Stück an, lasse mich wieder herabsinken und genieße das Gefühl der Nähe unserer Körper, dieses riesigen Tiers von einem Mann in mir. Die Fenster sind total beschlagen, wir können ebenso wenig hinausschauen, wie jemand hereinblicken könnte, und ich bin in diesem Augenblick davon überzeugt, dass wir eine Million Kilometer von jedem anderen menschlichen Wesen entfernt sind.

»Du fühlst dich so gut an«, keucht er.

Ich lege ihm die Hände auf die Schultern und kralle mich fest. Ich habe Angst, mir innere Verletzungen zuzuziehen, wenn ich ihn so heftig reite, wie ich es gerne möchte. Er hat gesagt, wir sollen es langsam angehen, und genau das werde ich tun.

Verdammt! Aber ich will mich schneller bewegen!

Keuchend versuche ich, mich zu beherrschen.

»Mach einfach«, flüstert er, als habe er meine Gedanken gelesen. »Lass es geschehen. Tu, was du tun willst.«

Meine Hüften beschreiben kleine Kreise, als ich mich auf und ab bewege. »Schnell, ja, das ist besser«, sage ich mehr zu mir selbst als zu ihm. Die Augen habe ich jetzt geschlossen. Dunkelheit umwirbelt mich, und ich überlasse mich ganz meinen Empfindungen.

Mit jeder Sekunde wird der Wunsch, ganz loszulassen, größer, zieht mich tiefer in dieses Gefühl hinein. Ich entspanne mich und nehme mehr von ihm in mir auf.

»Ja, genau so, Baby. Genau so«, stöhnt er und stößt mir mit seinen Hüften entgegen.

Der Sitz beginnt im Takt unserer Bewegungen zu quietschen, und ich bin sicher, das Auto wackelt, aber es ist mir egal! Soll die Welt doch wissen, was ich hier tue. Ich habe Sex in einem Phoenix mit einem Riesen, der auch zwischen den Beinen riesig ist, und es ist großartig! Juchhu!

Ich stoße Laute aus, über die ich keine Kontrolle habe. Ich höre sie sowieso nur halb.

Ich bin dicht davor … so dicht. Nur noch ein paar Bewegungen, noch ein paar …

»O mein Gott!«, schreie ich und klammere mich an Dev, gleichzeitig lachend und weinend. Das kam aus dem Nichts!

Feuerwerk! Explosionen! Jubelnde Fans! All das höre ich in meinem Kopf, als ich endlich so weit bin und der Orgasmus meinen gesamten Körper erschüttert. Ich schreie wie eine Todesfee, als mein Körper zuckend den Höhepunkt erreicht, und Dev brüllt wie ein sexy, sehr zufriedener Löwe. Ich klammere mich an ihn wie eine Ertrinkende an ihre Schwimmweste. Pulsierend kommt er in mir.

Sekunden später, als der Höhepunkt langsam abebbt, merke ich, dass mein ganzer Körper schweißbedeckt ist. Mein Gesicht rutscht regelrecht an seinem ab, als ich mich ein Stück zurückziehe. Ich starre in sein bleiches Gesicht, über dessen Schläfen salzige Tropfen rinnen.

»Wow!«, sage ich und frage mich, wie ich aus der Nummer wieder rauskommen soll. Sex in seinem Auto? Auf dem Parkplatz? Ich muss besoffen sein. Habe ich überhaupt Alkohol getrunken? Ich glaube nicht.

Die einzige Entschuldigung für mein Verhalten ist die Tatsache, dass ich bei Dev einfach den Verstand verliere. Aber auf eine gute Weise. Ich werde nichts bereuen.

Er beugt sich vor und küsst mich auf den Mund. Fast keusch, aber langsam. Süß. Zart. Mein Herz verkrampft sich und explodiert dann regelrecht. O Scheiße! Ich stecke so was von in der Tinte.

»Du machst mich glücklich«, sagt er. Dann klatscht er mir auf den Hintern. »Bereit zum Absteigen?«

Ich nicke und vollziehe die fast schon akrobatischen Bewegungen, die erforderlich sind, um mich von seinem noch immer halb steifen Schwanz zu lösen, um mich neben ihm auf den Sitz fallen lassen und meinen Slip wieder anziehen zu können.

Ich bin nicht sicher, ob ich stolz oder peinlich berührt sein sollte. Gott sei Dank starrt er mich nicht an, sonst würde ich wahrscheinlich in Tränen ausbrechen. Nicht, dass ich traurig wäre. Nur verwirrt. Auf Wolke sieben. Gleichzeitig frage ich mich, was zum Teufel eigentlich gerade mit meinem Leben los ist. Ich scheine mich in einer Art Grauzone zu befinden.

Vielleicht habe ich ja doch eine Midlife-Crisis. Soll ich mich morgen nach einer Corvette umsehen?

»Ich würde gerne noch bleiben«, sagt er, »aber ich fürchte, darauf habe ich meine Mutter nicht vorbereitet.«

Ich schaue zu ihm hinüber. »Du wolltest eigentlich nur mit einem Date etwas trinken?«

Er lässt sich mit der Antwort Zeit. »Ja. Ich wollte nur … es kam mir einfach richtig vor.«

Ich ziehe zwar gerade meine Schuhe wieder an, halte aber mitten in der Bewegung inne und schaue zu ihm auf. »Richtig?«

Was meint er damit?

Er schaut ein paar Sekunden aus dem Fenster, ehe er sich mir wieder zuwendet. »Es war gestern Abend echt schön mit dir. Danach kam es mir falsch vor, ein richtiges Date mit einer anderen Frau zu haben.«

Ich muss heftig auf die Innenseiten meiner Wangen beißen, um nicht dämlich zu grinsen. Stattdessen nicke ich. »Klar. Verstehe.« Aber meine Stimme verrät mich. Ich wollte cool klingen, aber das gelingt mir nicht. Nicht im Geringsten.

»Ich will dich nicht unter Druck setzen«, sagt er.

»Nein, es ist alles gut«, antworte ich kopfschüttelnd. Ich versuche zu grinsen, aber es gelingt mir nicht recht.

»Was ist los?«, fragt er und sieht mich so ernst und eindringlich an, dass mir Tränen in die Augen treten.

»Nichts. Ich benehme mich nur wie eine Idiotin. Das Übliche.«

Er drückt meine Hand. »Ich habe etwas falsch gemacht.«

»Nein.« Ich lege die andere Hand auf seine. »Du hast alles richtig gemacht. Ich mag dich wirklich. Sorgen macht mir nur, dass wir alles so überstürzen und es sich so großartig anfühlt … ich habe immer Angst, alles kaputt zu machen.«

Er lächelt mich traurig an. »Du auch, ja?«

Ich nicke. »Ich bin nicht normal.«

Er streichelt zärtlich mit einem Finger meine Wange. »Ich hasse normale Leute. Die sind so was von langweilig. So vorhersehbar.«

Ich senke den Blick und versuche, meine Gefühle in den Griff zu bekommen. Aber nichts kann dieses Lächeln von meinem Gesicht vertreiben. »Gut.«

Minuten scheinen zu verstreichen, bis er wieder spricht.

»Steht unsere Verabredung an Halloween noch?«, fragt er.

Ich nicke. Ein ungefährliches Thema. Unsere Kinder in Kostümen. Damit kann ich umgehen. »Ja.«

»Toll. Bis nächste Woche dann? Bei dir?«

Ich nicke wieder und frage mich, ob das bedeutet, dass wir uns bei der Arbeit nicht sehen werden. »Klar.«

»Ich komme gegen siebzehn Uhr, dann können wir im Notfall noch Last-Minute-Katastrophen mit den Kostümen abwenden.«

»Ja. Gute Idee.« Lässig streife ich mein Kleid über und überprüfe, ob alle Knöpfe zu sind und nichts irgendwo heraushängt.

Dev legt eine Hand auf mein Bein, als ich gerade die Autotür öffnen möchte. »Versprich mir etwas.«

Mein Blick wandert von seiner Hand zu seinem Gesicht. Ich kann seinen Gesichtsausdruck nicht deuten.

»Was denn?«

»Versprich mir, immer ehrlich mit mir zu sein. Mir immer genau zu sagen, was du fühlst, wenn ich danach frage.«

Ich nicke, denn dieses Versprechen mache ich gerne. In meinem Leben ist kein Platz mehr für Lügen oder Spielchen, vor allem nicht bei einem Mann wie Dev. Ich kann mir im Augenblick kein emotionales Armageddon leisten. Schließlich habe ich Kinder, nur mehr oder weniger einen Job und Schulden, von meinem angeknacksten Herzen ganz zu schweigen. »Einverstanden, wenn umgekehrt das Gleiche gilt.«

»Abgemacht.« Er beugt sich vor und küsst mich lange, ehe er mich freigibt. »Warte einen Moment«, sagt er, öffnet seine Tür und schwingt sich vom Rücksitz. Für seine Größe und in Anbetracht der Tatsache, dass seine Hose noch immer halb offen ist, ist er erstaunlich beweglich.

Er geht um den Kofferraum herum, öffnet meine Tür und streckt mir die Hand hin. Er sieht wieder aus, als wäre nichts gewesen, sein Reißverschluss ist zu, das Hemd steckt in der Hose, und wäre er nicht so verschwitzt, niemand würde ahnen, dass er gerade heißen Sex auf dem Rücksitz gehabt hat. Ich nehme seine ausgestreckte Hand und steige aus wie eine Prinzessin, die vor ihre Untertanen tritt. Eine Prinzessin, die gerade Donkey Kong auf der Rückbank eines Phoenix gespielt hat, jawohl!

Wieder ordentlich gekleidet, aber den Geruch heißer, feuchter Leiber in der Nase, stehe ich vor ihm, hebe den Kopf und lächle. »Danke für den Sex.«

Langsam macht sich auf seinem Gesicht ein Lächeln breit, und wieder erwischt mich dieses Grübchen voll. »Gerne. Danke dir.«

»Gerne. Sehen wir uns bei der Arbeit?« Langsam gehe ich davon, meine linkischen Abschiedsworte hängen zwischen uns. Ich kann einfach nicht cool bleiben, wenn ich mich gerade verliebe, ich habe ein bisschen Angst davor, was das alles für mein Leben und meine Kinder bedeuten könnte, aber ich bin trotzdem bereit, das Risiko einzugehen. Wer nicht wagt, der nicht gewinnt, und bei diesem großartig aussehenden Mann, mit dem ich gerade tollen Sex auf der Rückbank seines Pontiac hatte, gibt es so viel zu gewinnen.

»Ja. Wir sehen uns ganz bald.«

Ich rechne fast damit, dass er die Hand ausstreckt, um mich noch einmal an sich zu ziehen, doch das tut er nicht. Er lässt mich gehen, und das ist in Ordnung. Ich bin glücklich, zufrieden, und der Orgasmus hallt noch immer in mir nach. So gehe ich hoch erhobenen Hauptes hinüber zu meinem Auto, und mein Körper genießt die frische Abendluft, obwohl sie warm und schwül ist, während meine Gedanken träge durch mein Hirn ziehen. Ich fühle mich umhüllt von etwas Schönem. Vielleicht ist das die wahre, echte, welterschütternde Liebe. Aber was auch immer ist, es gefällt mir, und ich werde es jetzt nicht kaputt machen, indem ich es totanalysiere.

Kapitel 41

Ich kann nicht glauben, dass schon wieder Halloween ist. Ich bin erst gestern mit den Kostümen fertig geworden, und jetzt warten wir auf Dev und Jacob.

»Wann kommen tsie denn endlich?«, jammert Sammy. Er hebt die Fingerchen in Richtung seines Gesichts.

Ich schnappe mir seine Hand und verhindere in letzter Sekunde, dass er seine Schminke verschmiert. Er wollte eine Maske tragen, deshalb musste ich mit viel Eyeliner und dunklem Lidschatten eine Spiderman-Maske improvisieren. Wenn wir Glück haben, schafft er es auf die Straße, bevor er sie verschmiert.

»Gleich. Mach dich mal locker. Ich muss mein Kostüm noch anziehen.« Ich habe gestern eine halbe Stunde in der Halloween-Abteilung des nahe gelegenen Bastelgeschäfts gestanden und versucht herauszufinden, ob ich mich für ein Standardhexenkostüm entscheiden oder dieses Jahr eine Schippe drauflegen soll. Besonders in Versuchung geführt hat mich ein Zimmermädchenkostüm, aber am Ende entschied ich mich für etwas mehr Subtilität. Sophie ist ohnehin schon argwöhnisch genug, was meine Absichten gegenüber Dev angeht. Ich glaube, sie hat ein echtes Problem damit, dass ihr Vater eine neue Freundin hat. Auch darum muss ich mich dringend mal kümmern.

Dankenswerterweise steuert Sophie zwar einer Krise entgegen, aber ich habe einen Tagesplatz für Sammy gefunden, der uns wahrscheinlich besser gefallen wird als der letzte, zumindest das ist also erledigt. Immer schön eine Krise nach der anderen.

Es klingelt an der Tür, und die Stampede beginnt. Blitzschnell verschwindet Sammy.

»Ich gehe aufmachen!«, brüllt Sophie und rennt hektisch die Treppe hinunter. Vermutlich führt sie das Rudel an, dicht gefolgt von Melody und Sammy.

»Nein! Ich mache auf. Du musst dein Cape noch umhängen.« Ja, das ist Melody, die wie immer als Erste fertig kostümiert war. An allen anderen Tagen im Jahr ist sie auf der Treppe am langsamsten, aber nicht heute.

Sie ist jetzt im dritten Jahr in Folge Prinzessin. Das Sandwichkind macht einem eigentlich nie das Leben schwer.

Ich höre Stimmen an der Tür, bin aber noch nicht ganz so weit. »Ich komme gleich!«, rufe ich.

Ich beuge mich näher an den Spiegel heran und lege noch eine Schicht Mascara auf. Nur weil ich kein sexy Zimmermädchen bin, kann ich ja trotzdem dieses Hexenkostüm ein bisschen aufpeppen.

Das schwarze Nylonkleid, das zu dem Kostüm gehört, passt mir überraschend gut, wenn man bedenkt, dass es aus dem Bastlerladen stammt. Ich streiche es über den Hüften glatt, stelle mich aufrecht hin und bewundere mein Spiegelbild. Seit der Nacht in Devs Auto gefalle ich mir deutlich besser. Nicht, dass ich zuvor besonders unglücklich oder frustriert über mein Äußeres war, aber jetzt mache ich mir wirklich keine Sorgen mehr darüber, dass mein Körper mehrfach geboren hat. Denn mit diesem Mutterkörper kann man es auf dem Rücksitz eines Autos treiben und einen Mann zum Singen bringen!

Ich glaube, Dev hat irgendwie sexuelle Heilmagie bei mir praktiziert. Verrückt, ich weiß, aber warum sich dagegen sperren? Ich habe einen Großteil meines Lebens mit Selbstzweifeln verbracht, von daher ist es nett, sich ausnahmsweise mal selbstbewusst und entspannt zu fühlen. Ich glaube, meine Woche bei den Bourbon Street Boys hat auch geholfen. Sie sind tolle Kollegen, und es macht außerdem Spaß, Zeit mit ihnen zu verbringen. Ich war diese Woche jeden Tag dort, obgleich ich größtenteils von zu Hause aus gearbeitet habe. Abgesehen von geraubten Augenblicken im Lagerhaus mit Dev und nächtlichen Telefonaten, nachdem die Kinder im Bett waren, hat sich die Firma zu einem Ort der Zweisamkeit mit ihm entwickelt. Jede Nacht am Telefon haben wir stundenlang über Witze, die wir uns gegenseitig erzählt haben, und Ideen für zukünftige Dates gelacht und uns überlegt, wann wir beide gleichzeitig jemanden finden können, der auf die Kinder aufpasst. Dadurch ist unsere gerade erst entstehende Beziehung spannend und frisch geblieben, etwas, worauf man sich freut. Wir müssen es aufgrund unserer Arbeitssituation und der Kinder langsam angehen, aber manchmal ist langsamer ja besser. So bleibt die Spannung bestehen.

Dankenswerterweise bedeutet der Abschluss des Blue-Marine-Auftrags nicht, dass es für mich nichts mehr zu tun gibt. Am Montag beginnt ein neuer Fall. Er dürfte interessant werden. Es geht um Identitätsdiebstahl, Auftraggeberin ist die Polizei.

»Kommst du runter, oder soll ich raufkommen?« Dev steht am Fuß der Treppe. Beim Klang seiner Stimme wird mir ganz kribbelig. Ich habe ihn bei der Arbeit nur ein paarmal gesehen, weil er mit Jacob alle Hände voll zu tun hat, aber dann haben wir uns jedes Mal glutheiße Blicke zugeworfen. Jedes Mal, wenn er sich mir auf drei Meter nähert, muss ich unwillkürlich lächeln und fange fast an zu kichern. Ich bin sicher, das gesamte Team hat es bemerkt.

May sagt, auch Dev habe sich verändert. Sie habe ihn noch nie so viel lächeln sehen. Zur Feier meines wunderbaren Lebens tanze ich eine kleine Cha-Cha-Cha-Figur vor dem Spiegel.

»Ich komme gleich runter. Nur noch ein paar letzte Handgriffe.« Eine Sache macht mir allerdings noch ein wenig Angst. Unsere Kinder werden heute zum zweiten Mal zusammen sein, und ich fürchte, eines meiner kleinen Monster könne etwas Unsensibles zu Jacob sagen. Wir haben uns diese Woche ausführlich über ihn und seinen Gesundheitszustand unterhalten, aber ich bin sicher, irgendwann wird die natürliche Neugier von Kindern die Oberhand gewinnen. Es ist nur eine Frage, wann und wie, und das macht mich nervös. Das Letzte, was ich will, ist, dass Jacob sich in Gesellschaft meiner Kinder unwohl fühlt.

Ich kehre dem Spiegel den Rücken. Besser wird's nicht. Ich muss mich jetzt der Situation stellen, runtergehen und den Mann begrüßen, in den ich schwer verliebt bin.

Also gehe ich die Treppe hinunter und betrete eine leere Diele. Die Stimmen kommen jetzt aus der Küche. Ich folge den Geräuschen und bleibe in der Tür stehen. Die Kinder sind um die Riesenschale Süßigkeiten versammelt, die auf dem Tisch steht, wühlen darin herum und debattieren, welche Sorte die beste ist. Jacob sitzt am Kopfende und sieht aus, als habe er das Sagen in der Gruppe.

Dev hebt den Kopf und sieht, dass ich sie beobachte. Er lächelt mich an. »Da ist sie ja endlich.« Er übertreibt seine Ungeduld, damit die Kinder darauf einsteigen können, und das lassen sie sich nicht zweimal sagen.

»Na endlich«, sagt Sammy und verdreht die Augen. »Du haft ewig gebraucht.«

»So lange hast du an Halloween noch nie gebraucht«, ergänzt Sophie.

Aufgeflogen.

»Du siehst hübsch aus, Mami«, sagt Melody.

»Danke, Kleines.« Ich hauche ihr einen Kuss zu und strecke Dev die Zunge heraus.

Der zwinkert mir zu. Ich schüttle den Kopf. Eine Mutter kann einfach nicht cool rüberkommen, wenn ihre Kinder all ihre Geheimnisse verraten.

»Wer hat Lust auf eine Runde Süßes oder Saures?«, frage ich.

Der Chor der mir antwortenden Stimmen ist so laut, dass es mir in den Ohren dröhnt.

Meine Kinder sind alle kostümiert, doch als ich Jacob ansehe, erkenne ich nur einen grünen Pyjama, auf dem mit schwarzem Edding etwas gekritzelt ist. An den vier Ecken des Rollstuhls ragt auch jeweils eine ausgestopfte grüne Socke auf.

Ich lächle den kleinen Mann auf, wie ich hoffe, ermutigende Weise an. »Wow, gut siehst du aus.«

»Ich bin ein Krokodil«, sagt er.

Ich nicke. »Krokodile sind super. Ein Krokodil kann einen Bullenhai besiegen. Wusstest du das?«

Nun nickt er. »Ja. Mein Dad hat es mir erzählt, und dann haben wir ein Video auf dem Computer angeschaut.«

»Der Rest seines Kostüms ist draußen auf der Veranda«, erklärt Dev. »Es war zu groß, um es mit ins Haus zu bringen.«

»Oh! Wie aufregend. Zu groß? Dann ziehen wir es ihm mal an, ja?«

Sophie rast aus dem Zimmer und brüllt dabei: »Ich will es zuerst sehen!«

»Nein, ich!« Melody folgt ihr auf dem Fuße.

Ich schaue hinunter zu Sammy und erwarte, dass auch er wild brüllend nach draußen rast. Überraschenderweise regt er sich nicht vom Fleck. Er legt die Hand auf Jacobs Rollstuhl und schaut seinen neuen Freund an. »Ich gehe nach dir.« Er deutet auf den Flur. »Da lang.«

Ich muss für einen Augenblick den Kopf abwenden, um mich zu sammeln. Mein süßes Engelchen. Ich liebe ihn so.

Ihn so sanft und mitfühlend zu sehen, weckt in mir den Wunsch, die Leiterin seiner früheren Tagesstätte anzurufen und ihr die Meinung zu geigen. Er hat dort ganz bestimmt keinen Streit mit anderen Kindern angefangen. Ich weiß, dass sie ihn gemobbt haben. Irgendwann, wenn ich sicher bin, dass ich nicht ausflippen werde, werde ich sie anrufen und sie fragen, wie das ihrer Ansicht nach gelaufen ist. Aber so weit bin ich noch nicht.

Dev tritt zu mir und legt mir die Hand auf den Rücken, zieht mich an sich, während wir hinter den Jungs her den Flur entlanggehen. Unter dem anderen Arm habe ich die Schale mit den Süßigkeiten. »Bereit für etwas Spaß und einen Zuckerschock?«

Ich schaue zu ihm auf, noch immer beeindruckt davon, wie groß er ist. »Bereit! Wie sieht es mit dir aus?«

Er streckt die Hand aus und legt sie auf meinen Hintern. »Ich habe hier schon genug Zucker.«

Ich haue ihm mit dem Handrücken in den Bauch und tue, als fände ich das höchst anstößig, aber wir wissen es beide besser. Natürlich hatten wir diese Woche noch keine Zeit für weiteren Sex, weil die Kinder abends daheim waren und es galt, Schlafenszeiten einzuhalten, aber das bedeutet nicht, dass ich nicht täglich achtzehn Stunden lang daran gedacht habe. Vergessen ist der Dildo. Ich will ab jetzt nur noch das Original.

Ich kann immer noch nicht glauben, dass wir es wirklich auf dem Rücksitz seines Autos getrieben haben. Das hat etwas in mir geweckt, wovon ich nicht einmal wusste, dass es existiert. Ich fühle mich jung, wild und frei. Mehr als direkt nach dem College. Das will für eine alleinerziehende Mutter mit drei Kindern ganz schön was heißen. Ich gedenke, das zu genießen, solange es geht.

Die Kinder warten in der Diele auf uns Schlafmützen.

»Sophie, kannst du mal die Tür aufmachen?«, bittet Dev.

Sie nickt ernsthaft, als habe er ihr eine sehr entscheidende Aufgabe übertragen. Dann hält sie uns allen die Tür auf, damit wir vor ihr hinauskönnen. Auf dem Weg nach draußen küsse ich sie auf die zarte kleine Wange. Ich bin so stolz auf sie.

Auf der Veranda liegen zwei riesige Haufen. Sie sehen aus wie kegelförmige Piñatas, die … Gewürzgurken nachempfunden sind.

»Cool«, sagt Sophie. Ich bin ziemlich sicher, dass sie keine Ahnung hat, was sie da anschaut. Ich schließe die Tür hinter ihr, stelle die Schale mit den Süßigkeiten zum Verschenken auf einen Stuhl auf der Veranda neben das Zeichen, das Sophie gemalt hat und das Passanten anweist, sich selbst zu bedienen.

»Was ist das denn?«, fragt Melody.

Sammy rennt zum nächsten Kostümteil hinüber. »Daf ift ein Krokodil! Ein grofes! Tsuper!« Er schaut mich an. »Mama, ich will ein Krokodil tsein!«

Ich beneide meinen Sohn um seine Kreativität. Ich hätte diese beiden Pappmascheemonstrositäten niemals als Krokodilteile erkannt. »Dieses Jahr nicht. Du bist Spiderman, weißt du noch?« Ich konnte mein Glück kaum fassen, als er mir gesagt hat, dass er wieder der gute alte Spidey sein wollte, und ich festgestellt habe, dass sein Kostüm noch einigermaßen sitzt. Lang lebe Elastan!

Jacob meldet sich zu Wort. »Ich kann Spidermans zahmes Krokodil sein. Wir können ein Team sein.«

Sammy denkt darüber kurz nach und nickt dann. »Okay. Ich glaube, Tspiderman könnte ein Krokodil alf Hauftier haben.«

Dev beugt sich herunter und flüstert mir ins Ohr: »Krise bewältigt.«

»Gerade noch so«, murmle ich zurück.

Dev hebt Jacob samt Kostüm die Treppe zum vorderen Gehweg hinunter und verbringt dann einige Minuten damit, Krokodilschwanz und -kopf am Rollstuhl zu befestigen. Als er fertig ist, rollt ein eins fünfzig langes Reptilienmonster den Gehsteig entlang, umgeben von Spiderman, einer Märchenprinzessin und einer winzigen wunderschönen Vampirin inklusive Cape.

Ich schaue zu Dev auf. »Was stellst du denn dar?« Er ist komplett grün gekleidet. Jetzt, wo ich Zeit habe, mich eingehend mit ihm zu befassen, fällt mir auf, wie ausschließlich er sich in diese eine Farbe gehüllt hat. Ich kann nicht aufhören zu lachen.

Er erstarrt und streckt dann die Arme aus. »Sieht man das nicht? Eine grüne Bohne.«

Kopfschüttelnd grinse ich, bis meine Wangen krampfen. »Du bist einfach der Hammer.«

Er schweigt. Wortlos nimmt er meine Hand. Gemeinsam gehen wir die Straße entlang und lassen die Kinder allein bei den Nachbarn klingeln. Das ist eine ziemlich große Sache, denn normalerweise bestehe ich darauf, sie nach drinnen zu begleiten.

Nach zwei Häusern haben wir eine Routine etabliert. Die Mädchen gehen voraus, schauen sich aber um, bevor sie klingeln, um sicherzugehen, dass die Jungs dicht hinter ihnen sind. Sammy geht neben Jacob, wenn nötig über den Rasen. Er nimmt seine Aufsichtspflicht für sein Krokodilhaustier sehr ernst und lässt es nicht aus den Augen.

»Süßes oder Saures!«, schallen ihre Stimmen zusammen mit den rund hundert anderen Kindern, die alle Hände voll mit ihren süßen Schätzen zu tun haben, durch die Nachbarschaft. Mehrere Eltern gehen an uns vorbei und grüßen uns.

Es sind Leute, die mir normalerweise einfach im Vorübergehen zuwinken würden, doch wenn sie Dev sehen, macht sie das irgendwie umgänglicher. Sie glauben wahrscheinlich, ein NBA-Spieler sei in der Nachbarschaft eingezogen.

Ich fühle mich wie das beliebteste Mädchen in der Straße. Solange ich noch mit Miles verheiratet war, habe ich das nie so empfunden. Dev ist total charmant. Obgleich er als riesige grüne Bohne verkleidet ist, gelingt es ihm, alle Leute in intelligente Gespräche zu verwickeln, sie zum Lachen zu bringen oder sie einzuladen, doch mal auf ein Bier vorbeizukommen. Bis die Kinder genügend Süßes oder Saures ergattert haben, bin ich noch verliebter in ihn. So langsam macht es mir fast Sorgen.

»Warum siehst du plötzlich so traurig aus?«, fragt Dev, als wir den Gehweg entlang in Richtung meines Hauses gehen.

Mir gelingt ein Lächeln. »Ich bin nicht traurig. Ich habe nur gerade daran gedacht, wie viel Spaß ich habe.«

»Ach, und deswegen runzelst du die Stirn?«

Ich schüttle den Kopf. »Nein. Ich habe nur manchmal melancholische Momente, in denen ich darüber nachdenke, wie lange mir schöne Dinge wohl erhalten bleiben werden. Ignoriere mich einfach.«

Er zieht mich an sich. »Denk nicht über solchen Quatsch nach. Wir haben doch Spaß, oder?«

Ich nicke gegen seine Brust, mein Kopf reibt sich an seinem grünen Bohnenkostüm. »Ja.«

Mein nächster Gedanke wird jäh unterbrochen, als meine Mädchen die Treppen zur Haustür erklimmen und sich die Tür für sie öffnet.

Wer ist da in meinem Haus? »Halt!«, rufe ich den Kindern nach. Sie bleiben stehen und drehen sich zu mir um. Jacob und Sammy drehen sich langsamer, wobei Sammy aufpassen muss, dass der Rollstuhl ihn nicht umwirft.

»Sieht aus, als wäre jemand im Haus«, sagt Dev, richtet sich kerzengerade auf und geht über den Rasen.

Für einen Augenblick habe ich gedacht, es seien Eindringlinge im Haus, doch jetzt weiß ich es besser. Im Gegenlicht sehe ich den Umriss meines Ex-Mannes an der Tür, und er ist nicht allein.

Was zum Teufel …?

Kapitel 42

Dev macht noch ein paar Schritte, dann merkt er, dass ich nicht mehr an seiner Seite bin. Er dreht sich um und schaut mich fragend an.

»Das glaube ich jetzt nicht«, sage ich leise, damit Miles mich nicht hört.

Dev schaut zuerst die Haustür und dann mich an. »Gibt's ein Problem?«

»Das ist mein Ex-Mann.« Mit zusammengebissenen Zähnen setze ich hinzu: »Vermutlich in Begleitung seiner neuen Freundin.«

Dev schaut noch einmal zum Haus, dann wendet er sich zu mir um. »Warum sind die beiden bei dir daheim?«

Mit langen Schritten gehe ich auf ihn zu. »Das ist eine ausgezeichnete Frage, und die Antwort darauf werde ich jetzt herausfinden.«

Als ich an Dev vorbei will, ergreift er meine Hand.

Zögernd schaue ich zu ihm auf.

»Ich weiß, du willst da reingehen und ein paar Leuten den Kopf abreißen. Glaub mir, das kann ich nachvollziehen. Aber vergiss nicht, dass ihr Publikum habt.«

Ich drücke seine Hand. »Du hast recht. Keine Sorge. Ich würde meinen Ex niemals vor so vielen Zeugen töten.«

Er kichert. »Das ist mein Mädchen.«

Seine Worte wirken sich beruhigend auf mich aus. Er hat mich sein Mädchen genannt.

Mein Ex-Mann ist also ein Depp. Was soll's? Mein neuer Freund ist super. Es geht mir in meinem neuen Leben mit Dev an meiner Seite und den Bourbon Street Boys als Arbeitgebern so viel besser als mit Miles und unserer ganzen chaotischen Partnerschaft. In ihr herrschte immer Trauer. Respektlosigkeit. Dev würde mich nie so behandeln, wie es Miles getan hat, und ich bin stolz, dass ich an einem Punkt angekommen bin, wo ich mich nie wieder von einem Mann so behandeln lassen werde wie von Miles. Ich bin jetzt stärker. Klüger. Weniger naiv. Habe eine klarere Vorstellung davon, wie und mit wem ich mein Leben verbringen möchte.

Als ich mich dem Haus nähere, kann ich die Frau genauer in Augenschein nehmen, von der meine Kinder gesprochen haben. Die, die Sophie so aufregt. Sie ist höchstens zwanzig. Verdammt, es würde mich nicht überraschen, wenn sie noch jünger wäre. Mein Gott, ich wüsste gerne, was sich mein Ex einbildet. So viel zum Thema Midlife-Crisis.

»He, Kinder!« Miles besteht nur aus breitem Grinsen und aufgesetztem Charme.

»Daddy!« Sophie ist natürlich zuerst bei ihm, schlingt die Arme um seine Taille und umarmt ihn fest.

Jacob bleibt am Fuß der Treppe stehen und wartet darauf, dass sein Vater ihn hochbringt. Ich schwöre mir, mit meinem nächsten Gehaltsscheck eine Rampe bauen zu lassen, damit dieses Problem wegfällt.

Miles wendet seine Aufmerksamkeit von seinen Kindern den anderen Mitgliedern unserer kleinen Gruppe zu. »Wer ist das denn?« Er löst sich von den Mädchen und kommt auf uns zu. Am Fuß der Treppe bleibt er bei Jacob stehen und streckt ihm die Hand hin. »Schön, dich kennenzulernen. Ich bin Miles.«

Zumindest benimmt er sich nicht wie ein vollkommener Idiot. Als wir zu ihnen treten, gibt ihm Jacob gerade seine kleine Hand. »Mein Name ist Jacob. Ich bin Spidermans Krokodilhaustier.«

»Echt? Cool.«

»Hallo, Miles«, sage ich und versuche vergeblich, freundlich zu klingen. »Was tust du hier?«

»Darf ich meine Kinder nicht zu Halloween besuchen?«

Ich zucke die Achseln. »Doch, klar. Aber ein Anruf oder eine SMS wäre nett gewesen.« Ich werfe einen kurzen Blick auf seine Freundin, ehe ich mich wieder an ihn wende. »Aber das hätte vielleicht nicht gut zu deinen Plänen gepasst, in meiner Abwesenheit in mein Haus einzudringen.«

Sein Gesichtsausdruck verfinstert sich. »Fang nicht so an, Jenny.«

Dev streckt ihm die Hand hin und schaltet sich so ins Gespräch ein. »Hallo. Ich bin Dev. Schön, Sie kennenzulernen.«

Miles legt den Kopf in den Nacken, um Dev in die Augen schauen zu können. Er schüttelt ihm die Hand, ist möglicherweise leicht fasziniert, wenn ich seinen Gesichtsausdruck richtig deute. »Miles. Freut mich auch.« Er kneift die Augen zusammen. »Jenny hat, glaube ich, noch nie von Ihnen gesprochen.«

Dev lässt seine Hand los und lächelt. »Nein. Das glaube ich auch nicht. Ich bin der Neue.«

»Als was gehen Sie denn heute Abend?«, fragt Miles und mustert Dev von oben bis unten. »Als lustiger grüner Riese?« Er lacht über seinen eigenen schlechten Witz.

Dev fällt freundlich in sein Lachen ein. »Fast. Tatsächlich als grüne Bohne.«

Miles schüttelt den Kopf, sagt aber klugerweise nichts. Das ist sein Glück, denn ich denke gerade ernsthaft darüber nach, ihm eine zu knallen. Mir fehlt nur noch ein guter Grund. Mach schon, Miles. Gib mir einen.

Miles dreht sich halb zur Seite und schaut die Treppe hoch in Richtung seiner Freundin. »Chastity, willst du nicht herkommen und Hallo sagen?«

Das Mädchen, das offenbar noch ein paar Manieren lernen muss, stöckelt auf sehr hohen Absätzen die Treppe herunter. Ich muss die Zähne zusammenbeißen, um nicht etwas Unfreundliches zu murmeln. Sie ist noch jung. Sie wird hoffentlich irgendwann lernen, sich zu benehmen. Zumindest, wenn sie nicht allzu lange mit Miles zusammenbleibt.

»Hi«, begrüßt sie mich, »schön, Sie kennenzulernen.« Sie reicht mir die Hand, aber ich erwische nur ihre Finger. Sie sind schlaff wie ein Haufen Würmer.

»Freut mich auch.« Ich würde ja gern sagen, dass ich schon viel von ihr gehört habe, dass meine Kinder sie nicht mögen und ich finde, dass sie zu jung ist, um sich mit einem Mann in Miles' Alter einzulassen, aber natürlich tue ich das nicht. Ich lächle nur unablässig. Mit Dev an meiner Seite fällt mir das leichter.

»Wenn es dir recht ist, bringe ich Jacob mal rein«, sagt der jetzt zu mir.

»Klar. Geh nur. Ich bin auch gleich da.«

Dev macht sich daran, seinen Sohn im Rollstuhl rückwärtsgehend auf die Veranda zu hieven. Ich bewundere die Art, wie sich seine Muskeln unter dem Gewicht anspannen, und lächle vor mich hin, als ich ihn mir wieder unter mir auf dem Rücksitz dieses dummen Pontiac vorstelle. Er ist so ein guter Mann. Ihn hier neben Miles zu sehen, macht mir das noch einmal auf eine ganz andere Weise deutlich. Ich kann nicht glauben, dass ich so blind war. Zehn Jahre habe ich diesem Scheißtypen geopfert.

Ich wende mich ihm zu und sage leise, sodass nur er es hört: »Warum bist du wirklich hier, Miles? Ja wohl kaum wegen der Kinder.« Sie sind jetzt im Haus und stürzen sich auf ihre Süßigkeiten, ich kann es mir also leisten, ehrlich zu sein.

Er zischt genervt. »Ich will nicht schon wieder mit dir streiten.«

Lässig zucke ich die Achseln. »Ich will auch nicht streiten. Aber ich will, dass du ehrlich bist. Das kannst du nicht, oder?« Ich schaue seine Freundin an, die zu Boden starrt. Gut. Sie fühlt sich unwohl. Sollte sie auch. »Ernsthaft, das ist nicht gerade deine Stärke, oder? Ehrlichkeit …«

»Halt einfach den Mund, Jenny. Ich komme wegen der Uhr.«

Ich sehe ihn stirnrunzelnd an. Das kam unerwartet. »Der Uhr? Welche Uhr?«

»Die Uhr, die ich dir geschenkt habe. Sie gehört mir. Ich will sie zurück.«

Mir bleibt der Mund offen stehen. »Ist das dein Ernst?«

»Ja.« Er besitzt wenigstens den Anstand, unangenehm berührt zu sein.

Jetzt flüstere ich sehr laut: »Bist du ernsthaft bei mir eingebrochen, um die Uhr zu stehlen, die du mir vor zwei Jahren zum Geburtstag geschenkt hast?«

Er beißt die Zähne zusammen. »Ich bin nicht eingebrochen, Jenny. Früher habe ich hier gewohnt. Ich habe noch einen Schlüssel.«

Ich schüttle den Kopf. »Solltest du aber nicht. Ich werde die Schlösser austauschen lassen. Komm nie wieder ungefragt hierher.«

Ich entferne mich, weil ich nicht sicher bin, ob ich ihm nicht sonst einfach eine knallen würde. Offenbar ist bei ihm eine Schraube locker, und er merkt nicht mal, dass er dabei ist, es sich in ihrem eigenen Vorgarten mit einer Bengalischen Tigerin anzulegen. In ihrem Revier. Ich werde ihm mit den Klauen den mickrigen Arsch aufreißen.

Sein Tonfall verändert sich. Jetzt versucht er, mitleiderregend zu klingen. »Ich bin ein bisschen knapp bei Kasse, Jenny. Ich brauche diese Uhr.«

Ich lache bitter. »Warum suchst du dir nicht einen Job, Miles? Dann müsstest du dir nicht mehr die Mühe machen, den Schmuck deiner Ex-Frau zu klauen.« Auf seine typische Art und Weise hat er wahrscheinlich beschlossen, dass er mit der einen Woche, die er gebucht war, schon über den Monat kommen würde, hat sich ansonsten auf die faule Haut gelegt und alles ausgegeben, was er in dieser Woche verdient hat. Mein Gott, ich bin so froh, nicht mehr mit diesem Faultier verheiratet zu sein.

Obwohl die Kinder alle drin sind, steht die Tür noch halb offen. Ich gehe auf die Veranda und schließe sie, ehe ich mich wieder dem Paar unter mir zuwende. Beide sehen zu mir herauf. »Chastity, ich kenne dich nicht, aber ich gebe dir trotzdem einen Rat: Wenn du genauso schlau bist wie hübsch, solltest du dich nicht mit einem Typen wie Miles zufriedengeben. Vertrau mir. Du bist ohne ihn besser dran.«

»Fick dich, Jenny«, spuckt Miles den Satz regelrecht aus.

Ich lächle und nicke. »Nett. Eloquent. Genau die Antwort, die ich von einem Kerl wie dir erwarten würde.« Ich gehe ins Haus, mache die Tür hinter mir zu und schließe vorsichtshalber ab. Dann zücke ich mein Handy aus der Gesäßtasche und schicke mir selbst eine Mail.

Notiz an mich: Sofort Schlösser austauschen.

Nicht, dass ich das je vergessen könnte. Dieser Vorfall wird mich noch mindestens einen Monat beschäftigen. Ich kann nicht glauben, dass er tatsächlich bei mir eingebrochen ist, um meine Uhr zu stehlen! O Mann, wenn ich das May erzähle … die wird durchdrehen.

Dev erwartet mich im Flur. »Alles okay?«

Ich nicke, wage aber noch nicht zu sprechen. Es ist so peinlich, dass er Zeuge dieser Auseinandersetzung geworden ist. Wird er mich jetzt für eine Verliererin halten, weil ich so einen Typen geheiratet habe?

Er umarmt mich und drückt mich an sich, weiß irgendwie genau, was ich brauche. Seine Sanftheit, seine Freundlichkeit und sein Verständnis, sein Wissen darum, dass ich Raum brauche, um meine Probleme selbst in den Griff zu kriegen … sind einfach umwerfend.

»Womit habe ich so viel Glück verdient?«, frage ich.

»Glück?«

»Ja. Das Glück, dich in meinem Leben zu haben.«

Er küsst meinen Scheitel. »Wir haben beide Glück. Ich glaube, das haben wir deiner Schwester zu verdanken.«

Meiner Schwester und dem Schicksal. Es war Schicksal, dass ich vor zwei Wochen mit Dev in diesem Panikraum festsaß. Ich dachte, ich sei zur richtigen Zeit am falschen Ort gewesen, aber ich habe mich geirrt. Ich war definitiv zur richtigen Zeit am richtigen Ort.

Die Kinder sind in der Küche, haben zweifellos ihre Süßigkeiten über den gesamten Tisch verteilt. Lauthals kommentieren sie die tollen Dinge, die sie in der Nachbarschaft eingesammelt haben.

Ich löse mich von Dev und schaue zu ihm auf. »Danke, dass du so cool bist.«

Er lächelt und deutet auf sich selbst. »Ganz richtig, junge Frau. Ich bin eine grüne Bohne. Cooler geht's nicht.«

Selbst unter diesem dummen grünen Kostüm sind seine Muskeln deutlich sichtbar. Sie inspirieren mich. »Ich glaube, ich bin jetzt bereit, mit dem Training anzufangen.«

Er hebt die nicht vorhandenen Augenbrauen, und ein Lächeln erhellt sein Gesicht. »Echt? Das ist ja toll. Am Montag können wir anfangen.«

Zusammen gehen wir den Flur entlang in die Küche zu unseren Kindern. »Muss ich Angst haben?«, frage ich.

»Ja. Große Angst.«

In der Tür bleibe ich stehen und betrachte bewundernd die Kinder und ihren fröhlichen, kameradschaftlichen Umgang miteinander.

Nach der Scheidung von Miles habe ich mich nach dem einfachen Leben eines Kindes gesehnt. Ich wollte keinen Stress, keine Sorgen, keine Verantwortung. Aber jetzt, wo ich mit Dev zusammen bin, sehe ich das anders. Ich mag die Komplikationen. Ich mag die Aufregung. Ich mag beschlagene Fenster und ungeplanten Sex auf dem Parkplatz. Ich mag es, mit einem zwei Meter zehn großen Typen zusammen zu sein, der die Eier hat, an Halloween als grüne Bohne zu gehen.

Dev tritt hinter mich und lehnt seine Brust an meinen Hinterkopf. »Glücklich?«, fragt er.

Ich nicke. »Ja. Sehr.«

Kapitel 43

Mein Leben könnte nicht besser sein. Meine zweite Woche bei den Bourbon Street Boys steht an, ich habe einen neuen Freund, der um Längen besser ist als alle vor ihm, und meine Kinder sind glücklich. Was könnte man sich mehr wünschen?

Noch vor kurzer Zeit habe ich mich jedes Mal unwohl gefühlt, wenn ich in den Hafen gefahren bin. Ich kam mir dort einfach fehl am Platz vor. Doch diesmal, heute, an diesem strahlenden frühen Montagmorgen, ist das ganz anders. Ich bin bereit, in meinem neuen Job Vollgas zu geben und als richtiges Teammitglied an einem neuen Fall zu arbeiten. Ich bin bereit, die Angst zu überwinden, die mein Leben viel zu lange diktiert hat.

Ich bin absichtlich früh dran. Meine Kinder konnte ich in der Frühbetreuung der Schule abgeben, und da Ozzie im Lagerhaus wohnt, dachte ich, er könnte mich ja reinlassen, damit ich mich an einen der Rechner setzen und mir die vorläufige Datei ansehen kann, die mir Lucky übers Wochenende per E-Mail geschickt hat. Ich will sie bei der Besprechung umhauen, ihnen zeigen, wie ernst es mir mit dem Job ist und wie hart ich zu arbeiten bereit bin. Mir bleiben noch knapp neunzig Tage, um ihnen zu zeigen, was ich drauf habe, und ich bin bereit zu beweisen, dass niemand besser für den Job geeignet ist als ich.

Ich halte vor dem Eingang des Lagerhauses an und lasse den Wagen ein paar Sekunden im Leerlauf. Ist es vertretbar, um sieben Uhr morgens bei Ozzie zu klingeln? Er kommt mir nicht wie ein Langschläfer vor, aber wenn er mal wieder eine heiße Nacht mit May verbracht hat, könnte er durchaus noch im Bett liegen.

Ich kaue auf meiner Unterlippe herum, während ich meine nächsten Schritte plane. Vielleicht sollte ich noch ein bisschen warten. Ich könnte meinen Laptop aufklappen und im Auto arbeiten. Ich klingle dann um sieben Uhr dreißig. Oder …

Ein Geräusch zu meiner Linken lenkt mich von meinem nächsten Gedanken ab. Das Fenster habe ich halb heruntergelassen, damit die kühle Morgenluft hereinkommt. Ich höre Schritte.

Im Augenwinkel sehe ich etwas vorbeihuschen und drehe mich um.

»Keine Bewegung«, sagt ein Mann mit tiefer Stimme.

Ich reiße die Augen auf, als mein Verstand registriert, was gerade passiert. Unmittelbar vor mir sehe ich den Lauf einer Waffe. Aus der Nähe sieht sie viel größer aus, als ich es nach all den Fernsehsendungen erwartet hätte.

Dann trifft es mich wie ein Schlag. *Die Waffe ist echt. Du bist hier nicht im Fernsehen. Du wirst gerade von einem Verbrecher mit einer Schusswaffe bedroht, die dich jederzeit töten könnte!* Ich habe den Mann nie zuvor gesehen. Er ist dicklich, ungepflegt, unrasiert und absolut unattraktiv. Überraschung! Echte Verbrecher sehen kein bisschen aus wie Colin Farrell.

Mir bleibt der Mund offen stehen, aber ich bringe kein Wort heraus.

»Wo ist Toni?«, fragt der Typ.

Ich blinzele ein paarmal und hoffe, dass mein Herz echt bald wieder anfängt zu schlagen. Sonst werde ich gleich vor Angst und Sauerstoffunterversorgung bewusstlos.

Er wedelt mit der Waffe herum. »Sind Sie taub? Ich habe Sie was gefragt. Wo ist Toni?«

»Äh, im Bett?«

Der Typ beugt sich näher heran, wodurch ich sein stoppeliges Gesicht besser sehen kann und einen heftigen Schwall Morgenkaffeeatem abbekomme. Verdammt! Unwillkürlich hebt sich meine Hand und wedelt vor meiner Nase herum, um mir etwas frische Luft zuzufächeln.

»Sie finden das witzig, was? Wissen Sie, was das ist?« Er schiebt die Pistole durchs Fenster und hält sie wenige Millimeter vor mein linkes Auge.

Ich blinzle mehrfach. Dabei streife ich mit den Wimpern den Lauf. »Das ist eine Knarre. Zumindest bin ich mir da ziemlich sicher. Das ist allerdings gar nicht so leicht zu erkennen, wenn Sie sie mir auf den Augapfel drücken.« Mein Atem kommt keuchend. Ich sehe ihn flehend an. »Bitte sagen Sie mir, dass sie nicht geladen ist.«

Er hat einen schweren Südstaatendialekt. »Können Sie mir mal erklären, warum ich Ihnen eine ungeladene Knarre an den Kopf halten sollte?«

»Weil Sie nicht dafür in den Knast kommen wollen, dass sie mich erschossen haben?« Man darf ja wohl noch träumen.

»Entriegeln Sie die Türen.« Er nimmt die Waffe von meinem Auge weg und richtet sie auf meine Autotür.

»Wollen Sie den Wagen?« Ganz langsam bewegen sich meine Finger zum Entriegelungsknopf der Tür, als hätten sie einen eigenen Willen und wären entschlossen, ihm zu gehorchen.

Im Hinterkopf kommt mir der Gedanke, dass ich genau wüsste, was zu tun ist, wenn das hier ein Fernsehkrimi wäre. Ich würde dem Mädchen im Auto vermutlich zurufen: »Nicht die Tür öffnen, du Vollpfosten! Er wird dich abknallen.«

Aber ich sehe gerade nicht fern. Ich sitze hier, bin der Star der Sendung, und die Szene ist richtig mies. Ich stelle fest, dass der

Ausdruck »vor Entsetzen gelähmt« durchaus seine Berechtigung hat. Mein Körper hört nicht auf mein Gehirn. Möglicherweise liegt es an der Waffe. Vielleicht ist sie das eigentliche Problem. Wenn man in die Mündung einer Waffe schaut, ist man sehr motiviert, Befehle ganz genau zu befolgen. In meinem bequemen Wohnzimmer ist es viel leichter, bewaffnete Kriminelle zu ignorieren. Wie unangenehm.

Die Verriegelung öffnet sich. Ich rechne mit dem Befehl auszusteigen, doch er geht vorn ums Auto herum und zielt dabei unentwegt mit der Waffe auf mich. Dann öffnet er die Beifahrertür und setzt sich neben mich.

Er schubst meinen Laptop auf den Boden, um Platz für seinen fetten Hintern zu schaffen.

Das finde ich sehr ungehörig. So ungehörig, dass ich für einen Augenblick vergesse, entsetzt zu sein. »Könnten Sie bitte meinen Rechner nicht kaputt machen?«

Er setzt sich und dreht sich halb zu mir um, was angesichts seines Leibesumfangs kein leichtes Unterfangen ist.

»Sie scheinen nicht zu begreifen, was hier abgeht, Mädel. Sie sollten sich keine Sorgen um Ihren Laptop machen, sondern hoffen, dass ich Sie nicht abknalle.«

Mir kommen die Tränen. Mein einziger Gedanke ist, wie traurig meine Kinder wären, wenn ich nicht wieder heimkäme. »Bitte erschießen Sie mich nicht. Ich habe drei Kinder. Mein Ex-Mann ist ein totales Arschloch, aber wenn ich sterbe, werden sie bei ihrem Vater aufwachsen, und er würde sie total vernachlässigen, das schwöre ich Ihnen. Er versucht, mir eine Uhr zu stehlen. Ein Geburtstagsgeschenk von ihm. Wer macht so was?«

»Mir kommen gleich die Tränen. Ihre Kinder und Ihr Ex sind mir scheißegal.«

Der Mann ist offenbar ein Verbrecher und entweder bereits ein Mörder oder auf dem besten Weg dazu. Seine Antwort überrascht mich überhaupt nicht, aber ich finde sie trotzdem inakzeptabel. Sie nervt mich. Erwarte ich etwa Umgangsformen von ihm? Offenbar ja. Tue ich. Ich bin offensichtlich durchgeknallt. In die Mündung einer Waffe zu schauen, macht mich nicht zur Heldin. Sondern zur Wahnsinnigen. Ich kann ihm seine schlechten Manieren einfach nicht durchgehen lassen.

Sie nagen an mir, bis ich nicht mehr die Klappe halten kann.

»Sagen Sie so etwas nicht über meine Kinder.«

Ihm bleibt der Mund leicht offen stehen. »Lady … sind Sie verrückt?«

Ich umklammere das Lenkrad mit beiden Händen und starre durch die Windschutzscheibe. Es summt in meinem Hirn. Ich kann keinen klaren Gedanken fassen. Mir ist nur bewusst, dass diesem Typen alles scheißegal ist, er mein Leben bedroht und damit in Kauf nimmt, meine Kinder zu Waisen zu machen.

»Ja, möglicherweise. Sagen Sie einfach weiter gemeine Sachen über meine Kinder, dann werden wir ja sehen, was passiert.«

Ich habe keine Ahnung, wo dieser törichte Mut oder diese Tollkühnheit herkommt. Mir ist klar, dass es durchaus möglich ist, dass ich den Typen auf diese Weise so nerve, dass er mich einfach abknallt, um mich zum Schweigen zu bringen. Aber ich kann einfach nicht still sein. Es ist, als fließe jede Menge Adrenalin durch meine Adern, kontrolliere mein Gehirn, meinen Mund und alles, was um mich herum passiert. Ich kann diese nervöse Energie anscheinend nur loswerden, indem ich rede. Also rede ich.

»Ich habe genug davon, dass Leute auf meinen Kindern herumhacken, ist das klar? Mein Sohn ist aus der Tagesstätte geflogen, weil die blöde Leiterin ein Problem mit Kindern mit Sprachfehlern hat. Ich meine, wie scheiße ist das denn?«

Ich sehe den Typen an, aber er starrt mich nur an, also fahre ich fort: »Es ist einfach falsch. Man sollte niemals fies zu einem Kind sein, nur weil es behindert ist. Man sollte sich in das Kind hineinversetzen, es zu verstehen versuchen. Wenn man die Sache unbedingt kommentieren muss, dann nicht vor dem Kind. Das kann lebenslange Narben hinterlassen. Man sagt es zu einem Elternteil. Unter vier Augen. Niemand sucht sich eine Behinderung aus. Man sollte einem Kind nie Vorwürfe für ein angeborenes Problem machen.«

Darauf weiß der Mann nichts zu sagen. Sein Mund steht offen, als hätte ich ihn hypnotisiert. Ich schüttle angewidert den Kopf. Das führt zu nichts, und jetzt bin ich sauer statt verängstigt. Meine Reaktion muss eine Art Überlebenstechnik oder so was sein, denn sie ist völlig sinnlos. Das weiß ich, doch ich kann nichts gegen meine Gefühle tun.

»Was jetzt? Soll ich Sie irgendwohin fahren? Das würde ich nämlich lieber nicht tun, falls es Sie interessiert. Aber wissen Sie was … Sie können mein Auto nehmen. Dafür müssten Sie allerdings auf den Fahrersitz wechseln.« Ich strecke in der Hoffnung, er würde mich einfach gehen lassen, die Hand nach dem Türgriff aus. Ich will hinausspringen und schneller rennen als je zuvor. Er wird mich nicht einmal sehen, ich werde vor seinen Augen verschwimmen. Wie der Rote Blitz. Huii! Ab dafür! Auf Nimmerwiedersehen, Wichser!

»Ich will, dass Sie mich zu Toni bringen«, knurrt er.

Ich lege die Hände wieder aufs Lenkrad und seufze genervt. Dann funkle ich ihn an. »Haben Sie Ihre Hausaufgaben nicht gemacht?«

»Meine Hausaufgaben? Wovon zum Teufel reden Sie?« Er klingt jetzt noch ein bisschen frustrierter als vorher.

Ich zische genervt. Als hätte ich Zeit für Kriminelle, die nicht mal eine einfache Google-Suche durchziehen, ehe sie ihre Verbrechen begehen.

»Ihre Hausaufgaben. Die Grundlagen. Finden Sie nicht, es wäre sinnvoll herauszufinden, ob ich irgendetwas über diesen Toni weiß, bevor Sie irgendwo hingehen, mich mit der Waffe bedrohen und, ach ja, in einem Fahrzeug als Geisel nehmen? Oder … he! Ich habe eine Idee! Vielleicht hätten Sie einfach warten sollen, bis er hier auftaucht!«

»Sie arbeiten mit *ihr* zusammen. Tun Sie doch nicht so, als würden Sie sie nicht kennen. Sie ist nie hier. Ich habe schon gewartet. Nur einmal habe ich sie gesehen, da ist sie hier reingefahren. Der Laden ist gesichert wie eine verdammte Festung. Ich schätze, jetzt, wo ich Sie habe, wird sie rauskommen und sich mir stellen müssen. Sich dem stellen, was auf sie zukommt.«

»Hören Sie, ich bin ihr schon mal begegnet. Aber kenne ich sie deswegen? Nein. Sie ist nicht besonders offen, falls Ihnen das noch nicht klar war. Sie bleibt für sich. Wir tauschen keine persönlichen Informationen aus.« Mit meiner Frustration steigt auch meine Lautstärke. »Ich habe keine Ahnung, wo sie wohnt, wann sie zur Arbeit kommt und wie lange sie bleibt!«

»Sie erwarten, dass ich glaube, dass Sie mit ihr zusammenarbeiten, aber nichts über ihre Schichtpläne wissen?«

Ich zucke die Achseln. »Es ist mir scheißegal, ob Sie mir das glauben oder nicht. Es ist die Wahrheit.« Ich deute zur Windschutzscheibe hinaus. »Sehen Sie da irgendjemanden? Haben Sie schon mal beobachtet, wie ich das Tor öffne? Nein. Ich kenne nämlich den Code nicht. Ich arbeite gar nicht hier.«

Ich weiß nicht, wie ich darauf komme. Ich improvisiere einfach wild drauflos. Ich bete, dass das Universum hier das Sagen hat und mein Schutzengel am Steuer steht, denn wenn ich in dieser Sache ganz auf mich allein gestellt bin, habe ich ein Problem. Ein großes Problem. Der Mann verliert langsam die Geduld mit mir.

Er knallt die Hand auf mein Armaturenbrett, um seine Worte zu unterstreichen. »Was machen Sie dann hier, wenn Sie nicht hier arbeiten? Ich habe Ihr Auto schon mal hier gesehen, wissen Sie. Sie lügen, jawohl.«

Ich hole noch mal tief Luft, um nicht die Nerven zu verlieren. Diesen Typen noch mehr zu nerven, kann ich mir nicht leisten. »Ich lüge nicht. Ich habe freiberuflich ein bisschen was für die Leute hier gemacht, das ist alles. Aber wissen Sie was? Nach der ganzen Scheiße werde ich das nicht mehr tun. Das ist es nicht wert. Ich habe es so satt, unschuldig eingesperrt zu sein …«

»Sie sind hier nicht unschuldig eingesperrt.«

Ich sehe ihn an und möchte ihm unbedingt eine scheuern. »Ach nein? Wie nennen sie das dann?« Ich mache eine Geste, die mein Auto und den Parkplatz einschließt. »Will ich hier sein? Nein! Steht *Entführ mich* auf meiner Stirn? Ich glaube nicht. Warum passieren mir dauernd solche Sachen? Was sagt das über mich aus?«

Er zuckt verwirrt die Achseln. »Keine Ahnung. Dass Sie zur richtigen Zeit am falschen Ort sind?«

Ich schlage aufs Lenkrad, funkle ihn an und bin wütend auf die böse Macht, die Vergnügen daran zu finden scheint, mir immer für etwa vierundzwanzig Stunden zu gestatten, mich gut zu fühlen, um dann alles kaputt zu machen. »Ganz genau, falscher Ort, richtige Zeit.« Ich halte inne und denke einen Augenblick darüber nach. »Vielleicht eher am falschen Ort zur falschen Zeit.«

Er stochert mit der Waffe in meine Richtung. »Was mich angeht, ist dies genau der richtige Zeitpunkt. Rufen Sie Toni an. Sagen Sie ihr, dass sie rauskommen oder ihren Hintern hierherschwingen soll. Sagen Sie ihr, dass Sie ihr unbedingt etwas zeigen müssen und dass es nicht warten kann. Kein Wort über mich, sonst werden Sie es bitter bereuen.« Er drückt mir die Pistole in die Schulter.

»Ich soll sie anrufen? Womit?« Gott sei Dank habe ich beim Verlassen des Hauses mein Handy in die Gesäßtasche geschoben. Ich schaue mich im Auto um und stelle mich dumm.

»Mit Ihrem Handy.« Auch sein Blick wandert durch das Fahrzeug, und ihm fällt meine Handtasche auf dem Rücksitz auf. Er dreht sich nach hinten, schnappt sie sich und kippt sich ihren Inhalt einfach in den Schoß. »Es muss doch irgendwo hier drin sein.«

Mein Blick fällt auf die Dose Pfefferspray auf seinem Bein. Wenn ich ihn irgendwie ablenken könnte …

Er nimmt es Pfefferspray, dreht es um und liest das Etikett. Dann schnaubt er. »Ich schätze, das brauchen Sie nicht mehr.« Er lässt das Fenster herunter und wirft die Dose hinaus auf den Parkplatz. Dann schaut er mich an. »Haben Sie wirklich kein Handy?«

»Sagte ich das nicht bereits?« Ich gucke aus dem Fenster, damit er mir nicht in die Augen schauen kann, während ich mir die Geschichte ausdenke, die mich hoffentlich aus dieser Zwangslage befreien wird. »Ich habe Probleme mit meinen SMS. Die Autokorrektur bringt mich um. Sie verwandelt meine Sätze in Flüche. Deshalb ist es in Reparatur. Die bringen das in Ordnung.« Ja. Das Autokorrektur-Antifluch-Einsatzkommando kümmert sich darum. Hoffentlich ist er dumm genug, um mir meine Geschichte zu glauben. Wenn er mich im Kofferraum einsperrt oder irgendwo gefangen hält, wie es in den Filmen immer ist, werde ich auf diese Weise Hilfe rufen können. Dev wäre so stolz auf mich.

Er lacht. »Gut. Das macht die Sache einfacher.« Er dreht sich um. »Fahren Sie.«

Mein Herz setzt mehrere schmerzliche Sekunden lang aus. Ich ringe nach Luft und versuche, meinen Kreislauf zu einem Neustart zu zwingen. Wieso vereinfacht es seine Pläne, dass ich kein Handy habe? Ich soll losfahren? Werde ich jetzt sterben?

Wird er mich zwingen, mich selbst an einen abgelegenen Ort zu fahren, wo er meine Leiche entsorgen kann? Das kommt mir schrecklich unfair vor, vor allem angesichts der Tatsache, dass ich gerade den besten Sex meines Lebens entdeckt habe. So darf mein Liebesleben nicht enden!

»Wohin?«, frage ich und hoffe, dass genau jetzt jemand vom Team angefahren kommt und mich rettet, während ich auf Zeit spiele.

»Weg hier. Ich beschreibe Ihnen den Weg, sobald wir aus dem Hafen raus sind. Wir können dann Ihre Freunde von anderswo her anrufen. Toni soll uns an einem Ort treffen, wo wir allein sind und wo keiner dieser Trottel, die sich hinter ihren Stahltüren verstecken, die Oberhand hat.« Er schaut zum Lagerhaus hinüber und verzieht höhnisch das Gesicht.

Innerhalb von drei Sekunden ist mir klar, was ich zu tun habe. Der Typ ist ein kompletter Idiot. Er hat keinen Plan. Er ist ausschließlich von Hass getrieben, vielleicht versetzt mit einer kleinen Dosis Rache, und ändert ständig seine Meinung über seine weitere Vorgehensweise. Irgendwie bin ich da reingeraten. Ich bin kein Kommandosoldat. Ich bin für so etwas nicht ausgebildet. Ich kann weder mit einem Entführer verhandeln noch ihn mit einem Judowurf kampfunfähig machen. Heute hätte ich zum ersten Mal mit Dev trainieren sollen. Nach nur einem Tag Training – einem einzigen, popligen Tag – wäre ich vielleicht eher in der Lage gewesen, sinnvoll auf diese Situation zu reagieren. Aber so weit bin ich nicht gekommen. Lediglich meine Mutterinstinkte sagen mir, dass ich ein kleines Risiko eingehen muss, um ein größeres zu vermeiden. Meine Kinder dürfen keine Halbwaisen werden.

»Fahren Sie los!«, sagt er jetzt eindringlicher und stößt mir die Waffe so hart gegen die Schulter, dass ich einen blauen Fleck bekommen werde.

»Na schön! Ich fahre ja schon.« Ich zittere. Ich habe furchtbare Angst. Bin unsagbar sauer. Wenn ich diese Knarre in die Finger bekommen würde, würde ich ihm damit zwischen die Beine schießen.

Ich schalte in den Rückwärtsgang, klammere mich an das Lenkrad und starre auf das Tor zehn Meter vor mir.

»Worauf warten Sie? Auf geht's.« Er schaut durch die Heckscheibe. Er rechnet damit, dass ich rückwärts aus der Einfahrt fahre. Wahrscheinlich um irgendwohin zu fahren, wo er mich erschießen und in einem Erdloch begraben kann. Dumm nur, dass ich da nicht mitspiele.

Nein. Ich akzeptiere das einfach nicht. Ich werde heute nicht sterben. Ich habe drei wunderbare Kinder und einen Freund, der ebenfalls ein tolles Kind hat. Ich habe auf dieser Erde noch so viel zu erledigen, bevor ich ins Gras beiße: weitere Halloweens, weitere Fälle für die Bourbon Street Boys und mehr Sex mit Dev.

Jetzt ist es so weit. Zeit, den Hulk rauszulassen.

Ich lege den ersten Gang ein, gebe Vollgas und nehme den Fuß von der Kupplung.

Gleichzeitig stoße ich einen Schrei aus, der der besten Folge von *Der unglaubliche Hulk* würdig gewesen wäre und der das Wageninnere mit dem Nachhall meines Zorns erfullt.

Das Lagerhaustor rast so schnell auf mich zu, als wäre es aus den Angeln gesprungen, um mich bei meiner Mission *Freiheitsgewinn durch Autozerstörung* zu unterstützen.

»Was zum …?«, schreit mein Kidnapper unmittelbar vor dem Aufprall.

Das Letzte, was ich höre, ist ein lauter Knall … dann wird es dunkel um mich herum.

Kapitel 44

»Dev?« Ich warte. Nichts geschieht. »Dev, wo bist du?« Mich überkommt ein ganz seltsames Gefühl. Ich spüre meinen Körper nicht so richtig, aber es kribbelt überall. Wo immer ich auch bin, es ist dunkel hier. Ich glaube, Dev ist bei mir oder sollte zumindest bei mir sein, aber ich sehe ihn nicht. Ich sehe niemanden. Wo bin ich? Warum ist es so dunkel? Verdammt! Bitte lass das nicht die Hölle sein!

Als jemand meine Hand drückt, komme ich sofort zur Ruhe. Ich muss keine Angst haben. Ich bin nicht tot und werde auch in Bälde nicht dem Teufel gegenübertreten. Dev ist hier. Niemand sonst hat so große Hände.

Ich spüre, dass ich lächle. Allerdings bereitet es mir Schmerzen. Meine Nase und mein Kopf bringen mich um. »Da bist du ja«, flüstere ich. Mehr bringe ich nicht heraus.

Etwas kitzelt mich am Ohr, dann höre ich seine Stimme ganz nah und spüre seinen warmen Atem an meinem Hals.

»Ich bin hier. Ich werde nicht von deiner Seite weichen.«

»Warum ist es hier so dunkel?« Ich bekomme kaum die Augen auf. Als ich sie endlich einen Spaltbreit öffne, blendet mich das Licht so heftig, dass ich sie sofort wieder schließe. »Was zum …?«

»Lass dir Zeit«, sagt eine leisere weibliche Stimme.

Ich drehe den Kopf in ihre Richtung. »May?«

Jemand drückt meine linke Hand. »Ja, Süße. Ich bin es. Ich bin hier bei Dev.«

Ich versuche noch einmal, die Augen zu öffnen. Jetzt habe ich ein bisschen mehr Glück. Ich erhasche einen Blick auf meine besorgt schauende Schwester, bevor mir wieder die Lider zufallen. Diesmal ist es nicht das grelle Licht, das mich stört. Es ist einfach zu anstrengend, die Augen offen zu halten, und aus irgendeinem Grund bin ich sehr erschöpft.

»Wo bin ich?«, frage ich.

Dev antwortet. »Du bist im Krankenhaus.«

»Die Kinder?«

»Es geht ihnen gut.«

Meine Gedanken driften ab, und ich dämmere weg. Ich weiß nicht genau, für wie lange. Dann aber erinnere ich mich an etwas, das Dev gesagt hat und das mir Sorgen macht.

»Hast du Krankenhaus gesagt?« Ich zwinge meine Augen gewaltsam auf.

Dev hat sich über mich gebeugt, sein Gesicht ist voller Sorge.

Ich sehe erst ihn an, dann May. Sie muss geweint haben. Ihre Augen sind rot und geschwollen. »Alles in Ordnung?«, frage ich sie.

Sie lacht, anscheinend vor Erleichterung. »Du fragst mich, ob alles in Ordnung ist? Du bist ja verrückt.« Sie beugt sich zu mir herunter und küsst mich auf die Wange. Dann versucht sie, mich zu umarmen, doch ich zucke dabei vor Schmerz zusammen. Mir tut alles weh, ganz besonders mein Gesicht.

»Au!« Ich berühre meine Stirn. Statt Haut ertasten meine Finger Stoff. Ich schiele nach oben, um nachzusehen, was das ist, und nehme etwas Weißes wahr. »Was habe ich auf dem Kopf?«

May nimmt meine Hand und zieht sie weg, damit ich meine Verletzungen in Ruhe lasse. Aus dem Augenwinkel nehme ich eine Tropfnadel wahr, die in meinem Handrücken steckt.

»Du hattest einen Autounfall. Du hast dir den Kopf am Lenkrad angeschlagen. Der Airbag hat nicht ausgelöst.«

Ich runzle die Stirn. »Oh! Das klingt mies. So war das nicht geplant.«

Dev lächelt. »Du hattest Glück. Du bist mit einer Gehirnerschütterung, ein paar geprellten Rippen und einer gebrochenen Nase davongekommen. Deinem Beifahrer ist es nicht so gut ergangen.«

Ich versuche, mich an einen Beifahrer zu erinnern, habe aber kein Glück. Fast will ich fragen, ob eines meiner Kinder neben mir saß, doch ich bin überzeugt, dass das nicht stimmt. Meine Kinder saßen nicht im Auto, als es passiert ist. Nur wer war dann bei mir?

»Beifahrer?«

Dev und May tauschen Blicke. Stille macht sich im Raum breit.

Dann erinnere ich mich schlagartig. Das alles hat etwas mit der kleinen Miss Arschtritt zu tun. »Geht es Toni gut?«

»Warum fragst du?«, will May wissen.

Meine Erinnerungen sind lückenhaft, doch einiges weiß ich noch. Ich denke angestrengt nach, um das Geschehen zu rekonstruieren. »Da war ein Mann … er hat nach Toni gefragt.«

Meine Schwester sieht Dev an. »Ich schätze, sie hat es verdient, die ganze Geschichte zu hören.«

»Sehe ich auch so«, erwidert er achselzuckend. »Möchtest du sie ihr erzählen oder soll ich?«

May sieht unheimlich liebevoll auf mich hinab. »Erinnerst du dich daran, wie du am Montag zur Arbeit gekommen bist?«

»Montag? Ja, klar. Heute ist doch Montag, oder nicht?«

»Nein«, sie schüttelt den Kopf, »es ist Mittwoch. Du warst ein paar Tage nicht richtig bei Bewusstsein.«

»Koma?«, frage ich verhalten ehrfurchtsvoll. Ich komme mir vor, als wäre ich in einem Film.

Sie lächelt. »Nein. Medikamente.«

Aus irgendeinem Grund enttäuscht mich das. Vielleicht weil die Geschichte viel interessanter zu erzählen gewesen wäre, wenn ich im Koma gelegen hätte, statt so mit Medikamenten vollgepumpt zu sein, dass mir zwei volle Tage fehlen. Ich bin gerade von der Heldin zum Pflegefall mutiert, im null Komma nichts. Verdammt!

»Was ist passiert?«, frage ich, obwohl ich nicht sicher bin, ob ich es wirklich hören möchte.

»Du warst am Montag sehr früh bei der Arbeit, wo ein ziemlich mieser Typ auf Toni gewartet hat. Dann hat er dich gesehen und hielt es wohl für einen schlauen Schachzug, dich darüber auszuquetschen, wo er sie finden kann.«

»Warum hat er auf Toni gewartet?«

Mays Lippen zucken unentschlossen, bevor sie schließlich antwortet. »Er ist der Bruder des Mannes, den sie getötet hat. Es war Notwehr. Zumindest in weiten Teilen. Er wollte sich an ihr rächen.«

Mir fallen fast die Augen aus dem Kopf. »Getötet? Wirklich?« Ich schaue Dev an, damit er die Geschichte bestätigt. Er nickt und beugt sich zu mir herunter.

»Es war derselbe Typ, der an deinem ersten Tag bei uns die Delle ins Tor gehauen hat. Erinnerst du dich daran?«

Ich sehe ihn an und lächle. »Wie könnte ich das vergessen? Du hast mich sträflicherweise stundenlang in eurem öden, ausbruchssicheren Panikraum eingesperrt.«

Er wirft May einen Blick zu. »Ich glaube, ihre Erinnerungen sind fehlerhaft. Offenbar hat ihre Kopfverletzung bleibende Schäden hinterlassen.«

Ich hebe den Arm, um ihn zu boxen, aber meine Sicht ist gerade nicht die beste. Sein wunderschönes Gesicht ist verschwommen und tanzt vor meinen Augen.

Er nimmt meine Hand und küsst meine Finger, wodurch ich sein Gesicht wieder klar und deutlich vor mir sehe. »Nicht hauen«, sagt er. »In deinem Leben wird es keine Gewalt mehr geben. Dafür werde ich von jetzt an sorgen.«

Ich ziehe die Hand zurück. »Was bedeutet das?«

May schaltet sich in unser Gespräch ein. »Darüber können wir später noch reden.«

Dev schüttelt den Kopf. »Nein. Es ist bereits beschlossen. Sie wird nicht zurückkommen.«

Ich funkle ihn an. »Versuchst du mir gerade zu sagen, dass ich nicht mehr für die Bourbon Street Boys arbeite?« Ich sehe meine Schwester an. »Kann er das? Kann er mich feuern?« Ich werde panisch. Gefeuert? Schon wieder? Aber was ist mit dem Team? Mit Ozzie? Und der kleinen Miss Arschtritt, die mir noch haarklein erzählen muss, wie es dazu kam, dass sie jemanden getötet hat? Und Thibault und Lucky und seinem Goldfisch Sunny? Ich fühle mich, als würde ich mit einem Schlag meine ganze Familie verlieren.

Sie schüttelt den Kopf. »Nein, er kann dich nicht feuern, und ich glaube auch gar nicht, dass er das möchte.«

Sie sieht Dev mit funkelnden Augen an, bis er die Brauen hebt und nickt. Sie will ihn dazu bringen, irgendetwas zu tun, ich weiß nur nicht, was.

Ich lenke meine Aufmerksamkeit wieder auf Dev. »Was ist hier los?«

Er seufzt und schaut aufs Bett. Dann hebt er den Blick und sieht mir tief in die Augen. »Du hattest Bedenken, bei uns zu arbeiten, wegen all der Risiken. An deinem ersten Tag wurdest du in den Panikraum eingeschlossen. In deiner zweiten Woche hat dich jemand unmittelbar vor unserer Tür als Geisel genommen. Es scheint fast so, als wärst du immer zur richtigen Zeit am falschen Ort. Ich glaube nicht, dass ich die Aufregung auf Dauer ertrage. Ich habe mir schreckliche Sorgen um dich gemacht.«

Ich muss grinsen. Es ist so goldig und herrlich naiv von ihm zu glauben, er könne einfach so über mich bestimmen. Ich hebe den Arm und streichle seine Wange. »Du bist so süß. Aber du musst noch viel über Frauen lernen.«

Meine Schwester deutet auf mich. »Besonders über diese Frau.« Dann flüstert sie für alle deutlich hörbar. »Wahnsinnig stur.«

Ich schenke ihr keine Beachtung. »Man könnte schon sagen, dass mir das Lagerhaus Pech gebracht hat, aber das heißt ja noch lange nicht, dass ich nicht mehr mit euch zusammenarbeiten will. Ich hatte Angst, das stimmt, aber die ist jetzt weg. Vielleicht sollte ich einfach von zu Hause aus arbeiten. Im Lagerhaus zu sein, birgt einige Risiken, die ich lieber vermeiden möchte. Für Gespräche unter vier Augen können wir immer noch auf Skype zurückgreifen.« Ich nehme Devs Hand und drücke sie, so fest ich kann, damit er weiß, dass ich fest entschlossen bin. »Es ist ganz einfach. Ich liebe diesen Job, ich liebe es, zu diesem Team zu gehören, und ich werde ganz bestimmt nirgendwohin gehen.« Ich schaue zu meiner Schwester. »Es sei denn, Ozzie möchte nicht mehr, dass ich bei euch arbeite. Ich kann ihn ja schließlich nicht zwingen, mich einzustellen.«

May tätschelt mir das Bein. »Mach dir wegen Ozzie keine Gedanken. Er findet dich klasse. Er möchte, dass du bleibst, akzeptiert deine Entscheidung aber natürlich, ganz gleich, wie sie ausfällt.«

Ich sehe wieder Dev an. Er wirkt wütend, und ich möchte unbedingt, dass er mich versteht, damit er nicht mehr sauer auf mich ist. Mit dem Zeigefinger fordere ich ihn auf, näher zu kommen.

Er beugt sich zu mir herunter.

»Ich werde langsam müde, aber ehe ich einschlafe, möchte ich dir unbedingt noch etwas sagen. Ich war außer mir, als du uns im Panikraum eingeschlossen hast. Aber mein Zorn hielt nur etwa zwei Minuten lang an. Denn danach habe ich angefangen, dich kennenzulernen. Mir ist nach und nach bewusst geworden, wie lustig du bist und wie klug und wie gerne ich Zeit mit dir verbringe. Bitte sei mir nicht böse, weil ich so viel Zeit mit dir verbringen möchte, wie ich nur irgendwie kann.«

»Möchtest du mir damit sagen, dass du es genossen hast, sträflicherweise eingesperrt zu sein?« Die Kummerfalten auf seinem Gesicht sind deutlich weniger geworden, und das Grübchen zeigt sich, wenn auch noch zaghaft.

»Ja. Genau das möchte ich damit sagen. Allerdings … habe ich so viele Medikamente im Blut, dass du diese Worte nicht gegen mich verwenden können wirst.«

Er beugt sich vor und küsst mich ganz zärtlich auf die Lippen. Ich versuche, nicht allzu sehr zusammenzuzucken, als er aus Versehen meine Nase berührt.

»Erhol dich erst mal, dann reden wir darüber.«

»Ja, das machen wir.« Ich schaue meine Schwester an. »Wie schlimm steht es um meine Nase?«

»Na jaaa … erinnerst du dich an diesen Höcker, den du immer so hässlich fandst?« Sie spricht über meinen krummen Nasenrücken, den ich im Gegensatz zu meinem restlichen Gesicht nicht schön finden konnte, egal wie oft May mir versichert hat, dass er mir Charakter verleiht.

»Ja?«

»Der ist weg. Der plastische Chirurg, der dich wieder zusammengeflickt hat, konnte ihn nicht retten.«

Ich grinse wie ein Honigkuchenpferd. »Und da sagt noch mal einer, ich war zur richtigen Zeit am falschen Ort.« Mein Blick fällt auf Dev.

»Sieh mich an. Jetzt bin ich schön.«

»Ich fand dich schon immer schön, von der ersten Sekunde an. Du bist das hübscheste Mädchen, das mir je begegnet ist.«

»Ich lasse euch beide dann mal allein«, sagt May. Sie verlässt das Zimmer, und ihre Schritte verhallen im Flur.

Ich sehe den über mich gebeugten Mann an und lächle. »Danke, dass du gekommen bist. Wie geht es meinen Kindern? Wie geht es Jacob?«

»Allen geht es gut. Deine Kinder sind bei Miles, und das ist überhaupt kein Problem für ihn. Wir haben eine Übereinkunft getroffen.«

Überrascht hebe ich die Augenbrauen. »Ach ja? Erzähl.«

Dev zuckt die Achseln. »Ich habe einfach mal Klartext mit ihm geredet. Er hat meine Nummer. Er weiß, dass er mich jederzeit anrufen kann, wenn irgendwas ist, Tag und Nacht. Deine Kinder waren letzte Nacht bei mir. Sie haben mit Jacob eine Pyjamaparty gefeiert.«

Ich nehme Devs Hand. »Ist alles gut gegangen?« Es macht mich wahnsinnig traurig, dass ich dieses Ereignis verpasst habe. Außerdem mache ich mir Sorgen, weil ich nicht da war, um Streit zu schlichten. Bei meinen Kindern ist das leider häufiger nötig, als mir lieb wäre.

Er tätschelt mir die Hand. »Es ist super gelaufen. Es war Jacobs erste Pyjamaparty, und er hat nicht aufgehört, davon zu schwärmen, als deine Kinder weg waren. Alles wird gut. Alles.«

Ich weiß ganz genau, was er damit meint. Er spricht nicht nur von meiner Gehirnerschütterung, meiner gebrochenen Nase oder davon, dass meine Zukunft bei den Bourbon Street Boys in der Schwebe hängt, oder über uns oder unsere Kinder. Er meint alles. Unser Leben. Das wir uns gemeinsam aufbauen. Es wird einfach gut werden. Nur eine Sache muss vorher noch geklärt werden.

»Ich muss mit Miles sprechen«, sage ich und versuche, mich aufzusetzen.

Dev drückt mich sanft an der Schulter wieder zurück. »Ruh dich erst mal aus. Dafür bleibt noch genug Zeit.«

»Nein, ich muss das jetzt machen.« Ich strecke die Hand aus. »Darf ich mal dein Handy benutzen?«

Wortlos reicht Dev mir sein Telefon.

Ich wähle Miles' Nummer und rede sofort drauflos, als er rangeht. »Hallo, ich bin es.«

»Jenny? Hey. Wie geht's dir?«

»Gut. Danke der Nachfrage. Hör zu, wir müssen reden.«

»Worüber?«

»Hör einfach zu. Okay?« Ich hole tief Luft und atme langsam aus, ehe ich fortfahre. »Die Nacht, in der du in unser Haus eingebrochen bist …«

»Ja, ich …«

»Das darfst du nie wieder tun. Niemals. Es ist mein Haus, alles darin gehört mir, Ende der Ansage.«

»Ich weiß. Ich hab's kapiert. Ich habe mich … völlig danebenbenommen.« Er klingt beschämt, was mich wirklich freut.

»Gut. Ich bin froh, dass du das zugibst. Jedenfalls wollte ich dir auch noch sagen, dass du unseren Kindern in Zukunft ein besserer Vater sein musst.«

Er antwortet nicht, also rede ich einfach weiter. Ich habe gerade einen Lauf und darf jetzt nicht kneifen. Ich muss diese Dinge einfach mal loswerden, damit ich nicht verrückt werde, vor allem aber für unsere Kinder. »Die ganzen Wochenenden, an denen du überraschend keine Zeit hattest oder an denen du sie früher zurückgebracht hast – das geht so nicht mehr. Es verletzt unsere Kinder und es wird die Beziehung zwischen euch zerstören. Sie brauchen ihren Vater.«

»Du hast einen neuen Freund.« Er klingt jetzt griesgrämig. Vielleicht sogar verletzt. Das ist gut. Damit kann ich agieren.

»Na und? Er ist nicht ihr Vater, und du kannst nicht erwarten, dass er dir diese Rolle abnimmt.«

»Nein, das tue ich auch nicht. So habe ich es nicht gemeint. Ich bin nur …« Er seufzt voller Frust. »Ich bin nur gerade ziemlich durcheinander. Es geht mir nicht gut.« Er senkt die Stimme. »Ich bereue einige meiner Entscheidungen.«

Ich möchte aufspringen und jubeln. »Das überrascht mich nicht. Einige davon waren ziemlich scheiße.« Mir das Herz zu brechen, zum Beispiel. Aber jetzt bin ich fast schon froh darüber, weil ich sonst nicht diesen großen, wunderschönen Mann und seinen liebenswerten Sohn in meinem Leben hätte. Ich lege die Hand auf Devs Arm. Er legt schützend die Finger darauf.

»Darf ich dir eine irrwitzige Frage stellen?«, will Miles wissen.

»Klar.«

»Glaubst du, du wirst je wieder mit mir zusammenkommen wollen? Rein hypothetisch gesprochen natürlich.«

»Nein.« Die Antwort kommt aus tiefstem Herzen, im Einklang mit Geist und Seele. »Niemals. Wir haben nie gut zusammengepasst, Miles. Wir machen wunderschöne Kinder, aber wir kreieren viel zu viel Kummer, wenn wir zu lange am selben Ort sind. Ich finde es gut, wie es jetzt zwischen uns ist, wenn du nur endlich mehr Verantwortung übernimmst.«

»Mehr Verantwortung, hm?«

»Ganz genau. Komm zu Geburtstagsfeiern. Nimm die Kinder auch mal mit in den Urlaub. Behalt sie das ganze Wochenende bei dir. Gib ihnen zu essen wie ein Erwachsener, nicht wie ein Teenager. Süßigkeiten gehören nicht zu den Grundnahrungsmitteln.«

Er lacht leise. »Ich war die Bauchschmerzen auch wirklich langsam leid.« Er hält einen Moment inne. »Aber …« Er beendet seinen Satz nicht.

»Was aber?«, hake ich nach.

»Ist egal. Es ist albern.«

»Wenn es um unsere Kinder geht, ist nichts albern. Was denn? Sag schon.«

»Was, wenn sie mich nicht mögen? Was, wenn sie nicht mehr bei mir sein wollen, wenn ich ihnen keine Süßigkeiten gebe und nicht mehr mit ihnen zum Pizzaessen gehe?«

»Miles, du musst aufhören, ihr Freund sein zu wollen, und anfangen, dich wie ihr Vater zu benehmen. Sie haben genug Freunde, aber nur einen Vater. Sie lieben dich. Sie wollen einfach nur bei dir sein. Dafür musst du kein Disneyland-Vater sein. Sei einfach du selbst.« Er mag als Ehemann total versagt haben, doch wenn er sich anstrengt, kann er ein ziemlich guter Mensch sein. Sonst hätte ich ihn ja nicht geheiratet.

Er schweigt eine ganze Weile, ehe er antwortet. »Danke, dass du angerufen hast. Ich bin froh, dass es dir gut geht. Ich habe mir Sorgen um dich gemacht. Ich war bei dir, aber da warst du noch nicht bei Bewusstsein. Da musste ich … ach, sagen wir einfach, ich habe mir ziemlich schlimme Dinge ausgemalt, das reicht ja schon.«

»Gern geschehen.« Ich werfe einen Blick zu Dev, und er nickt. »Mach dir keine Sorgen, ich bin bald wieder auf dem Damm. Wann holst du die Kinder zu dir?«

»Dieses Wochenende. Sie bleiben bis Sonntagabend um acht bei mir.«

»Prima. Danke. Bis dann.«

»Ja. Bis dann. Nur damit du es weißt, ich bin froh, dass du glücklich bist. Dev scheint ein netter Typ zu sein.«

Ich kann gar nicht aufhören zu grinsen. »Ja. Er ist verdammt großartig.«

Dev zeigt auf sich, und ich beende nickend das Telefonat.

Wir sehen uns für eine lange Weile tief in die Augen. Ich bin überglücklich, dass dieser Mann jetzt offiziell ein Teil meines Lebens ist, doch wie immer meldet eine leise Stimme in meinem Hinterkopf Zweifel an. Wird mein Glück nur von kurzer Dauer sein? Wird er sich eines Tages als Trottel entpuppen, genau wie Miles?

»Wer weiß, wie lange das andauert?«, flüstere ich.

Dev zuckt die Achseln. »Wir können beide nicht in die Zukunft schauen. Es gibt keine Garantien im Leben. Aber wenn wir diese Chance nicht nutzen und das Risiko eingehen, werden wir nie herausfinden, wie gut es mit uns hätte laufen können.«

»Ich bin froh, dass du mich im Panikraum eingeschlossen hast und nicht wieder rausholen konntest. Es ist ein Segen, dass du den Code für die Tür ständig vergisst. Dass dir der richtige nicht mehr eingefallen ist.«

Er gibt mir einen flüchtigen Kuss auf die Lippen. »Wer hat denn gesagt, dass ich irgendetwas vergessen hatte?« Er lächelt, und das Grübchen zeigt sich auf seiner Wange, als er seinen Triumph voll und ganz auskostet.

In diesem Augenblick sehe ich alles ganz klar, auch wenn das Morphin in meinem Körper ausreichen würde, um ein kleines Nashorn außer Gefecht zu setzen. Tief in meinem Herzen weiß ich, dass Dev der Richtige für mich ist. An dem Tag, als wir uns kennenlernten, mag ich vielleicht am falschen Ort gewesen sein, doch Wette hin oder her, danach hatten wir definitiv ein richtiges Date.

38492454R00254

Printed in Poland
by Amazon Fulfillment
Poland Sp. z o.o., Wrocław